A

Fiona Lucas

AM ABGRUND BALANCIERT ES SICH AM BESTEN

Roman

Aus dem Englischen von
Claudia Feldmann

ATLANTIK

Die englische Originalausgabe erschien 2020 unter dem Titel
The Last Goodbye im Verlag HarperCollins Publishers Ltd., London.

Atlantik ist ein Imprint des Hoffmann und Campe Verlags, Hamburg.

1. Auflage 2021

www.hoffmann-und-campe.de
Umschlaggestaltung: FAVORITBÜRO, München
Umschlagabbildung: © shutterstock / Irtsya / Maryia Naidzionysheva
Satz: Pinkuin Satz und Datentechnik, Berlin
Gesetzt aus Minion Pro, Brandon Text und Pringle and Tweed
Druck und Bindung: C. H. Beck, Nördlingen
Printed in Germany
ISBN 978-3-455-01051-0

HOFFMANN UND CAMPE

Ein Unternehmen der
GANSKE VERLAGSGRUPPE

Für Amanda, die beste Komplizin,
die eine Autorin sich nur wünschen kann.

Erster Teil

1.

Anna lag im Bett und hatte die Decke über den Kopf gezogen. Das wäre an sich nicht weiter bemerkenswert, nur war es halb acht an einem Donnerstagabend, und sie war vollständig angezogen, abgesehen von den Schuhen. Irgendwo in der Ferne klingelte es an der Haustür. Sie versuchte es zu ignorieren.

Sie war vor einer halben Stunde ins Bett gekrochen und hatte nicht vor, an diesem Abend wieder hervorzukommen. Vielleicht auch nie. Es war schön in ihrem Kokon. Still und dunkel. Die Welt war heute zu hell gewesen, zu laut. Zu verdammt fröhlich. Aber das hier war eine wunderbare Lösung. Darauf hätte sie schon viel früher kommen sollen.

Der Briefschlitz klapperte. »Anna?«

Anna seufzte. Vielleicht sollte sie über eine Schallisolierung nachdenken?

Die Stimme meldete sich wieder, diesmal lauter. »Hey! Ich bin hier. Mach die Tür auf!«

Tief atmen … Das sollte doch angeblich helfen, ruhig zu bleiben, oder? Anna beschloss, es zu versuchen; sie wollte so gerne in dieser weichen, dämmrigen Dumpfheit bleiben. Das Problem dabei war nur, dass Anna schon seit einer ganzen Weile nicht mehr tief atmen konnte. Zwei Jahre, neun Monate und acht Tage, um genau zu sein.

War es wirklich schon so lange her? Es kam ihr immer noch so vor, als wäre es gestern gewesen.

Sie drehte sich auf die Seite, zog die Knie an die Brust und kniff die Augen zu.

Die Stimme kam erneut durch den Briefschlitz, aber diesmal klang sie genervt. Sogar ein bisschen verzweifelt. Anna atmete zitternd aus.

Ihr Kokon der Ruhe war gefährdet. Er bekam Risse. Sie versuchte so zu tun, als gehörten diese Störgeräusche zu einer anderen Ebene, einer anderen Realität. Bis die Stimme weicher, flehender wurde.

»Anna? *Minha querida?* Alles in Ordnung?«

Anna vergrub das Gesicht in den Händen und seufzte. Dann kroch sie aus ihrem kuscheligen Nest, richtete sich widerstrebend auf und ging die Treppe hinunter in den Flur.

»Dem Himmel sei Dank!«, sagte ihre beste Freundin, als Anna die Tür öffnete. »Ich hatte mir schon Sorgen gemacht, dass du die Treppe runtergefallen oder in der Badewanne ausgerutscht bist!« Gabrielas Stimme klang munter, als sie in den Flur trat, aber ihr Lachen hatte etwas Angespanntes, und ihre Augen waren voller Fragen. Anna wusste, dass Gabi sie nicht stellen würde, aber sie hörte sie trotzdem. *Dir geht's doch gut? Oder muss ich mir ernsthaft Sorgen machen?*

In letzter Zeit hatten alle, die Anna kannte, Fragen in den Augen, wenn sie mit ihr sprachen. Meist waren es dieselben Fragen. Aber sie hatten Angst, das Falsche zu sagen. Oder nicht das Richtige. Anna lebte auf einem Minenfeld aus rohen Eiern.

Gabi drückte Anna eine Blechdose in die Hand. »Ich hatte Sehnsucht nach dem Möhrenkuchen meiner Mutter, aber ich habe viel zu viel davon gebacken.«

»Danke«, sagte Anna und drückte die Dose an sich. »Darauf freue ich mich schon.« Die knallorange Version ihrer brasilianischen Freundin mit dickem Schokoladenüberzug war unglaublich lecker.

Gabi sah sie mit einer Mischung aus Besorgnis und Hoffnung an. »Wirklich?«

Hier ging es nicht nur um Kuchen. Gabi stöhnte immer, ihre üppigen Rundungen kämen daher, dass ihre Mutter Liebe stets durch Leckereien zeigte, aber anscheinend war sie da gar nicht so viel anders.

Anna nickte befangen. »Natürlich.« Und dann brachte sie die Dose in die Küche, in der Hoffnung, dass das Thema damit beendet war.

Sie verstand, dass ihre Familie und ihre Freunde sich um sie sorgten, aber sie hatte es satt, ständig unter Beobachtung zu stehen. Jedes Wort, das sie von sich gab, und jede Geste wurden begutachtet und bewertet, damit sie ihre Notizen vergleichen und sich gegenseitig anhand ihrer gesammelten Beweise davon überzeugen konnten, dass sie endlich »darüber hinwegkam«.

Als Anna in den Flur zurückkehrte, musterte Gabi sie mit gerunzelter Stirn. »Was hast du mit deinen Haaren gemacht?«

Anna hob tastend die Hände und stellte fest, dass ihr schulterlanges braunes Haar am Hinterkopf ganz zerzaust war. Sie versuchte es unauffällig glatt zu streichen, traute sich aber nicht, in den Spiegel neben der Haustür zu sehen. Sie hatte seit Heiligabend das Haus nicht mehr verlassen, und sie fürchtete, ein blasses und ungepflegtes Gegenüber zu erblicken. Gabi hingegen sah makellos aus. Ihr dunkles Haar ringelte sich in seidigen Locken um ihre Schultern, und das kobaltblaue Kleid, das sie trug, passte perfekt zu ihrem warmen Hautton.

»Du bist doch bereit für die Party, oder?« Gabis Blick wanderte hinunter zu dem zerknitterten kleinen Schwarzen, das Anna trug, und ihren unbeschuhten Füßen. »Es sind nur noch ein paar Stunden, bis wir alle ›Frohes neues Jahr‹ rufen, und ich will nicht zu spät kommen!«

Frohes neues Jahr …

Wie gerne würde Anna sich diesen Ausdruck vorknöpfen! Vor allem müsste das erste Wort abgeschnitten und weggeworfen werden. Das »neue Jahr« allerdings war eine Tatsache. Daran konnte sie nichts ändern. Die Zeit würde weiterlaufen, ob sie es wollte oder nicht, aber das mit dem »froh« war einfach lächerlich, sogar fast beleidigend.

Eine Flut von Gefühlen wogte in ihr auf, so mächtig, dass sie am liebsten sofort wieder nach oben gerannt und unter die Decke gekrochen wäre. Sie holte Luft, um Gabi abzusagen, doch der Ausdruck auf dem Gesicht ihrer Freundin ließ sie innehalten. Da waren Verwirrung über Annas zerknautschtes Aussehen und eine gewisse Besorgnis, aber auch noch etwas anderes, das Anna wiedererkannte.

»Auf der Party ist jemand, der dir gefällt, stimmt's?«, fragte sie, denn dieses Funkeln in Gabis Augen tauchte nur auf, wenn sie verliebt war.

Gabi setzte ihre Unschuldsmiene auf. »Nein.«

Hmm. Anna war sich nicht sicher, ob sie ihr das glauben sollte.

»Sieh mich nicht so an«, wehrte Gabi ab. »Du weißt doch, seit Joel bin ich mit den Männern durch.«

Anna nickte leicht. »Ja, das hast du *gesagt.*« Ob es allerdings dabei blieb, musste sich erst noch zeigen. In diesem Moment hätte Anna zwanzig Pfund darauf gewettet, dass ihre Freundin spätestens um Mitternacht in einem leidenschaftlichen Kuss versinken würde.

Aber Anna gönnte es ihr. Die Trennung von Joel lag mittlerweile fünf Jahre zurück. Um ehrlich zu sein, war Anna nicht traurig darüber gewesen – er hatte Gabi überhaupt nicht zu schätzen gewusst –, aber Gabi hatte es nicht so gesehen und war vollkommen am Boden zerstört gewesen. Seitdem hatte es nur ein paar kurze Beziehungen gegeben. Gabi mochte selbstbewusste Männer, aber meistens stellte sich heraus, dass sie nicht selbstbewusst, sondern großspurig und egozentrisch waren – nicht unbedingt das Richtige für eine reife, dauerhafte Beziehung.

»Und es stimmt auch«, sagte Gabi im Brustton der Überzeugung, sodass Anna ihr beinahe glaubte. »Bist du startklar?«

Anna blickte zur Treppe, an deren Ende ihr kuscheliger Kokon wartete, und seufzte. Wenigstens eine von ihnen sollte an diesem Abend etwas zu hoffen haben, wenn sie dieses alte erschöpfte Jahr hinter sich zurückließen und über die Schwelle in ein frisches unbeschriebenes traten.

Sie zwang sich zu einem Lächeln. »Na klar. Gib mir zwei Sekunden. Ich schnappe mir nur schnell meinen Mantel und ziehe mir Schuhe an.«

2.

In einer idealen Welt, dachte Anna, *würde ich bei jeder Party anderthalb Stunden zu spät kommen.* So könnte sie sich den Anfang sparen, die allgegenwärtige Vorfreude, die lärmenden Begrüßungen und die Vorstellungsrunden mit den sofort wieder vergessenen Namen.

Gabi arbeitete als Foodstylistin und sorgte dafür, dass die Gerichte in Kochbüchern und Zeitschriften so verlockend aussahen, dass einem das Wasser im Mund zusammenlief. Im Lauf der Jahre hatte sie eine bunte Mischung von Leuten kennengelernt – Fotografen und Grafiker, Herausgeber von Zeitschriften, Stylisten und Fernsehmoderatoren. Gastgeberin der Party an diesem Abend war eine Kalifornierin, der eine Kette von Schönheitssalons in Südlondon gehörte. Vanessa lebte in Chislehurst, und je näher Anna und Gabi ihrem Ziel kamen, desto prächtiger wurden die Häuser und desto grüner die Straßen. Die Gegend war nur ein paar Kilometer von Annas Doppelhaushälfte in Sundridge Park entfernt, aber sie kam sich vor wie in einer anderen Welt.

Sie folgte Gabi durch das Erdgeschoss des eleganten Hauses, ein unberührtes Glas Champagner in der Hand. Jedes Mal wenn es Gabi gelang, sich aus einem Grüppchen überschwänglicher Extrovertierter zu lösen, wurde sie sofort in das nächste gezogen, und Anna kannte kaum jemanden davon. Sie stellte sich einfach mit freundlicher, aber zurückhaltender Miene an den Rand und vermied so weit wie möglich jeden Blickkontakt.

Der Vorteil daran, eine kontaktfreudigere Freundin zu haben, die nahezu alle Gäste zu kennen schien, war, dass das Gespräch um Anna herumfloss wie ein Bach um einen Felsen, und das war ihr auch ganz recht so. Denn mit dem Small Talk kamen die Fragen, und sie war nicht sonderlich erpicht auf Fragen, zumindest nicht auf solche persönlicher Natur, und was sie vor allem nicht hören wollte, war –

»Hi, Anna! Wie *geht* es Ihnen?«

Sie zwang ihre Mundwinkel nach oben, drehte sich um und stand vor einer von Gabis kreativen, interessanten Freundinnen, die sie anstrahlte. »Oh, äh, hallo …« Anna verstummte, zum einen, weil sie sich nicht an den Namen der Frau erinnern konnte, aber vor allem, weil diese einfache Frage sie stets in eine Zwickmühle brachte. Sie war ein ehrlicher Mensch, und wenn jemand sie fragte, wie es ihr ging, antwortete sie automatisch wahrheitsgemäß.

Großer Fehler.

Damals, in der ersten Zeit, hatte sie genau das getan, hatte erwidert, dass jede Sekunde des Tages wie ein Messerstich in ihrem Herzen war und dass sie sich davor fürchtete, morgens die Augen zu öffnen. Es hatte so gutgetan, alles herauszulassen.

Doch sie hatte schnell gemerkt, dass ihre Freunde sie dann erschrocken ansahen und nicht wussten, was sie darauf sagen sollten. Meistens behaupteten sie, sie müssten dringend noch mit jemandem da drüben sprechen, und ergriffen die Flucht.

Niemand wollte *wirklich* wissen, wie es ihr ging. Nicht nach zwei Jahren, neun Monaten und acht Tagen. Nicht mal Gabi. Sie wollten hören, dass sie sich hochgerappelt hatte, dass es möglich war, etwas so Tragisches zu überstehen und wieder nach vorn zu blicken. Im Grunde war es egoistisch, denn sie wollten, dass sie ihnen Hoffnung gab. Sie sollte ihnen versichern, dass auch sie, falls ihnen etwas so Furchtbares zustieß, darüber hinwegkommen würden. Aber Anna war nicht darüber hinweg, nicht mal ansatzweise.

Gabis Freundin sah sie erwartungsvoll an.

»Ganz gut«, erwiderte Anna mit einem Nicken und bemerkte wieder einmal, dass die Trauer sie in eine elende Lügnerin verwandelt hatte. »Und Ihnen?«

Die Frau – Keisha! Sie hieß *Keisha* – zuckte philosophisch die Achseln. »Ach, na ja, das Übliche …« Dann zog sie die Stirn kraus. »Ich habe gehört, was … Sie wissen schon … Es tut mir sehr leid.« Und dann tat sie das Allerschlimmste: Sie legte mitfühlend die Hand auf Annas Arm.

Anna hätte sie am liebsten abgeschüttelt und Keisha wütend angefunkelt, weil sie eine unsichtbare Grenze überschritten hatte, aber sie tat es nicht. »Oh!«, sagte sie und blickte an ihr vorbei ans andere Ende der großen, edlen Küche. »Ich glaube, Vanessa sucht Sie.«

Tatsächlich war ihre Gastgeberin nirgends zu sehen, aber das Spiel mit der »unsichtbaren Freundin« konnte sie schließlich genauso gut spielen. Keisha wirkte einen Moment hin- und hergerissen, dann drückte sie Anna kurz mit einem Arm an sich und eilte davon.

Sie war froh, als gegen neun die Begrüßungsphase vorbei war und die Leute sich in kleinen Grüppchen in der Küche und über die diversen Sitzgelegenheiten verteilten. Das machte es einfacher, mit ihrem mittlerweile lauwarmen Champagner umherzuschlendern und so zu tun, als hätte sie gerade ein wunderbares Gespräch mit einem Gast beendet und wäre auf dem Weg zum nächsten. Dabei hatte sie – abgesehen von dem kurzen Wortwechsel mit Keisha – bisher nur mit Gabi gesprochen, und das war im Auto auf dem Weg hierher gewesen.

Sie waren kaum losgefahren, da hatte Gabi betont beiläufig gesagt: »Hatte ich eigentlich erwähnt, dass Jeremy heute Abend auch kommt?«

Anna warf ihrer Freundin einen scharfen Seitenblick zu. Gabi saß ganz ruhig auf dem Beifahrersitz, die Hände im Schoß gefaltet und die Andeutung eines unschuldigen Lächelns auf den Lippen. Das beunruhigte Anna, denn Gabi war nie cool und zurückhaltend. Gabi strahlte und kreischte und warf Konfetti. *Immer.* Das ungute Gefühl in Annas Magen verstärkte sich.

»Ach ja?«, erwiderte sie leichthin. »Wer war das noch gleich?« Obwohl sie genau wusste, dass Jeremy ein Freund von Vanessa war. Und dass er als Grafikdesigner arbeitete und eine »Wahnsinnswohnung« in Beckenham hatte.

Anna war klar gewesen, dass es nur eine Frage der Zeit war, bis diese Bombe explodierte, denn Gabi hatte schon seit Wochen immer wieder unauffällig seinen Namen fallen lassen, fast genauso oft, wie sie – nicht ganz so unauffällig – andeutete, dass es für Anna an der Zeit war, »nach vorne zu schauen«.

Aber Anna wollte nicht nach vorne schauen. Sie war noch nicht so weit.

Das hatte sie Gabi auch schon tausendmal gesagt, aber offenbar ohne jede Wirkung, denn in diesem Moment schlängelte sich ihre Freundin lächelnd mit einem Mann im Schlepptau durch das Gedränge in der Küche auf sie zu.

Da begriff sie. Gabi ging es gar nicht um ihr eigenes Liebesleben, sondern um Annas.

Anna versuchte, in die entgegengesetzte Richtung zu flüchten, doch Vanessas Angestellte aus dem Schönheitssalon versperrten ihr den Weg, bunt und aufgeputzt wie ein Schwarm exotischer Vögel. Sie hatten sich direkt neben dem gläsernen Kühlschrank niedergelassen, der bis obenhin mit Champagnerflaschen gefüllt war, und rührten sich nicht von der Stelle.

»Ich dachte schon, ich hätte dich verloren!«, rief Gabi und setzte ihr strahlendstes Julia-Roberts-Lächeln auf. Sie blickte zu dem Mann, den sie am Arm hinter sich herzog und der nicht ganz so enthusiastisch wirkte wie Gabi. »Das ist Jeremy!«, verkündete sie mit solchem Elan, als handele es sich um die Oscar-Verleihung. Groß, mit sandfarbenem Haar und ausgeprägten Wangenknochen, erinnerte Jeremy Anna an den Detektiv in der schwedischen Krimiserie, die sie gerade auf Netflix dauerguckte.

»Weißt du noch? Ich hab dir doch von ihm erzählt.«

Anna warf Gabi einen Blick zu. *Das ist nicht dein Ernst, oder?*

Doch Gabi funkelte unbeirrt zurück – *Jetzt reiß dich gefälligst zusammen!* – und sprach weiter. »Du hast doch gesagt, du würdest gerne mal Salsa ausprobieren. Und Jeremy macht einen Kurs am Civic Centre. Er kann dir alles darüber erzählen.« Dann fiel Gabi plötzlich auf, dass sie nichts mehr zu trinken hatten, und sie eilte, obwohl sie direkt neben einem ganzen Kühlschrank voll Champagner standen, davon, um Nachschub zu holen. Anna und Jeremy blieben zurück und sahen sich verlegen an.

Anna holte Luft, lächelte und sagte: »Hallo.« Ja, sie fühlte sich gerade ein bisschen ungesellig, aber sie war nicht unhöflich. Deshalb sagte sie ihm auch nicht, als sie vorsichtig ein paar Sätze wechselten, dass das mit dem Salsakurs Gabis Idee gewesen war. Damit Anna mal aus dem Haus und auf andere Gedanken kam. Davor war es Italienisch gewesen. Und davor ein Goldschmiedekurs. Selbst »Wie repariere ich mein Auto?« war ihr nicht zu blöd gewesen.

Und so kam es, dass Anna sich eine halbe Stunde lang dort in der Küche mit Jeremy unterhielt. Er war nett, das musste sie zugeben. Nicht zu sehr von sich eingenommen. Kein Langweiler. Und ganz offensichtlich hatte Gabi ihn mit ihrem wenig subtilen Verkuppelungsversuch genauso überrumpelt wie sie. Er gab sich zwar Mühe, sich nichts davon anmerken zu lassen, aber es gelang ihm nicht so recht. Was ihn für Anna noch sympathischer machte.

Als er vorschlug, nach draußen zu gehen, um dem Lärm und dem Gedränge zu entkommen, folgte sie ihm. »Wie sind Sie denn zum Salsaexperten geworden?«, fragte sie, als sie auf die Terrasse hinaustraten, von der man auf den perfekt gepflegten Garten blickte.

Jeremy verzog das Gesicht. »Ich bin ganz sicher kein Experte.«

»Nein? Wie lange tanzen Sie denn schon?«

Er rieb sich mit der Hand übers Gesicht und lachte. Er hatte ein nettes Lächeln, fand Anna. In seinen Augen lagen Wärme, Ehrlichkeit und auch etwas Verschmitztes. »Das ist es ja gerade – ich war nur ein paarmal da, und auch nur, weil meine Schwester unbedingt hinwollte und mein Schwager sich stur geweigert hat.«

Anna musste lachen. Nicht schallend laut, eher leise und amüsiert, aber es schockierte sie so sehr, dass sie sofort wieder verstummte. Das Geräusch war ihren Ohren fremd, das leichte Beben ihrer Schultern ungewohnt. Wie lange war es her, dass sie zuletzt gelacht hatte? Sie konnte sich nicht erinnern.

Vielleicht ließ sie sich deshalb weiter auf das Gespräch mit diesem netten Mann ein, stand nicht nur höflich lächelnd da und nickte an den richtigen Stellen, sondern unterhielt sich wirklich mit ihm und erzählte ihm ein wenig von sich. Und vielleicht erwiderte sie deshalb, als er sagte, er sei gern bereit, mit dem Salsa einen zweiten Versuch zu starten, falls sie Lust habe, es auszuprobieren, aber nicht allein hingehen wolle, dass sie darüber nachdenken werde.

Sie wechselte zu einem anderen Gesprächsthema, und dabei ging ihr durch den Kopf, dass Gabi eine gute Wahl getroffen hatte. Eine sehr gute sogar. Denn in einem anderen Leben, einer anderen Wirklichkeit hätte sie bei der Vorstellung, mit Jeremy zu tanzen, seine Hand auf ihrem Rücken zu spüren, während sie sich bewegten, vielleicht Schmetterlinge im Bauch. Als sie dort ans Geländer gelehnt standen, sah Jeremy sie immer wieder an, und jedes Mal verspürte sie zu ihrer Überraschung das Kitzeln zarter Flügel in ihrem Innern.

Doch Anna wusste, dass sie dem Geflatter nicht zu viel Beachtung schenken sollte. Schmetterlinge waren kurzlebige Geschöpfe, und in Anbetracht des Frosts, der ihre Seele gefangen hielt, würden sie vermutlich bald tot sein. Zu Eis erstarrt, die Armen.

Doch als Jeremy ihr das Glas mit dem lauwarmen, abgestandenen Champagner abnahm, um ihr ein neues zu holen, streiften seine Finger ihre, und die Schmetterlinge gerieten in Panik.

Diese kurze Berührung löste einen verborgenen Alarm aus, wie ein Bankangestellter, der beim Überfall auf den Knopf unter dem Tisch drückt. In ihrem Herzen blinkte alle paar Sekunden ein rotes Licht auf, und in ihrem Schädel lärmte eine Sirene, als Jeremy sich durch das Gedränge Richtung Küche bewegte.

Ganz egal, dass er gut aussieht, tönte der Alarm. *Sogar ausgesprochen gut. Er ist nicht Spencer.*

Ganz egal, dass er intelligent, feinfühlig und auf eine gute Art ernsthaft ist, wie Spencer es nie war. Ganz egal, dass dieser Jeremy bestimmt nie auf die Idee käme, jedes Mal einen Witz abzulassen, wenn du über etwas Wichtiges, Bedeutsames sprechen willst. Er ist nicht Spencer und wird es auch nie sein.

Anna versuchte, den Alarm zu ignorieren, als Jeremy zurückkam. Sie versuchte zuzuhören, als er eine Anekdote über einen besonders anspruchsvollen Kunden erzählte, aber die Warnung pulsierte die ganze Zeit in ihrem Hinterkopf, während sein Blick immer länger auf ihr lag und sich eine kleine Blase der Intimität um sie schloss.

Mist. Sie wusste, wo das hinführte.

Spätestens in einer halben Stunde würde er sanft ihren Arm berühren, während er ihr etwas erzählte. Und wenn Big Bens Glockenschläge durch das Land hallten, würde er sich vielleicht vorbeugen und sie sanft auf die Lippen küssen. Bei der Vorstellung sackte ihr der Magen in die Knie. Ihr wurde heiß, und es kribbelte überall.

Nicht Spencer, blinkte die Warnlampe. *Nicht Spencer. Nicht Spencer. Nicht Spencer.*

Anna versuchte zu lächeln und zu nicken, während Jeremy weitersprach, aber sie fühlte sich zugleich elend und aufgedreht. So ging es nicht weiter. Sie musste einen Weg finden, das hier zu einem Ende zu bringen.

Da fing Jeremy von einem Junggesellenabschied an, bei dem er und seine Freunde einen ganzen Nachmittag lang in Goodwood mit Rennwagen ihre Runden gedreht hatten, und Anna packte die Gelegenheit sofort beim Schopf.

»So was wollte ich meinem Mann mal zum Geburtstag schenken«, warf sie ein. »Er liebte schnelle Autos, ganz besonders Aston Martins.«

Jeremy öffnete den Mund, um etwas zu erwidern, doch dann sickerte die Information offenbar ein, denn er stockte. »Aston Martin?«, sagte er schließlich und räusperte sich. »Gute Wahl.«

Ihr fiel auf, dass er zwar etwas aus dem Konzept gebracht war, aber nicht schockiert wirkte, wie es wohl bei den meisten Männern der Fall wäre, wenn eine Frau sich über eine Stunde lang ausschließlich mit ihnen unterhielt, ohne zu erwähnen, dass es da noch einen Ehemann gab.

»Gabi hat Ihnen von Spencer erzählt«, sagte sie. Es war eine Feststellung, keine Frage.

»Ein bisschen«, erwiderte er, und sie rechnete es ihm hoch an, dass er ihr dabei in die Augen sah und nicht den Blick abwandte oder so tat, als hätte er gerade jemanden entdeckt, mit dem er unbedingt sprechen wollte. Bis hierhin war ihr Gespräch entspannt dahingesegelt, aber obwohl die See jetzt rauer wurde, ergriff er nicht die Flucht. Er blieb da und navigierte durch die Wellentäler der Befangenheit, die sich nun vor ihnen auftaten. Der Mann hatte Klasse.

Doch Anna konnte nicht zulassen, dass deshalb ihre Überzeugung ins Wanken geriet, und so erzählte sie ihm, was vor zwei Jahren, neun Monaten und acht Tagen passiert war: dass ihr Mann abends noch kurz zum Laden an der Ecke gegangen war, um eine Flasche Wein zu besorgen. Und dass er nicht zurückgekommen war, weil jemand am gleichen Abend zu viel getrunken und sich trotzdem ans Steuer eines Autos gesetzt hatte. Bis zum Laden waren es nur drei Minuten gewesen.

Sie erzählte ihm, wie sie die Sirene des Rettungswagens gehört und sofort gewusst hatte, dass etwas Furchtbares passiert war. Wie sie trotz der Märzkälte barfuß aus dem Haus gerannt war und die Tür hatte offen stehen lassen. Wie sie Spencer auf der Straße hatte liegen sehen, mit lauter Sanitätern um ihn herum, die Gesichter blass und ernst. Und wie man ihr bei der Ankunft im Krankenhaus mitgeteilt hatte, dass er auf dem Weg dorthin gestorben war.

Sie erzählte Jeremy alles bis ins kleinste Detail, und er sah sie dabei an, nicht entsetzt oder peinlich berührt, sondern voller Mitgefühl. Echtem Mitgefühl, nicht Mitleid.

Genau deshalb sorgte Anna dafür, dass jedes Wort ein Ziegelstein war und dass sie aus den Steinen eine Mauer baute. Eine Grenze. Und als sie ihre Geschichte beendet hatte, stand sie auf der einen Seite und Jeremy auf der anderen.

Trotzdem haute er nicht ab. Verfluchter Kerl.

»Was den Salsakurs angeht …«, sagte er. »Ich nehme an, das war eher Gabis Idee.«

»Stimmt.«

Er nickte. Sie würden also nicht so bald zusammen das Tanzbein schwingen. Wahrscheinlich nie.

»Es hat mich gefreut, Sie kennenzulernen, Anna«, sagte er sanft und sah ihr in die Augen. Nicht auf romantische Weise (das hatte sie ihm eindeutig ausgetrieben), aber voller Ehrlichkeit, um ihr zu verstehen zu geben, dass er es wirklich so meinte.

Anna nickte nur und schluckte die Worte hinunter, die ihr in die Kehle stiegen, weil sie fürchtete, sie könnten sich zu der Bitte formen, bei ihr zu bleiben und weiter mit ihr zu reden, als wäre sie ein normaler Mensch und nicht eine wandelnde Tragödie, die man wie ein rohes Ei behandeln musste.

Er blickte zum Haus. »Da ist jemand, mit dem ich …« Er beendete den Satz nicht, sondern lächelte ihr nur ein wenig traurig zu, drehte sich um und ging hinein. Anna sah ihm nach, als er sich durch das Gedränge in der Küche schob.

Nun hatte er doch noch die alte Ausrede gewählt, aber sie verübelte es ihm nicht, im Gegenteil, sie war ihm sogar dankbar. Er hatte es getan, um sie aus der unbehaglichen Situation zu befreien, nicht sich selbst. Jeremy hatte ihre Steine und ihre Mauer gesehen und sie respektiert. Ihr schossen Tränen in die Augen.

Während sie noch dastand und mit feuchten Augen auf die Glastüren der Küche starrte, tauchte mit einem Mal Gabi auf. »Wo ist Jeremy?«

Anna war ziemlich sicher, dass ihre Freundin sie das fragte, weil sie ihn allein im Haus gesehen hatte. »Da war jemand, mit dem er dringend sprechen musste«, antwortete sie und ignorierte das warme Gefühl, das bei dem Gedanken daran aufflackerte, dass sie durch diese Notlüge, dieses kleine Geheimnis mit ihm verbunden war. Sie drehte sich um und blickte hinaus in den dunklen Garten.

Gabi wirkte schwer enttäuscht. »Aber … aber es sah so aus, als würdet ihr euch richtig gut verstehen.«

»So war es auch.«

»Ihr habt ewig lange miteinander geredet.«

Anna nickte. Sie verspürte den Stich eines schlechten Gewissens. Es war Jeremy gegenüber nicht fair gewesen, sich so lange mit ihm zu unterhalten. Und dann bohrte sich das Messer des schlechten Gewissens, das sie bisher nur leicht geritzt hatte, tiefer und grub sich in ihre Eingeweide. Es war auch Spencer gegenüber nicht fair gewesen. »Was hast du dir bloß dabei *gedacht*, Gabi?«

Gabi wollte erst die Unschuldige spielen, doch dann gab sie es auf. Sie sah Anna kleinlaut an und schüttelte den Kopf. »Ich weiß nicht … Ich fand ihn nur nett und dachte, dass du … dass du …«

Anna knirschte mit den Zähnen. »Wenn du jetzt sagst, dass ich nach vorne schauen soll, dann kippe ich dir den Champagner ins Gesicht.«

Gabis Gesicht wurde ernst. »Aber du *musst* –«

Das reichte. Anna hatte genug. Sie machte ihre Drohung zwar nicht wahr, aber sie schleuderte ihr Glas über das Geländer in den Garten, wo es unter einen Busch rollte. Vanessa würde sie umbringen, falls sie das je herausfand.

»Ich muss nicht nach vorne schauen!«, schrie sie. »Es ist erst zwei Jahre her!«

Gabi öffnete den Mund, um – zutreffenderweise – einzuwenden, dass es mittlerweile schon fast drei Jahre waren, doch als sie Annas Miene sah, ließ sie es bleiben.

»Was erwartest du denn? Soll ich einfach mit den Fingern schnippen und sagen: Tja, die Liebe meines Lebens, der Mann, den ich mit jeder Faser meines Seins geliebt habe, ist tot, also sollte ich mir wohl Ersatz suchen? Als wäre er ein Kleidungsstück vom letzten Jahr?«

»Nein, natürlich nicht … Ich …«

Anna sah, wie verletzt ihre Freundin war, aber das bremste sie nicht. *Selbst schuld, Gabi. Du hast immer wieder gestochert, du hast diesen Tiger aus seinem Schlaf aufgeschreckt, und jetzt hörst du dir gefälligst sein Gebrüll an!*

»Sieh erst mal zu, dass du eine Beziehung hast, die länger als anderthalb Jahre dauert – *dann* kannst du mir vielleicht vorschreiben, wie ich mein Leben zu führen habe!«

Gabi zuckte zusammen. Anna wusste, dass das ein Schlag unter die Gürtellinie gewesen war und dass sie es bereuen würde, sobald sie sich wieder beruhigt hatte, aber sie musste dafür sorgen, dass Gabi damit aufhörte. Dass sie endlich *begriff.*

Es musste Schluss sein mit den Italienischkursen, dem Goldschmieden und dem Salsatanzen. Und mit den *Jeremys.* Denn Anna wusste, dass ihr noch mehr davon vorgeführt werden würden, wenn sie sich jetzt nicht durchsetzte. Sie musste Gabi klarmachen, dass sie nicht auf magische Weise über Spencer hinwegkam, wenn sie lernte, das Verb *essere* zu konjugieren oder einen perfekten »Side Basic« zu tanzen. Sie würde überhaupt nicht über ihn hinwegkommen.

»Sag mir nie mehr, dass ich nach vorne schauen soll! Weil du es nicht verstehst! Nicht, solange du es nicht selbst erlebt hast!«

Und bevor Gabi irgendetwas zu ihrer Verteidigung vorbringen konnte, drehte Anna sich um und marschierte auf die Pforte an der Seite des Hauses zu. Zum Glück war sie nicht verschlossen. Sie hätte es nicht ertragen, sich noch einmal zwischen all den Leuten da drinnen hindurchzwängen zu müssen.

Nein, du hättest es nicht ertragen, dich umzudrehen und Gabi mit Tränen in den Augen dastehen zu sehen, wandte eine Stimme in ihrem Kopf ein, aber Anna beachtete sie nicht, sondern knallte die Pforte so heftig hinter sich zu, dass der Riegel schepperte. Und dann stapfte sie zu ihrem Auto, stieg ein und fuhr nach Hause.

3.

Anna schaltete gar nicht erst das Licht ein, als sie nach Hause kam, sondern lief direkt die Treppe hoch und ins Schlafzimmer. Der Digitalwecker auf dem Nachttisch zeigte 23:36 an. Sie wandte den Blick ab.

Wenn sie nicht daraufschaute, konnte sie nicht sehen, wie die Zahlen immer höher wurden, bis schließlich die gefürchtete Reihe von Nullen da stand. Und wenn sie sie nicht sehen konnte, dann existierte sie auch nicht. Mitternacht war eine Schwelle, die sie nicht überschreiten wollte. Nicht nur an diesem besonderen Tag, sondern immer. Jeder Tag ohne ihn war einer zu viel.

Anna hatte einige kleine Rituale, die ihr helfen sollten, durch die Tage und Nächte zu kommen, und davon brauchte sie jetzt eins. Sie ließ ihre Handtasche auf den Boden fallen, ging zu Spencers eingebautem Kleiderschrank, legte die Hände um die Griffe und öffnete die Türen. Alle seine Anzüge und Hemden hingen dort genau so, wie er sie zurückgelassen hatte. Sie wusste, es war ein fürchterliches Klischee, aber sie brachte es einfach nicht über sich, sie in einen Müllbeutel zu stopfen oder ins Sozialkaufhaus zu bringen.

Seufzend zog sie den Ärmel eines Hemdes zu sich und schnupperte daran. Sein Duft hing nicht mehr darin, obwohl sie nichts von seinen Sachen gewaschen hatte, aber sie tat so, als ob. Dabei versuchte sie jedes Mal, sich daran zu erinnern, wie er gerochen hatte, aber es fiel ihr immer schwerer.

Spencer hätte über sie gelacht, weil sie so sentimental war, aber schließlich hatte er über alles gelacht, über alles gefrotzelt – was sie bezaubert, aber oft genug auch auf die Palme gebracht hatte. Er hatte es sogar getan, als sie ihm zum ersten Mal gesagt hatte, dass sie ihn liebte.

Jener frostige Novemberabend vor neun Jahren war magisch gewesen. Sie waren in der Londoner City essen gewesen, um ihre zwei Monate als Paar zu feiern, doch anstatt mit der U-Bahn zum Bahnhof Charing Cross zurückzufahren, waren sie zur Themse hinuntergegangen und das Victoria Embankment entlangspaziert, mit seinen wuchtigen Steinmauern, den kugelförmigen Straßenlaternen und den hölzernen Sitzbänken, deren gusseiserne Stützen mit seltsamen mythologischen Wesen verziert waren. Die Lichter der Festival Hall und des South Bank Centre funkelten über das Wasser hinweg, und das blau-weiß leuchtende London Eye wachte über sie.

Spencer zog sie an sich und küsste sie, dann legte er die Hände um ihr Gesicht, sah ihr tief in die Augen und sagte ganz schlicht und ernst: »Ich liebe dich.« Und dann fing er plötzlich an zu lachen. »Tut mir leid – ich konnte mich einfach nicht länger zusammenreißen.«

Sie war atemlos, und alles um sie herum schien sich zu drehen. Das passierte ihr bei Spencer oft, dass sie sich fragte, wo oben und wo unten war; er war der Magnet und sie die Kompassnadel.

»Ich liebe dich auch«, flüsterte sie, und sein Lächeln wurde noch breiter, doch dann schaute er mit einem Mal ganz ernst.

»Wie bitte?«, fragte er mit schelmischem Funkeln in den Augen. »Ich glaube, das habe ich nicht richtig verstanden.«

Sie musste lachen, dann räusperte sie sich und versuchte es noch einmal lauter. »Ich liebe dich auch.«

Spencer legte die Hand an sein Ohr. »Nein. Habe ich immer noch nicht verstanden.« Sie knuffte ihn in den Arm. Er kam immer näher, bis ihre Lippen sich fast berührten, dann ließ er sie plötzlich los, sprang auf eine der Bänke am Ufer und breitete die Arme aus. »Wenn man jemanden liebt«, brüllte er, »sagt man das nicht leise, sondern man ruft es von den Dächern! Und zwar so …« Er drehte sich zu den Möwen, die auf der Lichterkette zwischen den Straßenlaternen saßen. »Ich liebe dich, Anna Mason! Ich habe dich seit dem Tag geliebt, als wir uns das erste Mal begegnet sind, und ich werde dich immer lieben!«

Er streckte seine Hand aus, und sie nahm sie und ließ sich von ihm auf die Bank ziehen, sodass sie neben ihm stand, wobei sie aufpassen musste, dass ihre Stiefelabsätze nicht in den Ritzen hängen blieben. Er hatte sie angegrinst und darauf gewartet, dass sie es ihm gleichtat, und beinahe hätte sie ebenfalls ihre Liebeserklärung in die Nacht hinausgerufen, doch etwas bremste sie, und sie drehte sich zu ihm. Manchmal musste sie Spencer daran erinnern, dass sein Weg nicht der einzige war.

»Du hast es sehr wohl verstanden, du Idiot«, murmelte sie ihm ins Ohr, und dann küsste sie ihn genauso sanft und zärtlich, wie er sie geküsst hatte.

Von da an war es ihr »Ding« gewesen – wenn sie »Ich liebe dich« sagte, fragte er jedes Mal: »Wie bitte?«, und dann flüsterte sie: »Du hast es sehr wohl verstanden, du Idiot.« Sie hatte gedacht, dass sie das noch mit achtzig machen würden …

Mit einem Schluchzen sank sie auf den Schrankboden, wobei sie das Hemd samt Bügel mitriss, und dann vergrub sie das Gesicht in dem blau-weiß gestreiften Stoff und weinte, bis keine Tränen mehr kamen.

Wie konnte Sehnsucht nur so wehtun? Jetzt verstand sie, warum die Leute von einem gebrochenen Herzen sprachen, denn sie spürte den Schmerz mit jedem einzelnen Schlag.

Sie verlor jegliches Zeitgefühl, während sie zusammengekrümmt dort im Schrank lag, Spencers Hemd an die Brust gedrückt. Schließlich jedoch kam sie wieder im Hier und Jetzt an. Aber der Schmerz hörte nicht auf. Er hörte nie auf.

Sie beugte sich vor und griff nach ihrer Handtasche, dann setzte sie sich wieder in den Schrank, den Rücken an die Wand gelehnt, holte ihr Handy heraus und schaltete es ein.

23:56. Es war fast Mitternacht.

Anna schloss die Augen und versuchte, mit reiner Willenskraft die Zeit anzuhalten. Noch vier Minuten. Oder vermutlich eher weniger – drei und ein paar Sekunden – war alles, was ihr von diesem Jahr noch blieb, bevor es ihr entglitt und ein weiteres Stück von Spencer mitnahm.

Es funktionierte nicht. Als sie die Augen wieder öffnete, war eine weitere Minute vergangen. Sie starrte auf das Handy, während in ihrem Innern ein Kampf entbrannte. Es gab nämlich noch ein Ritual. Eines, das noch ungesünder war. In dem vernünftigen Teil ihres Kopfes wusste sie das auch. Deshalb hatte sie es sich ja verboten. Sie versuchte es wirklich, auch wenn Gabi ihr das nicht glaubte.

Leg das Handy weg, ermahnte sie sich. *Du hast dir doch vorgenommen, es nicht mehr zu tun.* Seit Monaten war sie nicht mehr so schwach gewesen.

Aber sie legte das Handy nicht weg. Langsam und gezielt öffnete sie ihre Kontakte, scrollte zu Spencers Namen und tippte auf »Wählen«.

Noch bevor die Verbindung stand, hörte sie die Nachricht – seine Stimme – in ihrem Kopf: *Hi! Hier ist Spencer. Ich bin unterwegs und amüsiere mich, aber wenn ihr unbedingt eine öde, langweilige Nachricht hinterlassen wollt, wisst ihr ja, wie's geht …*

Sie sehnte sich so sehr danach, genau das zu tun, ihm ihr Herz auszuschütten, aber sie tat es nicht. Das war nicht genug. Ja, sie wollte mit ihm reden, aber sie wollte kein leeres, einseitiges Gespräch. Sie wollte seine Stimme hören, seine richtige Stimme, nicht eine alte, abgenudelte Aufnahme. Sie wollte, dass er ihr antwortete. Und dann könnte sie ihm endlich sagen, was sie damals an jenem letzten Abend hätte sagen sollen, bevor er zur Tür hinausgegangen war, etwas Bedeutsameres als: »Kannst du noch Milch mitbringen?«

Ihr Daumen schwebte über dem »Anruf beenden«-Button. Sooft sie seine Nummer auch gewählt hatte, um seine Bandansage zu hören, sie hatte nie eine Nachricht hinterlassen, denn auch wenn Gabi ihr vorwarf, dass sie sich in der Vergangenheit vergrub, stimmte das nicht. Sie machte sich nichts vor. Das hier war nur ein Echo von ihm, mehr nicht. Sie wusste, dass sie ihn nicht zurückholen konnte.

Doch wenn sie an diesem Abend schon abstürzte, dann wenigstens richtig. Vielleicht lag es daran, dass in diesem Moment die Zeitanzeige oben auf dem Handy auf die Reihe aus Nullen wechselte. Oder vielleicht waren es auch die ganzen Gefühle, die sich an diesem Abend angestaut hatten und hinauswollten. Wie auch immer – Anna spürte, wie all die Worte, von denen sie geglaubt hatte, dass sie ein Leben lang Zeit haben würde, sie auszusprechen, sich in ihrer Kehle stauten, und dann sprangen plötzlich drei davon heraus. Das würde reichen müssen.

»Ich liebe dich …«, flüsterte sie mit tränenrauer Stimme.

Einen Moment lang herrschte Stille.

Und dann kam die Antwort.

»Wie bitte?«

4.

Aufzuwachen ist manchmal so, als glitte man aus einem sanften weißen Nebel. Der Dunst lichtet sich, und man fühlt sich ausgeruht, wach und klar, bereit, den Tag zu beginnen. Für Anna jedoch fühlte es sich an diesem Morgen eher so an, als sei sie unter einer Lawine begraben. Ihr Schlaf war zum Glück traumlos gewesen, doch sie hatte das Gefühl, dass etwas Schweres auf ihrer Brust lastete, und sie wusste nicht, wo sie war. Sie lag da, unfähig, sich zu bewegen oder zu denken. Schließlich begann sie sich freizukämpfen.

Als Erstes versuchte sie, die Augen zu öffnen. Sie blinzelte ein paarmal, bis es ihr halbwegs gelang, und schaute nach dem Wecker, doch dort, wo eine Digitalanzeige hätte sein sollen, war jetzt ein altmodischer Wecker mit Glocken obendrauf und kleinen Messingfüßchen.

Obwohl die schweren Vorhänge zugezogen waren und kaum Licht hereinließen, erkannte sie, dass das Fenster am falschen Platz war. Es hätte rechts sein müssen, aber es befand sich eindeutig links.

Verwirrt setzte sie sich auf, und da fiel es ihr wieder ein. Sie war gar nicht in ihrem Schlafzimmer, sondern im Gästezimmer. Sie rieb sich die müden Augen, und ihr Magen schlug einen Salto.

O Gott. Letzte Nacht … Der Anruf.

Sie erinnerte sich nicht einmal mehr an Spencers Ansage, nur an das, was danach gekommen war – die Stimme. Die Stimme, die gesprochen hatte, obwohl da nur Leere und Stille hätten sein müssen.

Als sie sie hörte, hatte sie sofort das Handy in die Tiefen des Schranks geschleudert und war panisch durchs Schlafzimmer gekrabbelt, bis sie an der gegenüberliegenden Wand ankam. Dort hatte sie sich zitternd hingesetzt, die Knie bis ans Kinn gezogen, und den offenen Schrank angestarrt, als könnte dort jeden Moment ein Geist auftauchen. Irgendwann hatte sie es schließlich geschafft, aufzustehen und durch den Flur in dieses Zimmer zu taumeln, wo sie sich aufs Bett geworfen und, so zerwühlt, wie alles aussah, offenbar sehr unruhig geschlafen hatte.

Nach Spencers Tod hatte sie alle möglichen seltsamen Dinge geträumt, zum Beispiel dass ihr Leben ganz normal weiterlief, und es hatte sich so real angefühlt, dass das Aufwachen fast so war wie in den ersten furchtbaren Tagen nach dem Unfall. Und dann die Albträume …

Doch die Träume waren nicht immer schlimm gewesen. Manchmal hatte sie sich in diesem Zwischenreich zwischen Schlafen und Wachen vorgestellt, er läge neben ihr im Bett, warm und solide und lebendig. Ein- oder zweimal war sie überzeugt gewesen, sie hätte seinen Atem in ihrem Nacken gespürt oder seine Hand auf ihrem Oberschenkel, aber als sie dann richtig wach wurde, war seine Seite des Bettes kühl und unberührt gewesen. Sie hatte angenommen, dass ihr Unterbewusstsein sich weigerte, die Wahrheit zu akzeptieren, und versuchte, die riesige Lücke, die er hinterlassen hatte, zu füllen.

War letzte Nacht etwas Ähnliches passiert? Sie war aufgewühlt gewesen, als sie die Party verlassen hatte. Vielleicht hatte das etwas ausgelöst …

Während Anna noch darüber nachdachte, fiel ihr mit einem Mal ein, dass sie zwar auf den Wecker gesehen, aber gar nicht darauf geachtet hatte, was er anzeigte. Sie wandte den Kopf, um noch einmal nachzusehen.

Halb zwölf? Sie sprang aus dem Bett.

Um halb eins sollte sie bei Spencers Eltern zum Neujahrsessen sein, und die Fahrt nach Epsom dauerte mindestens eine Dreiviertelstunde. Sie musste sofort los!

Doch ein kurzer Blick in den Spiegel belehrte sie eines Besseren. Sie hatte immer noch das zerknitterte schwarze Kleid an, ihre Strumpfhose hatte eine Laufmasche, die von der Ferse bis zum Rocksaum reichte, und ihre Haare sahen aus, als wäre sie in einen Orkan geraten.

Im Moment war keine Zeit, darüber nachzudenken, was letzte Nacht passiert war. Sie musste zusehen, dass sie in weniger als fünfzehn Minuten geduscht und halbwegs präsentabel war, und selbst wenn sie den ganzen Weg nach Epsom mit der Geschwindigkeitsbegrenzung flirtete, würde es verdammt knapp werden.

Spencers Mum war sehr auf Pünktlichkeit bedacht, und Anna achtete stets darauf, dass sie zum sonntäglichen Mittagessen, das alle zwei Wochen stattfand, um Punkt halb eins da war, obwohl sie nie vor eins aßen. Während Spencer notorisch unpünktlich gewesen war – Anna konnte sich an kein Familientreffen mit ihm erinnern, bei dem sie nicht mindestens eine halbe Stunde zu spät gekommen waren –, schien Gayle bei ihrer Schwiegertochter strengere Maßstäbe anzulegen.

Diese gemeinsamen Mittagessen hatten kurz nach Spencers Tod begonnen, um einander in dieser schweren Zeit zu unterstützen und gemeinsam zu lachen und zu weinen und seiner zu gedenken, und irgendwie waren sie immer weitergegangen, weil niemand den Mut aufbrachte, die Tradition zu durchbrechen. Zu spät zu kommen würde respektlos wirken.

Um zwölf hatte Anna sich wieder im Griff und stieg ins Auto. Um zwanzig nach bog sie auf die M25 ein und trat aufs Gas. Es schüttete, und wäre es noch ein oder zwei Grad kälter gewesen, wäre daraus Schneeregen geworden. Sie stellte die Scheibenwischer auf höchste Stufe und zwang sich, mehrere Autos und Lastwagen zu überholen, obwohl sie bei diesem Wetter lieber auf der langsamen Spur geblieben wäre. Doch die Strecke war ihr vertraut, und nach kurzer Zeit fuhr sie praktisch auf Autopilot und ließ ihre Gedanken wandern.

Was war denn nun *wirklich* letzte Nacht passiert?

Eigentlich gab es nur zwei Möglichkeiten: Entweder sie hatte die Stimme am Telefon – Spencers Stimme? – tatsächlich gehört, oder sie hatte es sich eingebildet. Beide Varianten behagten ihr nicht sonderlich, denn die erste war zu abgedreht, um sie ernsthaft in Betracht zu ziehen, und die zweite bedeutete, dass sie das neue Jahr mit einem Nervenzusammenbruch begann.

Denn er hatte ja nicht einfach irgendwas gesagt. Er hatte »Wie bitte?« gesagt. *Ihre* Worte, ihr Ding.

Hatte sie sich so sehr danach gesehnt, es noch einmal zu hören, dass sie sich das Ganze eingebildet hatte? So musste es sein. Sie war den ganzen Abend so aufgewühlt gewesen, schon bevor sie sich im Schrank ihres verstorbenen Mannes verkrochen hatte. Was sie alles zu Gabi gesagt hatte …

O Gott – Gabi!

Sie hatte völlig vergessen, sie anzurufen und sich bei ihr zu entschuldigen. Was war sie nur für eine miese Freundin!

Normalerweise war Anna eine vorsichtige Fahrerin, so sehr, dass Spencer sie immer »Grandma« genannt hatte, wenn sie am Steuer saß, aber jetzt schwenkte sie auf den Standstreifen und hielt an. Das hier *war* ein Notfall. Ihre Handtasche lag auf dem Beifahrersitz, und sie kramte mit der linken Hand darin herum. Erst als ihre Finger den Boden berührten, fiel es ihr ein.

Ihr Handy lag immer noch im Schrank, wo sie es nach dem Anruf hingeworfen hatte. So sehr sie auch das schlechte Gewissen Gabi gegenüber plagte, im Moment konnte sie nichts tun. Es würde bis zum Nachmittag warten müssen, wenn sie wieder zu Hause war.

Anna spähte auf die Fahrbahn, setzte den Blinker und fädelte sich wieder ein. In ihrem Kopf hörte sie immer noch die Stimme – seine Stimme.

Wie bitte?

Genau das, was Spencer gesagt hätte, allerdings ohne das kaum unterdrückte Lachen und die samtige Weichheit, die ihr so vertraut war. Er hatte so ernst geklungen, so traurig. Als litte er genauso unter ihrer Trennung wie sie.

Einerseits passte das. Andererseits auch wieder nicht. Wenn es nur Einbildung war, warum hatte sie nicht Spencers heitere, spitzbübische Stimme gehört? Denn genau danach sehnte sie sich doch, nach der typisch Spencer'schen Fröhlichkeit, nach dem Lächeln in seinen Worten. Warum hatte sie ihn sich so kummervoll vorgestellt?

Spencer hätte sie für diese Überlegungen ausgelacht, aber waren sie denn wirklich so lächerlich? Sie hatten doch immer gesagt, dass ihre Liebe etwas Besonderes war. Einmal, als sie bei einer Dinnerparty gewesen waren, hatte einer von seinen Freunden gesagt, falls ihm etwas zustieße, wolle er, dass seine Frau nach vorne schaute und wieder heiratete; darauf hatte Spencer erwidert, so großzügig sei er nicht, er werde einen Weg finden zurückzukommen, denn Anna gehöre für immer zu ihm. Was, wenn er tatsächlich einen Weg gefunden hatte? Schließlich wusste ja niemand wirklich, was nach dem Tod geschah, oder? Das war der einzige Bereich, in den die Wissenschaft niemals ihre neugierige Nase stecken konnte. Was, wenn etwas Wunderbares, etwas *Unmögliches* passiert war?

Nein, sagte sie sich. *Das ist Quatsch.*

Es konnte nicht wahr sein. Denn was sollte sie tun, falls doch? Zum Mittagessen bei ihren Schwiegereltern aufkreuzen und in aller Ruhe verkünden, dass sie in der vergangenen Nacht mit ihrem geliebten dahingeschiedenen Sohn geplaudert hatte? Das klang absurd. Es *war* absurd.

Also gut. Anna atmete zitternd aus. Es half, das Ganze in einen Zusammenhang zu setzen. Schön, vielleicht war es nicht nur ein Traum gewesen. Das hieß aber noch lange nicht, dass es wirklich passiert war. Wahrscheinlich war es eine Mischung aus Wirklichkeit, Einbildung und Gefühlen – das würde sie sich zumindest sagen, wenn sie wieder anfing, sich deswegen verrückt zu machen. Und sie würde es sich während des gesamten Mittagessens sagen.

5.

Was ich jetzt wirklich gebrauchen könnte, mehr als alles andere, dachte Anna, als sie beim Haus von Spencers Eltern ankam und den Motor ausstellte, *ist eine richtige Umarmung.* Sie wünschte, sie stünde vor dem Haus ihrer eigenen Eltern, und ihre Mutter würde sich die Hände am Geschirrtuch abtrocknen und zur Tür gelaufen kommen, um sie zu begrüßen, aber das war nicht möglich. Es sei denn, sie stieg in ein Flugzeug und flog knapp fünftausend Kilometer.

Ihre Eltern waren, kurz nachdem sie und Spencer geheiratet hatten, nach Kanada gezogen. Annas Mutter arbeitete als Conference Centre Manager für eine internationale Hotelkette, und ihr war genau die Position angeboten worden, von der sie ihr ganzes Berufsleben lang geträumt hatte. Der einzige Haken dabei: Die neue Stelle war in Nova Scotia. Annas Vater war gerade als Bauingenieur in den Ruhestand gegangen, und ihre einzige Tochter hatte ihr eigenes Leben, und so hatten sie den Sprung gewagt. Der Plan war, nach England zurückzukehren, wenn ihre Mum in Pension ging. Anna besuchte sie natürlich ab und zu, und sie skypten regelmäßig, aber das war nicht dasselbe. Schließlich konnte man einen Bildschirm nicht umarmen.

Anna lief vom Auto zur Haustür der Barrys und klingelte. Viertel nach eins. So spät war sie noch nie gewesen.

Gayle öffnete ihr. Sie lächelte zwar, aber ihre Haltung wirkte ein wenig steif, als sie sich vorbeugte und Anna kurz auf die Wange küsste. Eine Umarmung gab es nicht. »Du bist spät dran«, sagte sie und musterte Annas Jeans und Wollpullover, die eindeutig nicht ihrem sonstigen Kleidungsstandard für die sonntäglichen Besuche entsprachen, aber Anna hatte kaum Zeit gehabt, etwas Sauberes aufzutreiben, geschweige denn, etwas zu bügeln.

»Äh … ja. Ich konnte nicht so schnell fahren.« Sie deutete mit dem Kopf auf den Regen, der jenseits des Vordachs immer noch in dicken, eisigen Tropfen niederprasselte.

»Nun, wir haben ein wenig gewartet«, sagte Gayle und ließ sie eintreten. »Aber du kommst gerade noch rechtzeitig – wir wollten uns eben zu Tisch setzen.« Und damit führte sie Anna durchs Haus zu dem großen Esszimmer, das auf den Garten hinausging.

Scott, Spencers älterer Bruder, war auch da und half, die Schüsseln aus der Küche herüberzutragen. Anna versetzte sein Anblick jedes Mal einen Stich. Er sah seinem jüngeren Bruder so ähnlich. Beide Söhne hatten das blonde Haar und die blauen Augen ihrer Mutter geerbt, aber Spencer hatte immer jungenhafter gewirkt. Scotts Gesichtszüge waren schärfer, und er war von Natur aus ernster.

Er und seine Frau hatten kurz vor Weihnachten verkündet, dass sie Ende Mai ihr erstes Kind erwarteten. Teresa nickte Anna kurz zu, als sie mit einer Schüssel voller Klöße hereinkam. Anna schaute unwillkürlich, ob unter Teresas losem Oberteil schon eine Wölbung zu erkennen war. Obwohl sie sich sehr für die beiden freute, empfand sie jedes Mal einen Anflug von Neid, wenn sie daran dachte.

Sie bot ihre Hilfe an, wurde jedoch weggescheucht, und so setzte sie sich auf ihren üblichen Platz am unteren Ende des Tisches. Richard, Spencers Dad, zwinkerte ihr zu, was ihr etwas die Befangenheit nahm, weil sie zu spät gekommen war. Anna zwinkerte lächelnd zurück und spürte, wie ihre Schultern sich ein wenig lockerten.

Nach dem Essen wechselten sie ins Wohnzimmer. Dies war Annas liebster Teil des Nachmittags. Die Tradition hatte direkt nach Spencers Tod begonnen. Um die Zeit mit etwas Sinnvollerem zu füllen, als zahllose Tassen Tee zu trinken, hatten sie gemeinsam die Fotoalben durchgesehen, um ein paar für die bevorstehende Beerdigung herauszusuchen. Es war nicht einfach gewesen, die Auswahl einzuschränken. Mit seinen schelmischen blauen Augen und dem jungenhaften Lächeln war Spencer sehr fotogen gewesen. Nach der Beerdigung hatten sie einfach damit weitergemacht. Es war tröstlich gewesen zu sehen, wie er sie aus den Seiten heraus anstrahlte, ganz typisch Spencer. Und das war es immer noch.

Gayle ging zu dem Regal, in dem die ganzen Alben standen, nach Datum geordnet, und zog eins von der linken Seite heraus.

Kinderfotos? Schon wieder? Es schien ewig her zu sein, seit sie irgendetwas vom anderen Ende des Regals betrachtet hatten, eines der Alben, in denen Anna auch vorkam. Dabei hätte sie gerade heute gut einen greifbaren Beweis ihrer Zeit mit Spencer gebrauchen können, weil ihr alles so durcheinandergewirbelt erschien. Eine Art Anker wäre vielleicht hilfreich gewesen.

Sie nickte wie üblich, während Gayle in dem Album blätterte, und gab zum richtigen Zeitpunkt die richtigen Laute von sich, und es fiel ihr auch nicht schwer, denn sie liebte all diese Fotos von ihrem Mann als Kind tatsächlich – das, wo er auf einem der Löwen am Trafalgar Square saß, oder das von ihm und dem Schneemann, den er im Garten gebaut hatte.

Anna sah zu ihrer Schwiegermutter hinüber, mit ihrer perfekten Mary-Berry-Helmfrisur, ihrer aufrechten Haltung und ihren präzisen Bewegungen. Die unerschütterliche Loyalität und der ausgeprägte Beschützerinstinkt gegenüber ihrer Familie waren bewundernswert, aber sie hatten einen Nachteil: Gayle gehörte zu der Sorte von Müttern, die überzeugt waren, dass keine Frau gut genug für ihre wunderbaren Jungen war, und Anna hatte eine ganze Weile gebraucht, bis sie sich bei Familientreffen nicht mehr als Außenseiterin gefühlt hatte.

Doch nach Spencers Tod hatte sich das geändert. Gayle hatte Anna plötzlich mit offenen Armen in die Familie aufgenommen. Sie waren vereint in ihrem Verlust, ihrer Trauer. Sie hatte Anna *gebraucht.* Scott und Richard konnten beide nicht mit Gefühlen umgehen – der eine machte dicht, der andere flüchtete sich in Scherze, wenn es ihm zu viel wurde –, und so war Anna die Einzige gewesen, mit der Gayle hatte reden können. Sie hatten zusammen geweint und gelacht und Erinnerungen nachgehangen.

Annas Eltern waren nach Spencers Tod gekommen, sobald es sich einrichten ließ, und eine Weile bei ihr geblieben. Sie hatten sich sogar erboten, dauerhaft nach England zurückzukehren, aber Anna hatte protestiert; sie durften ihr Leben doch nicht ihretwegen in die Warteschleife stellen. Doch nachdem sie dann wieder abgereist waren, hatte sie gemerkt, wie gut es getan hatte, jemanden bei sich zu haben. Sie wusste, dass die beiden erneut alles stehen und liegen gelassen hätten, wenn sie ihnen gesagt hätte, wie einsam sie sich fühlte, aber das wäre ihnen gegenüber nicht fair gewesen. Deshalb hatte ihr diese neue enge Verbindung zu Gayle sehr viel bedeutet.

Nachdem die Fotoalben wieder weggeräumt waren, drehte sich das Gespräch darum, wie alle Silvester verbracht hatten, aber niemand führte seine Schilderungen weiter aus, weil allen überdeutlich bewusst war, dass einer von ihnen fehlte. Zum Ausgleich erzählte Scott eine Geschichte vom Silvester der Jahrtausendwende, als es ein großes Fest mit Gayles Seite der Familie gegeben hatte. Anna hatte die Anekdote schon zigmal gehört, aber sie musste immer noch darüber schmunzeln. Der fünfzehnjährige Spencer hatte sich während des endlosen langweiligen Essens hinausgeschlichen und die Feuerwerkskörper im Wert von fünfhundert Pfund, die eigentlich für Mitternacht bestimmt waren, hochgehen lassen, während der Rest der Familie beim Dessert saß. Er hatte Glück gehabt, dass er sich dabei nicht mit in die Luft gejagt hatte.

Anna sah, dass Gayle lächelte, aber ihre Augen glänzten, und sie hielt den Kopf gesenkt, während die anderen lachten und weitere Details der Geschichte schilderten. Sie vermutete, dass ihre Schwiegermutter genau dasselbe dachte wie sie: wie ungerecht es war. Alle hatten immer gefrotzelt, dass Spencers Leichtsinn noch mal sein Untergang sein würde, deshalb passte es einfach nicht, dass er vollkommen ruhig und vernünftig über die Straße gegangen war, als es ihn erwischt hatte. Dadurch war sein Tod noch schwerer zu ertragen.

Als sich eine Pause im Gespräch ergab, sagte Anna: »Was ist mit dem Silvester, als Spencer als Einziger zu Hause geblieben ist, weil Lewis krank war? Er hat nicht immer nur Unsinn gemacht.«

»Gott, habe ich diesen Hund geliebt«, warf Richard lächelnd ein. »Er war der Einzige in diesem Haushalt, der mich ernst genommen hat!«

Gayle sah Anna an. »Hat Spencer dir davon erzählt?«

»Nein.«

»Aber du warst damals doch noch gar nicht dabei, oder?«

Anna zögerte einen Moment, bevor sie antwortete. Sie wollte ihrer Schwiegermutter nicht widersprechen, aber sie würde auch nicht lügen. »Wir waren ganz frisch zusammen. Es war alles noch ganz neu.«

Gayle runzelte die Stirn. »Das glaube ich nicht.« Und dann ersetzte sie Annas Geschichte durch eine eigene.

Anna schwieg. Sie wusste, dass sie recht hatte, denn es war ihr erstes Silvester mit Spencer gewesen. Sie hatten es hier in diesem Haus verbracht, sich mit dem kranken Hund aufs Sofa gekuschelt. Selbst wenn ihre Schwiegermutter sich nicht daran erinnerte, warum hatte sie so entschieden – und auch ziemlich schnippisch – dagegengehalten? War das die Strafe dafür, dass sie zu spät gekommen war?

Doch falls Gayle verärgert war, ließ sie es sich nicht anmerken, als sie eine Anekdote aus Spencers Grundschulzeit erzählte. Im Gegenteil, sie lachte und gestikulierte, während sie schilderte, wie Spencer sich hinter dem Sofa versteckt hatte, damit er zusammen mit der Familie das neue Jahr begrüßen konnte. Sie hatten ihn am nächsten Morgen schlafend dort gefunden, nachdem sein leeres Bett für einige Panik gesorgt hatte. Diese Erinnerung war für Gayle sicheres Territorium. Da bestand keine Gefahr, dass jemand, der nicht als Barry geboren war, versehentlich einen Fuß hineinsetzte.

Anna nickte und lächelte – was sollte sie auch sonst tun, sie war ja nicht dabei gewesen –, aber während sie dort saß, fiel ihr auf, dass ihre Schwiegermutter in letzter Zeit öfter ein wenig schroff zu ihr war. Gayle war nie ein einfacher Mensch gewesen, und so hatte sie sich zunächst nichts weiter dabei gedacht. Aber nun fragte sie sich doch, was dahintersteckte.

6.

Anna war ein wenig nervös, als sie den Weg zu Gabis Wohnung hinaufging. Auf dem Rückweg von Gayle und Richard hatte sie an einer Tankstelle angehalten und eine Flasche Rotwein und eine XXL-Packung Toblerone gekauft. Sie hielt beides in einer Hand, während sie mit der anderen auf die Klingel drückte.

»Hallo?«

»Ich bin's«, sagte Anna mit etwas wackeliger Stimme. »Kann ich raufkommen?«

Normalerweise wäre sofort das Summen des Türöffners ertönt, doch jetzt herrschte Stille. Nach einer Weile jedoch summte es, und die Tür gab nach. Anna trat in den Hausflur und erklomm die Treppe zum ersten Stock.

Gabi öffnete, ohne zu lächeln, die Tür und ließ Anna an sich vorbei zum Wohnzimmer gehen. Anna setzte sich auf die Kante des Sofas und blickte sich in dem Raum um, der ihr so vertraut war. Während sie klare Linien und neutrale Farbtöne bevorzugte, war Gabis Einrichtungsstil bunter und eklektischer.

Was Anna am auffälligsten fand, waren die zahllosen gerahmten Fotos, die überall standen, von ihrer Familie in Brasilien. Und es waren nicht nur ihre Eltern und Geschwister zu sehen – zwei Brüder und drei Schwestern –, sondern auch Onkel und Tanten, Nichten und Neffen. Nach dem, was Gabi ihr erzählt hatte, waren sie eine große, eng verbundene Familie, die sich stets in alles einmischte, aber auch immer da war, wenn man sie brauchte. Als Einzelkind hatte Anna sich oft so eine Familie gewünscht.

Sie und Gabi hatten sich mit Anfang zwanzig kennengelernt, als Gabi zum Studium von São Paolo nach London gekommen war, und sie hatten sich sofort gemocht. Doch richtig eng war die Freundschaft erst geworden, als Annas Eltern nach Kanada gegangen waren, weil sie nun beide ihre Familie in weiter Ferne hatten. Gabi war zu der Schwester geworden, die Anna nie gehabt hatte, und deshalb war sie entschlossen, den Schaden, den sie angerichtet hatte, wiedergutzumachen.

Sie stellte die Weinflasche und die Schokolade auf den Beistelltisch. Gabi setzte sich ihr gegenüber auf einen Sessel, die Arme vor der Brust verschränkt.

»Es tut mir so leid, Gabi. Ich war gestern Abend unausstehlich.«

»Ja, das warst du.«

Anna schluckte. »Bist du gut nach Hause gekommen?«

Gabi sah sie nur mit hochgezogener Augenbraue an.

Anna vergrub das Gesicht in den Händen. »Ich weiß, ich weiß … Ich habe einfach überhaupt nicht nachgedacht. Ich war einfach …« Sie hob den Kopf. »Du weißt doch, dass ich dich niemals absichtlich verletzen würde, oder? Denn du bist die beste Freundin, die man sich nur wünschen kann. Du versuchst mir zu helfen, hörst dir meinen ganzen Mist an, und ich behandele dich wie den letzten Dreck. Ich verstehe, wenn du im Moment nicht mit mir reden willst. Ich würde es sogar verstehen, wenn du nie wieder mit mir reden willst!«

Gabis Gesichtsausdruck wurde ein wenig weicher. »Jetzt bist du schon wieder so dramatisch.«

Anna schwieg eine Weile und dachte nach. Im Grunde gab es nur eins, was sie sagen konnte. »Es tut mir wirklich leid. Kannst du mir verzeihen?«

Gabi seufzte. »Vielleicht. Aber es muss sich etwas ändern.« Sie zog ein Bein unter sich und griff nach der Toblerone. »*Du* musst dich ändern.«

»Mir geht's gut«, erwiderte Anna reflexartig.

»Nein. Dir geht es nicht gut. Du läufst die meiste Zeit wie ein Zombie herum, und wenn du tatsächlich mal die Welt um dich herum

– und die *Menschen* um dich herum – wahrnimmst, flippst du aus!« Sie schüttelte den Kopf. »So kann das nicht weitergehen, Anna.«

Anna wollte widersprechen, doch die Szene des vergangenen Abends hing wie ein Beweis zwischen ihnen. »Ich weiß nicht, was mich da geritten hat.«

Gabi seufzte erneut, und Anna fiel auf, dass sie das in letzter Zeit oft tat, wenn sie miteinander sprachen. Offenbar war sie zu einer dieser Freundinnen geworden, die anstrengend waren. Vielleicht hatte sie es nur deshalb bisher nicht gemerkt, weil sie, wie Gabi es so anschaulich ausdrückte, ein Zombie war.

Und genauso fühlte es sich auch an: als wäre ein Teil von ihr mit Spencer gestorben und sie liefe seither wie eine Schlafwandlerin durchs Leben.

»Ich verstehe, dass du gute und schlechte Tage hast«, sagte Gabi sanft. »Und dass Weihnachten und Silvester für dich schwierig sind, aber …«

»Ich weiß«, sagte Anna erneut. Was sollte sie sonst sagen? Der letzte Abend war wie ein Spiegel, der ihr vorgehalten wurde; sie konnte den Blick nicht abwenden, und was sie darin sah, gefiel ihr nicht.

Gabi setzte sich ein wenig aufrechter hin. »Und? Was hast du jetzt vor?«

»Ich weiß es nicht«, erwiderte Anna zögernd, und sie wusste es wirklich nicht. Sie hatte alles ausprobiert: Trauerbegleitung, Ratgeberbücher, Selbsthilfegruppen. Doch nichts schien zu helfen. »Ich wünschte, ich hätte eine Idee.«

Gabi saß nur da und lächelte.

»Was ist?«, fragte Anna, und sie fürchtete sich ein wenig vor der Antwort.

»Wie wär's mit Salsa?«

»Ernsthaft?« Anna hoffte, dass Gabi sie nur aufzog. Doch der entschlossene Blick ihrer Freundin belehrte sie eines Besseren.

»Ernsthaft. Wenn du zum Salsa gehst, reden wir nicht mehr von Silvester.«

Anna zögerte. Gabi sah sie an. Abwartend, auffordernd. Anna schluckte.

»Es wird dir Spaß machen«, fügte Gabi hinzu, diesmal ohne zu lächeln.

»Glaubst du wirklich, ich muss –«

»Ja, das glaube ich.« Gabis Antwort klang streng, aber ihre Augen verrieten sie. Hinter dem entschlossenen Blick lag etwas Flehendes. Gabi machte sich wirklich Sorgen um sie. Deshalb klammerte sie sich so hartnäckig an diese Idee. Es ging gar nicht um das Tanzen oder den Kurs. Ihre Freundin wollte nur die Gewissheit, dass es Hoffnung gab, dass Anna eines Tages wieder glücklich sein würde.

Sie nickte. »Also gut.« Für Gabi würde sie fast alles tun. Sogar Salsa tanzen.

Gabi sprang mit einem Freudenschrei vom Sessel, stürzte sich auf Anna und umarmte sie. »Ich rufe Jeremy an und frage ihn –«

Anna schob Gabi ein Stückchen von sich. »Moment mal! Von Jeremy war aber nicht die Rede!«

Gabi verdrehte genervt die Augen. »Aber Jeremy ist total nett – und total sexy!«

»Dann geh du doch mit ihm zum Salsa!«

»Du sollst ihn ja nicht heiraten, nur mit ihm tanzen. Sieh ihn einfach als … Wie heißen die Dinger noch? Stützräder! Sobald du dich sicherer fühlst, nimmst du sie ab.«

Nun verschränkte Anna die Arme vor der Brust. »Ich habe ja zum Salsa gesagt, nicht zu Jeremy. Und wenn du wirklich willst, dass ich Salsa tanze, dann wirst *du* meine Partnerin.«

»So?« Gabi breitete auffordernd die Arme aus. »Dann komm her!«

Widerstrebend stand Anna vom Sofa auf und trat zu ihr. Gabi nahm sie in Tanzhaltung, und sie versuchten ein paar Schritte, die sich zumindest wie Salsa anfühlten, aber das Ganze geriet außer Kontrolle, als Gabi versuchte, Anna nach hinten zu biegen, und dabei das Gleichgewicht verlor. Beide landeten kichernd auf dem Fußboden.

»Es tut gut, dich lachen zu hören«, sagte Gabi.

Anna seufzte. »Bin etwas aus der Übung.«

Sie stemmten sich hoch und krochen zurück aufs Sofa. »Ich hole uns mal Gläser«, sagte Gabi und deutete auf den Wein. »Willst du heute hier schlafen?«

Anna krabbelte zu Gabis Ende vom Sofa und gab ihr einen dicken Schmatzer auf die Wange. »Ich hab dich lieb, weißt du das?«

Gabi umarmte sie kurz, dann schob sie sie weg, damit sie aufstehen konnte. »Ja, ich weiß. Ich bin einfach unwiderstehlich.«

Dankbar nahm Anna das große Glas Rotwein, das Gabi ihr kurz darauf reichte. Ein wenig später, als sie die Flasche geleert hatten, brachte Gabi ihr eine Decke und ein Kissen, damit sie es sich auf dem Sofa gemütlich machen konnte, und sogar einen frisch gewaschenen Schlafanzug.

»Vielen Dank«, sagte Anna und drückte ihn an ihre Brust.

»Er ist mir zu klein. Wenn du willst, kannst du ihn behalten.«

»Ich meine nicht den Schlafanzug, du Dussel – obwohl er sehr hübsch ist. Ich meine, für alles.«

»Ich will einfach nur, dass du glücklich bist.«

Anna nickte. Das wusste sie. Aber sie erwiderte nichts darauf, denn sie wusste auch, dass Gabis Wunsch unerfüllbar war. Ein kurzer Lachanfall, weil man sich mit seiner besten Freundin auf dem Fußboden langgemacht hatte, war nicht dasselbe, wie wirklich glücklich und zufrieden zu sein. Und sie glaubte nicht, dass das für sie je wieder möglich war. Wie sollte das gehen, wenn ein riesiges Stück von ihr fehlte und immer fehlen würde?

Am nächsten Morgen kehrte Anna nach Hause zurück, ließ ihre Kleider im Badezimmer auf den Boden fallen und ging sofort unter die Dusche. Es war ihr erster Arbeitstag nach den Feiertagen, und sie wollte nicht zu spät kommen, auch wenn es nicht gerade der aufregendste Job der Welt war.

Vor Spencers Tod hatten sie zusammengearbeitet, aber das war nicht immer so gewesen. Er hatte IT-Wissenschaften studiert und nach ein paar Fehlstarts bei einem mittelgroßen Entwickler von Videospielen angefangen. Doch als die Smartphones immer populärer geworden waren, hatte Spencer es sich in den Kopf gesetzt, eine Game-App zu entwickeln, die so richtig einschlagen würde. Er hatte alles Mögliche ausprobiert von Rennautos über fliegende Schafe bis hin zu Blasen, die man zum Platzen bringen musste. Einige davon hatten ihm genug eingebracht, um auf Teilzeit zu gehen, aber er hatte nie den großen Erfolg gelandet, von dem er träumte.

Das Problem war, dass Spencer geradezu barst vor Energie, sich aber nie lange auf eine Sache konzentrieren konnte. Das wurde umso offensichtlicher, als er schließlich ganztags zu Hause arbeitete, ohne feste Struktur. Anna akzeptierte einfach, dass Spencer eben so war, aber ihn selbst frustrierte es ohne Ende.

Er machte sich auf die Suche nach einer Zeitmanagement-Methode, die für sein unstetes Gehirn geeignet war, aber nichts davon funktionierte – bis er auf das Konzept der »Blockplanung« stieß, die ihm die nötige Struktur gab, ohne ihn zu sehr einzuengen. Doch die einzige App, die er dazu fand, war nicht nur ziemlich rudimentär, sondern obendrein knallpink – welcher Idiot entwarf eine komplette App in Knallpink ohne die Möglichkeit, das Farbschema zu ändern? Irgendwann hatte Anna genug von seinem Gemecker und sagte, er solle doch einfach eine eigene App basteln. Das sei doch schließlich sein Job.

Und genau das tat Spencer. Er setzte sich mit zwei ehemaligen Studienfreunden zusammen, und gemeinsam entwarfen sie »BlockTime«, eine stylische, leicht bedienbare Zeitmanagement-App, die a) nicht knallpink und b) mit allen möglichen Kalendern, To-do-Listen und ähnlichen Apps kompatibel war. Und dank Spencers Besessenheit, einen echten Game-Hit zu landen, machte es richtig Spaß, sie zu benutzen. Es dauerte eine Weile, aber schließlich wurde sie immer beliebter.

Anna kündigte ihre Stelle als stellvertretende Personalleiterin und begann für Spencer und seine beiden Freunde zu arbeiten. Anfangs machte sie nur Verwaltung und Buchhaltung, doch nach und nach beteiligte sie sich auch am Design. Wie sich zeigte, hatte sie ein gutes Auge für solche Dinge, und die »Jungs« hatten zwar jede Menge innovative Ideen, waren aber nicht besonders praktisch veranlagt. Sie brauchten jemanden, der sie erdete und dafür sorgte, dass die App nicht nur cool und voll technischer Gimmicks war, sondern auch einfach zu bedienen.

Es hatte ihr großen Spaß gemacht, mit Spencer zusammenzuarbeiten und ihm dabei zuzusehen, wie er das tat, was er gut konnte. Als das Ganze schließlich auch finanziell zu laufen begann, waren sie zwar nicht reich gewesen, aber immerhin wohlhabend.

Nach seinem Tod hatte sie sich natürlich erst mal eine Auszeit genommen. Aber aus zwei Monaten waren drei geworden und aus drei schließlich sechs. Irgendwann hatte sie sich eingestehen müssen, dass sie es nicht fertigbrachte, in die Firma zurückzukehren. Vijay und Rhys, die beiden Partner, hatten Verständnis dafür gehabt. Sie hatte Spencers Anteil geerbt und bekam daraus eine monatliche Summe ausgezahlt, aber davon abgesehen überließ sie den beiden das Geschäft. Immerhin musste sie sich als Witwe nicht auch noch ums Geld sorgen.

Aber sie brauchte etwas, um ihre Tage zu füllen, und so hatte sie sich bei einer erfolgreichen familiengeführten Installationsfirma als Bürokraft beworben, und dort arbeitete sie nun schon seit über zwei Jahren. Da besonders um die Feiertage gerne die Leitungen zufroren und Heizungen ihren Geist aufgaben, würde vermutliche eine Menge Papierkram auf sie warten. Heute war kein guter Tag, um zu spät zu kommen.

Als sie sauber und rosig aus der Dusche trat, wickelte sie sich in ein Handtuch und lief zum Schlafzimmer, um sich frische Sachen anzuziehen. Doch im Flur zögerte sie. Sie war seit ihrer Flucht in der Silvesternacht nicht mehr dort drinnen gewesen.

Sei nicht albern, ermahnte sie sich. *Da ist nichts, wovor du Angst haben müsstest.*

Bevor sie es sich anders überlegen konnte, betrat sie das Schlafzimmer. Spencer hatte sie liebenswürdigerweise darauf hingewiesen, dass sie die Angewohnheit hatte, alles so lange in sich aufzustauen, bis der Überdruck zu groß wurde, und wenn sie dann platzte, tat und sagte sie seltsame Dinge. Konnte es sein, dass sie in so einer Situation auch bizarre Dinge *hörte?*

Langsam und leise ging sie auf den Schrank zu, fast als würde sie sich anschleichen, dann legte sie die Finger um den Rand der halb offenen Tür und zog. Ihr Handy lag auf dem Schrankboden und sah vollkommen normal und unschuldig zu ihr hoch. Sie bückte sich und hob es auf.

Na also. War doch gar nicht so schwer, oder?

Und weil es nicht schwer gewesen war, weil das Ganze sich so unwirklich anfühlte, wie aus einem Traum, drückte sie auf den Startknopf und schaltete es ein.

Sie klickte die Anrufliste an. Da, ganz oben, war ein Anruf, den sie genau um Mitternacht des Neujahrstages getätigt hatte. Ihr Magen krampfte sich zusammen, und in ihrer Brust wurde es merkwürdig eng. Da war der Beweis. Sie hatte die Nummer gewählt. Sie hatte tatsächlich »Ich liebe dich« gesagt.

Aber die eigentliche Frage war: Was hatte sie in der Stille danach gehört? Nichts? Eine Ausgeburt ihrer Phantasie?

Das musste es sein.

Über etwas anderes durfte sie gar nicht erst nachdenken. Sie durfte nicht hoffen und riskieren, dass diese Hoffnungen wieder zerschlagen wurden. So kraft- und leblos, wie sie sich jetzt auch fühlte, das war nichts im Vergleich zu den ersten Monaten nach Spencers Tod. In diese Finsternis wollte sie auf keinen Fall zurück.

Deshalb war es wichtig, was sie jetzt tat. Sie stand auf der Schwelle. Auf Messers Schneide. Und es gab nur eine Seite, auf die sie fallen durfte.

Sie hob den Daumen und löschte den Eintrag. So. Weg. Es war nie passiert.

7.

Die kalte Februarluft strich über Annas Gesicht, als sie nach Hause ging. Sie hatte gewusst, dass es ein Fehler war, an diesem Abend rauszugehen, aber sie war trotzdem gegangen, nur um sich zu beweisen, dass sie recht gehabt hatte. Sie fühlte sich nicht munter und voller Energie, wie Gabi ihr versprochen hatte, sondern lustlos und erschöpft.

Sie und Gabi nahmen jetzt seit sechs Wochen an einem Salsakurs teil, allerdings hatte Anna – sehr zu Gabis Verdruss – darauf bestanden, den Dienstagskurs zu nehmen und nicht den am Mittwoch, den Jeremy besuchte. Doch einmal im Monat gab es in der Salsaschule eine »Party«, bei der Teilnehmer beider Kurse Gelegenheit hatten, sich kennenzulernen und das Gelernte in einer lockereren Atmosphäre zu üben.

Die Januarparty hatte Anna abgesagt, aber Gabi hatte darauf bestanden, dass sie zu der im Februar gingen, zumal sie auf den Valentinstag fiel. Man musste kein Genie sein, um zu begreifen, dass es bestimmte Tage im Jahr gab, mit denen Anna Schwierigkeiten hatte. Sie hatte Gabi versichert, sie sei zu Hause sehr viel besser aufgehoben, abseits all der verliebten Pärchen, und freue sich schon auf die neue Dramaserie, die sie auf ihrer Watchlist hatte, aber Gabi hatte sich nicht erweichen lassen, und so waren sie zusammen zum Civic Centre getrottet.

Gabi hatte sich prächtig amüsiert – es war ihr gelungen, die Aufmerksamkeit von Lee auf sich zu lenken, dem Typen, für den sie seit der letzten Party schwärmte –, aber für Anna war der Abend, nun ja, nicht so gelaufen, wie sie gedacht hatte.

Jeremy war auch dagewesen. Damit hatte sie gerechnet. Er hatte sie aufgefordert. Auch damit hatte sie gerechnet. Er war charmant gewesen und hatte sie mit der Bemerkung zum Lachen gebracht, dass er nun doch lieber beim Salsa bleiben würde, anstatt seine Schwester bei ihrem neuesten Fitnessprojekt, einer Variante von Poledancing, zu begleiten, doch nach dem Ende des Stücks war er nicht bei ihr geblieben, sondern hatte direkt mit einer anderen Frau getanzt. Anna hatte das deutliche Gefühl, dass er nur höflich gewesen war, dass sie für ihn nichts weiter war als eines von vielen Mauerblümchen, denen er etwas Gutes tun wollte. Und das hatte sie aus irgendeinem Grund geärgert.

Aber was hatte sie denn erwartet? Dass jemand wie Jeremy sich sechs Wochen lang nach ihrer strahlenden Lebensfreude und geistreichen Konversation verzehrt hatte? Dass er in der Hoffnung hierhergekommen war, sie wiederzusehen?

Nein, es war gut so. Sie wollte gar nicht, dass er sie wollte. Und sie wollte ihn erst recht nicht, so nett er auch war. Doch als sie zugesehen hatte, wie er auf deutlich fortgeschrittenerem Niveau als sie mit einer Frau mit keckem Pferdeschwanz tanzte, hatte sie gemerkt, wie trotz all ihrer Beteuerungen eine Tür in ihr zugeknallt war, von der sie gar nicht gewusst hatte, dass sie offen gewesen war.

Das war der Moment, in dem sie beschlossen hatte, sich von Gabi zu verabschieden und nach Hause zu gehen.

Als Anna ihr Haus betrat, kam es ihr leer vor, obwohl all ihre Sachen immer noch genau da waren, wo sie immer waren. Nichts fehlte. Abgesehen vielleicht von der Karte, die auf ihrem Kaminsims stehen sollte, und den Blumen in der Vase auf dem Esstisch. Im Kühlschrank stand kein Valentinssekt, und in ihrem Bett erwarteten sie kein Lachen und keine Wärme, wenn sie später unter die Decke kroch.

Er fehlte ihr so sehr.

Am meisten fehlte ihr seine Berührung. Nicht nur der Sex – der wäre leicht zu bekommen, wenn sie denn wollte, ein körperliches Bedürfnis, das man stillen konnte wie Hunger oder Durst –, sondern die kleinen Berührungen, die nur durch Vertrautheit und Intimität entstehen. Ihr fehlte jemand, an den sie sich auf dem Sofa kuscheln konnte. Jemand, der ihr morgens einen Abschiedskuss gab. Jemand, an dessen Schulter sie einschlafen konnte, wenn sie nach einer Party von London mit dem Zug zurückfuhr. Alles scheinbar kleine, unbedeutende Dinge. Erst als sie sie verloren hatte, war ihr klargeworden, wie wichtig sie waren.

Anna fühlte sich, als wäre sie eine leere Hülle, als bestünde sie nur aus dieser Sehnsucht nach etwas, das sie nicht haben konnte. Sie versuchte sich abzulenken, indem sie sich die Schuhe auszog, den Mantel aufhängte und sich einen Kräutertee kochte, den sie eigentlich gar nicht wollte. Doch die Leere pulsierte förmlich in ihr.

Schließlich schaltete sie eine einzelne Lampe im Wohnzimmer ein und setzte sich in die Sofaecke. Alles war so ordentlich, so aufgeräumt. Das war für Anna ganz natürlich; es fiel ihr leicht, die Dinge an ihren Platz zurückzuräumen. Aber als Spencer noch lebte, hatte es hier ganz anders ausgesehen.

Sie beugte sich vor und zog die Zeitung aus dem Fach unter dem Beistelltisch. Sie schlug sie auf, schob die Seiten ein wenig auseinander, zerknüllte einen Teil und ließ ihn zu Boden fallen. So hatte er sie immer zurückgelassen. Damals hatte es sie wahnsinnig gemacht, aber jetzt vermisste sie beinahe seine Socken zwischen den Sofakissen und die Boxershorts, die halb aus dem Wäschekorb heraushingen.

Mit einem Seufzer lehnte sie sich zurück. Würde dieser Schmerz jemals aufhören? Hieß es nicht, dass die Zeit alle Wunden heilte? Dann machte die Zeit ihren Job aber ziemlich schlecht. *Reiß dich zusammen, Zeit, und sieh zu, dass du in die Gänge kommst!* Schließlich führte sie sie unerbittlich weiter von jenem Augenblick fort, als sie Spencer zum letzten Mal lebend gesehen hatte. Da schuldete sie ihr doch einen kleinen Gefallen, oder nicht?

Sie zog die Beine unter sich und nahm ihr Handy heraus. Das war keine gute Idee, aber der Abend war mühsam gewesen, da durfte sie sich eine kleine Schwäche gestatten.

Sie rief die Nachrichten auf, klickte Spencers Namen an und scrollte zurück zum 14. Februar vor drei Jahren. Etwas über einen Monat später war er gestorben, aber an dem Valentinstag hatte Spencer ihr eine ganze Reihe lustiger kleiner Nachrichten geschickt, vollgestopft mit Emoticons und schlüpfrigen Andeutungen, wie sie den Abend verbringen sollten, sobald er nach Hause kam.

Lächelnd las Anna sie erneut und schwelgte nicht nur in seinen Worten, sondern auch in den Erinnerungen an den Abend. Erinnerungen, die nur zwei Menschen auf der Welt geteilt hatten, und nun war sie die einzige Hüterin. Es wäre falsch, sie verblassen und sterben zu lassen.

Doch sie erneut zu lesen und sich an alles zu erinnern, war, wie den Schorf von einer Wunde zu kratzen. Es begann mit diesem Reiz, dieser köstlichen Versuchung, wohl wissend, dass man es besser lassen sollte. Und dann kam der Moment, wenn die Selbstbeherrschung zusammenbrach und man dem Drang nachgab. Wonne. Erlösung. Nichts existierte außer diesem Augenblick himmlischen Genusses.

Doch der hielt nicht lange an. Die Wunde war wieder offen, und sie begann zu stechen und zu schwären. Dieser kurze Rausch hatte seinen Preis, und Anna bezahlte ihn mit Zins und Zinseszins. Sie blickte auf den hellen Bildschirm ihres Handys, auf dem Spencers Wesen in Form von lauter Buchstaben und albernen kleinen Smileys verewigt war, und der Schmerz verstärkte sich, bis er fast nicht mehr auszuhalten war.

Doch dann schlich sich ein Gedanke in ihren Kopf, der sie wie ein Magnet in eine Richtung zog, in die sie nicht gehen wollte. Um sich davon abzulenken, klickte sie die Foto-App an, wanderte rückwärts durch die Bilder von ihnen beiden und betrachtete sie so ausgiebig, wie sie es gerne am vergangenen Sonntag bei ihren Schwiegereltern getan hätte (diesmal waren es Fotos von der Highschool gewesen: breites Grinsen, Pokale und zu große Blazer), doch schließlich kam sie bei den ersten an, und so oft sie auch versuchte weiterzuscrollen, es kam nichts mehr.

Und der Zug in diese ungute Richtung, zu diesem schwarzen Loch, war immer noch da, und er lockte und hypnotisierte sie so lange, bis sie wie ferngesteuert ihre Kontakte anklickte und die Favoriten auswählte. Spencers Name stand ganz oben. Sie starrte darauf.

Du hast gesagt, dass du das nicht mehr tust, protestierte die kleine vernünftige Stimme in ihrem Kopf. *Du hast dir geschworen, dass der Valentinstag anders wird als Silvester.* Doch noch während die Stimme sprach, tippte sie auf den Bildschirm, und das Handy begann, seine Nummer zu wählen. Obwohl ihr Herz bei der Erinnerung daran, was letztes Mal passiert war, wild pochte, hob sie das Handy ans Ohr.

Das Klingeln am anderen Ende hörte auf, und sie hielt gebannt den Atem an. Doch statt Spencers Ansage hörte sie eine Roboterstimme, die sie aufforderte, nach dem Piepton eine Nachricht zu hinterlassen.

Was zum Teufel hatte das zu bedeuten? War sie letztes Mal so durch den Wind gewesen, dass sie irgendwo draufgedrückt und versehentlich seine Ansage gelöscht hatte? Nein, das konnte nicht sein. So was ging nur bei der eigenen Ansage, nicht bei der eines anderen. Das Ganze ergab keinen Sinn.

Frustriert drückte sie auf »Beenden«. Was war da eben passiert? Hatte sie die falsche Nummer gewählt? Mit angehaltenem Atem starrte sie auf den Bildschirm, dann wählte sie erneut. Diesmal kam keine Nachricht.

Jemand nahm ab.

»Hallo?«

Anna erstarrte.

War er das? Er hatte nur ein Wort gesagt. Sie wusste es nicht! Sie konnte nicht klar denken! Früher hatte sie seine Stimme sofort erkannt, und es traf sie in ihrem Innersten, dass sie diese kostbare Fähigkeit, ohne es zu merken, verloren hatte.

»Spencer?«, krächzte sie. »Bist du das? Bitte sag, dass du es bist.« Sie fing an zu weinen. »Es gibt so viel, was ich dir sagen will …«

Am anderen Ende war nichts als Stille. Keine Stimme, nicht mal ein Atmen – was auf ziemlich morbide Weise auch wieder Sinn ergab –, aber sie spürte, dass da jemand war. Jemand, der ihr zuhörte.

Und so begann sie zu reden. Sie wollte alles loswerden, was sich während der letzten zwei Jahre, zehn Monate und zweiundzwanzig Tag aufgestaut hatte.

»Spencer, ich bin's …« Ihre Kehle schnürte sich zu, und sie bekam die nächsten Worte nur mit Mühe heraus. »Ich liebe dich, Spencer. Ich weiß, du hast immer über die Vorstellung von Seelenverwandten gelacht, aber du warst meiner. Du *bist* meiner. Und du fehlst mir so sehr … Manchmal kommt es mir so vor, als würde ich mich nie wieder normal fühlen. Nein, stimmt nicht, eigentlich kommt es mir *immer* so vor. Und wie sollte ich mich auch ohne dich je wieder normal fühlen? Ich begreife ohnehin nicht, wie ich ohne dich weiterleben und -atmen kann.«

Plötzlich wallte ein neues Gefühl in ihr auf. »Und ich bin wütend auf dich! Ich bin sauer, weil du mich hier alleingelassen hast, als wäre alles nur ein Streich. Als würdest du hinter der nächsten Ecke hervorspringen und ›Ätschibätsch!‹ rufen. Aber das ist nicht witzig, Spencer! Also lass den Quatsch, hörst du? Weil ich dich zurückhaben will.« Sie schluchzte auf, dann flüsterte sie: »Bitte komm zurück.«

Keine Antwort.

Tränen hatten sich in ihren Wimpern verfangen, und sie wischte sie mit der Hand weg. »Bitte rede mit mir.« Sie wartete. Am anderen Ende herrschte immer noch Stille, aber sie konnte ihn dort spüren. Ganz eindeutig.

»Spencer?«, sagte sie nach einer Weile. Es war, als würde sie sich auf Zehenspitzen jenseits der Grenze des Lebens, der Wirklichkeit bewegen. Vielleicht herrschten dort andere Regeln. Vielleicht war dort manches anders. »Kannst du mich hören? Erinnerst du dich an mich? Ich bin's, Anna …«

Sie wartete darauf, dass er ihren Namen sagte, so sanft und sexy, wie er es immer getan hatte, wenn sie ihn anrief, als hätte er ein besonderes Lächeln extra für sie. *Anna*, hatte er gesagt, und in das eine

Wort hatte er alles gelegt, was er für sie empfand. Er hätte ihr gar nicht jeden Tag zu sagen brauchen, dass er sie liebte, obwohl er es immer tat. Es hätte genügt, ihren Namen aus seinem Mund zu hören.

Und dann geschah es. Das, worauf sie die ganze Zeit gewartet hatte.

»Anna?«

8.

Anna.

Er hatte ihren Namen gesagt, aber nicht sanft und warm und voller Lächeln. Es war nur ein Wort, das wiederholt wurde, weil es für den Sprecher keinen Sinn ergab. Anna fühlte sich, als hätte ihr jemand einen Eimer eiskaltes Wasser über den Kopf geschüttet.

Großer Gott! Was mache ich hier?

Sie beendete den Anruf, ließ das Handy fallen, sprang vom Sofa und stellte sich zitternd ans andere Ende des Raums. Neben ihr stand die Vitrine mit Spencers Whiskys. Sie riss die Tür auf, nahm sich ein Glas und griff nach der Flasche Lagavulin; sie brauchte jetzt etwas Kräftiges. Sie schenkte sich einen Dreifachen ein, kippte ihn in einem Schluck hinunter und schüttelte sich.

Nachdem sie den zweiten – langsamer – getrunken hatte, ließ die brennende Scham allmählich nach, und sie sah das Ganze etwas entspannter. Sogar so entspannt, dass sie ihr Handy nahm und die Nummer noch einmal wählte.

Keine unpersönliche Ansage, nur ein zögerndes Schweigen am anderen Ende.

»Es tut mir leid«, begann sie, bemüht, nicht allzu sehr zu nuscheln. »Ich weiß, Sie sind nicht er … Sie sind nicht Spencer …« Sie brach ab und kämpfte gegen ein Schluchzen an. Die Erkenntnis tat so weh, obwohl es von Anfang an absurd gewesen war, etwas anderes zu hoffen. »Ich wollte mich nur dafür entschuldigen, dass ich Sie mitten in der Nacht angerufen habe – jetzt sogar schon zum zweiten Mal! – und lauter verrücktes Zeug geredet habe.«

Vom anderen Ende kam nur ein leises Grunzen. Aber es klang, als läge ein klitzekleines Lächeln darin.

»Ich bin nicht verrückt. Ich bin nur … nur …«

Ein schwerer männlicher Seufzer.

»Ich weiß nicht, was ich bin«, sagte sie kläglich.

Ein paar Sekunden lang war es sehr still, und Anna rechnete halb damit, dass aus dem Schweigen die nüchterne Stille wurde, wenn niemand mehr da war, doch dann hörte sie, wie er Luft holte. »Nein, Sie sind nicht verrückt«, sagte er.

Seine Stimme klang kraftvoll und warm und überzeugt. Anna war versucht, ihm zu glauben, obwohl sie nicht sicher war, dass es stimmte. Die Wirklichkeit war schon seit langem ein verschwommenes Konzept. »Woher wissen Sie das? Immerhin rede ich mitten in der Nacht mit einem Fremden.«

»Das Leben … ist nicht immer leicht«, erwiderte er langsam. Er schien seine Worte sorgfältig zu wählen – nicht, weil es ihm an der sprachlichen Gewandtheit fehlte, ganz im Gegenteil. Sie hatte den Eindruck, dass dieser Mann stets sorgsam mit seinen Worten war, sie abwog und nur sparsam benutzte. »Manchmal geschehen Dinge … mit denen man nicht rechnet. Und das kann einen umwerfen und alles auf den Kopf stellen, und danach ist das Leben nie mehr dasselbe.«

Anna hielt den Atem an. Woher wusste er das? Lief hier doch irgendetwas Seltsames, Übernatürliches ab? Es war, als hätte er in sie hineingeschaut und all das ausgesprochen, was sie dachte und fühlte, aber niemandem sagen konnte.

»Und wenn das Leben sich so plötzlich und unerwartet verändert«, fuhr er fort, »trauert man um das, was war und nie wieder sein wird. Ich würde sagen, das ist menschlich.«

Das klang alles sehr logisch, was sie ausgesprochen tröstlich fand. Vielleicht sagte er auch einfach nur, was sie hören wollte, um diese hysterische Frau am Telefon loszuwerden, aber selbst wenn, seinen Worten haftete etwas Wahres an. Als spräche er aus Erfahrung.

»Sind *Sie* menschlich?«, hätte sie gerne gefragt, aber sie hatte dem armen Mann schon eine ordentliche Portion ihrer Dummheit serviert, da brauchte er sicher keinen Nachschlag. Also verkniff sie sich die Frage. »Danke«, sagte sie leise. »Und Entschuldigung … Ich werde Sie nicht noch mal anrufen.« Und um nicht unhöflich zu sein, fügte sie noch hinzu: »Gute Nacht.«

Eine Pause, als wäge er ihre Worte ab, so schlicht sie auch gewesen waren. »Gute Nacht … Anna.«

Und dann war er weg, abgeschnitten durch ein Tippen ihres Daumens auf den Bildschirm. *Gute Nacht, Anna.* In dieser Stimme hatte kein Lächeln extra für sie gelegen. Aber da war etwas gewesen. Etwas, das sie nicht benennen konnte.

War aber auch egal, dachte sie, als sie aufstand, das Licht ausmachte und nach oben ging. Sie würde diese Nummer nie wieder wählen.

9.

Diesmal hielt Anna sich an ihren Vorsatz – sie rief Spencers Nummer nicht mehr an. Beziehungsweise Spencers *ehemalige* Nummer, wie sich herausstellte. Dafür rief sie den Mobilfunkprovider an, und nach zwanzig Minuten in der Warteschleife und dreimaligem Weiterverbinden war das Geheimnis endlich gelüftet.

Die Bezahlung von Spencers Vertrag lief über eine gemeinsame Kreditkarte, die sie nur noch dafür benutzte. Das Konto existierte noch, aber die Karte war im vergangenen Oktober abgelaufen. In ihrem Posteingang fand sie, begraben unter fünfhundert weiteren ungeöffneten Mails, eine entsprechende Nachricht, die sie darauf hinwies, dass Spencers Account in sechzig Tagen deaktiviert werden würde, wenn keine Bezahlung erfolgte. Als das nicht passiert war, hatten sie die Nummer an jemand anderen vergeben.

Es war ihre eigene Schuld, dass sie diese winzige, aber überaus wichtige Verbindung zu Spencer verloren hatte. Nichts Unheimliches oder Übernatürliches. Kein kleiner Scherz von Gott oder dem Schicksal oder wer auch immer da oben über den Wolken hockte und mit ihrem Leben spielte. Nein, es war ihre eigene Dämlichkeit. Sie wünschte, sie könnte die Zeit zurückdrehen und die Mail lesen, bevor es zu spät war, ihren trägen Hintern hochkriegen und sich darum kümmern.

Andererseits – wenn es in ihrer Macht läge, die Zeit zurückzudrehen, würde sie diese Belanglosigkeiten überspringen und direkt zu dem Tag zurückkehren, an dem Spencer gestorben war. Anstatt ihm hinterherzurufen, dass er noch Milch mitbringen sollte, würde sie die Treppe hinunterlaufen, ihn sich schnappen, als er die Tür öffnete, und ihn um den Verstand küssen. Dreißig Sekunden hätten ausgereicht, dann wäre der betrunkene Autofahrer ein Stück weiter oder sogar schon um die Ecke gewesen. Der Unfall wäre nicht passiert, und sie würde nicht in diesem Albtraum leben.

Dieser Gedanke plagte sie immer mehr, je näher der 23. März, sein dritter Todestag, rückte. Die Familie Barry hatte auf das rituelle Sonntagsessen verzichtet und traf sich stattdessen an diesem Tag. Anna hatte sich freigenommen, und gegen elf stieg sie ins Auto und fuhr aus London heraus.

Als die Häuser und Geschäfte in Wälder und Wiesen übergingen, warf sie einen Blick zum Himmel. Er war trüb und grau, voll schwerer Regenwolken. Schade, aber passend. Sie sah dem Tag mit gemischten Gefühlen entgegen. Die letzten beiden Male hatte sie sich mit Spencers Familie getroffen, und so waren alle stillschweigend davon ausgegangen, dass sie es diesmal genauso halten würden, aber nun, da sie darüber nachdachte, fragte sie sich, ob es nicht besser gewesen wäre, den Tag allein zu verbringen. Ein bisschen Ruhe und Zeit für sich hätte ihr vielleicht gutgetan.

Sie seufzte. Jetzt war es zu spät, ihre Pläne zu ändern. Es wäre taktlos – um nicht zu sagen, grob unhöflich –, anzurufen und zu sagen, dass sie nicht kommen würde.

Sie sah auf ihr Handy, das in der Halterung am Armaturenbrett steckte. Am liebsten würde sie ihre Mum anrufen, um sich ein bisschen emotionale Unterstützung zu holen, bevor sie bei ihrem Ziel ankam. In Nova Scotia war es jetzt noch früh, aber sie war vielleicht schon auf dem Weg zur Arbeit in Halifax.

Doch Anna musste vorsichtig sein, was ihre Eltern betraf. Wenn sie hier in der Nähe wohnten, wäre es vielleicht etwas anderes, aber sie lebten nun mal auf einem anderen Kontinent. Obwohl es mittlerweile drei Jahre her war, würden sie alles stehen und liegen lassen und zu ihr kommen, wenn sie das Gefühl hatten, dass es ihr schlecht ging, aber das wäre ihnen gegenüber nicht fair. Sie hatten ihr eigenes Leben, und sie wollte nicht, dass ihre Mutter ihren Job, den sie so liebte, aufs Spiel setzte.

Letzten Endes rief sie aber doch an. Schließlich konnte sie die wirklich düsteren Gedanken, die sie beschäftigten, ja weglassen, wie sie es sonst auch tat.

»Hallo, Liebes«, sagte ihre Mum, und Anna konnte im Hintergrund die Fahrgeräusche hören. »Ich dachte mir schon, dass du anrufen würdest, aber wenn nicht, hätte ich mich später bei dir gemeldet.« Sie seufzte. »Ich habe selbst in den letzten Tagen oft an Spencer gedacht. Du weißt ja, wie gern dein Vater und ich ihn mochten. Kaum zu glauben, dass es schon drei Jahre sind ...«

Ihre Worte trafen Anna unvorbereitet, und sie musste plötzlich heftig blinzeln.

»Wie geht es dir?«, fragte ihre Mum sanft.

»Ich ... komme zurecht«, log Anna. »Aber ich kann nicht behaupten, dass ich mich auf heute freue.«

»Wieder ein Besuch im Krematorium und danach eins von Gayles Büfetts?«

Anna zog eine Grimasse. »Nein, zum Glück nicht. Ein drittes Mal hätte ich ihre Sandwiches und Häppchen nicht ertragen. Ich muss gestehen, allmählich finde ich die Besuche bei Gayle und Richard ein bisschen ... ich weiß nicht ... klaustrophobisch.«

»Tatsächlich? Wieso denn?«

Anna runzelte die Stirn, während sie ein Auto überholte, das vor ihr her kroch. »Ich kann es nicht so richtig beschreiben. Du weißt ja, wie wichtig es mir ist, die Verbindung zu Spencers Familie zu halten, aber manchmal finde ich Gayle etwas distanziert. Aber vielleicht bilde ich mir das auch nur ein ...« Sie überlegte. Seit Silvester war sie nicht sie selbst. Dieser Anruf hatte ihr den Rest gegeben. Vielleicht war sie wirklich nur überempfindlich?

»Ich verstehe, was du meinst«, sagte ihre Mum. »Ich fand Gayle schon immer ziemlich ... strukturiert.«

Anna lachte leise. So konnte man es auch ausdrücken.

»Das dachte ich schon seit unserem ersten gemeinsamen Abendessen. Aber sie tat mir wirklich furchtbar leid, als das mit Spencer passiert ist.« Sie schwieg einen Moment und seufzte. »Ich habe keine Ahnung, wie ich in ihrer Situation reagieren würde, aber ich mache ihr keinen Vorwurf daraus, dass sie in der ersten Zeit nach seinem Tod ein wenig, nun ja, kontrollsüchtig war. Jeder Mensch reagiert auf seine Weise.«

»Ja«, erwiderte Anna nachdenklich, während sie auf die A21 einbog und Richtung Küste fuhr. »Alles unter Kontrolle haben … Das ist wohl Gayles Art, damit klarzukommen. Sie braucht ihre Routinen und Rituale.« Aber das galt für sie selbst auch, also sollte sie es ihrer Schwiegermutter nicht verübeln. »Na ja, Hauptsache, es gibt heute keine Schottischen Eier und Petits Fours. Sie meinte, sie wollte dieses Jahr etwas anderes machen.«

»Tatsächlich? Kaum zu glauben! Aber vielleicht ist es ganz gut so. Vielleicht ist es ein Zeichen, dass sie anfängt, nach vorne zu schauen.«

»Ja«, sagte Anna leise. Das klang vernünftig, obwohl sie bei ihren zweiwöchentlichen Besuchen keinerlei Anzeichen dafür bemerkt hatte. Aber vielleicht tat sie Gayle ja unrecht? Schließlich war sie nicht immer so *strukturiert* gewesen. Ein wenig reserviert und steif, das schon, aber weicher, eher bereit, ihre Gefühle zu zeigen. Anna hatte immer gedacht, dass sie gut mit ihrer Schwiegermutter auskam.

»Und was macht ihr heute nun stattdessen?«, fragte ihre Mum.

Annas Miene hellte sich auf. »Wir fahren nach Camber Sands«, sagte sie und lächelte vor sich hin.

»Im März?«

Anna lachte. »Ja, im März.« Die Jahreszeit kümmerte sie nicht. »Das war einer von Spencers Lieblingsorten. Als er jünger war, haben seine Eltern dort fast jeden Sommer ein Cottage direkt am Strand gemietet. Sein Hund Lewis fand es herrlich und tobte den ganzen Tag im Sand herum. Zu unserem ersten Hochzeitstag haben wir dort auch Urlaub gemacht, in einem kleinen hölzernen Bungalow an der Straße direkt hinter den Dünen. Weißt du noch? Auf der Website sah es nach Shabby Chick aus, aber in Wirklichkeit war es einfach nur schäbig.«

Ihre Mutter lachte. »Ach ja! Ist nicht sogar der Strom ausgefallen?«

»Ja, gleich beim ersten Mal, als wir Wasser heiß machen wollten. Wir mussten Kerzen anzünden und warten, bis der Besitzer am nächsten Morgen kam, um uns zu zeigen, wie man mit den zickigen Sicherungen umging.«

Ihr und Spencer war das egal gewesen. Der Kerzenschein hatte alles noch romantischer gemacht, und Anna hatte sich im Stillen gefreut. So würden sie diesen Jahrestag nie vergessen. Es war eine wunderbare Anekdote, die sie unter »Annas und Spencers Ehe« abheften und ihren Freunden erzählen konnten, und später dann ihren Kindern und Enkeln, wenn sie mit ihnen zum Strand fuhren. Es war Gold in der Schatztruhe ihrer Seele.

Doch nun, da Spencer nicht mehr lebte, waren diese kostbaren Augenblicke, die sie gesammelt und gehegt hatte, alles, was ihr noch geblieben war. Nur dass sie sich manchmal nicht wie Reichtümer anfühlten, sondern wie Pfeile im Herzen. Und manchmal waren sie beides zugleich. Es war alles sehr verwirrend.

Offenbar hatte ihre Mutter ihre Gedanken erahnt, denn sie sagte: »Ich weiß, es ist schwer, Liebes. Vor allem weil du dich nicht richtig von Spencer verabschieden konntest …«

Annas Kehle schnürte sich zu, und ihr brannten Tränen in den Augen.

»Aber vielleicht ist heute ja ein guter Tag, um das zu versuchen? Natürlich nicht, um ihn zu vergessen, sondern um, nun ja …«

Anna ließ die Schultern hängen und sprach die nächsten Worte lautlos mit: »*… nach vorne zu schauen.*«

Ihre Mutter war fast genauso schlimm wie Gabi und schlug ihr dauernd irgendwelche neuen Hobbys, Selbsthilfegruppen und Ratgeber vor.

»Ja, vielleicht«, sagte sie. Nur konnte sie sich einfach zu nichts aufraffen. Es war ziemlich mühsam, nach vorne zu schauen, wenn man das Gefühl hatte, einen Sack über dem Kopf zu haben.

»Liebes, ich bin jetzt auf dem Hotelparkplatz und muss auflegen, aber ich denke den ganzen Tag an dich. Melde dich jederzeit, wenn du mich brauchst.«

»Das mache ich«, sagte Anna heiser. »Danke dir, Mum.«

»Ach was, dafür bin ich doch da.«

»Ich weiß. Aber ich bin dir trotzdem dankbar.« Anna hörte, wie ihre Mutter den Motor ausschaltete. »Ich lasse dich jetzt besser mal … Ich hab dich lieb, Mum.«

»Ich dich auch …« Und dann war ihre Mutter weg.

Anna konzentrierte sich wieder auf die Straße und sann über das nach, was ihre Mutter gesagt hatte. Sie musste an den blödsinnigen Anruf in der Silvesternacht denken. Genau darauf hatte sie gehofft, begriff sie jetzt – auf eine Chance, mit Spencer zu reden und ihm all das zu sagen, was sie ihm gerne noch gesagt hätte. Und dann war ihr diese Hoffnung wieder entrissen worden, als sie erkannt hatte, dass es nur Wunschdenken gewesen war.

Und das machte sie traurig, so absurd die Vorstellung auch gewesen sein mochte. Selbst wenn sie nur dieses eine Mal mit ihm hätte reden können, hätte es vielleicht genügt. Sie hätte sich von ihm verabschieden können, ein letztes Mal. Denn das musste sie tun. Oder es wenigstens versuchen. Ihre Mutter und Gabi hatten recht. Sie musste lernen, ohne Spencer zu leben, so unsinnig ihr das auch erschien.

Während sie fuhr, stellte sie sich vor, wie sie in den Dünen von Camber Sands stand und aufs raue Meer hinaussah; der Wind peitschte durch das blasse Gras, und die Sonne hing tief am graublauen Himmel. Sie stellte sich vor, wie sie ausatmete. Das war alles, was sie sich von diesem Tag wünschte. Nicht vollständigen Frieden und Heilung. Nur einen Moment für sich, um die Augen zu schließen, an Spencer zu denken und richtig auszuatmen.

10.

Etwa eine Stunde später fuhr Anna auf einen nahezu leeren Parkplatz. Zwischen dem Marina Café, einem Toilettenhäuschen und anderen niedrigen Gebäuden war die weite mattgraue Fläche des Meeres zu sehen. Als sie aus dem Auto stieg, peitschte ihr der Wind die Haare ins Gesicht, doch sie nahm es kaum wahr, so sehr war sie in Gedanken.

Auf dem Weg durch die schmale Sackgasse, die zum Strand führte, war sie an dem Bungalow vorbeigekommen, in dem Spencer und sie damals gewohnt hatten, und obwohl er renoviert und erweitert worden war, hatte sie ihn sofort erkannt.

Der Ort war eine gute Wahl für diesen Tag. Alles hier war voller Erinnerungen an Spencer, sogar dieser Parkplatz zwischen den Dünen, über den der Wind den Sand wirbeln ließ. Sie sah ihn vor sich, wie er fluchend vor dem Parkautomaten stand, weil das Ding sein 50-Pence-Stück immer wieder ausspuckte. Und dort neben dem Café war der Strandaufgang, über den er sie getragen hatte, weil sie sich nach dem Paddeln die Füße abgetrocknet hatte und nicht wollte, dass sie wieder sandig wurden.

Sie seufzte. Am liebsten wäre sie sofort losgewandert, um sich all die glücklichen Momente ins Gedächtnis zu rufen. Sie brauchte sie.

Hinter ihr fuhr ein weiteres Auto auf den Parkplatz – Gayle und Richard in ihrem alten, aber tipptopp gepflegten Rover, mit Scott und Teresa auf dem Rücksitz. Sie hielten am anderen Ende, drüben beim Café. Anna schloss ihren Wagen ab und ging zu ihnen hinüber.

Gayle stieg in einem eleganten schwarzen Kleid mit passender Jacke aus, und trotz des Windes löste sich kein Haar aus ihrer Frisur (wie machte sie das? Mit Schellack?), während sie mit militärischer Strenge verfolgte, wie Richard eine Stofftasche aus dem Kofferraum holte und Gummistiefel überzog.

»Hi«, sagte Anna, als sie bei ihnen ankam.

»Oh, hallo«, erwiderte Gayle mit schmalem Lächeln. »Du bist da.« Sie musterte Annas Aufzug – Jeans, dunkelgrüner Pulli und ihr üblicher schwarzer Mantel –, und ihre Augenbrauen wanderten ein winziges Stück nach oben. Anna war Bequemlichkeit wichtiger gewesen als Eleganz, aber selbst wenn sie etwas Schickeres gewählt hätte, wäre sie nicht ganz in Schwarz gekommen. Sie wollte sich nicht so anziehen, als wäre sie erneut bei seiner Beerdigung.

Auch die anderen kamen, um sie zu begrüßen, und alle drei umarmten sie und gaben ihr einen Kuss auf die Wange. Richard und Scott trugen dunkle Anzüge und Teresa ein schlichtes anthrazitgraues Kleid, ganz ähnlich wie das ihrer Schwiegermutter. Keiner von ihnen war passend für einen Tag am Strand angezogen. Hatten sie vergessen, Anna zu informieren? Was hatten sie vor?

»Hast du die Tasche, Richard?«, fragte Gayle.

»Jawoll«, erwiderte Richard und hielt sie zum Beweis hoch.

Sie nickte, dann drehte sie sich um und marschierte ohne Rücksicht auf ihr unpassendes Schuhwerk auf die Dünen zu. »Na, dann los«, sagte sie. »Als Erstes gehen wir zu ›unserem‹ Picknickplatz.«

Oh, dachte Anna. Es gab einen Plan. Natürlich. Und zwar einen, an dem sie keinen Anteil hatte und der auch nicht mit ihr besprochen worden war. Nun, sie hatte auch einen Plan, der genauso wichtig war. Sie straffte die Schultern und zog den Mantel enger um sich. »Gayle … warte mal«, rief sie ihr hinterher.

Mit einer Mischung aus Verblüffung und Ärger drehte Gayle sich um.

»Könnten wir vorher noch kurz zu dem Bungalow gehen, dem kleinen gelben da hinten an der Straße? Da waren Spencer und ich nämlich –«

»Vielleicht später«, sagte Gayle, drehte sich wieder um und ging weiter. »Wenn wir noch Zeit haben«, fügte sie über die Schulter hinzu. »Sonst wird es zu spät für das Abendessen.«

»Abendessen?«, wiederholte Anna.

»Bei uns. Ich habe Sandwiches und Windbeutel vorbereitet. Richard hat dir doch eine E-Mail geschickt, oder nicht?«

Anna klappte der Mund auf, aber sie wusste nicht, was sie darauf sagen sollte. Sie erinnerte sich, dass sie eine Mail bekommen hatte, aber um ehrlich zu sein, hatte sie sie nur überflogen, um Ort und Zeit des Treffens zu erfahren. Richard hatte eine gewisse Neigung zur Geschwätzigkeit.

Vielleicht war das ihr eigenes Versehen, aber sie ärgerte sich darüber, dass sie überhaupt nicht nach ihrer Meinung gefragt worden war. Gayle schien immer wieder zu vergessen, dass an diesem Tag alle Spencers gedenken wollten, nicht nur sie. Während Anna noch überlegte, wie sie ihr das klarmachen konnte, ohne allzu giftig zu klingen, musste sie daran denken, worüber sie und ihre Mutter vorhin gesprochen hatten. *Alles unter Kontrolle zu haben war Gayles Art, damit klarzukommen.* Es war nichts Persönliches, das durfte sie nicht vergessen.

Anna stand einen Moment lang da, hin- und hergerissen zwischen Ärger und Mitgefühl, dann ließ sie die Schultern hängen. Also gut – obwohl ihr Gayles herrschsüchtige Art mächtig auf die Nerven ging, würde sie den Mund halten. Aber sie würde auf jeden Fall später zu dem gelben Bungalow gehen, ganz egal, was Gayle dazu sagte.

Anna atmete aus, was jedoch wenig dazu beitrug, ihre Nerven zu beruhigen, schob die Fäuste in die Taschen und stapfte hinter den anderen die große Düne hinauf, die den östlichen Rand des Parkplatzes zu verschlingen drohte.

Die nächste Stunde erlebte Anna, als würde sie sich von außen beobachten, als sähe sie einen Film, und die Kamera zeigte alles in der Totalen. Anders hätte sie es nicht ertragen. Gayle hatte die Rolle der Haupttrauernden an sich gerissen, obwohl alle anderen Anwesenden einen ebenso großen Schmerz in sich trugen wie sie. Anna war die treue Assistentin, die neben Gayle stehen durfte, während diese am Lieblingspicknickplatz der Familie eine Rede hielt. Dann mussten alle eine Nachricht an Spencer schreiben, die Zettel zusammenrollen und in eine Flasche stecken, die dann an einer von Gayle bestimmten Stelle im Sand vergraben wurde.

Anna hätte gerne ein wenig mehr als die von Gayle zugestandenen zwei Minuten gehabt, um sich zu überlegen, was sie schreiben wollte, denn als sie auf den leeren Streifen feinsten Schreibpapiers starrte (Gayle machte keine halben Sachen), fiel ihr partout nichts ein. Sie starrte wie hypnotisiert darauf, bis die Zeit fast um war, dann kritzelte sie »Ich liebe dich« darauf und steckte das Papier in die Flasche. Von Herzen. Wahr. Aber nicht sehr eloquent. Und auch nicht der Abschied, den sie sich vorgenommen hatte. Aber wie sollte das auch auf die Schnelle gehen?

Und dann wurden sie zum nächsten Ort geschleppt, der für alle von Bedeutung war, außer für Anna und Teresa, die sich, mittlerweile im siebten Monat schwanger, ohne zu murren die Dünen hoch und runter kämpfte. Da hätte es nicht gut ausgesehen, wenn Anna etwas gesagt hätte.

Sie schaltete auf Durchzug, ließ die Stimme ihrer Schwiegermutter zu einem Hintergrundgeräusch werden wie das Kreischen der Möwen und versuchte, jenen stillen Ort in ihrem Herzen zu finden, wo sie mit Spencer reden und ihm sagen konnte, was ihr an diesem Tag wichtig war. Gerade als sie sich so weit konzentriert hatte, dass sie beginnen konnte, klatschte Gayle in die Hände und verkündete: »Nun, ich denke, es ist an der Zeit, dass wir zum wichtigsten Teil dieses Nachmittags kommen, dem Grund, warum wir uns entschieden haben, dieses Jahr hierhinzufahren … Richard, hast du die Tasche?«

Richard, der seit ihrer Ankunft kaum ein Wort gesagt hatte, nickte. Wieder blickte Anna auf die Stofftasche, die er schon die ganze Zeit mit sich herumtrug. Was war denn nur darin?

Er reichte Gayle die Tasche, und sie griff hinein und holte ehrfürchtig eine kleine Metallurne heraus. So eine mit Deckel, die verwendet wurde, um …

Nein. Das konnte nicht sein.

»Wir gehen hinunter an den Strand«, sagte Gayle, »und dann können Richard und Scott die Asche ins Meer streuen.«

Asche?

Das kann sie nicht gesagt haben, dachte Anna, obwohl die Urne in Gayles Hand das Gegenteil bewies, aber bevor sie darüber nachdenken konnte, fügte Gayle hinzu: »Wir sind uns alle einig, dass dies der richtige Ort ist?« Sie sah von einem zum anderen, und alle nickten und murmelten etwas Zustimmendes. »Er hätte ihn selbst auch gewählt, wenn es seine Entscheidung gewesen wäre.« Und dann wanderte ihr Blick zu Anna.

»Asche?«, fragte Anna schwach. Es war im Moment das einzige Wort in ihrem Kopf.

Gayle nickte.

»*Spencers* Asche?«

Teresa blickte nervös zu ihrer Schwiegermutter und dann zu ihrem Mann. Doch Scott hielt den Kopf gesenkt und betrachtete eingehend eine vergessene Plastikschaufel im Sand.

Gayle richtete sich ein wenig mehr auf. »Ja.«

»Aber Spencers Asche ist im Gedächtnisgarten des Krematoriums!«

Gayle zuckte mit keiner Wimper. »Deine Hälfte ist dort. Unsere Hälfte ist hier …« Sie klopfte sanft auf die Urne. »Und wir werden die Asche am Lieblingsort meines Sohnes verstreuen.«

Ihre Hälfte?

Anna stand fassungslos da, während der Rest der Familie die Düne erklomm, um zum Strand zu gehen. Mit einem Teil von ihrem Mann, von dessen Existenz sie nichts gewusst hatte!

Sie kramte in ihrem Gedächtnis nach jener verschwommenen Zeit direkt nach Spencers Unfall, in der sie kaum etwas auf die Reihe bekommen hatte. Richard und Scott hatten sich um fast alles gekümmert, was mit der Beerdigung und der Testamentseröffnung zu tun hatte. Es war möglich, dass sie die Hälfte der Asche für sich behalten hatten, aber warum hätten sie das tun sollen? Und warum hatten sie ihr nichts davon gesagt?

Aber vielleicht *hatten* sie ja mit ihr darüber gesprochen. Sie hätten sie fragen können, ob sie zu der Beerdigung Zirkusclowns und rosa Elefanten bestellen sollten, und sie hätte genickt und gesagt: »Ja, wenn ihr meint …«

Die anderen waren mittlerweile hinter dem Dünenkamm verschwunden. Anna folgte ihnen hastig, aber nun, da der Sand aufgewühlt war, rutschte die obere Schicht immer wieder über die darunterliegende und zog sie mit sich. Es war, als würde man eine abwärtsfahrende Rolltreppe hochlaufen. Sie zwang sich, einen Moment stehen zu bleiben und Luft zu holen, wählte dann einen anderen Weg und setzte gezielt einen Fuß vor den anderen, bis sie oben ankam.

Teresa wartete dort auf sie, und sie gingen gemeinsam weiter, den Blick auf die anderen drei Mitglieder der Familie Barry gerichtet, die schon ein gutes Stück weiter waren. Camber Sands war einer dieser flachen Strände, die sich im Sommer wunderbar für Familien eigneten, denn bei Ebbe zog sich das Meer fast bis zum Horizont zurück und hinterließ lauter sonnengewärmte Priele, in denen die Kinder spielen konnten. Doch an einem Tag wie diesem war es ein langer, windgepeitschter Weg bis zum Wasser.

»Du wusstest nichts davon?«, fragte Teresa, während sie den anderen folgten.

Anna schüttelte den Kopf.

»Blöde Kuh«, murmelte Teresa.

Anna sah sie überrascht an. Sie hatte noch nie erlebt, dass ihre Schwägerin aufmuckte, aber ihr Kommentar traf den Nagel auf den Kopf.

Gayle war an diesem Tag wirklich eine blöde Kuh, und Anna hatte sich alles gefallen lassen, hatte die kleinen Sticheleien und Brüskierungen ignoriert, weil sie sich bemühte, die Schwiegertochter zu sein, die Spencer sich wünschen würde: freundlich und hilfsbereit, voller Nachsicht für Gayles Schmerz. Aber in der letzten halben Stunde hatte sich erschreckend deutlich gezeigt, dass das eine Einbahnstraße war.

Spencer hatte seine Mutter geliebt, aber er hatte durchaus auch ihre Fehler gesehen, und er hätte sicher nicht gewollt, dass seine Frau sich in der Rolle der liebevollen Schwiegertochter alles bieten ließ. Er hatte sie immer ermuntert, für sich einzustehen und Rückgrat zu zeigen.

Von diesem Gedanken angespornt, marschierte sie auf das kleine Grüppchen zu, das am Wassersaum stand. Mit jedem Schritt loderte das Feuer ihrer Wut heller. Teresa stapfte hinter ihr her, so gut sie konnte.

Annas erster Impuls war, sich vor Gayle hinzustellen und ihr mal so richtig die Meinung zu sagen, aber dann erinnerte sie sich, dass sie laut Spencer und Gabi immer alles so lange in sich aufstaute, bis es nicht mehr ging, und dann explodierte das Ganze in einem wirren Durcheinander. Das konnte sie jetzt nicht gebrauchen. Es war wichtig, dass Gayle verstand, worum es ihr ging, nämlich dass es nicht in Ordnung war, dass sie sie völlig aus ihren Plänen für heute ausgeschlossen hatte.

Als sie bei ihren Schwiegereltern ankam, sah Anna Gayle mit festem Blick an und holte Luft, um loszulegen. Doch genau in dem Moment schraubte Richard den Deckel von der Urne, und da durchzuckte sie mit einem Mal ein so heftiger Schmerz, dass sie keinen Ton herausbekam.

Ein gellender Klagelaut durchbrach das Rauschen des Windes und der Wellen. Es war kein Schrei der Verzweiflung, sondern etwas Rohes, fast Unmenschliches.

Anna nahm an, dass sie ihren inneren Kampf nun doch verloren hatte, dass die brodelnden Gefühle sie wie eine Flutwelle überrollt hatten, und schlug die Hand vor den Mund. Aber dann sah sie, wie Gayle neben ihr zusammenbrach und auf den geriffelten nassen Sand sank, und begriff, dass der Laut nicht von ihr gekommen war, sondern von ihrer stets so gefassten Schwiegermutter.

Der Sand und das Salzwasser ruinierten Gayles gute Kleider, aber sie schien es nicht zu bemerken. Sie wurde von so heftigen Schluchzern geschüttelt, dass sie sich mit der Hand abstützen musste und ihre Finger im Matsch versanken.

Anna hätte sie am liebsten am Arm gepackt und hochgezerrt, damit sie mit diesem schrecklichen Lärm aufhörte. *Nein*, hätte sie gerne gebrüllt. *Das hier ist nicht dein Moment. Spencer war nicht dein Mann. Er war meiner! Und* ich *war sein Lieblingsort, nicht dieser elende, schmutzige Strand. Ich war diejenige, die ihm am meisten Freude gebracht hat!*

Richard und Scott versuchten, Gayle aufzuhelfen, aber sie wehrte ihre Hände ab, und das wilde Schluchzen ging weiter. Anna starrte auf Spencers Mutter hinab, und plötzlich kam ihr etwas von dem seltsamen nächtlichen Telefonat am Valentinstag in den Sinn.

Wenn das Leben sich plötzlich und unerwartet verändert, trauert man um das, was war und nie wieder sein wird. Ich würde sagen, das ist menschlich …

Ja, dachte Anna. Die Worte schenkten ihr an diesem aufwühlenden Tag Ruhe und Kraft, erdeten sie und brachten sie zurück in die Wirklichkeit. *Was auch immer Gayle heute getan hat, sie ist menschlich. Und sie verdient mein Mitgefühl.*

Langsam und vorsichtig kniete sie sich neben Gayle, legte den Arm um sie und drückte sie an sich.

11.

Steif und mit zusammengepressten Lippen fuhr Anna hinter dem Rover ihrer Schwiegereltern von Camber Sands zu ihnen nach Hause. Ihr Zorn war vorübergehend verraucht, als Gayle am Strand zusammengebrochen war – niemand wäre von diesem herzzerreißenden Schmerz unberührt geblieben –, aber er war erneut entfacht worden, als sie hilflos danebenstehen und zusehen musste, wie Richard und Scott Spencers Asche in die Wellen streuten.

Vermutlich hatte es eine dramatische Abschiedsgeste sein sollen, doch die Strömung oder die einsetzende Flut hatten dafür gesorgt, dass die winzigen Überreste ihres Mannes in einem grauweißen Schleier auf dem Wasser trieben und ihnen um die Füße gespült worden waren. Es war grauenhaft gewesen. Sie hätte sich keinen schlimmeren Abschluss für diesen ohnehin schon unerträglichen Tag ausdenken können.

Sie war so durcheinander, dass sie erst wieder an den kleinen gelben Bungalow gedacht hatte, als sie schon auf halbem Weg zu Gayles und Richards Haus war. Die ganze Fahrt über waren ihr die Worte, die sie ihrer Schwiegermutter sagen wollte, durch den Kopf gekreist, und jetzt kam sie sich vor wie ein Blindgänger aus dem Zweiten Weltkrieg. Eine winzige Berührung, eine falsche Bewegung, und – *Bumm!* – würde sie explodieren.

Sie bog hinter Richard und Gayle in die Einfahrt. Das Aussteigen fiel ihr schwer, nicht nur weil sie steif vom Fahren war; sie fühlte sich vollkommen erschöpft, und ihr Körper war starr vor Anspannung. Die Haustür war offen, und Gayle stand daneben, um ihre Gäste hineinzuscheuchen. Anna ging darauf zu, blieb aber vor der Schwelle stehen.

»Anna?« Die Stimme ihrer Schwiegermutter klang leicht gereizt, und Anna spürte, wie ihr Blutdruck stieg. Sie konnte Gayle nicht ansehen. Sie konnte nicht mal den Hausflur hinter ihr ansehen. Es kostete sie ihre ganze restliche Kraft, sich zusammenzureißen.

Wenn sie da reinging und nach allem, was an diesem Nachmittag passiert war, höflichen Small Talk machen sollte, würde die Bombe in ihr explodieren. Sie war so wütend. So unglaublich, wahnsinnig wütend. Aber ein Rundumschlag bei Gurkensandwiches und Teeküchlein würde jetzt niemandem etwas nützen.

»Tut mir leid«, murmelte sie. »Ich glaube … Ich glaube, ich kriege Migräne.« Und bevor Gayle etwas darauf erwidern konnte, lief Anna zurück zu ihrem Auto, sprang hinein und rauschte aus der Einfahrt.

Sie wusste, dass Gayle ihr hinterherstarrte. *Was ist mit den Fingersandwiches, Anna? Und den Windbeuteln?* Doch Anna scherte sich nicht um die verdammten Windbeutel.

Mit zusammengebissenen Zähnen fuhr sie nach Hause, die Hände um das Lenkrad geklammert, und sie musste an sich halten, um vor lauter Wut nicht das Gaspedal durchzutreten. *Halte durch*, sagte sie sich. *Noch eine kleine Weile, dann kannst du die Tür hinter dir zumachen, dich dagegenlehnen und alles rauslassen.*

Doch wegen eines Riesenstaus dauerte der Rückweg letztlich anderthalb Stunden. Beim Anblick ihres Hauses kamen ihr vor Erleichterung fast die Tränen. Mühsam stieg sie aus dem Auto. Der Weg zur Haustür schien wie in Zeitlupe abzulaufen, aber schließlich steckte sie den Schlüssel ins Schloss, öffnete die Tür und drückte sie hinter sich zu.

Gott sei Dank.

Sie ließ sich gegen die Tür sinken und wartete darauf, dass die Gefühle herausdrängten …

Aber nichts kam. Keine Explosion. Kein Fäustegetrommel, keine rasenden Schreie. Sie öffnete den Mund, um das Wutgeheul herauszulassen, das sie seit der Szene am Strand mühsam in sich gehalten hatte, doch alles, was sie hörte, war ihr flacher Atem. Sie schloss die Augen, damit die Tränen sich hinter ihren Lidern sammeln konnten, aber als sie sie wieder öffnete, waren sie so trocken wie Gayles Bratenfüllung.

Mit einem frustrierten Stöhnen ging sie nach oben ins Schlafzimmer, ließ sich auf das ungemachte Bett fallen und zog sich die Decke über den Kopf. Verdammt, sie konnte einfach nicht mehr.

Doch ihr stiller, dunkler Kokon half ihr diesmal nicht. Da ihr nichts Besseres einfiel, schloss sie die Augen und atmete ein und aus.

Einen Augenblick, mehr hatte sie nicht gewollt.

Einen Augenblick für sich allein, um auf ihre Weise an ihn zu denken, damit sie mit dem beginnen konnte, was alle ihr ständig rieten: nach vorne zu schauen. Aber das war ihr anscheinend nicht vergönnt.

Obwohl sich stets alles um Spencer drehte, wenn sie seine Familie besuchte, konnte sie mit Gayle nicht offen reden, und ihre eigenen Eltern wollte sie damit nicht belasten. Gabi, die Liebe, gab sich wirklich Mühe, aber sie wollte immer nur gute, positive und vernünftige Dinge hören, und manchmal war Anna eben alles andere als das. Manchmal musste sie einfach niedergeschlagen, negativ und wütend sein. Anders wurde sie das Gift nicht los.

Wie in Trance lag sie unter der Decke und ließ ihre Gedanken wandern wie Vögel, die auf der Suche nach einem Schlafplatz von Ast zu Ast hüpften. Sie kamen an einem unerwarteten Ort zur Ruhe.

Es hatte jemanden gegeben, der ihr zuhörte; jemanden, der sie offenbar tatsächlich verstand.

Aber dieser Jemand war eigentlich ein Niemand, eine anonyme Stimme am anderen Ende des Telefons, ohne jede Verbindung zu ihrem Leben, ohne all das emotionale Gepäck, das alle, die sie und Spencer gekannt hatten, mit sich herumschleppten.

Manchmal geschehen Dinge, hatte er gesagt, *die alles auf den Kopf stellen, und danach ist das Leben nie mehr dasselbe.*

Er, dieser Niemand, hatte Spencers Nummer bekommen. Und zu ihrer Überraschung stellte Anna fest, dass sie diese Nummer gerne noch einmal anrufen wollte. Vielleicht, weil er für sie Teil der Verbindung zu Spencer war.

Aber ihn anzurufen, wäre total seltsam. Diesmal würde sie mit *ihm* sprechen wollen, nicht mit dem Geist ihres verstorbenen Mannes. Mit diesem Fremden.

Mit dieser verwandten Seele.

Der Gedanke verfolgte sie den ganzen Rest des Abends. Sie blieb im Bett und las, blies Trübsal und starrte an die Decke. Nach einer Weile nahm sie ein Bad, zog sich ihren Schlafanzug an und legte sich wieder ins Bett, um zu lesen, Trübsal zu blasen und die Decke anzustarren.

Schließlich hielt sie es nicht länger aus. Sie griff nach ihrem Handy und tippte auf den Eintrag in ihrer Anrufliste, der immer noch unter dem Namen »Spencer« lief. Ihr Herz pochte, während die Verbindung aufgebaut wurde. Sie schloss die Augen und betete, dass sie nicht die Ansage der Roboterstimme hören würde, und ausnahmsweise schien ihr Gebet erhört zu werden. Der Klingelton brach ab, und eine tiefe männliche Stimme meldete sich. »Ja?«

»Ich bin's wieder«, sagte sie und atmete aus, um sich zu beruhigen. »Anna.«

12.

»Anna.«

Seine Stimme klang nicht überrascht. Genau genommen klang sie gar nicht irgendwie.

Anstatt sich zu entschuldigen und aufzulegen, wie es jeder vernünftige Mensch getan hätte, fragte sie: »Erinnern Sie sich an mich?«

Es folgte ein Schweigen, das sie nicht deuten konnte, dann antwortete er: »Ja. Ich erinnere mich an Sie.«

Eine schlichte Feststellung. Keine Frotzelei, dass er eine fremde Frau, die mitten in der Nacht bei ihm anrief, wohl kaum vergessen würde. So etwas hätte Spencer gesagt, aber dieser Mann war nicht Spencer. Das durfte sie nicht vergessen.

Ihre Kehle wurde trocken. Wo waren die Worte, wenn man sie brauchte? Sie hatte Tausende davon parat gehabt, aber jetzt waren sie anscheinend alle davongerannt und hatten sich versteckt.

»Ich habe mich gefragt, ob Sie noch mal anrufen würden«, sagte er.

»Wirklich? Haben Sie damit gerechnet?« Bis zu diesem Abend war sie nicht mal auf die Idee gekommen. Woher hatte er es gewusst?

»Nein. Nur die Möglichkeit abgewogen.«

Und dann war es wieder still. Schließlich hatte *sie* ja bei *ihm* angerufen, um zu reden, aber jetzt fiel ihr absolut nichts ein.

Und offensichtlich hatte er ihr auch nichts zu sagen.

Plötzlich wusste sie, dass sie einen furchtbaren Fehler gemacht hatte. Ihre Worte fielen wie Nägel auf nackten Beton. Das hier war nicht das warme, wohltuende, tröstliche Gespräch, das sie sich ausgemalt hatte. Es war nicht der Ort, wo sie ihre Seele offenbaren und Heilung finden konnte.

Oh, Anna, was hast du getan? Entschuldige dich bei ihm für die Stö-

rung und leg auf. Du hast dir wieder etwas zusammengesponnen, das gar nicht existiert.

Diese Erkenntnis war mit einem schrecklichen Gefühl des Verlusts verbunden. Doch eines musste sie noch wissen, bevor sie den Anruf beendete. »Als wir neulich miteinander gesprochen haben ... Woher wussten Sie es?«

»Woher wusste ich was?«

»Wie es in mir aussieht.«

Er stieß hörbar die Luft aus. »Ich weiß es einfach.«

Das genügte, nur diese vier Worte. Er hatte genau das gesagt, was sie hören wollte.

Er verstand es. Nicht weil jemand es ihm erzählt hatte, sondern weil er es selbst erlebt hatte.

Anna kämpfte gegen ein Schluchzen an. »D-Danke«, stammelte sie, während ihr Tränen über die Wangen liefen.

Wieder Stille, aber diesmal war sie warm. Offen. Gab ihr Raum und Erlaubnis. Plötzlich musste Anna so heftig weinen, dass sie fast keine Luft mehr bekam. Sie verlor jegliches Gefühl für Ort und Zeit.

Schließlich schob sie die Decke beiseite, zog ein Taschentuch aus der Schachtel auf dem Nachttisch und putzte sich geräuschvoll und nicht sehr damenhaft die Nase. »Tut mir leid«, murmelte sie leise und wusste selbst nicht, ob sie damit das Schnauben meinte oder das Weinen als solches.

»Spencer ist also nicht zurückgekommen?«, fragte er.

Anna runzelte verwirrt die Stirn. »Was?«

»Sie waren doch wütend auf ihn, weil er Sie alleingelassen hat.«

Da erinnerte sie sich wieder, wie sie beim letzten Mal wirr drauflosgefaselt hatte. O Gott ... Sie hatte sich völlig zum Narren gemacht. Aber er verdiente eine Erklärung. »Ja, das war ich. Aber er kommt nicht zurück. Das weiß ich jetzt.«

Vom anderen Ende kam nur ein kleiner Laut, aber er signalisierte Verständnis. »Und sind Sie ohne ihn besser dran?«

Ihre Lippen verzogen sich zu einem halben Lächeln. Obwohl er sie missverstanden hatte und dachte, Spencer hätte sie aus freien Stücken verlassen, gefiel ihr die Art, wie er den Satz formulierte; er *erklärte* ihr nicht, dass sie ohne ihn besser dran war, sondern fragte sie nach ihrer Meinung. »Nein«, antwortete sie wahrheitsgemäß. »Definitiv nicht.«

Wieder dieser kleine Laut. Auch das verstand er.

»Wird es immer so wehtun?«, fragte sie.

»Wahrscheinlich.«

Beinahe hätte sie gelacht. Wie erfrischend, mal keine leeren Trostworte oder einen Kalenderspruch zu hören.

»Er ist gestorben«, sagte sie leise, und erst als die Worte heraus waren, wurde ihr bewusst, dass sie bereit war, darüber zu sprechen. »Er war einunddreißig, und er ist gestorben.«

»Trotzdem haben Sie ihn angerufen.« Er klang verwirrt.

»Ja. Dumm, nicht? Mit jemandem reden zu wollen, der einen nicht mehr hören kann, der niemals antworten wird.«

Er stieß ein bitteres Lachen aus. »Nein.«

Anna schloss die Augen, und wieder liefen ihr Tränen über die Wangen. »Sie ahnen ja nicht, wie gut es tut, das alles offen sagen zu können und verstanden zu werden.«

»Dann erzählen Sie mir mehr.«

Sie riss die Augen wieder auf. »Oh, ich glaube, das sollte ich lieber nicht … Ich meine, ich habe Ihnen schon genug Zeit gestohlen. Sie haben bestimmt Wichtigeres –«

»Nein«, unterbrach er sie. »Habe ich nicht.«

»Aber warum wollen Sie –«

»Weil ich wünschte, ich hätte so jemanden gehabt.« Er schwieg einen Moment, und es war eine schwere Stille. »Jemanden, den ich nicht kannte. Der mich nicht verurteilte … Ich werde Sie nicht verurteilen, Anna.«

Nein, das würde er nicht. Das wusste sie. Sie hatte es schon gewusst, bevor sie nach dem Handy gegriffen hatte.

Und so erzählte ihm Anna von dem Tag, als Spencer gestorben

war, von der Dunkelheit danach. Sie erzählte ihm von dem furchtbaren Tag am Strand mit Spencers Familie. Und er hörte ihr zu. Er sagte nichts, kommentierte nichts, bis sie fertig war. »Tut mir leid«, murmelte sie erneut, als keine Worte mehr kamen.

»Warum entschuldigen Sie sich dauernd?«

»Weil … Weil normale Leute so was nicht machen«, antwortete sie.

»Vielleicht sollten sie.«

»Auch wenn ich Sie nerve?«

»Tun Sie nicht.«

Sie zog die Nase kraus. »Nicht?«

»Wenn, dann hätte ich es Ihnen gesagt und aufgelegt.«

Anna musste lachen. Sie wusste zwar nicht viel über diesen Mann, aber seine direkten, klaren Antworten verrieten ihr, dass er es ernst meinte, und dadurch wurde es irgendwie komisch.

»Jetzt kennen Sie meine Lebensgeschichte«, sagte sie, »und ich weiß gar nichts über Sie.«

»Nein.«

Wieder schmunzelte sie. »Abgesehen davon, dass es Sie nicht aus der Fassung bringt, wenn wildfremde Frauen Sie anrufen und Ihnen ihr Herz ausschütten. Ist das eine Spezialität von Ihnen?«

Sie hörte ein kleines Schnauben, das amüsiert klang. »Ich muss zugeben, Sie sind die Erste.«

Aus irgendeinem Grund wurde ihr bei seinen Worten warm ums Herz. Sie seufzte. »Ich sollte jetzt besser Ihre Leitung freigeben. Vielleicht versucht jemand anders, Sie zu erreichen.« Sie stellte sich vor, wie Freunde oder sogar eine Ehefrau sich ärgerten, weil sie immer nur die automatische Ansage hörten, dass der Anschluss besetzt war.

»Das bezweifle ich«, erwiderte er auf seine direkte Art. »Die Nummer ist neu, und ich habe sie noch niemandem gegeben.«

»Oh.« Anna beugte sich vor, rückte die Kissen hinter ihr zurecht und lehnte sich wieder an. »Aber seit meinem ersten Anruf sind fast vier Monate vergangen. Bin ich die Einzige, mit der Sie in der ganzen Zeit telefoniert haben?«

»Sie sind das einzige menschliche Wesen, mit dem ich seither gesprochen habe.«

»Sprechen Sie auch mit *nicht* menschlichen Wesen?«, rutschte es ihr heraus. Es war das Albernste, was sie hätte sagen können, aber dass sie ihn überhaupt angerufen hatte, war auch ziemlich albern, also war sie immerhin konsequent.

Und dann begriff sie, was er gerade gesagt hatte: Er hatte seit fast vier Monaten mit niemandem gesprochen. Das war doch nicht normal. Warum nicht? Sie war so auf ihre eigenen Probleme fixiert gewesen, dass sie nicht mal über das nachgedacht hatte, was sie selbst gerade festgestellt hatte – nämlich, dass sie nichts über ihn wusste. Wer weiß, vielleicht saß er im Gefängnis, in Einzelhaft. Das wäre ein ziemlich guter Grund, keinerlei soziale Kontakte zu haben. Vielleicht war er gefährlich oder gestört. Oder beides. Und sie plapperte einfach drauflos und erzählte ihm alles über sich.

Er gab ein Geräusch von sich, das ein Lachen hätte sein können, wenn es nicht so voller Schwere gewesen wäre. »Ich rede ab und zu mit dem Hund, damit meine Stimmbänder nicht völlig einrosten.«

Stimmbänder. Das war ein gutes Wort. Ein ungebildeter Mann hätte es sicher nicht verwendet. Also war er vielleicht doch kein psychopathischer Axtmörder hinter Gittern. Und er hatte einen Hund. Das sagte doch etwas darüber aus, was er für ein Mensch war, oder?

»Warum sprechen Sie mit niemandem?«

»Mein eigener Entschluss. Ich wohne mitten im Nirgendwo. Da kriege ich nicht viel Besuch.«

Anna runzelte die Stirn. War er doch ein Lügner? »Und trotzdem haben Sie vernünftigen Handyempfang?«

»Ich habe einen Booster, der das Signal verstärkt. Als wir kurz vor Weihnachten einen Sturm hatten und zum vierten Mal innerhalb von vier Monaten das Festnetz ausfiel, habe ich beschlossen, dass ich eine Alternative brauche.«

»Daher also das Handy und die neue Nummer«, sagte Anna mit

einem Seufzer. »Ich wette, mit so jemandem wie mir haben Sie nicht gerechnet, als Sie sich das zugelegt haben.«

»Nein.« Noch immer lag keine Gereiztheit oder Ungeduld in seiner Stimme. Noch vor kurzem hätte sie vermutet, dass er tatsächlich ein wenig seltsam sein musste, wenn ihn ihre seltsamen Anrufe nicht störten, doch nun, da sie etwas mehr über ihn wusste, fragte sie sich, ob er vielleicht einsam war. Das würde einiges erklären.

Sie strich *gefährlich* und *psychotisch* von ihrer Liste und fügte ein paar neue Eigenschaften hinzu: geduldig, ruhig und … nett. Ja, trotz seiner Direktheit und wortkargen Art war es sehr nett von ihm gewesen, ihr zuzuhören.

Doch dann fiel ihr auf, dass ihr noch eine ganz wesentliche Information über ihn fehlte. »Ich weiß gar nicht, wie Sie heißen.«

»Brody.«

Das passte zu seiner tiefen, ein wenig rauen Stimme. Sie versuchte, ihn sich vorzustellen, und sah dunkles, mit Grau gesprenkeltes Haar, vielleicht auch einen Bart. Sie hatte das Gefühl, dass er älter war als sie, aber an der Stimme allein war das schwer festzumachen. Er klang müde, als hätte er viel durchgemacht.

»Brody«, wiederholte sie leise. Dann erinnerte sie sich an ihre gute Erziehung und fügte hinzu: »Freut mich sehr, Sie kennenzulernen.«

Da lachte er, ein richtiges, tiefes Lachen. »Ob Sie's glauben oder nicht, das geht mir genauso.«

Nun gab es nicht mehr viel zu sagen. Die Bombe in ihr hatte aufgehört zu ticken. Er hatte sie sauber und mühelos entschärft, während sie sich unterhielten, und sie hatte es nicht einmal gemerkt. Es war keine Explosion mehr zu befürchten.

Dann war es das wohl. Es war Zeit aufzulegen. Nur hatte sie keine Ahnung, wie man ein solches Gespräch beendete. »Tja«, begann sie, wurde jedoch im gleichen Moment von lautem Gebell am anderen Ende unterbrochen.

»Moment mal«, brummte Brody, dann hörte sie, wie er das Handy hinlegte, sich entfernte und dann etwas sagte wie: »Ist ja gut! Das ist doch nur eine Eule.« Kurz darauf war er wieder dran, und diesmal klang auch er ein klein wenig aus der Ruhe gebracht, was sie tröstlich fand. »Entschuldigung.«

»Macht nichts«, erwiderte Anna lächelnd. Sie mochte Hunde. Sie und Spencer hatten kurz vor seinem Tod überlegt, sich einen zuzulegen, dann aber beschlossen, noch zu warten, weil Anna die Pille abgesetzt hatte und sie versuchen wollten, ein Kind zu bekommen. Noch etwas, das ihr gestohlen worden war. Aber darüber wollte sie jetzt nicht nachdenken. »Wie auch immer, was ich sagen wollte –«

Erneutes Gebell.

»Lewis!«, rief er. »Aus!«

Sein Ton war so bestimmt, dass der Hund sofort verstummte.

»Ihr Hund heißt Lewis?«, fragte Anna heiser.

Sie hörte Bewegung und leises Hecheln, dann sagte er leise »dummes Vieh«, und sie sah förmlich vor sich, wie der Hund vor ihm saß und verzückt zu ihm hochsah, während Brody ihm den Kopf kraulte. »Ja.«

Es war ein Zeichen.

Nicht von ihrem verstorbenen Mann oder irgendetwas Albernes in der Art, aber es war ein Zeichen. Warum sonst sollte dieser Fremde nicht nur die Handynummer ihres Mannes haben, sondern auch noch einen Hund, der denselben Namen trug wie Spencers geliebter Hund aus Kindertagen? Das war eine weitere Verbindung, die sie nicht ignorieren konnte.

»Darf ich Sie wieder anrufen?«, platzte es aus ihr heraus.

Es dauerte einen Moment, bis er antwortete. »Wenn es Ihnen hilft.«

»Danke«, sagte sie leise.

»Machen Sie's –«

Sie ging dazwischen, bevor er zu Ende sprechen konnte. »Ist es okay, wenn wir keine Abschiedsformeln verwenden? Ich weiß, es klingt seltsam, aber ich habe heute genug Abschied gehabt. Können wir irgendwas anderes sagen oder einfach auflegen?«

Offenbar hatte er sich mittlerweile an ihre Absonderlichkeiten gewöhnt, denn er sagte nur: »In Ordnung«, und klang dabei überhaupt nicht irritiert. Gott sei Dank. »Schlafen Sie gut, Anna.«

Sie brauchte ihre ganze Entschlossenheit, um auf den roten Button zu drücken und das Gespräch zu beenden. Ein paar Sekunden sah sie noch auf ihr Handy, dann schaltete sie vollkommen erschöpft das Licht aus. Sie legte sich auf den Rücken, den Blick zur Decke gerichtet, und zum ersten Mal an diesem Tag atmete Anna richtig aus.

13.

Brody starrte auf sein glänzendes neues Handy. Es war jetzt still, aber Annas letzte Worte klangen noch in seinen Ohren nach. Lewis stupste seine Hand an, um Aufmerksamkeit zu bekommen, doch Brody blickte weiter auf das Handy. Er erwartete nicht, dass es wieder zum Leben erwachte, aber er betrachtete die Anrufliste. Sie zeigte nur vier Einträge, alle von derselben Nummer.

Jeder Eintrag bestand nur aus einer Reihe von Zahlen. Elf, um genau zu sein. Das war alles, was von ihr übrig war, nachdem sie aufgelegt hatte. Nach allem, worüber sie gesprochen hatten, erschien es ihm ein wenig unpersönlich.

Er tippte auf »Neuen Kontakt hinzufügen«. Während er ihren Namen in das Feld eingab, sagte er sich, dass es eigentlich überflüssig war, da sie in der absehbaren Zukunft die Einzige sein würde, die ihn – vielleicht – anrief, aber er tat es dennoch.

Neben ihrem Namen war ein Platzhalter, der leblose graue Umriss eines Frauenkopfs vor einem helleren Hintergrund. Da er das zu nichtssagend fand, rief er das Verzeichnis »Bilder« auf, die werkseitig auf dem Handy gespeichert waren, und wählte eines davon: einen leicht gebogenen Maiglöckchenstängel. Es erschien ihm am passendsten.

Sie hatte jung geklungen und sehr zerbrechlich. Verloren.

Brody wusste, wie es war, sich verloren zu fühlen. Sehr gut sogar. Vielleicht hatte er ihr deshalb zugehört, statt aufzulegen.

Er schob das Handy in die Tasche seiner Jeans, dann ließ er Lewis noch mal zur Hintertür des Cottages hinaus, bevor sie schlafen gingen – Lewis in seinem Korb in der Küche, neben dem ölbefeuerten Aga, und Brody oben in seinem Schlafzimmer mit der niedrigen

Decke und den dunklen Balken. Als er im Bett lag, sah er zwischen den offenen Vorhängen hindurch auf die dunstigen, mondscheingetränkten Wolken und dachte über das Gespräch mit Anna nach.

Sie steckte noch in dem furchtbaren Anfangsstadium, wenn der Schmerz alles überlagerte und man in einem endlosen quälenden Kreislauf aus Leid und Kummer feststeckte. Und Reue. *Vergiss die Reue nicht*, ermahnte er sich. Sie schien das harmloseste Element auf der Liste zu sein, aber Brody wusste, dass sie das mächtigste war. Reue schlug einen mit einem einzigen Haken zu Boden, wenn man es zuließ.

Habe ich sie belogen?, fragte er sich und suchte nach einer bequemeren Position. Hätte es wirklich etwas geändert, wenn er jemanden zum Reden gehabt hätte? Irgendeinen gesichtslosen Menschen, der ihn nicht kannte und nicht durch das Wissen um die Geschehnisse voreingenommen war? Theoretisch wäre es möglich, aber er bezweifelte es. Sehr sogar.

An der Tür ertönte ein Scharren, dann wurde sie durch einen frechen, hoffnungsvollen Terrier aufgeschoben. Da kein Tadel kam, trottete er zum Fußende des Bettes. Eine Sekunde später gab die Matratze nach, und Brody spürte eine feuchte Schnauze an seiner Hand. Lewis ließ sich neben ihm auf die Decke fallen und stieß einen langen zufriedenen Hundeseufzer aus.

Normalerweise bewahrte Brody sein Handy im Arbeitszimmer auf, aber nun lag es auf dem wackeligen alten Nachttisch aus dunklem Holz. Beim Einschlafen fragte er sich, ob es wohl nachts noch einmal klingeln würde, doch als er am nächsten Morgen aufwachte, zeigte die Liste nach wie vor nur vier Anrufe. Er scheuchte Lewis vom Bett und stand auf.

Er erblickte sich in dem alten fleckigen Spiegel des Schranks. Wann hatte er sich eigentlich zuletzt rasiert? Letzte Woche? Oder in der davor? Wie auch immer, er sah schlimm aus. Vielleicht würde er es nach dem Laufen tun. Obwohl er sich fragte, wozu das gut sein sollte. Hier sah ihn ja ohnehin niemand. Außer Lewis, aber so zottelig, wie er selbst war, gefiel ihm Brody unrasiert wahrscheinlich sogar besser.

Je älter er wurde, desto mehr ähnelte er seinem Vater. An den Schläfen zeigte sich ein wenig Grau, was in Anbetracht dessen, dass er seit seinem letzten Geburtstag offiziell dem mittleren Alter angehörte, wohl nicht ungewöhnlich war. Aber der Vierzigste war kein Schock gewesen. Er fühlte sich schon seit Jahren um einiges älter.

Über den Straßen und Wegen, die das Moor durchzogen, hing noch der Morgendunst, als er aus dem Haus trat. Das nächste Dorf war sieben Kilometer entfernt, die nächste Stadt gut vierzig, und genau deshalb hatte er diesen Ort gewählt, um sich niederzulassen. Außer ein paar Kühen und Raben würde ihm auf seiner Runde vermutlich keine lebende Seele begegnen.

Beim Loslaufen sah er auf die Uhr. Um acht kam die Lebensmittellieferung, er sollte also mindestens zehn Minuten vorher zurück sein. Er setzte über ein Gatter, was dank seiner langen Beine kein Problem war, und lief am Rand eines matschigen Feldes einen steilen Hügel hinauf.

Als er klatschnass geschwitzt und angenehm ausgepowert zum Cottage zurückkam, sprang Lewis ihm begeistert entgegen. Doch er war nicht allein – vor dem Haus stand mit laufendem Motor ein Lieferwagen mit der Aufschrift *Hexworthy Organics* in grünen Lettern.

Mist. Die Lieferung kam zu früh.

Lewis, dieser Verräter, lief mit wedelndem Schwanz los, um den Fahrer zu begrüßen, doch Brody schlug einen Bogen hinter die Nebengebäude, die zu seinem Grundstück gehörten. Es war nicht nötig, mit dem Mann zu reden; er schrieb bei jeder Bestellung dazu, dass der Fahrer alles in dem uralten kleinen Wintergarten abstellen sollte, den er als Abstellraum für Gummistiefel und dergleichen benutzte. Er würde keinen Ärger machen, wenn nicht alles dabei war. Er nahm, was sie ihm brachten.

Er trat von hinten in den Garten, schlüpfte durch die Terrassentür ins Wohnzimmer und von dort ins Arbeitszimmer. Der Typ war offenbar neu, denn er hämmerte an die Haustür und rief: »Hallo?«, begleitet von Lewis, der aus reinem Übermut bellte. Blöder Hund.

Schau auf deinen Zettel, Junge, dachte Brody. *Da steht alles, was du wissen musst. Und dann zieh Leine und lass mich in Ruhe.*

Was Brody jetzt wirklich brauchte, war eine Dusche, aber die Treppe war durch das Glas in der Haustür zu sehen, und so setzte er sich auf seinen Schreibtischstuhl und wartete, den Blick auf ein Stück abgeplatzte Farbe an der Fensterbank gerichtet, bis das Klopfen aufhörte und der Lieferwagen vom Hof fuhr und verschwand.

14.

Genau eine Woche später klingelte Brodys Handy erneut. Es war Abend, er saß in seinem kleinen Arbeitszimmer, und im Kamin knisterte ein Feuer. Der ganze Raum war vollgestopft mit Bücherregalen in allen Formen und Größen. In der einen Ecke stand ein abgewetzter Ohrensessel, der noch von den Vorbesitzern stammte – wie fast die gesamte Einrichtung des Hauses. Damals war es ihm am einfachsten erschienen, alles so zu lassen. Vor dem Fenster stand ein alter, mit grünem Leder bezogener Schreibtisch. Darauf befand sich nichts außer einer feinen Staubschicht und seinem Handy.

Um kurz nach zehn erwachte der sonst nichtssagend schwarze Bildschirm zum Leben, und das Gerät vibrierte auf der ledernen Arbeitsfläche. Lewis hob den Kopf, als Brody sich erhob, um es zu holen, und legte ihn zurück auf die Pfoten, als sein Herrchen sich wieder in den Sessel beim Kamin setzte.

»Brody?« Sie klang ein wenig unsicher.

»Ich bin hier.«

Sie stieß einen erleichterten Seufzer aus. »Das hatte ich gehofft.«

Er lächelte, überrascht, wie sehr er sich freute, ihre Stimme zu hören.

Nach kurzem Zögern sagte sie: »Ich würde Sie gerne etwas fragen. Ich habe es schon bei anderen versucht, aber ich glaube, die sagen mir nur das, wovon sie meinen, dass ich es hören will, anstatt ehrlich zu antworten.«

Er machte es sich im Sessel bequem und blickte auf die Fenster seines Arbeitszimmers. Die Nacht dahinter war so dunkel, als hätte jemand die Scheiben von außen mit schwarzer Farbe bemalt. »Schießen Sie los.«

»Glauben Sie an Seelenverwandtschaft? Sie wissen schon, dass ein Mensch für immer zu einem gehört?«

Er überlegte einen Moment. »Nein, eigentlich nicht.«

»Danke. Das hilft mir, Klarheit zu bekommen. Alle haben mir Ratschläge gegeben, wie ich mit der Trauer umgehen soll, was ich fühlen soll, aber das hat es mir nur schwerer gemacht zu erkennen, was ich wirklich fühle und denke.«

Brody nickte. Ach ja, diese wohlmeinenden Seelen ... Die Sorte kannte er nur zu gut. »Und was denken Sie, Anna?«

»Dass Spencer mein Seelengefährte war.«

»Woher wussten Sie das?« In seiner Frage lagen kein Spott und kein Vorurteil. Er war wirklich neugierig.

»Ich wusste es einfach«, erwiderte sie wehmütig. »Vom ersten Moment an, als wir uns begegnet sind.«

»War es Liebe auf den ersten Blick?« Okay, jetzt war er tatsächlich skeptisch.

»Wenn Sie es so nennen wollen. Obwohl ich es damals nicht so gesehen habe. Ich wollte es nicht so sehen. Schließlich ist es kitschiger Blödsinn, oder?«

Brody schnaubte nur; das genügte als Antwort.

»Als ich ihn zum ersten Mal sah, war es, als würde ich mit voller Wucht gegen eine Mauer laufen. Ich meine, körperlich – mir ist tatsächlich schwindelig geworden, und ich bekam keine Luft mehr, und meine Fußsohlen fingen an zu brennen. Ich versuchte, mich normal zu benehmen, hallo zu sagen, aber ich konnte es einfach nicht.« Sie lachte leise. »Aber er auch nicht ... Und da wusste ich es. Da wusste ich, er ist es.«

Brody runzelte die Stirn. »Für mich klingt das eher wie körperliche Anziehung.«

Anna lachte. »Ich hätte mir denken können, dass Sie ein Zyniker sind.«

»Ja, das bin ich. Und ich bin stolz darauf.«

Sie seufzte.

»Also gut«, sagte er. »Beweisen Sie mir, dass ich mich irre. Was an ihm hat Sie überzeugt, dass er …«, Brody zögerte kurz, es fiel ihm überraschend schwer, die Worte auszusprechen, »… dass er der Richtige war? Was hat Sie beide zum perfekten Paar gemacht?«

Anna schwieg eine Weile. »Hm, eigentlich passten wir überhaupt nicht zusammen. Wir waren grundverschieden. Ich bin schüchtern, aber er war total extrovertiert, voller Energie und verrückter Ideen. Spencer war ein Träumer, und genau das liebte ich an ihm: seine Phantasie und seine Leidenschaft. Und dass er mich trotz meiner stillen Art nicht langweilig fand. Er glaubte an mich wie niemand sonst.«

»Ich verstehe gut, dass so viel Unterstützung Sie für ihn eingenommen hat.«

»Es war mehr als nur Unterstützung«, erwiderte sie. »Es bedeutete alles für mich. Wenn man schüchtern ist, sehen einen die Leute nicht. Sie denken, sie tun es, aber so ist es nicht.«

»Und Spencer hat Dinge gesehen, die anderen entgangen sind?«

»Genau. Er wurde oft als Überflieger bezeichnet, aber er sagte immer, er könne nur so gut fliegen, weil ich ihn erdete, weil ich sein Anker war. Das meine ich, wenn ich sage, wir waren Seelenverwandte«, schloss sie, und Brody stellte sich vor, wie sie dabei leicht die Achseln zuckte. »Wir passten einfach zusammen. Es war leicht … Mühelos. Und wir machten einander besser. Erst durch Spencer habe ich erkannt, wer ich wirklich bin.«

»Niemand sollte einen anderen brauchen, der ihm sagt, wer er ist, Anna.«

»So war es nicht«, verteidigte sie sich. »Er hat mich einfach so geliebt, wie ich war, hat mich *ich* sein lassen.« Sie seufzte. »Und jetzt ist er nicht mehr da. Ihn zu verlieren, hat mich von Grund auf verändert. Ich werde nie wieder dieselbe sein.«

Er nickte. »Stimmt.«

Und dann bereute er seine Unverblümtheit. Er war schon zu lange allein, hatte vergessen, dass nicht alle Menschen so eine direkte Art schätzten.

Doch Anna sagte nur mit einem Schmunzeln in der Stimme: »Wow, Brody! Danke für die Aufmunterung!« Er musste lachen, und sie fiel ein. Als sie beide wieder verstummt waren, sagte sie: »Ich habe noch eine Frage …«

Brody wappnete sich. Er war es nicht gewohnt, spätabends tiefschürfende Gespräche zu führen, abgesehen von gelegentlichen philosophischen Debatten mit seinem vierbeinigen Gefährten.

»Warum haben Sie Ihren Hund Lewis genannt?«

Er lächelte. Es war, als hätte sie seine Gedanken gelesen. »Nach C. S. Lewis, dem Autor der Narnia-Bücher.«

»Oh … Die habe ich geliebt, als ich klein war. Und ich habe noch Jahre später in jeden Schrank geschaut, ob in der Rückwand Tannenbäume und Schnee zu sehen waren.«

»Ich auch.« Es gefiel ihm, dass sie das gemeinsam hatten. »Warum fragen Sie? Ich meine, wegen Lewis?«

»Spencer hatte früher auch einen Hund, der Lewis hieß. Ich war neugierig, ob Sie ihm den Namen aus demselben Grund gegeben haben.«

»Und wie kam der andere Lewis zu seinem Namen?«

Wieder lachte Anna. »Durch Lewis Hamilton. Spencer hat ihn verehrt – sogar schon, bevor er in die Formel 1 aufgestiegen ist.«

Brody zuckte die Achseln. »Er ist bestimmt ein sehr guter Rennfahrer, aber Verehrung finde ich doch etwas übertrieben.«

»Sehe ich genauso«, sagte sie fröhlich, doch dann wurde sie wieder ernst. »In dem Jahr, als Spencer starb, hatte ich eine Geburtstagsüberraschung für ihn geplant. Ich hatte ihm eine Freifahrt mit einem Rennwagen in Brands Hatch gebucht, doch dazu kam es nicht mehr. Aber die Veranstalter waren sehr nett, sie haben mir einen Gutschein gegeben.«

»Und, haben Sie ihn eingelöst?«

Wieder seufzte sie. »Ich wollte ihn schon längst meinem Schwager schenken, aber ich vergesse es immer wieder. Ich glaube, er liegt noch irgendwo in einer Schublade … Das ist das Komische an der

Zukunft, nicht? Wir machen lauter Pläne, kleine und große, aber die Dinge entwickeln sich nicht immer so, wie wir es erwarten.«

»Nein«, erwiderte Brody nachdenklich. Nein, das taten sie wahrlich nicht. Wenn ihn jemand vor zehn Jahren gefragt hätte, wie sein Leben jetzt aussehen würde, hätte er gesagt, dass er immer noch glücklich mit Katri verheiratet sein würde.

»Ich hatte mir mein Leben – beziehungsweise das von mir und Spencer – wie einen riesigen Kalender vorgestellt, der sich über die Jahrzehnte erstreckte. Und ich hatte jede Menge künftige Ereignisse eingetragen, Sie wissen schon: In drei Jahren haben wir ein Baby. In fünf Jahren hoffentlich ein zweites. Zehn Jahre danach stöhne ich darüber, dass ich sie ständig hin und her chauffieren muss, und noch mal zehn Jahre weiter feiern wir den ersten Universitätsabschluss.

Ich schrieb alles Mögliche auf die Seiten meines imaginären Kalenders, ohne mir dessen bewusst zu sein, weil es im Grunde nur Hoffnungen und Träume waren. Ich sah uns zusammen alt werden, Großeltern werden, weiße Haare bekommen und ständig darüber jammern, dass wir die Brille nicht finden können, obwohl wir sie auf dem Kopf haben …« Sie gab ein ersticktes Lachen von sich. »Ich dachte, ich würde die Sorte Oma werden, die Strickjacken und Puschen trägt und dezent nach Pfefferminzbonbons riecht.«

Bei dem Bild, das sie entwarf, musste Brody lächeln.

»Aber jetzt werde ich vielleicht niemals Großmutter. Oder auch nur Mutter.«

Er spürte ihren Schmerz wie einen Messerstich.

»Und dann wachte ich eines Tages auf, und alle Seiten in meinem Kalender waren weg. Rausgerissen.«

»Ja. Und dann weiß man nicht, was man tun und wo man anfangen soll.« So war es ihm zumindest am Anfang ergangen. Die Wege konnte er jetzt klarer erkennen. Aber er war noch immer nicht in der Lage, sie zu gehen.

»Genau. Und jetzt habe ich jeden Tag, wenn ich aufwache, eine leere Seite vor mir. Es ist wie ein dichter Nebel, der sich bis zum Ende meines Lebens erstreckt.«

Brody sagte nichts darauf. Antworten hatte er nicht, und mit Allgemeinplätzen wollte er sie nicht beleidigen.

»Ich weiß, dass ich anfangen muss, etwas einzutragen«, fuhr Anna fort. »Dass ich wieder anfangen muss zu träumen und zu hoffen. Aber wie geht das? Wie mache ich das ohne ihn?«

Er hörte die Tränen in ihrer Stimme, und es brach ihm fast das Herz. Wie gerne würde er ihr eine Anleitung geben, wie sie aus diesem Loch herauskam, aber er bezweifelte, dass er ihr da in irgendeiner Weise helfen konnte.

»Und so taste ich mich weiter durch dieses Nichts«, sagte Anna, und sie klang noch müder als zuvor. »Warte darauf, dass der Nebel sich lichtet und ich plötzlich eine Idee habe, aber das passiert nie.«

Das kannte Brody nur zu gut – Ideen, die nicht kommen wollten, vor allem dann, wenn er sie brauchte. »Glauben Sie, dass Sie wieder heiraten werden?«, fragte er, um von diesem Thema wegzukommen.

»Ja … Nein … Ich meine …« Sie schnaubte genervt. »Ich weiß nicht, was ich meine! Ich will nicht einsam sein, also wäre hei-« Sie brach ab und begann von neuem. »Also wäre es gut, jemanden an meiner Seite zu haben. Nur kann ich mir nicht vorstellen, mit jemand anderem zusammen zu sein.«

Er dachte einen Moment über ihre Worte nach. »Sie haben Schuldgefühle, weil Sie auch nur in Erwägung ziehen, dass jemand an seine Stelle treten könnte.«

»Ja«, sagte Anna erleichtert. »Ist es Ihnen genauso gegangen?«

»Ja«, antwortete er. So ein kleines Wort für all das, was darin steckte.

»Und was haben Sie –«

Annas Stimme wurde von Lewis übertönt, der plötzlich aufsprang, zur Terrassentür im Wohnzimmer stürmte und die Schwärze dort draußen anbellte.

»Entschuldigung«, murmelte Brody, während er hinter dem Hund herlief, ihn am Halsband packte und ins Arbeitszimmer zurückholte.

»Er ist etwas anstrengend, seit er letzte Woche die Eule gehört hat. Beim kleinsten Geräusch bellt er jedes Mal wie verrückt.«

Gerade als Brody im Arbeitszimmer ankam, riss Lewis sich los, rannte wieder zur Terrassentür und machte noch mehr Lärm als zuvor.

Anna lachte. Brody musste sich das freie Ohr zuhalten, um sie hören zu können. »Ich lasse Sie jetzt besser mal, damit Sie sich um ihn kümmern können«, sagte sie. »Vielen Dank fürs Zuhören, Brody. Ich bin sehr froh, dass Sie abgenommen haben.«

Brody nickte vor sich hin. »Ich auch«, gestand er. Dann legte er auf, ging ins Wohnzimmer und öffnete die Tür, damit Lewis in den Garten konnte. Hoffentlich würde sich zeigen, dass die Eule längst verschwunden war.

Als Lewis schließlich hechelnd zurückkam, schimpfte Brody nicht mit ihm, sondern gab ihm ein Leckerli und kraulte ihn am Kopf. »Guter Junge«, sagte er leise. »Perfektes Timing.« Denn er hatte das ungute Gefühl, dass Anna gerade dabei gewesen war, ihm eine Frage zu stellen, die er nicht beantworten wollte. Es gab ein paar Dinge, die er lieber für sich behielt.

15.

Kurz vor Tagesanbruch betrat Brody sein Arbeitszimmer und schaltete das Licht ein. Er ging zum Schreibtisch und schaute einen Moment durchs Fenster in seinen Garten. Draußen war es gerade hell genug, um die Umrisse der Bäume und Sträucher vor dem lichter werdenden Himmel zu erkennen.

Bevor er es sich anders überlegen konnte, zog er ein Notizbuch aus dem Stapel in einem der Regale und schlug es auf, um nachzusehen, ob darin noch leere Seiten waren. Es gab welche. Jede Menge sogar. Nur die ersten paar waren beschrieben. Als er darauf blickte, fiel ihm auf, wie sehr seine Handschrift sich seither verändert hatte. Das Gekritzel auf den Seiten war zwar nicht mehr das eines Schuljungen, aber es hatte etwas von dessen Unschuld und Optimismus. Jetzt schrieb er in sorgfältigen schwarzen Druckbuchstaben, die sich tief in das Papier gruben.

Okay, sagte er sich. *Es sind nur Worte. Nichts, wovor du Angst haben müsstest. Früher warst du doch mal gut darin.*

Das ist Jahre her, flüsterte eine kleine Stimme in seinem Kopf. *Und wie oft hast du es seither versucht? Wie viele Male bist du wieder aufgestanden, und da war nur eine leere Seite? Etliche Male*, lautete die Antwort. Aber er hatte seit mindestens fünf Jahren kein Notizbuch mehr aus diesem Regal gezogen. Vielleicht war es diesmal anders.

Er setzte sich und nahm einen Füllhalter aus dem Behälter auf der Fensterbank. Er musste ihn ein paarmal schütteln und einige Versuche auf einem Notizzettel machen, aber nach einer Weile floss die Tinte. Er legte die Hand mit dem Füllhalter so hin, dass die Feder knapp über dem cremeweißen Papier schwebte, und atmete aus.

Und so saß er da und starrte gut zehn Minuten auf eine makellose leere Seite. Schließlich hielt er es nicht mehr aus, stand auf, warf den Füllhalter hin und stürmte aus dem Zimmer.

Er zog sich eine Fleecejacke über und ging durch die Hintertür nach draußen. Lewis folgte ihm und verschwand sofort auf der Jagd nach irgendeiner unsichtbaren Beute hinten im Garten. Kopfschüttelnd betrat Brody eines der kleinen Nebengebäude in seinem Hof. Es sah ziemlich roh aus, mit unverputzten Mauern und einem unebenen, rissigen Betonboden, aber es hatte Strom und alles andere, was er brauchte. Er schaltete das Licht ein und den alten Petroleumofen, der auf dem Boden stand, dann zog er die Plane von der langen Werkbank.

Darunter lagen Werkzeuge und mehrere halbfertige Holzstücke: Ringe, Würfel und einige unregelmäßig geformte Teile. Er griff nach einem der Ringe. An einigen Stellen war er noch rau, wo sich die Maserung der Bearbeitung widersetzt hatte. Er nahm ein Stück Sandpapier und rieb mit sanften, gleichmäßigen Bewegungen die drohenden Splitter weg, dann wechselte er zu einer immer feineren Körnung, bis das Objekt glatt und glänzend war.

Dasselbe machte er mit vier weiteren Ringen, jeder ein wenig kleiner als der vorige, und als er damit fertig war, bemalte er sie mit leuchtend bunten Farben, die in grellem Kontrast von den matten Grün-, Grau- und Brauntönen des Moors abstachen.

Während sie trockneten, zog er eine große Kiste unter der Werkbank hervor und stellte sie obendrauf. Sie war mit lauter ähnlichen hölzernen, bunt lackierten Formen gefüllt. Er starrte einen Moment auf die Sammlung von handgearbeitetem Spielzeug, dann nahm er jedes einzelne heraus und musterte es eingehend. Die meisten kamen wieder in die Kiste, sobald sie leer war, nur ein paar blieben auf der Werkbank liegen. Sie waren noch nicht perfekt. Er würde sich später darum kümmern.

Als alle akzeptablen Stücke wieder eingepackt waren, sah er die Kiste an und seufzte. Moji hatte ihm letzte Woche auf den Anrufbeantworter des Festnetztelefons gesprochen, dass sie dringend Ringe und Bauklötzchen brauchte. Anscheinend gab es in Totnes eine Art Babyboom. Ihr kleines Geschäft für Kinderbücher und Spielzeug war fast leer gekauft.

Er würde heute eine Lieferung machen, mehr um Moji zu helfen als wegen des Geldes, das sein Hobby ihm einbrachte. Zu der Zeit, als er richtig gut verdiente, hatte er klug investiert, und er lebte jetzt sehr genügsam. Aber ein bisschen Taschengeld konnte ja nicht schaden.

Doch bei dem Gedanken daran, Dartmoor zu verlassen und in die Stadt zu fahren, selbst in eine so pittoreske und freundliche Stadt wie Totnes, verspürte Brody einen Eisklumpen im Magen. Ohne das Gefühl zu beachten, öffnete er die Werkstatttür und pfiff nach Lewis, der sofort mit gespitzten Ohren und funkelnden Augen angelaufen kam.

Sobald Brody nach dem Schlüssel griff, rannte der Hund zum Auto. Brody folgte ihm mit seiner Kiste voll Hoffnung und Freude zu dem alten Land Rover. Immerhin freute sich *einer* von ihnen auf diesen Ausflug.

Die Sonne stand noch tief am Himmel und färbte ihn mit breiten Streifen in Zitronen- und Pfirsichtönen, als Brody auf den öffentlichen Parkplatz hinter der High Street von Totnes fuhr. Da außer ihm noch kaum jemand da war, wählte er einen Platz neben der Ausfahrt. Er schaltete den Motor aus und saß einfach nur da, den Blick starr nach vorne gerichtet. Lewis, der zusammengerollt hinten gelegen hatte, sprang auf den Beifahrersitz und wuffte.

Brody wandte sich zu ihm um. »Schon gut«, sagte er müde. »Ich brauche noch einen Moment.«

Vor ein paar Monaten hatte er im Fernsehen zufällig einen Beitrag gesehen, in dem es um Wohlbefinden und seelische Gesundheit ging. Was hatte der geleckt aussehende Fernseharzt mit dem Zahnpastalächeln gesagt, wie man sich in stressigen Situationen beruhigen konnte? Irgendwas mit Atmen und geistiger Vorbereitung. Brody hatte versucht, den Beitrag zu ignorieren, aber etwas davon schien dennoch hängengeblieben zu sein.

Und während er dasaß, spürte er, wie sein Herz schlug, nicht panisch, aber doch schnell. Der untere Teil seiner Lungenflügel schien den Dienst eingestellt zu haben, sodass er nur flach atmen konnte, und seine Hände, die das Steuer umklammerten, wurden feucht.

Aber er konnte nicht den ganzen Tag so reglos hier sitzen bleiben. Bald würden die Geschäfte aufmachen, und bevor das geschah, wollte er wieder auf dem Rückweg sein, den Fuß auf dem Gaspedal.

Wieder sah er zu Lewis. »Einfach machen, stimmt's?«

Lewis legte den Kopf schräg und bellte freudig. Brody hatte noch nie einen Hund erlebt, der so unerschütterlich enthusiastisch und optimistisch war. Es war kaum auszuhalten.

Er holte tief Luft und öffnete die Autotür. Das Erste, was ihm auffiel, war der Lärm, obwohl um diese Zeit kaum Autos oder Leute unterwegs waren. Es lag ein Summen in der Luft, dieses typische Grundgeräusch von vielen Menschen, die nah beieinander leben und arbeiten. Als er noch in der Stadt gewohnt hatte, wäre es ihm gar nicht aufgefallen, aber im Vergleich zu der Stille draußen im Moor erschien ihm jetzt selbst das Brummen eines Autos ein paar Straßen weiter laut.

Hatte er wirklich all die Jahre in London gelebt? Es kam ihm so vor, als wäre es ein anderer gewesen.

Rasch holte er die Kiste mit Spielzeug aus dem Kofferraum, nahm Lewis an die Leine und navigierte durch die engen Gassen, bis er an der Rückseite eines Geschäfts am unteren Ende der schmalen, steilen High Street ankam.

Er stellte die Kiste an der Hintertür ab, legte einen Umschlag mit einer Liste der gelieferten Teile und den Preisen dazu und wandte sich zum Gehen. Doch dann hielt er inne. Durch das letzte Gespräch mit Anna hatte er erkannt, was für ein Eremit er geworden war. Und so hob er die Kiste wieder hoch, klemmte sie sich unter den Arm und klopfte mit der freien Hand an die Tür.

Kurz darauf öffnete Moji sie. »Brody! Wie komme ich zu der Ehre?«

Er kannte Moji schon fast zwanzig Jahre. Vor langer Zeit, in jenem anderen Leben, hatte sie eine Kinderbuchhandlung im Süden von London gehabt, doch nachdem ihr Mann sich von ihr hatte scheiden lassen und nach Nigeria zurückgekehrt war, hatte sie sich mit ihrer ältesten Tochter hier niedergelassen. Auf Mojis Empfehlung hin hatte er sich vor sechs Jahren, als er es in der Stadt nicht mehr ausgehalten hatte, in dieser Gegend nach etwas Ruhigerem umgesehen.

Sie war klein und rundlich, und sie musste sich auf die Zehenspitzen stellen, um ihn zu umarmen und ihm einen Kuss auf die stoppelige Wange zu geben. Brody ließ es geschehen, aber es war lange her, seit er das letzte Mal jemanden berührt hatte, und es fühlte sich seltsam an. Er war sich nicht sicher, ob er es angenehm fand. Seltsam – dabei hatte er sich immer für einen taktilen Menschen gehalten.

Moji ließ ihn los, und aus irgendeinem Grund musste Brody daran denken, was Anna in Bezug auf ihren Mann gesagt hatte. Sie hatte sich noch nicht an das Fehlen dieser grundlegenden menschlichen Dinge gewöhnt, wie es geschieht, wenn man jemanden verliert. In ihr brannte immer noch der Hunger nach Verbindung. Wahrscheinlich hatte sie deshalb die Nummer ihres Mannes angerufen. Und wahrscheinlich war das auch der Grund, weshalb sie immer wieder bei ihm anrief. Es ging dabei gar nicht um ihn, sondern um das, was er repräsentierte. Ein hauchdünnes Band zu dem, was sie verloren hatte.

Plötzlich wünschte er sich mit aller Macht, dass dieser Hunger sie nie verließ. Der quälende Schmerz schon, den konnte niemand gebrauchen. Doch dann kam ihm der Gedanke, dass dieser Hunger sich vielleicht in etwas Positiveres verwandeln sollte: Leidenschaft, Antriebskraft, Lebenslust. Nicht in diese furchtbare graue Dumpfheit.

Lewis blickte hingebungsvoll zu Moji auf. Sie bückte sich, um ihn unterm Kinn zu kraulen, dann richtete sie sich mit ihrer üblichen zurückhaltenden Anmut auf und sah Brody erwartungsvoll an. Er begriff, dass er nicht auf ihre Frage geantwortet hatte. Normalerweise stellte er die Kiste einfach nur an der Hintertür ab. »Wir haben uns schon so lange nicht mehr gesehen.«

Es war wirklich lange her. Vielleicht ein halbes Jahr. Er machte diese Tour nur alle fünf oder sechs Wochen und hatte sich angewöhnt, so zeitig zu fahren, dass er niemandem begegnete.

»Ich koche uns einen Tee«, sagte sie.

»Also, eigentlich …«

»Ach komm, wo du schon mal hier bist! Dauert auch nicht lange.« Bevor er etwas einwenden konnte, verschwand sie nach drinnen.

Brody schluckte, dann folgte er ihr in den kleinen Laden, wobei er nervös zur halb verglasten Eingangstür spähte. Auf dem Schild, das dort hing, stand »Geöffnet«, was bedeutete, dass auf der Seite, die zur Straße zeigte, das Gegenteil stand. Gott sei Dank.

Da in der winzigen Küche, die vermutlich früher mal eine Besenkammer gewesen war, nicht genug Platz für sie beide war, wartete er im hinteren Bereich des Ladens, während Moji den Tee zubereitete. Als sie fertig war, reichte sie ihm einen Becher mit der Aufschrift »Lesen gefährdet die Dummheit«, was ihn zum Schmunzeln brachte.

Moji setzte sich auf einen der beiden Hocker hinterm Tresen und bedeutete ihm, den anderen zu nehmen. »Die Stapelringe gehen weg wie warme Semmeln«, sagte sie. »Und die Züge zum Ziehen auch. Hast du davon welche mitgebracht?«

»Drei Sätze Stapelringe und einen Zug, aber ich kann noch mehr machen, wenn du willst.«

Moji nahm den Zug aus der Kiste und strich über das seidige bemalte Holz. »Die sind wunderschön. Du hast wirklich Talent.« Dann blickte sie hoch zu dem Regal hinter der Kasse, und Brody wusste, was jetzt kam. »Du hast nicht zufällig –«

Er schüttelte den Kopf. Moji meinte die unbemalte, unlackierte Figur einer zarten Holzelfe, die er letzten Sommer aus einer Laune heraus geschnitzt hatte. Er hatte den Kopf ausgeschaltet und seine Finger einfach machen lassen. Und das war dabei herausgekommen: diese zierliche Gestalt mit fließendem Rock und weit in die Ferne gerichtetem Blick. Sie war vollkommen anders als alles, was er je geschnitzt hatte, und das hatte ihn ein wenig beunruhigt, aber er hatte gewusst, dass sie Moji gefallen würde, und so hatte er ihr die kleine

Elfe als Dank für ihre Freundschaft (und die Tatsache, dass sie sein merkwürdiges Verhalten kommentarlos akzeptierte) geschenkt.

»Ständig kommen Leute, die sie kaufen wollen, aber ich bringe es einfach nicht fertig, sie wegzugeben. Aber wenn du mir noch eine machen könntest … Oder vielleicht sogar drei?« Sie lächelte ihn mit einem schelmischen Funkeln in den Augen an.

Brody musste lachen. Eines der Dinge, die er an Moji mochte, war ihre Hartnäckigkeit. »Die gibt es nur einmal«, erwiderte er. »Genau wie dich.«

Sie puffte ihn in den Arm. »Du alter Charmeur«, sagte sie lachend.

In dem Moment rüttelte jemand an der Tür. Brody sprang so hastig auf, dass sein Hocker beinahe umgekippt wäre. Eine Frau mittleren Alters mit teigiger Haut und krisseligem Haar drückte die Nase an die Scheibe und spähte hinein. Dann rüttelte sie erneut an der verschlossenen Tür.

»Also wirklich!«, sagte Moji, lächelte aber gutmütig und ging zur Tür. Es waren höchstens zehn Schritte, selbst mit Mojis kurzen Beinen.

»Was hast du vor?« Brody umklammerte seinen Becher und wich bis zur Wand zurück.

»Ich lasse sie herein. Das ist nur Alison Shaw. Sie hat mir letzte Woche erzählt, dass sie ein weiteres Enkelkind erwartet, und es muss wohl gekommen sein.«

»Aber du hast doch noch gar nicht geöffnet.«

»Es sind nur noch zehn Minuten, und sie ist eine meiner besten Kundinnen.«

Brody stellte seinen Becher auf den Tresen, obwohl er nur ein paar Schlucke daraus getrunken hatte und der Tee noch wunderbar heiß war. Lewis, der geduldig neben der Miniküche gewartet hatte, in der Hoffnung, dass vielleicht ein Keks für ihn abfiel, legte den Kopf schräg, und seine buschigen kleinen Augenbrauen wanderten überrascht nach oben. »Ich gehe dann mal«, sagte Brody entschlossen. »Ich will nicht stören.«

»Unsinn! Alison würde dich liebend gerne kennenlernen. Sie kauft fast für jedes Enkelkind dein Steckspiel, und sie ist total begeistert davon …« Moji war jetzt fast an der Tür.

Das war Brodys Signal. Als sie das Schild umdrehte, sodass der Schriftzug »Geöffnet« zur Straße zeigte, war er bereits im Hinterhof, den verwirrten und um seinen Keks betrogenen Lewis an der Leine neben sich.

Doch Brody lief nicht zurück zum Auto. Er konnte nicht. Seine Lunge streikte jetzt ganz.

Der Hof um ihn herum verschwamm und schien weit weg zu rücken, als betrachtete er ihn durch ein schmutziges Fernrohr, und die Geräusche, die ihn bei seiner Ankunft so gestört hatten, wurden von dem Rauschen in seinen Ohren verschluckt.

O Gott. Das war's. Er würde sterben. Er tastete nach der Ziegelsteinmauer, um sich abzustützen, und ging in die Hocke, den Kopf über die Knie gebeugt.

Moji war nur wenige Schritte entfernt in ihrem Laden. Er konnte hören, wie sie mit der Frau über die Wassergeburt ihrer Schwiegertochter sprach, und er hätte sie rufen können, aber bei dem Gedanken daran, den Mund zu öffnen und Worte hervorzustoßen, wurde ihm noch schwindeliger, und sein Herz pochte noch heftiger.

Er musste aufstehen. Er musste zu seinem Auto. Er musste …

Etwas Warmes, Feuchtes berührte ihn, und er zuckte zurück, doch dann sah er, dass es Lewis war, der neben ihm saß und ihm still die Hand leckte.

Das holte ihn zurück ins Hier und Jetzt. Das Rauschen in seinen Ohren blieb, und als er sich aufrichtete und versuchte, ein paar Schritte zu gehen, schwankte er leicht, als befände er sich auf einem Schiff, aber er konnte sich wieder bewegen. Immerhin etwas.

Es schien Stunden zu dauern, bis er beim Parkplatz ankam. Eine Frau mit Kinderwagen warf ihm von der anderen Straßenseite einen finsteren Blick zu; offensichtlich hielt sie ihn für betrunken.

Endlich erreichte er seinen Land Rover und stieg ein. Da der Wagen keine Zentralverriegelung hatte, musste er die Knöpfe der Türen einzeln nacheinander herunterdrücken. Als das geschafft war, stützte er die Ellbogen aufs Lenkrad, vergrub das Gesicht in den Händen und wartete darauf, dass die Welt aufhörte zu beben.

16.

Anna saß am Ende eines langen Tisches im oberen Raum einer angesagten Bar in Covent Garden. Er war dekoriert wie ein Herrenclub aus dem neunzehnten Jahrhundert, mit Holzpaneelen, üppig gepolsterten Sesseln und einem ausgestopften Hirschkopf über dem Kamin. Vor ihr auf dem Tisch stand ein großes Ballonglas mit einer wunderbar aromatisch duftenden alkoholischen Flüssigkeit, in der ein riesiger Eiswürfel und ein Zweig Rosmarin schwammen. Um sie herum saßen noch acht weitere Personen, die ebenfalls ein solches Glas vor sich hatten. Der zehnte Platz, direkt neben ihr, war leer.

Während ein elegant gekleideter Mann mit gewachstem Schnurrbart ihnen die Geschichte des Gins darlegte, warf sie einen verstohlenen Blick auf ihr Handy.

Eine Nachricht von Gabi. *Bin in 2 Min. da!*

Gabi hatte ihr vorher bereits mitgeteilt, dass sie den Anfang des Gin-Tastings verpassen würde, aber auf jeden Fall nachkäme.

Anna seufzte. Das war noch eine von den Aktivitäten, zu denen Gabi sie nach dem Debakel in der Silvesternacht überredet hatte – nur für den Fall, dass das mit dem Salsakurs sich als Flop erwies –, aber es hatte eine lange Warteliste gegeben, und nun, da der große Tag endlich gekommen war, hatte sich Gabis Fototermin verschoben, und Anna saß allein hier.

Kurz darauf schlüpfte Gabi erhitzt und leicht zerzaust herein und setzte sich auf den freien Stuhl neben Anna. Sie beugte sich zu ihr und flüsterte: »Das war der reinste Albtraum – du glaubst nicht, was der Kunde –« Sie verstummte, als sie merkte, wie der Gin-Experte in seinem Vortrag innehielt und ihr einen missbilligenden Blick zuwarf.

»'tschuldigung!«, murmelte sie zerknirscht.

Tom Collins (wohl kaum sein richtiger Name, wie Anna vermutete) musterte sie noch einen Moment streng, dann wandte er sich wieder dem Rest der Gruppe zu und sprach weiter. Anna verkniff sich ein Grinsen. Der Mann nahm seinen Gin offenbar sehr ernst. Sie und Gabi hörten aufmerksam zu, während »Tom« den Unterschied zwischen einem London Dry Gin und einem New Western Dry Gin erklärte.

»Als ich den Kurs gebucht habe, dachte ich, wir würden deutlich mehr verkosten und deutlich weniger zuhören«, flüsterte Gabi.

»Schhh«, erwiderte Anna in gespielten Ernst, ohne den Blick von ihrem Kursleiter zu wenden. »Da lernt man wenigstens was.«

»Endlich!«, sagte Gabi, als sie eine neue Gin-Variante zu kosten bekamen.

Anna nahm einen kleinen Schluck. Sie war sich nicht sicher, ob sie all die verschiedenen Kräuter und Gewürze herausschmecken konnte, wie Tom es ihnen versichert hatte, aber da war eindeutig ein Hauch von Zimt. Pfeilwurz sollte auch darin sein, aber sie hatte keine Ahnung, wie die schmeckte.

Während sie eigentlich über den Gin sprechen sollten, beugte sich Gabi zu ihr und sagte: »Wir haben heute für ein Burger-Kochbuch fotografiert. Fünf Burger! Und ich hasse die Dinger.«

»Warum?«, fragte Anna. »Die sind doch nicht schwer zuzubereiten, oder?«

»Nein …« Gabi spähte nach dem Kursleiter, doch der unterhielt sich konzentriert mit ein paar Teilnehmern am anderen Ende des Tisches. »Aber jede Zutat – Fleisch, Brötchen, Salat, Tomate und so weiter – muss einzeln ausgewählt und gestylt werden, selbst die Art, wie der Senf heraustropft und der Käse schmilzt, und dann muss alles total schnell gehen, weil sonst das Brötchen durchweicht. Wir waren gerade dabei, das letzte Bild zu schießen, da fiel dem Kunden ein, dass er doch nicht das einfache Brötchen haben wollte, sondern eins mit Sesam!«

»Und das war nicht gut?«

»Nein. Ich bin losgelaufen, aber der Supermarkt um die Ecke hatte keine Sesambrötchen, also habe ich eine Dreiviertelstunde damit zugebracht, Sesamsamen auf ein einfaches Brötchen zu kleben. Mit einer Pinzette, Anna! Und deshalb nichts wie her mit dem Gin …« Mit einem theatralischen Seufzen warf sie ihr langes Haar zurück. »Manchmal denke ich, ich brauche einen weniger stressigen Beruf, einen, bei dem ich mit Essen zu tun habe, aber nicht mit *Leuten.*«

Anna lächelte. »Nein, das brauchst du nicht. Du liebst deinen Job, und das kann nicht jeder von sich sagen. Du hast großes Glück.« Nach einer kurzen Pause fügte sie hinzu: »Bei meinem Job ist das überhaupt nicht so.«

»Ja, wahrscheinlich hast du recht.« Gabi nickte widerstrebend. »Du sprichst nie über deine Arbeit. Weder Gutes noch Schlechtes. Das sagt wohl auch etwas aus.«

Anna runzelte die Stirn. Stimmte das? Als sie sich auf die Stelle bei Sundridge Plumbing and Heating beworben hatte, war es ihr nur darum gegangen, die Rechnungen bezahlen zu können. Damals war ihr alles öde und sinnlos erschienen, warum also sollte es mit ihrem Job anders sein?

»Als du noch bei BlockTime warst«, sagte Gabi, »hast du nonstop über die Arbeit geredet.«

Anna zuckte die Achseln. »Es war ein Start-up, da war alles aufregend, aber die Termine und Rechnungen einer Klempnerfirma zu verwalten, ist nun mal nicht so spannend.«

Gabi sah sie nachdenklich an. »Warum gehst du nicht zurück?«

»Zu BlockTime?« Anna schüttelte den Kopf. »Nein.«

»Warum nicht? Du hast doch gerne mit Vijay und Rhys zusammengearbeitet.«

Und mit Spencer, fügte Anna in Gedanken hinzu. *Am liebsten habe ich mit Spencer zusammengearbeitet.*

»Das stimmt schon. Aber nach … dem Unfall war es einfach zu schmerzlich, dorthin zurückzugehen, Gabs. Ich habe es ja sogar ein paar Tage versucht. Aber ich sah immer nur den leeren Stuhl an

Spencers Schreibtisch und seinen Becher, der benutzt neben dem Wasserkocher stand. Es ging einfach nicht.«

Gabi strich Anna über den Arm. »Das verstehe ich. Aber vielleicht ist es ja an der Zeit, dir einen neuen Job zu suchen, der dir Spaß macht.«

Weiter kamen sie nicht, da Tom Collins mit seinem Vortrag über den letzten Gin dieses Abends begann. Baskerville Gin wurde in Dartmoor gebrannt, mit Quellwasser aus dem Nationalpark, und verfeinert mit Ginsterblüten und Weißdornbeeren. Anna nippte vorsichtig daran, als sie grünes Licht bekamen. Er war komplex, mit kühnen, klaren Aromen und einer dezenten Erdigkeit. Irgendwie erinnerte er sie an Brody.

Und das wiederum erinnerte sie daran, wie sie mit ihm über ihre leere, trübe Zukunft gesprochen hatte und darüber, dass sie wieder anfangen musste zu träumen. War das nicht genau das, was Gabi meinte?

»Ich glaube, es geht nicht nur um einen neuen Job. Ich brauche überhaupt wieder irgendwas, das mir Spaß macht.«

»Deshalb schleppe ich dich ja zu all diesen Kursen«, erwiderte Gabi ernst. »Ich hoffe, du findest etwas, das …« Sie hielt inne und suchte nach den richtigen Worten. »Etwas, wobei du dich wieder *spürst.* Ohne Leidenschaft ist das Leben nichts, Anna.«

»Ich glaube, das begreife ich allmählich.«

»Halleluja!« Gabi warf die Arme in die Luft. »Was hat dich zu dieser Erkenntnis gebracht?«

Anna wollte Gabi schon von dem Gespräch mit Brody erzählen, doch dann bremste sie sich. Gabi wusste noch nichts von Brody, und Anna war sich nicht sicher, ob sie ihr von ihm erzählen wollte. Denn dann würde sie Gabi auch schildern müssen, wie es zu dem Kontakt gekommen war, und Anna wusste ganz genau, dass Gabi dann die Augen verdrehen würde.

Und wie sollte sie ihrer besten Freundin klarmachen, dass sie versucht hatte, mit ihr über dieselben Dinge zu reden, über die sie mit

Brody gesprochen hatte, aber dass Gabi nicht in der Lage gewesen war, ihr zuzuhören? Jedenfalls nicht so, wie Anna es gebraucht hätte. Damit würde sie Gabis Gefühle verletzen, und das nach allem, was sie für Anna getan hatte. Außerdem war es nicht Gabis Schuld – sie hatte so etwas einfach noch nicht durchgemacht, Brody aber wohl schon.

Sie unterbrachen ihr Gespräch, als der Kursleiter die Schlussworte sprach, dann nahmen sie ihre Drinks und begaben sich in eine ruhigere Ecke des Raums. »Okay«, sagte Gabi, als sie sich setzten. »Willst du weiter zum Salsa gehen, oder sollen wir dir etwas Neues suchen?«

»Ich mache gerne mit Salsa weiter«, antwortete Anna. »Ich will dich und Lee ja nicht der Chance berauben, euch zu sehen.«

Gabi lächelte, und ihr Gesicht strahlte. Das mit Lee hatte sich in den letzten zwei Monaten sehr gut entwickelt, und mittlerweile waren sie offiziell ein Paar. Anna freute sich sehr für sie – endlich hatte Gabi jemanden gefunden, der sie mit Aufmerksamkeiten überschüttete. Sie hoffte sehr, dass dieser Typ nicht genauso ein Windhund war wie all die anderen. Doch Lees Arbeit bei der Polizei machte es nicht gerade leicht, ein Privatleben zu haben, und bei Gabi war es nicht viel anders. Die beiden mussten jede Gelegenheit für ein Treffen nutzen.

»Wie wär's mit Lettering? Wie in den hübschen Bullet Journals auf Instagram? Ich hab neulich im Kunstfachhandel ein Plakat gesehen, dass da ein Kurs angeboten wird. Du hattest doch immer ein Händchen für Design.«

Das war etwas, das Anna früher interessiert hätte. Sie wog den Vorschlag ab und versuchte, sich dafür zu begeistern, aber es war, als versuchte man, ein Auto mit einer leeren Batterie zu starten – es gab ein paar hoffnungsvolle Anläufe, und dann kam nichts mehr.

»Ich glaube, noch ein weiterer Kurs wird genauso wenig etwas ändern wie ein neuer Job.«

»Aber –«

»Obwohl ich dir natürlich dankbar für die Anregungen bin«, fügte Anna hastig hinzu. »Und vieles davon gefällt mir ja auch. Ich glaube nur, es geht um etwas Grundlegenderes. Ich muss einen neuen Lebenssinn finden.«

»Deshalb ist es gut, an Kursen teilzunehmen«, erwiderte Gabi. »Um den nötigen Funken zu finden.«

»Ja und nein«, sagte Anna. Wie sollte sie das erklären? »Es ist eine Art Zwickmühle. Die Kurse sind gut und schön, aber wenn man diesen Funken nicht schon in sich hat, ist nichts da, um die Flamme zu entzünden. Dann wird das Ganze nur zu einem weiteren Punkt auf der To-do-Liste.« Sie seufzte. »Du hattest recht – ich *bin* ein Zombie. Irgendwas in mir ist tot, Gabi. Da ist kein Leben, keine Leidenschaft, und ich weiß nicht, wie ich die zurückbekommen soll.«

Gabi schwenkte den Gin in ihrem Glas und betrachtete ihn eine Weile. »Vielleicht ist es so wie das hier …«

»Wie der Gin?«, fragte Anna.

»Nein, wie die Gin-*Verkostung*. Wir leben unser Leben … Wir versuchen dies und dann etwas anderes, bis wir herausgefunden haben, was das Richtige für uns ist.« Sie trank einen Schluck, dann hob sie den Blick wieder. »Wie soll dein Leben aussehen, Anna? Wenn du wählen könntest? Was würdest du als Nächstes tun?«

Anna schluckte. Wenn sie das nur wüsste.

17.

Anna zog eine Grimasse, als sie bei Gayle und Richard an die Haustür klopfte. Seit dem Ausflug nach Camber Sands war fast ein Monat vergangen, und sie hatte das Familientreffen vor zwei Wochen geschwänzt, diesmal weil sie wirklich Migräne gehabt hatte. Seither hatte weder sie Gayle angerufen noch umgekehrt. Doch sie waren ohnehin nie begeisterte Telefoniererinnen gewesen, das hatte also nicht viel zu bedeuten.

Ihre Schwiegermutter öffnete die Tür. Sie gab Anna einen lavendelduftenden Kuss auf die Wange, aber die Erinnerung an den windigen, grauen Tag am Strand hing zwischen ihnen, als Gayle sie eintreten ließ. Anna ging rasch zu Scott und Teresa ins Esszimmer, um beim Tischdecken zu helfen. Scott zog einen Stuhl für seine Frau heraus und sah sie auffordernd an.

Teresa verdrehte die Augen. »Ich will mich nicht hinsetzen«, sagte sie. »Mir geht's gut.«

Scott schaute finster, bis Teresa zu ihm ging und ihn zärtlich auf die Wange küsste. Er legte besitzergreifend die Hand auf ihren prallen Bauch und strich sanft darüber, was ihm ein strahlendes Lächeln seiner Frau eintrug.

Es war rührend zu sehen, wie die Schwangerschaft Scotts Beschützerinstinkt zum Vorschein brachte, aber Anna musste sich abwenden und kramte nachdrücklich in dem großen Besteckkasten, den Gayle von ihrer Mutter geerbt hatte. Hätte Spencer sich ihr gegenüber genauso verhalten, wenn sie ein Baby bekommen hätten? Sie wünschte, es gäbe eine Möglichkeit, es herauszufinden. Doch da sie die Stimmung nicht dämpfen wollte, schwieg sie und wischte sich verstohlen über die Augen.

Das Mittagessen verlief genau wie die zahllosen Male zuvor, mit höflich herübergereichten Schüsseln und den obligatorischen Komplimenten an die Köchin. Richard überbrückte wie immer einen Moment des Schweigens mit der Bemerkung: »Das ist so lecker, dass es uns glatt die Sprache verschlägt!«, und grinste in die Runde. Sie wussten alle, welche Rolle sie zu spielen und welchen Text sie zu sprechen hatten. In gewisser Weise machte es das Ganze leichter. Anna stellte fest, dass sie die Gereiztheit, mit der sie gekommen war, draußen in der Einfahrt lassen und das Spiel mitspielen konnte.

Als Teresa ihr das Kännchen mit der Vanillesoße für den Nachtisch reichte, räusperte sich Gayle dezent. »Bist du auch damit einverstanden, Anna?«

Anna sah zu Gayle, das warme Kännchen in der Hand. Offenbar hatte sie geträumt und etwas nicht mitbekommen. Und sie musste sich verhört haben. Es hatte fast so geklungen, als wollte ihre Schwiegermutter tatsächlich ihre Meinung zu etwas wissen.

»Äh … Was hast du gesagt?«, sagte sie. »Entschuldige, dein Apfelkuchen sieht so lecker aus, dass ich nicht aufgepasst habe.«

Gayles zunächst strenge Miene wurde wieder milder. »Ich sagte, es sind jetzt drei Jahre«, wiederholte sie und blickte Anna direkt in die Augen, um sich zu vergewissern, dass sie diesmal zuhörte. »Und unsere regelmäßigen Familientreffen waren sehr schön, aber ich finde, von nun an reicht es, wenn wir sie nur noch einmal im Monat abhalten statt alle zwei Wochen.«

Alle sahen Anna an und warteten auf ihre Antwort. War das eine Fangfrage? War irgendein übler Haken dabei, der ihr entgangen war? Nur noch einmal im Monat hierherkommen zu müssen war wie eine vorzeitige Entlassung auf Bewährung. Darauf gab es nur eine Antwort. »Ich habe nichts dagegen.«

»Heute ist der dritte Sonntag im Monat«, sagte Gayle. »Wie wär's, wenn wir es einfach dabei belassen?«

Scott holte sein Handy heraus, um in seinen Kalender zu sehen. »Dann wäre das nächste Treffen also im Mai, und zwar am …«

»Am sechzehnten«, beendete Gayle den Satz für ihn. »Im Juni wäre es eigentlich am zwanzigsten, aber darüber wollten Richard und ich mit euch sprechen.«

Die Stimmung wurde ernst. Anna gab einen Klecks Vanillesoße auf ihren Kuchen und stellte das Kännchen wieder auf den Tisch. Doch da niemand nach Gabel und Löffel griff, ließ sie ihre ebenfalls liegen und hoffte, dass nicht alles kalt wurde, bis Gayle fertig war.

»Am achtundzwanzigsten wäre Spencers fünfunddreißigster Geburtstag gewesen, deshalb schlage ich vor, wir verschieben das Juni-Treffen um eine Woche auf den siebenundzwanzigsten, und anstatt es hier abzuhalten, gehen wir essen – irgendwohin, wo Spencer gerne war.«

»Wie hieß noch mal das Restaurant bei euch um die Ecke, Anna?«, fragte Richard. »Dieser schicke Inder, wo wir zu seinem Dreißigsten waren?«

»Das Cinnamon Café«, erwiderte Anna. »Aber die Preise da sind genauso schick wie die Einrichtung.«

Richard fegte ihre Bedenken mit einer Handbewegung beiseite. »Keine Sorge. Gayle und ich laden euch alle ein.«

Rund um den Tisch ertönte Dankesgemurmel, und Anna stieß einen erleichterten Seufzer aus. Letztes Jahr hatte Gayle darauf bestanden, einen »schönen« Braten zu machen, mit allem, was Spencer am liebsten gemocht hatte, und der krönende Abschluss war der Traubenkirschen-Käsekuchen gewesen. Widerlich. Spencer hatte ihn sich immer gewünscht, wenn er bei seinen Eltern war, weil Anna sich weigerte, ihn zu backen. Schon allein bei dem Geruch des Traubenkirschen-Aromas wurde ihr übel. Gegen den Brechreiz anzukämpfen war definitiv nicht ihre bevorzugte Art, ihres Mannes zu gedenken.

Und da sie sich am Tag vor seinem Geburtstag treffen wollten, würde sie den eigentlichen Tag für sich allein haben. Annas Laune hob sich. Vielleicht könnte sie ja noch mal nach Camber Sands fahren und dort umherspazieren, wie sie es vorgehabt hatte. Sie könnte sogar ein oder zwei Nächte in einem Bed & Breakfast bleiben.

Ihre Glückssträhne setzte sich nach dem Essen fort. Als Gayle nach dem hellblauen Fotoalbum griff, in dem Spencers Babyfotos waren, spähte Richard über seine Sonntagszeitung hinweg und sagte: »Haben wir uns das nicht letztes Mal angesehen?«

Gayles Fingerspitzen lagen bereits auf dem Rücken des Albums, aber als sie zögerte, stand Richard auf und zog ein Album vom anderen Ende des Regals heraus. Ein Hochzeitsalbum. Annas Herz machte einen kleinen Hüpfer. »Wie wär's damit?«, sagte er und drückte es Gayle in die Hand, dann kehrte er zu seiner Zeitung zurück und zwinkerte Anna im Vorbeigehen verstohlen zu. Anna hätte ihn küssen können.

Gayle rührte sich einen Moment lang nicht, doch dann drehte sie sich um und setzte sich zu Anna aufs Sofa, legte das Album wie immer auf den Beistelltisch und schlug es auf.

Die ersten Aufnahmen zeigten Anna allein und mit ihren Brautjungfern, und Gayle blätterte rasch weiter, bis sie die Fotos von Spencer und seinem Trauzeugen fand. Sie sah sich jedes einzelne lange an, sog es förmlich in sich auf, dann blätterte sie zu denen, die nach der Zeremonie aufgenommen worden waren. Bei einem von Annas Lieblingsfotos hielt sie inne, einer Porträtaufnahme von ihnen beiden, die all den anderen von jenem Tag ähnelte, nur dass Spencer ein besonderes Funkeln in den Augen hatte, und in seinen Mundwinkeln lag die Andeutung eines schelmischen Lächelns. Gayle seufzte leise. »Sieht er nicht gut aus?«, fragte sie beinahe ehrfürchtig.

»Ja«, antwortete Anna. Und es stimmte. Ihr brannten Tränen in den Augen, aber sie blinzelte sie rasch weg.

Sie blickte zu Gayle hinüber, und da deren Augen ebenfalls verräterisch glänzten, überlegte sie, ob sie ihre Hand auf den Arm ihrer Schwiegermutter legen sollte, doch bevor sie zu einem Entschluss kam, rief Gayle sich offenbar zur Ordnung. Sie blätterte um, und der Moment war vorbei.

»Ich glaube, es ist Zeit für einen Tee«, sagte Gayle, als sie fertig waren. Sie stand auf und stellte das Album ins Regal zurück. »Möchte noch jemand eine Tasse?«

Sobald sie hinausgegangen war, ließ Anna sich mit einem langen Seufzer gegen die Sofalehne sinken. Richard raschelte mit seiner Zeitung und blickte über den Rand hinweg zu Anna. »Nimm es ihr nicht übel«, sagte er leise. »Sie meint es nicht so.«

Anna nickte.

»Der Todestag hat ihr sehr zugesetzt«, fügte er hinzu. »Man sieht es ihr nicht an, und sie würde es auch abstreiten, aber es geht ihr nicht gut.«

Anna stand auf, ging zu Richard und umarmte ihn. Sie blieben einen Moment so, er die Arme nach oben gereckt und die Zeitung auf dem Schoß, sie über ihn gebeugt, dann klopfte er ihr auf den Rücken, und sie gab ihm einen kleinen Kuss auf die Wange.

Als sie sich wieder aufrichtete, atmete sie geräuschvoll aus. *Komm schon, Anna. Sei nicht so kleinlich. Ja, sie ist anstrengend, aber nicht, weil sie dich hasst. Sie leidet. Genau wie du.*

Anna war sich ziemlich sicher, dass sie von Gayle niemals eine Entschuldigung wegen der Asche bekommen würde, aber vielleicht ließ sich ja ein Waffenstillstand aushandeln, um das Eis zwischen ihnen ein wenig aufzutauen. Und so ging sie, anstatt sich wieder hinzusetzen, in die Küche, um zu schauen, ob sie sich nützlich machen konnte.

Als sie eintrat, stand Gayle auf die Arbeitsfläche gestützt da und sah aus dem Fenster. Es waren keine Tassen und Untertassen bereitgestellt, und der Wasserkocher war nicht eingeschaltet. Gayle drehte sich überrascht um, als sie sie bemerkte. Sie schien auf dem kurzen Weg vom Wohnzimmer in die Küche um zehn Jahre gealtert zu sein.

»Ich trinke doch keinen Tee mehr«, sagte Anna, weil jetzt offensichtlich nicht der richtige Moment für eine Aussprache war. »Ich glaube, ich mache mich bald auf den Heimweg.«

Gayle nickte nur, dann ging sie zum Gefrierschrank, nahm eine Tupperdose aus einer der Schubladen und gab sie Anna. »Für dich«, sagte sie, als Anna sie verwirrt ansah. »Von neulich. Es waren eine ganze Menge übrig.«

Anna hob den Deckel an. In der Dose waren zwölf makellose, zart überfrorene Windbeutel. Der Hieb saß.

Gayle bückte sich und nahm ein paar Sachen aus dem Geschirrspüler. »Ich fand es ziemlich unhöflich von dir, einfach zu verschwinden, ohne mit uns zu essen«, sagte sie, als sie sich wieder aufgerichtet hatte. »Der Tag war für uns alle schwer, nicht nur für dich – und wenn du schon so Hals über Kopf abhauen musstest, hättest du dich wenigstens richtig von allen verabschieden können.«

Anna war sprachlos.

Gayle stellte den Becher, den sie in der Hand hielt, in den Schrank, dann drehte sie sich zu ihr um. »In schweren Zeiten sollte eine Familie zusammenhalten.«

Ach, jetzt gehörte Anna also zur Familie? In Camber Sands hatte es sich nicht so angefühlt. Ganz und gar nicht.

»Ich finde, du solltest dich bei mir entschuldigen«, fügte Gayle hinzu.

Anna fühlte sich, als hätte sie einen Faustschlag ins Gesicht bekommen. Gayle wollte eine Entschuldigung? Von ihr? In welchem Paralleluniversum lebte die Frau? Sie holte Luft, um Gayle zu sagen, wohin sie sich ihre verdammte Entschuldigung stecken konnte, doch dann musste sie an Richards Worte denken.

Es geht ihr nicht gut …

Sie sah Gayle an. Dieses angespannte Kinn, diese Entschlossenheit – genau wie bei Spencer. Mutter und Sohn waren sich schon immer sehr ähnlich gewesen, aber noch nie hatte Anna es so deutlich wahrgenommen wie jetzt. Ihre Wut zerbröselte wie das trockene Gebäck in der Tupperdose, die sie in der Hand hielt.

»Es tut mir leid, dass der Tag so geendet hat«, sagte sie, und das war das Äußerste an Entschuldigung, was Gayle bekommen würde, denn es entsprach der Wahrheit. »Ich fand es auch schwierig …«, fügte sie hinzu, verstummte jedoch, als sie den stählernen Blick ihrer Schwiegermutter sah. Es hatte keinen Sinn. Nicht heute. Gayle hatte ihre Schutzmauern so hoch gezogen, wie es nur ging.

Sie drückte den kalten Plastikbehälter an sich. »Danke für die Windbeutel«, sagte sie, dann gab sie Gayle einen kurzen Abschiedskuss und ging.

18.

»Mögen Sie Windbeutel?«

Brody saß wieder in seinem Sessel im Arbeitszimmer. Lewis wärmte seine Füße, und diesmal stand ein Glas guter Single Malt neben ihm auf dem Beistelltisch mit den gedrechselten Beinen. Er runzelte die Stirn. Hatte er das gerade richtig verstanden?

»Brody?«

Er beschloss mitzuspielen, obwohl es eine vollkommen bizarre Gesprächseröffnung war. »Mit welcher Füllung?«

Anna seufzte genervt. »Keine Ahnung! Ist das wichtig?«

»Dosenlachs auf keinen Fall. Ei mit Mayonnaise, nicht für Geld und gute Worte. Krabbencocktail? Vielleicht. Ich würde also schon sagen, dass es wichtig ist.«

»Ich meinte eher Windbeutel im Allgemeinen. Als Konzept.«

Windbeutel als *Konzept.* Das war Brody neu. Er wäre nie auf die Idee gekommen, eingehend und auf abstrakte Weise über bröselige, altmodische Partyhäppchen nachzudenken, aber die Vorstellung gefiel ihm, weil er so über etwas Neues, Anderes nachdenken konnte als die ewig gleichen Dinge, die ihm Tag für Tag durch den Kopf gingen.

»Nein«, sagte er schließlich entschieden. »Ich glaube, ich mag keine Windbeutel.«

»Danke!«, stieß Anna erleichtert aus, und er stellte sich vor, wie sie erschöpft, aber zufrieden in einen Sessel sank, obwohl er keine Ahnung hatte, worum es in dem Kampf gegangen war und mit wem sie ihn ausgefochten hatte.

Während er mit ihr sprach, überlegte er, wie sie wohl aussehen mochte. Es war seltsam, nur eine Stimme zu hören, ohne ein Bild dazu zu haben. In seiner Vorstellung hatte Anna langes, leicht gewelltes Haar und feine Gesichtszüge. Und große Augen. Wahrscheinlich weil sie bei ihrem ersten Gespräch so kindlich geklungen hatte. Nicht unschuldig oder unreif – dafür hatte sie zu viel durchgemacht –, aber ein wenig verloren.

»Was hat es mit dieser plötzlichen Kanapee-Obsession auf sich?«, fragte er mit leisem Schmunzeln. »Falls Sie auch etwas zu Würstchen im Schlafrock hören wollen, dazu habe ich eine klare Meinung.«

Anna lachte. Brody hatte ganz vergessen, wie gut es tat, jemanden zum Lachen zu bringen. Die Luft um ihn herum fühlte sich gleich wärmer an. »Echt jetzt? Würstchen im Schlafrock?«, fragte sie.

»Ich bin ziemlich wählerisch geworden, was Würstchen angeht, nicht nur die im Schlafrock«, erwiderte er, obwohl ihm klar war, dass er wie ein alter Griesgram klang. »Vielleicht liegt es daran, dass ich auf dem Land lebe. Es gibt hier in der Nähe ein paar richtig gute Hofläden.« Die zum Glück an die Tür lieferten und Online-Überweisung akzeptierten, aber das behielt er für sich.

»Wo sind Sie denn?«

»In Devon.«

»Ach, Devon ist zauberhaft«, sagte sie wehmütig. »Da habe ich mal Urlaub gemacht, einen wunderschönen Urlaub …« Sie verstummte, und Brody nahm an, dass sie an ihren Mann dachte. Er fragte sich, ob die Erinnerung sie glücklich oder traurig machte. Urlaube schenkten einem die schönsten und die schlimmsten Erinnerungen, hatte er festgestellt, weil sie so voll neuer Orte und Eindrücke waren und damit reicher und bunter als der Alltag.

Anna seufzte erneut, und als sie sprach, war klar, dass sie die Diashow vor ihrem inneren Auge wieder abgeschaltet hatte. »Mit dem Landleben habe ich's nicht so«, sagte sie bedauernd. »Ich weiß gerade mal, wo bei einer Kuh vorne ist. Ich lebe in –«

»Nicht sagen!«

»Oh …« Sie klang verwirrt. »Warum nicht?«

»Weil ich streng genommen ein Fremder bin. Würden Sie einem

x-beliebigen Fremden verraten, wo Sie wohnen?« Ihm wurde klar, dass er sich Sorgen um sie machen würde, wenn es so wäre.

»Nein, natürlich nicht, aber –«

»Ich denke nur an Ihre Sicherheit. Schließlich könnte ich ein durchgeknallter, mordlüsterner Stalker sein, und Sie haben keine Ahnung.«

Wieder lachte Anna, und der Klang gefiel ihm. Er machte fast ein bisschen süchtig.

»Und, sind Sie das?«, fragte sie in gespieltem Ernst.

»Nein«, erwiderte er im gleichen Tonfall, konnte sich jedoch ein Grinsen nicht verkneifen. »Aber was sollte ich auch anderes sagen? Vor allem wenn ich ein durchgeknallter, mordlüsterner Stalker bin.«

»Brody, Sie scheinen vergessen zu haben, wer hier dauernd wen anruft. Wenn überhaupt, bin *ich* diejenige mit dem Knall.«

Das stimmte natürlich.

»Wie dem auch sei«, fuhr sie fort, »ich wohne in London. In einem Vorort. Bei knapp neun Millionen Einwohnern ist es wohl nicht allzu gefährlich, das zu verraten.«

»Nein. Aber vielleicht sollten wir im Kopf behalten, dass wir im Grunde genommen tatsächlich Fremde sind. Wir haben bisher erst ein paarmal miteinander gesprochen. Vielleicht sollten wir uns fürs Erste auf das Wesentliche beschränken: ungefährer Wohnort und nur die Vornamen.«

Anna schwieg einen Moment. »Okay. Wahrscheinlich haben Sie recht.«

Er redete sich ein, dass er auf dieser Heimlichtuerei und Anonymität bestand, um Anna zu schützen, aber war das die ganze Wahrheit? War da nicht auch ein Teil von ihm, der ihn selbst schützen wollte? Wenn sie nicht genau wusste, wo er wohnte, konnte sie immer nur am anderen Ende der Telefonleitung existieren, und das war ein sehr sicherer Abstand. War sein Bedürfnis nach Zurückgezogenheit so ausgeprägt geworden?

»Wie auch immer«, sagte Anna, um das Thema zu wechseln. »Wegen der Windbeutel – das sollte ich vielleicht erklären …« Und sie begann mit einer Geschichte über die Familie ihres Mannes, die ihn in gleichem Maße zum Lächeln und Stirnrunzeln brachte.

Als sie damit fertig war, seufzte er und sagte: »Wissen Sie, was Ihr Problem ist?«

»Bitte klären Sie mich auf«, erwiderte sie mit kaum verhohlenem Sarkasmus.

»Sie überlassen Ihrer Schwiegermutter die ganze Macht.«

»*Was?*« Annas Stimme sprang eine Oktave höher. »Unsinn! Ich überlasse ihr gar nichts. Sie hat sie gestohlen. Sie hat sie an sich gerissen!«

»Nein«, widersprach Brody lächelnd. »Sie haben sie ihr gegeben. Und Sie geben sie ihr immer noch, jedes Mal wenn Sie mit ihr zu tun haben.«

»Das tue ich nicht!« Sie klang so aufgebracht, dass er fast damit rechnete, Rauch aus seinem Handy kommen zu sehen, doch nach kurzem Schweigen fragte sie: »Tue ich das wirklich?«

»Ich glaube, schon.«

»Wie denn?«, jammerte sie.

Er trank einen Schluck von seinem Whisky und überlegte, wie er es am besten formulieren sollte. »Wenn etwas richtig Schlimmes passiert, nimmt man vor lauter Schock nichts anderes mehr wahr – das Gehirn schaltet einfach ab und macht nur noch das, was absolut notwendig ist, damit man weiter funktioniert.«

Anna gab ein zustimmendes Geräusch von sich. »Kommt mir bekannt vor.«

»Man reagiert nur noch auf das, was um einen herum passiert. Keine Pläne, keine willentlichen Entscheidungen, nur Reagieren. Und in der Schleife kann man leicht hängen bleiben.« Er wusste, wovon er sprach. Er hatte ein paar Jahre in dieser Schleife zugebracht. »Wenn Sie die Kontrolle zurückhaben wollen, müssen Sie aufhören zu reagieren. Auf sie.«

»Das ist leicht gesagt, aber wie stelle ich das an?«

Brodys Lippen verzogen sich. »Keine Ahnung. Sie ist Ihre Schwiegermutter. Das müssen Sie selbst rausfinden, so wie ich es bei meiner musste.«

Anna antwortete nicht sofort, und er nahm zuerst an, sie erwäge seinen Rat, doch als sie sprach, erkannte er, dass ihre Gedanken in eine ganz andere Richtung gewandert waren. »Sind Sie verheiratet?«, fragte sie vorsichtig.

Brody wusste, was sie eigentlich fragte: *Sollen wir über diese Dinge sprechen?* Es war eine unschuldige Frage, aber diese unverkrampfte Intimität, die sich so rasch zwischen ihnen eingestellt hatte, hätte bei ihm früher sofort die Alarmglocken losgehen lassen.

»Nein. Ich bin nicht verheiratet. Nicht mehr.«

»Oh.« Wieder schwieg sie eine Weile. »Ich wusste, dass es einen Grund für Ihr Verständnis gab. Sie haben auch jemanden verloren.«

Die naheliegende Antwort war, ja, das hatte er. Aber Brody wollte nicht die naheliegende Antwort geben, und so schwieg er.

»War es eine Sie oder ein Er – der Mensch, den Sie verloren haben?«

Er hatte nicht vorgehabt, ihr etwas zu erzählen, doch dann hörte er sich sagen: »Eine Sie.«

Kurzes Schweigen, dann fragte sie: »Und wie lange ist das her?«

»Neun Jahre.« Sein Mund bewegte sich einfach, gegen seinen Willen. Höchst seltsam. Entschieden stellte er sein Glas ab. »Hören Sie, Anna … Ich sollte jetzt besser Schluss machen. Lewis muss noch raus, bevor wir schlafen gehen.« Er sah hinunter zu dem Terrier, der leise schnarchend auf seinen Füßen lag und bei seinem Namen nicht mal mit dem Ohr gezuckt hatte. Die ganze Wärme, die entstanden war, während sie über alberne Dinge wie Würstchen im Schlafrock und Windbeutel gesprochen hatten, verschwand, und er ärgerte sich über sich selbst.

»Oh, ach so …« Sie klang verwirrt, und das mit gutem Recht, aber er zwang sich, die Enttäuschung in ihrer Stimme zu ignorieren.

»Machen Sie's –«

»Nicht«, unterbrach sie ihn. »Keine Abschiedsformeln.«

»Ach ja, stimmt«, sagte er, aber ihre Bemerkung gab ihm Hoffnung, dass er nicht gerade jede Chance auf einen weiteren Anruf von ihr verspielt hatte. Er hatte das Gefühl, wenn sie eines Tages eine verwendete, würde er nie wieder von ihr hören. Und er war froh, dass dieser Tag noch nicht gekommen war.

»Sagen Sie etwas anderes«, bat sie ihn leise.

Er überlegte einen Moment. »Bis zum nächsten Mal.«

An der Art, wie sie atmete, merkte er, dass sie lächelte. »Bis zum nächsten Mal«, erwiderte sie, und dann war sie weg. Danach wirkte das Arbeitszimmer nicht mehr so gemütlich.

Er beugte sich vor und streichelte Lewis den Bauch. Der Hund öffnete ein Auge und gähnte. »Na, dann komm«, sagte Brody. »Mach mich nicht zu einem schlimmeren Lügner, als ich schon bin. Es ist Zeit für deine Gartenrunde.«

Er folgte seinem Hund nach draußen und sah hinauf in den Nachthimmel. Dank seiner Abgeschiedenheit konnte er oft zahllose Sterne sehen, doch an diesem Abend war über ihm nur eine dicke dunkle Wolkenschicht. Das passte. Anna war ihm gegenüber so offen und ehrlich, und er vermittelte ihr den Eindruck, dass er es auch war, aber das stimmte nicht. Ganz und gar nicht.

19.

Als Gabi und Anna im Civic Centre ankamen, fing ihr Salsakurs gerade an. Im Saal waren ungefähr hundert Teilnehmer, die meisten davon hatten sich bereits in großen Kreisen aufgestellt, die Frauen außen, die Männer innen, während ein paar Zuspätgekommene, wie sie beide, hastig ihre Jacke auszogen und die Schuhe wechselten. Gabi, die Lee am anderen Ende des Saals entdeckt hatte, winkte wild und warf ihm einen Kuss zu.

Sie wandte sich zu Anna, die gerade ihre Sneaker gegen Schuhe mit kleinen Absätzen tauschte. »Danke, dass du auf den Mittwochskurs gewechselt hast. Wegen Lees neuer Schichteinteilung hätten wir sonst noch zwei Abende verloren, an denen wir uns sehen können.«

Anna blickte zu ihr hoch. »Das habe ich doch gerne gemacht.« Sie wandte sich wieder ihren Schuhen zu und versuchte, das Flattern in ihrem Magen zu unterdrücken. Sie hatte die Wahrheit gesagt – sie tat Gabi gerne den Gefallen, aber das änderte nichts daran, dass sie ein wenig nervös war.

Denn der Mittwochabendkurs war Jeremys Kurs. Sie sah ihn plötzlich wieder vor sich, bei der Party am Valentinstag, und obwohl das schon Monate her war, spielte ihr Magen verrückt. Höchst verwirrend.

Anna bemerkte, wie ihre Lehrerin streng zu ihnen herübersah. »Wir sollten uns lieber beeilen«, sagte sie und zog Gabi mit sich auf die Tanzfläche.

Zunächst war Anna vollauf mit den neuen Schritten beschäftigt, die sie lernen sollte, doch dann kreuzte sie Jeremys Blick. Er stand ein Stück entfernt und nickte ihr lächelnd zu. Ihr Nicht-Spencer-Alarm sprang überraschenderweise nicht an, und so erwiderte sie das Lächeln zögernd.

Aber vielleicht sollte sie sich keine Sorgen machen, wenn ihr innerer Alarm aussetzte. Hatte sie nicht zu Brody gesagt, dass sie nicht für den Rest ihres Lebens allein bleiben wollte? Irgendwo musste sie ja anfangen. Und das Ganze war sinnlos, wenn sie jedes Mal die Flucht ergriff, sobald sie jemanden kennenlernte, der auch nur entfernt infrage kam.

Sie erkannte, dass sie sich erlauben musste, *offen* für die Möglichkeit einer neuen Beziehung – ja, sogar einer neuen Liebe – zu sein, auch wenn ihr das im Moment noch unvorstellbar erschien. Spencer hätte nicht gewollt, dass sie ohne ihn verwelkte und verdorrte. Doch seit seinem Tod war sie in eine Art Winterstarre verfallen. Dieser Gedanke blieb in ihrem Hinterkopf, während der Unterricht weiterlief.

Um neun, als der Kurs zu Ende war, bedankten sie sich bei ihren Lehrern, und Anna ging, um ihre Schuhe und den Mantel zu holen.

»Lee und ich gehen noch ins Three Compasses«, sagte Gabi, die ihr gefolgt war. »Kommst du mit?«

Das Pub ein Stück die Straße hinunter war bei einigen Teilnehmern des Salsakurses sehr beliebt. Gabi war dienstags öfter noch dorthin gegangen, aber Anna hatte immer eine Ausrede gefunden und war nach Hause gefahren. Und da Gabi gar nicht auf eine Antwort wartete, sondern sich direkt umdrehte und ihre Jacke anzog, rechnete sie offensichtlich damit, dass Anna genauso reagieren würde wie sonst.

Anna band ihre Schnürsenkel zu und richtete sich auf. »Ja, warum nicht? Aber nur auf einen kurzen Drink – dann lasse ich euch beide allein.«

Gabi schenkte ihr ein strahlendes Lächeln. »Wunderbar! Dann hole ich Lee.« Kurz darauf kam sie mit ihrem Freund zurück, so eng bei ihm eingehakt, dass kein Blatt Papier mehr zwischen die beiden passte. Der Anblick versetzte Anna einen kleinen Stich. Sie und Spencer waren genauso gewesen, auch nach ein paar Jahren Ehe.

Obwohl es für Anfang Mai bereits erstaunlich warm war, türmten sich am Himmel dunkle Wolken auf, und es hatte fast den ganzen Abend leicht geregnet. Anna sah zu, wie Gabi und Lee, noch immer quasi miteinander verwachsen, das kurze Stück zum Pub liefen, ohne sie wahrzunehmen.

Direkt vor dem Eingang des Pubs blieb Gabi plötzlich stehen. »O nein«, sagte sie, blickte an sich hinunter und griff sich an den Hals. »Ich glaube, ich habe meinen Schal im Civic Centre vergessen.« Bestürzt sah sie zu Lee. »Das ist mein Lieblingsschal, der, den du mir auf dem Camden Market gekauft hast!«

Sofort wechselte Lee in den Polizistenmodus. »Wo hast du ihn zuletzt gesehen?«

»Auf einem der grauen Plastikstühle neben der Tür«, antwortete Gabi mit gerunzelter Stirn.

»Geht ihr ruhig schon rein«, sagte Lee. »Ich laufe zurück und hole ihn.«

»Mein Held«, säuselte Gabi, woraufhin er zwinkernd salutierte und lostrabte.

Anna bemerkte, wie er zwei jungen Frauen zulächelte, die auf das Pub zusteuerten, und als sie sich zu Gabi umwandte, sah sie, dass ihre Freundin es auch bemerkt hatte. »Ist schon okay«, sagte sie zu Anna, als sie die kunstvoll verglaste viktorianische Tür öffneten und hineingingen. »So ist Lee nun mal.«

»Eben«, erwiderte Anna. Lee flirtete in der Tat bei jeder Gelegenheit.

Gabi wurde ernst. »Ich weiß, er spielt immer Mister Charming, aber du brauchst dir keine Sorgen zu machen. Er hat gesagt, für ihn gibt es jetzt nur noch mich.«

»Das freut mich«, sagte Anna. Sie hoffte von ganzem Herzen, dass Gabi diesmal Glück hatte.

Als sie ihre Getränke bekommen hatten, setzten sie sich an einen kleinen Tisch in Sichtweite der Tür, damit Lee sie fand, wenn er zurückkam. Es dauerte auch nicht lange, da schwang die Tür auf, und er trat herein, Gabis Schal wie eine Trophäe in der Hand. Er kam zum Tisch, legte ihr das gute Stück um den Hals und forderte einen Kuss als Belohnung, dann griff er nach dem Bier, das für ihn bereitstand.

»Ich bin auf dem Rückweg ein paar herrenlosen Streunern begegnet«, sagte er, nachdem er einen ausgiebigen Schluck getrunken hatte. »Hab sie eingeladen, sich zu uns zu gesellen. Ihr habt doch sicher nichts dagegen, oder?«

Die Tür des Pubs öffnete sich erneut, und ein ganzer Schwung Leute kam herein, alles Teilnehmer des Salsakurses – darunter auch das Mädchen mit dem Pferdeschwanz und … Jeremy.

Da nirgends genug Platz für alle war, schlug jemand vor, in den Garten des Pubs zu gehen. Der Boden war zwar nass, aber es hatte aufgehört zu regnen, und die Wolken waren offenbar weitergezogen, denn alles, was Anna sehen konnte, war ein dämmrig blauer Himmel.

Als sie hinausgingen, nahm Anna an, dass sich mehrere kleinere Grüppchen bilden würden, sodass sie sich wie üblich unauffällig an den Rand des Geschehens zurückziehen konnte, doch Jeremy begann eine Anekdote zu erzählen, wie er einmal während eines Spanienurlaubs unfreiwillig bei einer Flamenco-Show mitgemacht hatte, und alle umringten ihn gebannt. Offensichtlich besaß er, genau wie ein gewisser anderer Mann, den Anna gekannt hatte, die Gabe, die Aufmerksamkeit der Leute auf sich zu ziehen und sie mit seinem Charme zu unterhalten.

Sie lachte mit den anderen, als er beschrieb, wie er mit seinen paar Brocken Schulspanisch versucht hatte, die Tänzer dazu zu überreden, sich jemand anders aus dem Publikum zu holen. Sie gestattete sich, ein wenig lockerzulassen, weil er mit der ganzen Gruppe sprach und sie nicht im Zentrum seiner Aufmerksamkeit stand. *Sei offen*, ermahnte sie sich. *Mehr muss es fürs Erste ja gar nicht sein.*

Einmal fiel sein Blick auf Anna, und zwar just, als sie sein Gesicht betrachtete und herauszufinden versuchte, was seine Züge so ansprechend machte. Für einen kurzen Moment trafen sich ihre Blicke. Und obwohl sie den ganzen Abend über keinen Pieps von ihrem Nicht-Spencer-Alarm gehört hatte, lärmte er jetzt los wie eine Sirene.

Sei still, ermahnte sie ihn. *Es gibt überhaupt keinen Grund, so ein*

Theater zu machen. Ich habe ja nicht vor, mich auf den Mann zu stürzen. Ich bewundere ihn nur. Aus der Ferne.

Und das war in Ordnung, erkannte sie. Sich am Anblick eines gut aussehenden Mannes zu erfreuen.

Sie war noch jung, und es war nur natürlich. Ehrlich gesagt war sie froh, dass dieser wichtige Teil von ihr nicht zusammen mit Spencer gestorben war, wie sie angenommen hatte. Diese Gelüste und Bedürfnisse waren noch da und warteten nur darauf, dass sie wieder gebraucht wurden. Und im Geiste dieser neuen Offenheit schlich Anna sich, als die Salsatruppe dann tatsächlich in kleine Grüppchen zerfiel, nicht davon, als Jeremy auf sie zukam, um hallo zu sagen. Sie waren gerade mitten in einem Gespräch über alte Hitchcock-Filme, als der Himmel seine Schleusen öffnete. Die Sonnenschirme, die an jedem der Tische standen, waren zusammengeklappt und boten ihnen keinen Schutz vor den dicken Tropfen, die wie kleine Bomben auf sie niederprasselten.

Die meisten aus der Gruppe flüchteten nach drinnen, auch Gabi und Lee, aber Anna und Jeremy waren ein ganzes Stück von der Hintertür des Pubs entfernt, und so liefen sie von Tisch zu Tisch und versuchten, einen Schirm zu finden, der funktionierte. Der erste ließ sich nicht öffnen, und der zweite klappte immer wieder zusammen. Als sie sich schließlich unter Schirm Nummer drei duckten, war der Regen bis auf Annas Kopfhaut gedrungen und lief ihr in den Nacken und an der Stirn hinunter. Sie und Jeremy waren beide klatschnass.

»Wir hätten wohl besser auch reinlaufen sollen«, sagte Anna und strich sich ein paar nasse Haarsträhnen aus der Stirn.

Jeremy schmunzelte. »Aber das hätte nicht halb so viel Spaß gemacht.«

Anna schüttelte lächelnd den Kopf. »Nein.«

Und dann veränderte sich plötzlich etwas in der Atmosphäre zwischen ihnen, und das Ganze war nicht mehr so komisch. Anna schluckte und sah zum Pub hinüber.

»Ich glaube, der Regen –«

Genau im selben Moment sagte er: »Ich würde Sie gerne –«

Beide verstummten.

»Anna«, begann er erneut. »Würden Sie mal mit mir essen gehen?«

Keine Schnörkel. Kein Drumherumgerede. Anna gefiel seine direkte Art – oder sie hätte ihr gefallen, wenn ihr Kopf nicht voll lärmender Sirenen und blinkender Lichter gewesen wäre. Ihr kleiner Alarm gab jetzt alles. Ihre Hand zitterte, als sie den Riemen ihrer Handtasche über die Schulter zog. Sie war im Kampf-oder-Flucht-Modus, und da sie nicht vorhatte, Jeremy die Faust ins Gesicht zu schlagen, blieb ihr nur eine Möglichkeit.

Nicht Spencer.

Ich weiß, halt die Klappe. Ich kümmere mich ja schon darum.

»Es tut mir leid …«, begann sie.

»Ich glaube eigentlich nicht, dass ich etwas falsch interpretiert habe«, sagte er leise. Er klang nicht vorwurfsvoll, sondern eher verwirrt. »Ich meine, das eben …«

Anna war vielleicht feige, aber sie war nicht so gemein, ihn anzulügen. Sie schüttelte den Kopf. »Nein«, flüsterte sie. »Sie haben sich das nicht eingebildet.«

»Aber …?«

»Sie sind sehr nett«, sagte sie traurig. »Sie sind der erste Mann, der …« Sie brach ab; offenbar war sie doch nicht so mutig, wie sie gedacht hatte. Sie blickte einen Moment zu Boden. »Aber ich bin noch nicht so weit«, sagte sie schließlich und sah ihn wieder an.

»Ich verstehe«, erwiderte er sanft. In seinen Augen lag so viel Wärme, dass sie am liebsten geweint hätte.

»Es tut mir wirklich leid.«

Er nickte verständnisvoll. »Schon gut. Natürlich kann ich höchstens ansatzweise erahnen, was Sie durchgemacht haben, aber ich verstehe, warum Sie zögern.«

»Danke«, sagte sie leise.

Er nickte erneut, dann wandte er sich um und lief durch den Garten zurück zum Pub. An der Tür winkte er ihr kurz zu und verschwand im Innern. Sie sah ihm nach, die Arme um ihren Körper geschlungen. Der Regen hörte ebenso plötzlich auf, wie er angefangen hatte.

Kurz darauf kam Gabi heraus. »War das eben Jeremy? Wart ihr zwei allein hier draußen?«, fragte sie mit kaum verhohlener Begeisterung.

»Ja«, antwortete Anna mit leerem Blick. Sie fühlte sich wie ausgehöhlt.

»Und?«

Anna drehte sich um und steuerte auf die Pforte zu, die direkt zur Straße führte. »Nichts und.«

20.

Brody fuhr auf den Parkplatz des großen Supermarkts in Totnes. Es war Montagmorgen, halb acht, vermutlich eine der ruhigsten Zeiten der Woche, um einkaufen zu gehen. Doch er war nicht hier, um einzukaufen. Nicht im eigentlichen Sinn.

Er ignorierte die Parkreihen direkt vor dem Eingang, wo bereits die meisten Plätze besetzt waren, und stellte seinen Land Rover in der Mitte einer leeren Reihe ganz hinten ab. Er schaltete den Motor aus, saß einfach nur da und machte eine Bestandsaufnahme.

Sein Atem ging gleichmäßig. Kein Kopfweh oder Kribbeln. Sein Puls war schneller als sonst, aber er hämmerte nicht. *Das ist gut*, sagte er sich. *Das ist prima.*

Er blickte auf das Buch, das neben ihm auf dem Beifahrersitz lag. *Panikattacken und Platzangst: Ein praktischer Ratgeber.* Nach dem Zwischenfall in Mojis Laden hatte er eine Woche gebraucht, um es zu bestellen, und dann noch mal zwei Wochen, um es aufzuschlagen, und nun las er seit etwa einem Monat immer wieder mal darin.

Die ersten Kapitel, in denen es um Selbstfürsorge ging, hatte er überschlagen, weil sie ihm ziemlich überflüssig erschienen. Er aß gut, kümmerte sich um sich selbst und ging mindestens viermal in der Woche laufen. Das hatte er alles drauf. Er hatte auch die nächsten Kapitel mit dem ganzen Psychogeschwafel weggelassen, in denen ihm unter anderem geraten wurde, ein Tagebuch zu führen. Er war doch kein dreizehnjähriges Mädchen! Außerdem passierte jedes Mal, wenn er einen Stift in die Hand nahm, dasselbe: Sein Kopf wurde ganz leer, und er starrte nur auf die weiße Seite. Das würde ihn kaum weiterbringen.

Was ihn jedoch neugierig gemacht hatte, war der Teil mit den praktischen Tipps und Übungen, und schließlich war er bei »Systematischer Desensibilisierung« gelandet. Den Ansatz konnte er nachvollziehen: Setz dich einer Situation aus, die Panik in dir auslöst, aber tu es in kleineren Dosen, Schritt für Schritt – auf diese Weise sollten sich einige der Auslöser für die Panikattacken entschärfen lassen.

Der Supermarkt war dafür der perfekte Ort. Hier hatte er seine erste Panikattacke gehabt, mitten in der Obst- und Gemüseabteilung. Damals hatte er gedacht, er müsste sterben. Er war überzeugt gewesen, dass er einen Herzinfarkt oder einen Schlaganfall hatte, dass irgendetwas in seinem Gehirn geplatzt war, sein Bewusstsein verzerrte, Nervenzellen zerfetzte und weiß Gott was sonst noch anrichtete. Die anderen Kunden hatten missbilligend und angewidert das Gesicht verzogen, weil sie dachten, er stünde unter Alkohol oder Drogen. Dabei war es nur seine eigene Zerbrochenheit gewesen.

Er jubelte zwar nicht gerade vor Freude darüber, wieder hier zu sein, aber er verspürte außer der Angst auch eine neugierige Spannung. Die Hofläden, bei denen er bestellte, lieferten hervorragendes Fleisch, Obst, Gemüse und Milchprodukte, aber wenn er etwas Ausgefalleneres haben wollte, hatte er Pech. Und er hatte schon seit Monaten Lust auf grünes Thai-Curry. Die Kräuter und Gewürze dafür hatte er alle im Haus. Das Einzige, was fehlte, war Fischsoße; seine letzte Flasche hatte er schon vor knapp einem Jahr aufgebraucht. Und je mehr er darüber nachgedacht hatte, desto größer war der Jieper auf Thai-Curry geworden.

Sein Plan war ganz einfach und bestand aus drei kleinen Schritten. Ein paar Tipps aus dem Buch, kombiniert mit einer strengen Reiß-dich-zusammen-Predigt sollten ausreichen. Schließlich wollte er ja keinen Großeinkauf machen und eine ganze Stunde im Supermarkt zubringen. Nur eine Flasche Fischsoße. Fünf Minuten, rein und raus. Das würde er schaffen.

Denn was sollte er tun, wenn er es nicht schaffte? Wenn er nicht dagegen ankam? Den Rest seines Lebens wie ein Eremit da draußen in seinem kleinen Cottage im Moor hausen und immer älter und grauer und exzentrischer werden?

Bis jetzt hatte er nicht viel über die Zukunft nachgedacht, jedenfalls nicht über die längerfristige. Tage und Wochen, ja, aber nicht Jahre oder gar Jahrzehnte. Doch das, was Anna über ihre Zukunft gesagt hatte, die noch voll unbeschriebener Seiten war, hatte ihn ins Nachdenken gebracht.

Wenn er sich das Buch seines Lebens vorstellte, sah er keine weißen Seiten, die auf die Berührung eines Stiftes warteten. Es war zugeschlagen. Verschlossen. In irgendeiner staubigen Schublade versteckt und vergessen. Bei der Vorstellung kam er sich vor wie ein Feigling.

Und deshalb war er hier. Tag eins. Schritt eins. Er musste es schaffen.

Schon beschleunigte sich sein Puls, erst ein kurzer Spurt, dann ein gleichmäßiger Trab, aber er ließ sich davon nicht abschrecken. Er holte tief Luft und öffnete die Autotür.

Die erste Hälfte des Wegs über den Parkplatz war okay. Mit Hilfe seiner Phantasie übermalte er das, was da war, mit etwas, das ihm keine Angst machte. Die nichtssagenden Sträucher und spirreligen Bäume zwischen den Parkreihen verwandelten sich in Ginster und Farne. Aus den vereinzelten Autos wurden verwitterte Felsbrocken. Das Rauschen des Verkehrs von der nahe gelegenen Durchgangsstraße klang wie der Wind, der über die felsigen Hügel des Moors strich.

Doch je näher er dem Supermarkt kam, desto schwieriger wurde es, diese Bilder aufrechtzuerhalten. Das Störendste waren die Geräusche: das Rattern der Einkaufswagen, Autotüren, die zugeschlagen wurden, das Gequengel gelangweilter Kinder. Er war nicht mehr daran gewöhnt.

Als er beim Eingang ankam, der keine Tür war, sondern ein großes, rechteckiges Loch, musste er stehen bleiben, die Augen schließen und tief durchatmen. Andere Kunden gingen an ihm vorbei; er konnte die Luftbewegung spüren, aber er versuchte sie zu ignorieren und konzentrierte sich auf seinen Atem. *Ein – zwei, drei … Aus – zwei, drei …*

Er öffnete die Augen wieder und ließ den Rhythmus im Kopf weiterlaufen. Er stand jetzt am Klippenrand seiner Panik. Genau das sollte er doch tun, oder? Sich immer näher an den Rand treiben, ohne hinunterzufallen.

Bisher hatte er seinen Blick unscharf gestellt, sodass er alles nur verschwommen wahrgenommen hatte, aber nun hob er den Kopf und suchte sich irgendetwas, worauf er sich konzentrieren konnte – ein Aufsteller mit lauter DVDs von einem großen Kinohit aus dem letzten Sommer. Er zählte erst die Fächer, dann die DVDs, und als sein Kopf voller Zahlen war, die das Gewisper seiner Panik überlagerten, begann er darauf zuzugehen. Es war, als würde er auf einem Seil balancieren, das von seinem Klippenrand bis zum Horizont führte, und unter ihm war nichts als Luft.

Eine gefühlte Ewigkeit später – vermutlich waren es nur ein paar Sekunden – streckte er die Hand aus und hielt sich an dem Pappaufsteller fest. Wieder stand er schwankend am Klippenrand, kurz davor, in die Tiefe zu stürzen. Obwohl er stur auf die DVDs starrte, waren alle seine Sinne überwach. Er konnte den Einkaufswagen hören, der durch den nächsten Gang rollte. Seine Haut kribbelte, und es schnürte ihm die Kehle zu. Obwohl der Supermarkt bis auf ein paar Frühaufsteher fast leer war, kam es ihm so vor, als befände er sich mitten im Getümmel einer Großstadt.

Dort oben auf seiner Klippe strich die kalte, lockende Luft um seine Zehen. Er spürte, wie kleine Steine und größere Felsbrocken in die Tiefe stürzten, als die Klippe unter ihm nachzugeben begann.

Reiß dich zusammen, ermahnte er sich. *Das hier ist ein Supermarkt, Herrgott noch mal, voller Möhren und Sellerie, Rosinenbrötchen und Suppendosen, kein Kriegsgebiet. Los, geh weiter. Hol dir, was du haben willst.*

Mit zitternden Fingern stellte er die DVD zurück, die er in der Hand hielt, dann ging er zum Ende der ersten Regalreihe. Von dort aus bewegte er sich Schritt für Schritt vorwärts und spähte in jeden Gang, auf der Suche nach asiatischen Lebensmitteln – Kokosmilch, Reisnudeln, dunkel glänzende Flaschen mit Sojasoße –, doch er fand nichts dergleichen. Als er zu der Stelle kam, wo die Sachen früher gestanden hatten, sah er dort nur Baked Beans und Fertiggerichte. Anscheinend hatte irgendjemand jedes gottverdammte Teil in diesem Supermarkt an einen anderen Platz geräumt, nur um ihn zu verwirren.

Er starrte auf eine Dose Nudelringe mit Miniwürstchen, und seine Hand packte das Regal so fest, dass der Metallrand sich in seine Finger grub.

Konzentrier dich, Brody.

Jetzt konnte er nicht mal mehr die einzelnen Waren im Regal erkennen. Alle Farben und Formen verschwammen. Blindlings stolperte er den Gang hinunter und in den nächsten, wo er erneut stehen bleiben musste, weil seine Brust sich so eng anfühlte, dass er keine Luft mehr bekam. Durch irgendeinen bizarren Wink des Schicksals stand er direkt vor einer kleinen Flasche mit einer braunen Flüssigkeit, auf deren Etikett ein gewundener Drache abgebildet war.

Fischsoße.

Er riss sie aus dem Regal, drückte sie an die Brust und schloss vor Erleichterung die Augen. Er fühlte sich, als hätte er gerade den Mount Everest mit einem einzigen Sprung bezwungen. Doch gerade als er die Augen wieder öffnen und zur Kassenreihe gehen wollte, ertönte hinter ihm ein lautes Krachen. Die Flasche entglitt seinen schwitzigen Fingern, und er konnte sie gerade noch auffangen, bevor sie auf dem Boden zersprang.

»Pardon«, sagte eine Frau munter. »Der Wagen macht, was er will!« Und sie begann, die Dosen mit Bambussprossen und Wasserkastanien aufzuheben, die sie gerade aus dem Regal gestoßen hatte.

Brody nahm sie kaum wahr, und er reagierte auch nicht. Alles um ihn herum verzerrte sich und schien sich zugleich zu entfernen und auf ihn zuzujagen, sodass er eine Gänsehaut bekam und dachte, er müsste ersticken.

Er drehte sich um und lief los, den Gang hinunter und auf die Kassen zu, aber dort blieb er nicht stehen. Er rannte einfach hindurch, die Flasche mit der Fischsoße immer noch in der Hand, auf das natürliche Licht und die frische Luft des Ausgangs zu.

Kurz bevor er dort ankam, wurde ein Wachmann auf ihn aufmerksam.

»Er hat nicht bezahlt!«, rief eine Stimme hinter ihm.

»He!«, brüllte der Wachmann und setzte ihm nach.

Im Laufen griff Brody in seine Jeanstasche, zog einen Zwanzig-Pfund-Schein heraus und warf ihn dem Wachmann zu. »'tschuldigung!«, rief er über die Schulter. »Ein Notfall!«

Der Wachmann blieb stehen, hob den zerknitterten Geldschein auf und sah Brody verdutzt nach. Doch Brody bemerkte nichts davon. Er rannte über den harten Asphalt des Parkplatzes, der sich immer mehr in die Länge zu ziehen schien, wie in einem Albtraum, in dem man verfolgt wird. Er hatte nur einen Gedanken: in sein Auto zu springen und die Tür zu verrammeln.

21.

Brody saß in seinem Sessel, sah ins Feuer und hörte Anna zu. Anfangs waren die Anrufe eher sporadisch gewesen, aber mittlerweile waren zwei Monate vergangen, und in den letzten Wochen waren sie häufiger und regelmäßiger geworden.

»Ich habe versucht, mich aus meiner Komfortzone rauszubewegen und ein bisschen mehr zu unternehmen. Offener zu sein«, sagte sie. »Alle meinen, das würde mir guttun.«

Offenbar hatten er und Anna zurzeit ähnliche Ziele. Brodys Gedanken sprangen zurück zu dem Gefühl nackter Angst, als er Anfang der Woche beim Supermarkt in Totnes über den Parkplatz gerannt war, und er spürte, wie er bis unter die Haarspitzen rot wurde. Hoffentlich hatte sie mehr Erfolg.

An diesem Abend hatte er das verdammte Thai-Curry gekocht, mit seiner Zwanzig-Pfund-Fischsoße. Es hatte köstlich geduftet, aber als er sich an den Küchentisch gesetzt hatte, die Schale mit dem dampfenden Jasminreis und der aromatischen Soße vor sich, hatte er keinen Bissen runtergekriegt. Das Gericht war jetzt für ihn verdorben. Der Geruch würde ihn für immer an sein Scheitern erinnern.

Noch etwas, das er von seiner Liste streichen musste. Noch etwas, das nicht mehr ging. Während Annas Welt größer wurde, schrumpfte seine immer mehr zusammen.

»Und, funktioniert's?« Er hatte nicht vorgehabt, es mit dieser sarkastischen Schärfe zu sagen, aber es war ihm so herausgerutscht.

»Puh!«, lautete Annas ganze Antwort. Er hörte ein leises Rascheln im Hintergrund und stellte sich vor, dass sie am Küchentisch saß und den Kopf darauflegte, das kühle Holz an ihrer Stirn.

»So schlimm?«

Erneutes Geraschel, und er vermutete, dass sie sich wieder aufgerichtet hatte, um besser sprechen zu können. »Es ist nicht schlimm«, sagte sie. »Es ist nur … anders. Und dieses anders ist harte Arbeit. Manchmal erschöpft es mich, und manchmal ist es einfach zu viel. Verstehen Sie, was ich meine?«

Leider verstand er es vermutlich sogar besser als sie selbst. »Ja.«

Er konnte das erleichterte Lächeln in ihrer Stimme hören, als sie sagte: »Das wusste ich.«

Er liebte diesen Klang. Diese leichte Veränderung in ihrem Tonfall, wenn es ihr gelungen war, etwas Wichtiges in Worte zu fassen, die Freude darüber, dass es ausgesprochen und angenommen und verstanden worden war. Und er liebte es, dass er ein Teil dieses Prozesses war, auch wenn er nur dasaß und zuhörte. Doch in seinem schrumpfenden Universum war die Erkenntnis, dass er überhaupt irgendetwas Positives tun konnte, noch dazu für jemand anderen, ein seltenes Glück.

»Meine Freundin Gabriela hat einen neuen Freund«, fuhr sie fort. »Und sie ist in dem Stadium, wo alles, was er tut, großartig ist und jeder Gedanke von ihm ein Ausdruck tiefschürfender Weisheit.«

Brody stieß ein schnaubendes Lachen aus. »Jetzt verstehe ich, was Sie mit erschöpfend gemeint haben!«

Anna lachte ebenfalls, und die Überreste des flatterigen Gefühls, das ihn plagte, seit er an den Zwischenfall im Supermarkt gedacht hatte, verflogen.

»Aber so sollte es doch auch sein, oder?«, sagte sie. »Am Anfang sollte man alles toll finden. Und es täte mir leid, wenn es bei Gabi nicht so wäre, aber … Ich klinge jetzt bestimmt wie eine grauenhafte Freundin, aber Sie haben mich ja schon schimpfen, fluchen und heulen hören, da kommt es darauf auch nicht mehr an.« Sie schwieg einen Moment, als müsste sie Anlauf nehmen. »Das ist auch ein Teil des Problems: Die beiden sind so … so …«

»Unerträglich?«, schlug Brody vor, woraufhin Anna lachen musste.

»Oje«, sagte sie. »Ich sollte nicht lachen. Ich habe ja gesagt, ich bin schrecklich. Die zwei sind einfach so *knallverliebt.* Und ich gönne es ihr wirklich von Herzen, sie hat es verdient, aber …«

»Es erinnert Sie daran, was Ihnen fehlt«, beendete Brody den Satz für sie.

»Ja«, flüsterte sie.

Eine ganze Weile saßen sie einfach nur da und lauschten auf das Schweigen am anderen Ende der Leitung.

»Und ich weiß, dass Leute nach dem Tod ihres Ehepartners wieder heiraten«, sagte Anna schließlich, »aber es fühlt sich für mich nicht real an. Mein Kopf weiß das, wie ein Datum, das ich im Geschichtsunterricht gelernt habe, oder das Prinzip der Schwerkraft, aber hier …«, Brody hörte ein dumpfes Geräusch, wie eine Hand oder Faust, die auf Stoff schlug, »… in meinem Herzen ergibt es keinen Sinn. Denn wie könnte es je wieder dasselbe sein? Geht es Ihnen auch so?«

Brody sah zu Lewis, der wie immer vor dem Feuer lag und schlief, und zögerte die Antwort hinaus, indem er einen Schluck von seinem Whisky trank. »Ich verstehe, was Sie meinen«, erwiderte er dann nur. Jetzt war nicht der richtige Moment für Erklärungen.

»Wie ist es mit Ihnen? Werden Sie je wieder heiraten?«

Er betrachtete das geschliffene Whiskyglas, spürte das tröstliche Gewicht in seinen Händen. »Ich glaube, nicht«, sagte er. Auf jeden Fall nicht in nächster Zeit. Eine neue Lebenspartnerin zu finden war nicht so leicht, wenn man bei jeder Begegnung mit neuen Leuten zittrige Knie bekam und einem übel wurde.

»Sind Sie manchmal einsam? Ich schon … Obwohl ich mir nicht vorstellen kann, jemand Neues in meinem Leben zu haben, gefällt es mir auch nicht, niemanden zu haben.«

Brody stutzte. Bis Anna begonnen hatte, ihn anzurufen, hatte er nicht mal darüber nachgedacht, ob er einsam war oder nicht, aber jetzt geriet er ins Grübeln. War er es?

Er dachte daran, wie er manchmal abends in sein Arbeitszimmer kam und auf das Handy starrte, das auf dem Schreibtisch lag, und wie leer er sich fühlte, wenn es still und dunkel blieb und er ihr die Dinge, die er den Tag über für sie gesammelt hatte, nicht erzählen konnte.

Aber so sollte es vielleicht gar nicht sein. Man sollte doch nicht nur einen Menschen in seinem Leben haben, mit dem man reden konnte, oder? Bedeutete das, dass er einsam war?

»Ja, vielleicht … Ab und zu. Aber ich glaube nicht, dass die Ehe die Lösung dafür ist. Ich war schon beim ersten Mal kein guter Ehemann.«

»Ihre Ehe war also nicht glücklich?«

»Anfangs schon«, sagte er. »Aber dann … passieren Dinge … Das Leben kommt dazwischen … Und manchmal verändert es einen als Paar. Manchmal passt man hinterher nicht mehr so zusammen wie davor. Manchmal kriegt man einfach die Kurve nicht.«

Anna atmete geräuschvoll aus. »Ich weiß nicht, was schwerer ist – einen Menschen zu verlieren, wenn alles wunderbar ist oder wenn alles auseinanderbricht und man keine Gelegenheit mehr hat, es wieder zusammenzusetzen.«

Einen Menschen zu verlieren … Er war froh, dass sie es so formuliert hatte, denn so musste er sie wegen Katri nicht anlügen. »Ich weiß es auch nicht«, sagte er und starrte aus dem Fenster. So weit draußen auf dem Land gab es keine Straßenbeleuchtung, und im Hof brannte auch kein Licht – es war stockfinster. »Aber die Vergangenheit ist vorbei. Ich schätze, man kann nur versuchen, nach vorn zu schauen und zu überlegen, was man mit dem Rest seines Lebens anfangen will.«

»Alle scheinen zu denken, es muss nur genug Zeit vergehen, und dann wird es plötzlich leicht«, sagte sie. »Als hätte die Liebe ein Verfallsdatum.«

»Bei manchen Leuten ist es so«, erwiderte er und starrte grimmig auf die Flammen, die im Kamin tanzten. »Vielleicht hatten Sie einfach sehr viel Glück.« Er trank noch einen Schluck Whisky, so schwungvoll, dass es in seiner Kehle brannte. »Und wenn Sie wirklich eines Tages wieder eine Beziehung haben wollen, sollten Sie vielleicht akzeptieren, dass Sie noch Zeit brauchen. Das wird Ihnen niemand zum Vorwurf machen.«

»So fühlt es sich aber nicht an«, erwiderte sie trübsinnig. »Vor allem nicht, wenn es da draußen … Möglichkeiten gibt.«

»Möglichkeiten?«, wiederholte er mit rauer Stimme.

»Männer.«

Brodys Puls begann zu jagen. Und ausnahmsweise hatte es nichts mit Panik zu tun, sondern mit dem Gedanken an Anna. Und *Möglichkeiten.*

»Letzte Woche hat mich jemand zum Essen eingeladen«, sagte sie so leise, dass er es kaum verstand.

Brody saß reglos da und schwieg. Er wusste einfach nicht, wie er darauf reagieren sollte.

»Ich sage, dass ich nach vorne schauen und mich nicht mehr so unglücklich fühlen will, aber will ich das wirklich?«

»Das können nur Sie selbst beantworten«, erwiderte er und fuhr mit der Fingerspitze über den Rand seines Glases. Er hatte so viele Bücher über Trauer gelesen, dass er ein Experte war – zumindest im Kopf. Was die praktische Umsetzung betraf, war er nicht ganz so brillant. Aber trotzdem konnte einiges von dem, was er gelernt hatte, Anna vielleicht helfen. »Es ist nicht alles schwarz oder weiß. Gefühle sind kompliziert. Das Leben ist kompliziert. Die Trauer durchläuft verschiedene Stadien, und der Weg ist für jeden anders. Niemand sollte Ihnen vorschreiben, welchen Sie nehmen sollen oder wie lange es dauern darf.«

»Ja, wahrscheinlich haben Sie recht.« Annas Stimme klang müde.

»Und selbst wenn wir uns etwas wirklich wünschen«, fuhr er fort, das Bild vom Eingang des Supermarkts vor dem inneren Auge, »schaffen wir es manchmal, uns selbst zu sabotieren.«

»Meinen Sie, dass ich das tue?«

»Das weiß ich nicht«, antwortete Brody vorsichtig. »Sie werden es wohl nur herausfinden, wenn Sie es ausprobieren.«

»Oh, ich gehe nicht mit ihm essen«, stieß Anna mit nervösem Lachen aus. »Ich habe nein gesagt.«

Brody verspürte eine Woge der Erleichterung. Er hörte auf, mit seinem Glas herumzuspielen und trank den Rest seines Whiskys. Dabei rief er sich in Erinnerung, dass er kein Recht hatte, eifersüchtig zu sein. Anna war eine Freundin, eine Stimme am anderen Ende der Leitung, weiter nichts.

Dir geht es doch nur darum, ihr zu helfen, wieder glücklich zu sein, sagte eine kleine besänftigende Stimme in seinem Kopf, und Brody beschloss, ihr zu glauben. Ihm lag nur Annas Wohlergehen am Herzen. Schließlich war sie zurzeit sein einziger menschlicher Kontakt, abgesehen von Moji, aber die hatte er im letzten halben Jahr lediglich zweimal gesehen.

»Wer ist er denn? Der Mann, der Sie eingeladen hat?«

»Ach, nur jemand aus dem Salsakurs …«

»Sie tanzen Salsa?« Brodys Augenbrauen schossen in die Höhe. Er hatte sich Anna mit einem Buch in einen Fenstersitz gekuschelt vorgestellt oder bei ausgedehnten Spaziergängen irgendwo auf dem Land, nicht bei heißen Rhythmen auf der Tanzfläche.

Anna lachte leise. »Gabi hat mich dazu überredet. Sie ist eine von denen, die finden, ich sollte neue Erfahrungen machen. Bei dieser bin ich irgendwie hängen geblieben. Obwohl ich sagen muss, dass ich es mir an den meisten Abenden lieber mit einem guten Buch vor dem Kamin gemütlich machen würde.«

Brody grinste triumphierend. »Und warum haben Sie nein gesagt?« Eigentlich wollte er nicht neugierig sein, aber die Frage war ihm herausgerutscht, bevor er sich bremsen konnte.

Sie seufzte. »Das weiß ich eigentlich auch nicht …«

Das war nicht das, was er hören wollte, stellte Brody fest. Er wollte, dass sie sagte, der Salsatyp sei hässlich oder ein Langweiler oder hätte üblen Mundgeruch.

»Jeremy ist nett.«

Jeremy? Gütiger Himmel.

»Er ist unterhaltsam, selbstsicher und witzig … Und ein richtig guter Tänzer.«

Schön für den guten Jeremy, hätte Brody am liebsten erwidert, aber er verkniff es sich. Schließlich hatte sie seine Einladung abgelehnt. *Irgendwas* musste an dem Kerl faul sein.

»Aber …«

»Aber was?«, fragte er beiläufig.

»Er ist nicht Spencer«, sagte sie müde, aber entschieden. »Er ist einfach nicht Spencer.«

Und das bist du auch nicht, ermahnte sich Brody. *Bilde dir bloß nichts ein. Du hast zu lange keine guten Gespräche mehr geführt. Natürlich fühlst du dich ihr nahe. Das ist einfach menschliche Psychologie.*

»Brody?«

Sie holte ihn aus seinen Gedanken und zurück ins Hier und Jetzt. »Hmm?«

»Können wir vielleicht mal via Skype oder Facetime telefonieren? Ich würde Sie gerne sehen, wenn wir miteinander reden.«

Brody war völlig perplex. Damit hatte er nicht gerechnet, was vermutlich dumm war, schließlich kommunizierten heutzutage viele Leute auf diese Weise. »Äh … Ich habe so was nicht auf meinem Handy.«

»Aber Sie können sich die Apps doch runterladen, oder?« Sie schwieg einen Moment, dann fügte sie hinzu: »Wenn Sie wollen.«

»Ich weiß nicht«, erwiderte er und meinte damit nicht nur die technische Frage. »Mein Handy ist ein ziemlich einfaches Modell. Und der Empfang ist hier nicht so gut.« Jetzt fing er an, Ausreden zu erfinden. Warum?

»Oh, okay. War nur so ein Gedanke. Wir können ja ein anderes Mal darüber sprechen. Ich sollte jetzt sowieso besser auflegen. Es ist schon fast eins, und ich muss um sieben aufstehen. Bis zum nächsten Mal, Brody. Und wie immer danke für das Gespräch.«

»Nacht, Anna. Gern geschehen. Ich finde es schön, mit Ihnen zu reden.«

Er hörte ihr Lächeln, als sie erwiderte: »Geht mir genauso.«

Und dann war sie weg. Er fühlte sich voller Wärme, aber er fragte sich, warum er auf Annas Vorschlag so abwehrend reagiert hatte. Er stand auf, nahm sein Glas und legte das Handy zurück auf den Schreibtisch. Es lag nicht daran, dass er ihr Gesicht nicht sehen wollte, also was war es?

Lewis, der eben noch so ausgesehen hatte, als hätte man in einem Lastwagen an ihm vorbeifahren können, ohne dass er sich gerührt hätte, sprang auf und sah ihn erwartungsvoll an.

»Na, dann los, junger Mann«, sagte Brody, ging zur Tür und schaltete das Licht hinter sich aus. »Eine letzte Gartenrunde für dich.«

Während er an der Hintertür wartete, sah Brody zum Nachthimmel hinauf. Die Beziehung zwischen Anna und ihm hatte nur mit ihren Stimmen begonnen, und er merkte, dass ihm das so auch ganz recht war. Warum sollte es nicht dabei bleiben? Wahrscheinlich war es auch vernünftiger, da sie ja vereinbart hatten, abgesehen vom Vornamen und dem ungefähren Wohnort nichts weiter voneinander zu erfahren.

Ja, es war vernünftig, sagte er sich, als Lewis wieder herbeigelaufen kam und an ihm vorbei ins warme Haus trabte. Sehr vernünftig. Und keineswegs feige.

Anna blickte auf ihr Handy, dessen Bildschirm erlosch. Der Gedanke, dass sie vielleicht irgendwann mit Brody skypen würde, munterte sie auf. Nach den Gesprächen mit ihm fühlte sie sich immer besser, und es wäre schön, sein Lächeln eines Tages auch mal zu sehen und nicht nur zu hören.

Mit einem Seufzer schob sie die Füße in ihre Hausschuhe, die auf dem Teppich vor dem Sofa standen.

Es war ihr nicht bewusst gewesen, aber bis eben hatte sie ein schlechtes Gewissen gehabt, weil sie Jeremys Einladung abgelehnt hatte. Doch nach dem Gespräch mit Brody ging es ihr besser mit der Entscheidung. Sie war nicht egoistisch. Sie tat das Richtige. Auch für Jeremy.

Sie gähnte und reckte sich und lockerte die Schultern, die von der Lümmelhaltung auf ihrem großen weichen Sofa ein wenig steif waren. Wie sie zu Brody gesagt hatte, war es schon spät, und sie war in der Tat müde, aber ihr war noch nicht danach, schlafen zu gehen. Nach den Telefonaten mit Brody fühlte sie sich immer sehr friedlich und entspannt, aber auch wie energetisiert.

Sie griff noch einmal nach ihrem Handy, um sich zu vergewissern, dass sie die Weckfunktion aktiviert hatte, und da fiel ihr Blick auf das Facebook-Icon. In letzter Zeit mied sie die sozialen Medien, aber ab und zu loggte sie sich doch ein, um bei Postings von Leuten, die sie kannte, aber mit denen sie schon lange nicht mehr gesprochen und die sie noch viel länger nicht gesehen hatte, ein paar Likes zu setzen. Sie öffnete die App und scrollte über die Seite. Fotos von Haustieren, bissige Cartoons, lächelnde Paare und Babys – bei den letzten beiden blätterte sie ein wenig schneller weiter.

Genau deshalb machte sie das nur selten. Denn was hätte sie hier posten sollen? Ein hübsches Haus, ja, aber wo waren die Menschen? Wo war das Lächeln? Sie konnte sich nicht vorstellen, dass Gayle nach einem Sonntagstreffen mit ihr für ein Selfie posierte.

Sie wollte gerade das Foto von einem Neugeborenen wegscrollen, fest in eine cremeweiße Decke gewickelt, das Gesicht ganz rosig und zerknautscht, als etwas sie innehalten ließ, vermutlich die diffuse Wahrnehmung des Namens, der obendrüber stand, obwohl sie ihn nicht bewusst gelesen hatte.

Großer Gott! Das konnte doch nicht … Sie klickte auf das Foto, um es zu vergrößern.

Sie hatte sich nicht geirrt. Das Foto hatte Scott Barry hochgeladen, und darunter stand: *Unser kleiner Mann, auf dem Heimweg vom Krankenhaus.* Es war schon vor ein paar Tagen gepostet worden. Aber dann war das Kind fast zwei Wochen zu früh gekommen! Sie hatte Scott und Teresa gerade am vergangenen Sonntag gesehen, bei dem Mai-Treffen, und da hatte nichts darauf hingewiesen, dass bei Teresa am nächsten Tag die Wehen losgehen würden – auch wenn Anna diesbezüglich keinerlei Erfahrungen hatte.

Anna ließ das Handy in ihren Schoß sinken. Vor vier Tagen schon. Warum hatte sie niemand angerufen? Warum hatten sie ihr nichts gesagt?

Sie nahm das Handy wieder hoch und starrte auf das Foto von dem Kleinen.

Spencer. Sie hatten ihn Spencer genannt.

Ihre Kehle schnürte sich zu, und sie fing an zu weinen, dicke, heiße Tränen. Sie wischte sie weg und versuchte verzweifelt, eine Ähnlichkeit zu erkennen, aber das winzige Gesicht war noch so neu, so frisch, dass es noch kaum eigene Züge besaß, ganz zu schweigen von denen eines anderen.

Was sollte sie tun? Offensichtlich hatten Scott und Teresa es in dem Chaos von Wehen, Niederkunft und schlaflosen Nächten noch nicht geschafft, die Leute zu informieren. Oder sie hatten es nicht geschafft, *sie* zu informieren.

Einen Moment lang spürte sie das ungute Ziehen des Misstrauens im Magen, dann ermahnte sie sich, nicht albern zu sein. Die beiden waren übernächtigt und hatten alle Hände voll zu tun, das war alles. Wahrscheinlich dachten sie, sie hätten ihr Bescheid gesagt.

Aber dann fragten sie sich bestimmt, warum sie sich nicht gemeldet hatte, um ihnen zu gratulieren. Anna runzelte die Stirn. Sie wusste nicht, wie sie damit umgehen sollte. Einen Kommentar zu schreiben, der sie auf ihr Versehen hinwies, könnte zickig wirken, aber gar nicht zu reagieren, wäre auch unhöflich. Außerdem sah es dann vielleicht so aus, als wäre sie neidisch.

Oh … Vielleicht hatten sie ihr deshalb nichts gesagt.

Manchmal wirkten Scott und Teresa befangen, wenn etwas deutlich machte, dass sie noch hatten, was Anna genommen worden war, aber sie hätte nicht gedacht, dass die beiden ihr deshalb die Geburt des Babys verschwiegen, zumal angesichts des Namens, den sie ihm gegeben hatten. Hoffentlich dachten sie nicht, dass sie sie beneidete. Obwohl sie es tat, zumindest ein bisschen.

Sie schloss die Augen und drückte das Handy an die Brust. *Nicht nur ein bisschen, Anna. Hör auf, dir etwas vorzumachen.* Manchmal sehnte sie sich so sehr nach dem, was sie hatten, dass es fast körperlich wehtat, aber das bedeutete nicht, dass sie ihnen ihr Glück nicht gönnte.

Sie wischte sich noch eine Träne weg und schaltete ihr Handy wieder ein. Sie würde keinen Kommentar auf Facebook hinterlassen, das erschien ihr zu beiläufig und unpersönlich. Mitten in der Nacht anzurufen war auch keine gute Idee. Sie würde ihnen eine Nachricht schicken. Damit würde sie hoffentlich den richtigen Ton treffen.

Rasch tippte sie ein paar Zeilen. Sie gratulierte ihrer Schwägerin zur Geburt ihres bezaubernden kleinen Jungen und schrieb, dass sie am Wochenende gerne vorbeikommen und ihn sich ansehen würde. Natürlich nur, wenn ihnen ein Besuch recht war.

22.

»Vielen Dank! Der ist wunderschön.« Teresa nahm den Strampler, den Anna ihr mitgebracht hatte, aus dem Geschenkpapier und hielt ihn hoch. »Aber riesig!«

Anna fand, dass er winzig aussah, nickte aber trotzdem. Ihre ganze Aufmerksamkeit war auf das warme, rosige Bündel in ihren Armen gerichtet. Der Kleine sah sie mit seinen graublauen Augen konzentriert an, und sein kleiner Mund bewegte sich. Sie wusste nicht, ob er ihn ausprobierte, um herauszufinden, was er damit machen konnte, oder ob die Bewegungen ungesteuert waren. Es war faszinierend.

»Ist es in Ordnung für dich?«, fragte Teresa. »Ich kann ihn auch wieder nehmen.«

Anna schmunzelte ihrer Schwägerin zu. »Ist es in Ordnung für *dich*, dass ich ihn habe? Ich bin völlig unerfahren, was Babys angeht.«

Teresa nickte. »Um ehrlich zu sein, tut es mal ganz gut. Er ist entzückend, und einerseits kann ich gar nicht genug von ihm kriegen, aber andererseits … Na ja, sagen wir, ich weiß jetzt, wie sich eine Milchkuh fühlt. Der Kleine hat unentwegt Hunger!«

»Wie schwer war er bei der Geburt?«, fragte Anna und wiegte den Kleinen ein wenig, weil er anfing zu zappeln.

»Keine drei Kilo«, erwiderte Teresa. »Was eine ziemliche Überraschung war, nachdem er so lange gebraucht hatte, um rauszukommen! Ich dachte, so ein kleines Baby würde leichter flutschen.«

»Hattest du lange Wehen?«

»Hat Gayle dir das nicht alles erzählt, als sie dich angerufen hat?«

»Äh … Nicht so richtig.« Anna betrachtete angelegentlich das Baby, um dem Blick ihrer Schwägerin auszuweichen.

»Das überrascht mich aber«, sagte Teresa und ließ sich noch tiefer in die Polster des Sessels sinken. »Richard lästert immer wieder, dass sie sogar Passanten auf der Straße anhält, um ihnen die Geburt in allen Einzelheiten zu schildern, gefolgt von seinen Maßen und dem Geburtsgewicht.«

Anna brummelte etwas und zog Grimassen für ihren Neffen.

»Was hast du gesagt?«, fragte Teresa.

»Na ja, sie … Sie hat mich nicht angerufen«, sagte Anna und fügte hastig hinzu: »Oder falls doch, habe ich es nicht mitbekommen.«

Teresa runzelte die Stirn. »Das ist seltsam. Weil Scott und ich so kaputt waren, hat er seine Eltern gebeten, unsere Verwandten und Freunde zu informieren.«

»Wahrscheinlich ist es in all der Aufregung einfach untergegangen«, erwiderte Anna und bemühte sich zu lächeln.

Teresa presste die Lippen zusammen. »Du denkst doch nicht, dass sie das mit Absicht gemacht hat?«

Jetzt blickte Anna doch auf, obwohl das Baby immer unruhiger wurde. »Nein.« Sie schüttelte langsam den Kopf und ignorierte das ungute Gefühl in ihrem Magen. »Welchen Grund sollte sie haben, mir nicht Bescheid zu sagen?«

In dem Moment öffnete der zappelnde kleine Spencer den Mund und fing an zu schreien. Anna sah nervös zu Teresa.

Ihre Schwägerin knöpfte ihre Bluse auf und streckte mit leicht genervter Miene die Arme aus. »Sag ich doch: Milchkuh!« Das Baby verstummte und begann gierig zu saugen. Teresa lehnte sich seufzend zurück. »So, damit sitze ich jetzt die nächste halbe Stunde hier fest – wenn nicht länger.«

»Da Scott zu Sainsbury's geflüchtet ist, soll ich dir einen Tee kochen?«

»Das wäre himmlisch!«, sagte Teresa lächelnd.

Anna lächelte ebenfalls und ging in die Küche. Als sie zurückkam, sagte sie: »Ich bin also nicht die Einzige. Findest du Gayle auch so schwierig?«

Teresa zuckte die Achseln, so gut das mit dem Baby ging. »Ich ertrage sie um Scotts willen. Ja, sie kann anstrengend sein, aber im Grunde ist sie harmlos. Ich versuche einfach, alles an mir abperlen zu lassen.«

Anna setzte sich aufs Sofa und faltete die Hände im Schoß. »Und wie machst du das?« Bei dem einzigen Familientreffen, das seit der Szene mit den Windbeuteln stattgefunden hatte, war es ihr gelungen, ruhig zu bleiben, aber sie hatte festgestellt, dass »nicht reagieren« viel schwieriger war, als es klang.

Teresa überlegte einen Moment und strich dabei sanft über den flaumigen Kopf des Babys. »Ich sehe das so: Ohne Gayle wäre Scott nicht mein Scott. Er ist ihr in mancherlei Hinsicht sehr ähnlich, aber bei ihm ist es nicht so ausgeprägt. Da, wo sie laut und herrisch ist, ist er auf stille Weise entschlossen, aber die Zielstrebigkeit ist dieselbe.«

Anna nippte an ihrem Tee. »Wahrscheinlich hast du recht. Ich dachte immer, Spencer wäre wie sein Dad, entspannt und witzig, aber er hatte diese Zielstrebigkeit auch, und die hat ihm geholfen, das Risiko einzugehen und seinen Traum wahrzumachen.«

Wenn Spencer wie sein Vater gewesen wäre, erkannte sie, hätte er bis zur Pensionierung zufrieden irgendwo im mittleren Management gearbeitet, genau wie Richard. Vielleicht hatte er den Ehrgeiz und die Kreativität tatsächlich von seiner Mutter, obwohl Anna davon bisher nie etwas bemerkt hatte. War Gayle auch eine Träumerin? Schwer vorstellbar.

Teresa richtete den müden Kleinen auf, sodass sein Kinn auf ihrer Schulter lag, und rieb ihm kräftig über den Rücken. Kurz darauf machte er gurgelnd Bäuerchen. »Ich frage mich, wie dieser kleine Mann wohl mal sein wird. Kommt er mehr nach mir oder nach Scott? Oder ist er eine Mischung aus uns allen, kombiniert nach einem Geheimrezept, die ihn einzigartig macht?« Sie sah ihren Sohn mit solcher Liebe an, dass Anna fast die Tränen kamen. »Es ist alles schon da drin«, fuhr Teresa fort. »Alles ist bereits gepflanzt, aber es wird Jahre dauern, bis es sprießt und Früchte trägt.«

Wie schön es sein musste, dachte Anna, mitzuerleben, wie ein Mensch sich auf diese Weise entfaltete.

Teresa blickte zu Anna und sagte mit belegter Stimme: »Meistens hoffe ich, dass er nach seinem Onkel kommt.«

Anna erwiderte nichts darauf. Sie lächelte ihrer Schwägerin nur mit feuchten Augen zu, und dann ging sie zu ihr, um sie zu umarmen. Damit der Moment nicht zu mädchenhaft-rührend wurde, besann sich der kleine Spencer auf das Männlichste, was ihm einfiel, und stieß einen lauten Pups aus. Anna und Teresa sahen sich an und lachten schallend.

Teresa hob ihn hoch und öffnete ein paar Druckknöpfe seines Stramplers, um den Schaden zu begutachten. »Schöne Scheiße«, sagte sie. »Im wörtlichen Sinne. Das Zeug ist aus der Windel gespritzt, und wahrscheinlich ist er bis zum Hals dreckig.« Sie verzog das Gesicht. »An den Teil habe ich mich noch nicht gewöhnt.« Sie stand auf und musterte ihren Sohn mit angewiderter Miene. »Ich muss ihm was Frisches anziehen. Schon das dritte Mal heute, und es ist noch nicht mal Mittag!«

Gerade als Anna sich wieder hingesetzt hatte, klingelte es an der Tür.

»Kannst du bitte mal aufmachen?«, rief Teresa von der Treppe. »Wahrscheinlich ist es wieder ein Blumenstrauß.«

Doch als Anna die Tür öffnete, stand ihre Schwiegermutter vor ihr. »Oh! Du bist es«, sagte Gayle und gab damit genau Annas Gedanken wieder. »Wo ist Teresa? Wo ist das Baby?«

Ich freue mich auch, dich zu sehen, dachte Anna, als Gayle an ihr vorbeieilte, aber in Erinnerung an Teresas Worte hielt sie den Mund. Wer weiß, vielleicht würde sie, wenn sie die Augen zusammenkniff und den Kopf schräg legte, ein winziges Stück von Spencer in Gayle entdecken. Das würde sie eventuell davon abhalten, ihre Schwiegermutter zu erwürgen.

Richard trottete mit Tüten beladen hinterher. Er legte einen Arm um Anna, wobei er sich bemühte, sie nicht mit etwas Großformatigem aus der Babyabteilung von John Lewis zu erschlagen. »Ich glaube, was du eigentlich sagen wolltest, Liebes«, rief er seiner Frau nach, »ist: ›Anna! Was für eine wunderbare Überraschung!‹«

»Ach, ja. Natürlich«, erwiderte Gayle geistesabwesend, während sie ins Wohnzimmer ging. Richard und Anna folgten ihr.

»Ich bin kurz vorbeigekommen«, erklärte Anna. »Teresa ist oben und wechselt die Windeln.«

Wie aufs Stichwort kam ihre Schwägerin wieder die Treppe herunter. »Alles frisch und sauber für Grandma«, sagte sie und gab Gayle, die sich sofort umgedreht und die Arme ausgestreckt hatte, das Baby.

Gayles Gesicht leuchtete auf, als sie ihren Enkel im Arm hielt. »Wie groß er geworden ist!«, rief sie aus.

»Wir haben ihn doch erst gestern gesehen«, wandte Richard ein. »Woher willst du wissen, dass er seitdem gewachsen ist?«

Doch seine Frau hatte nur Augen für das Baby. Sie ging ins Wohnzimmer und setzte sich in die Ecke des Sofas. »Er sieht Spencer so ähnlich!«, sagte sie ganz leise.

Richard stieß ein resigniertes Schnauben aus, wie so oft, wenn seine Frau ein wenig nervig wurde. »Das kommt daher, dass er Spencer *ist.*«

»Nein.« Gayle kitzelte den Kleinen unterm Kinn, sodass er Mund und Augen ganz weit öffnete. »Ich meinte *meinen* Spencer.«

Richard warf Anna einen Blick zu. »Doch wohl eher *unser* Spencer, oder?«

Da tat Gayle etwas vollkommen Bizarres. Sie hob kurz den Kopf und kicherte. »Ach, wie dumm von mir. Natürlich meinte ich *unseren* Spencer.« Sie lächelte ihren Mann an, ohne ihm seine Bemerkung im Geringsten zu verübeln, und dann wurde es noch seltsamer, denn sie wandte ihr Lächeln Anna zu und schloss sie damit in den Scherz ein. »Aber er sieht ihm wirklich ähnlich, findest du nicht?«

In ihren Augen lag so viel Hoffnung, dass Anna brav zu ihr ging und ihren Neffen erneut betrachtete. Sie nahm an, dass er Spencer so ähnlich sah, wie man es von einem Baby behaupten konnte. Er hatte blondes Haar (wenn auch mit einem ganz zarten rötlichen Schimmer) und blaue Augen, und er wusste eindeutig, wie man sich Gehör verschaffte und die Aufmerksamkeit aller Anwesenden auf sich zog. »Ja, schon möglich.«

Gayle lächelte erneut. Anna beschlich der Verdacht, dass das Baby magische Kräfte besaß. Seine Anwesenheit schien seine Großmutter auf erstaunlichste Weise verändert zu haben. Anna erwiderte das Lächeln, und es fühlte sich gut an. Hoffnungsvoll.

Sie konnte es kaum erwarten, Brody davon zu erzählen. Gabi war sehr loyal, aber seit der Sache mit den Windbeuteln war Gayle für sie zur größten Feindin geworden. Es würde eine Weile dauern, bis sie sich mit dem Gedanken anfreunden würde, dass es für Anna gut sein könnte, eine engere Beziehung zu Gayle aufzubauen.

Aber Brody … Brody würde es sofort erkennen. Er würde sich auf seine stille Art mit ihr freuen. Sie konnte sich nicht vorstellen, dass er irgendetwas laut oder hastig tat. Er wirkte immer so in sich ruhend.

Nicht zum ersten Mal fragte sie sich, wer er sein mochte, wenn er nicht ihre Schulter zum Ausheulen war. Womit er zum Beispiel seinen Lebensunterhalt verdiente. Sie wusste, dass er sich gerne draußen aufhielt und ziemlich abgelegen wohnte, vielleicht war er also Bauer oder Förster?

Anna sah zu, wie Gayle abwechselnd den kleinen Spencer betüdelte und Teresa in die Feinheiten der Hightech-Milchpumpe und des Babyphones samt Kamera einführte, die sie mitgebracht hatte, aber nach einer Weile blickte sie auf die Uhr. »Ich muss jetzt mal wieder los«, sagte sie. Sie war seit zwei Stunden hier, und vielleicht war es an der Zeit, Teresas Besuchermenge ein wenig zu reduzieren.

»Es war schön, dich zu sehen«, sagte Richard. Und – Wunder über Wunder – Gayle löste sogar den Blick von Spencer und stimmte lächelnd zu.

Teresa brachte Anna zur Tür, und die beiden umarmten einander. »Lass dich mal wieder blicken«, sagte Teresa, als sie sich voneinander lösten.

»Mache ich.«

»Ich hatte schon immer das Gefühl, dass unsere Männer die Hauptfiguren in der Familie Barry waren«, fügte Teresa hinzu. »Deshalb finde ich, wir ›Statistinnen‹ müssen zusammenhalten.« Sie drückte

Anna noch einmal kurz. Und als Anna zu ihrem Auto ging, rief sie ihr nach: »Sehen wir uns nächsten Sonntag?«

Anna blieb stehen und drehte sich verwirrt um.

»Zum Mittagessen bei Gayle und Richard«, erklärte Teresa.

»Hatten wir nicht gesagt, wir treffen uns ab jetzt nur noch einmal im Monat? Und das nächste Mal ist erst am Tag vor Spencers Geburtstag. Das ist doch noch Wochen hin.«

Teresa wirkte verlegen. »Na ja, schon … Aber irgendwie sind wir wohl wieder zum alten Rhythmus zurückgekehrt.« Annas Miene wurde noch verwirrter, und Teresa sprach hastig weiter. »Ich dachte, du hättest vorletztes Mal keine Zeit gehabt.«

»Vorletztes Mal?«, fragte Anna mit brüchiger Stimme.

Teresa blickte betreten zum Wohnzimmer, von wo Gayles überlautes Babygeplapper herüberschallte. »Wir waren am Zweiten bei ihnen.«

Anna wurde kalt. »Willst du damit sagen, dass die Familientreffen weiter alle zwei Wochen stattfinden, aber ohne mich?«

»Nein. Ich meine, ich weiß nicht … Es war nur das eine Mal. Vielleicht hat Gayle uns ja nur eingeladen, weil ich den dicken Bauch hatte und sie mich vom Kochen befreien wollte?«

»Aber hast du nicht eben gesagt, dass ihr nächste Woche wieder hinfahrt?«

Teresa seufzte. »Sie will halt so viel Zeit mit dem Kleinen verbringen wie möglich.« Sie senkte kurz den Blick und betrachtete die Pflastersteine in der Einfahrt, dann sah sie wieder auf. »Ich glaube nicht, dass es Absicht war, Anna. Wirklich nicht.«

Anna nickte. Sie lächelte Teresa zu, aber diesmal fühlte es sich mechanisch an. Sie drehte sich um und ging zur Straße, wo ihr Auto stand.

Als Brody am frühen Sonntagmorgen auf das Notizbuch starrte, das vor ihm auf dem Schreibtisch lag, rief alles in ihm: *Nichts wie weg!* Am liebsten wäre er zur Hintertür hinausgelaufen, über den Hof und in den sicheren Hafen seiner Werkstatt. Er wollte einen Beitel in seiner Hand spüren und sich in der hirnlosen Arbeit an einem Stück Holz verlieren.

Aber er floh nicht, sondern zog den Schreibtischstuhl heraus und setzte sich. Er saß einen Moment lang da, und als er sich bereit fühlte, schlug er das Notizbuch auf, nahm seinen Füller und drückte die Feder auf das Papier.

Schreib, befahl er sich. *Schreib etwas. Irgendetwas!*

Die Feder setzte sich in Bewegung. Ein Wort begann sich zu formen.

Schmerz.

Brody wusste nicht, woher es gekommen war, aber immerhin war es gekommen. Kein Wort, das er lesen oder über das er nachdenken wollte. Aber es war ein Wort, und er verspürte gleichermaßen Triumph und Unbehagen. Er ließ die Feder wieder laufen.

Trauer … Schuldgefühle … WUT.

Brody starrte auf das, was er gerade geschrieben hatte. Ja, er war wütend, merkte er, aber er wusste nicht, auf wen. Er versuchte es erneut.

Es tut mir leid, es tut mir leid, es tut mir leid …

Sein Herz begann wie wild zu pochen. Bekam er genug Sauerstoff? Er schloss die Augen und holte tief Luft. »Komm schon«, sagte er laut. »Lass den Unsinn. Schreib einen verdammten Satz!«

Er begann wieder zu schreiben. Oder er hatte es vor, aber offenbar hatte sein Unterbewusstsein andere Pläne. Seine Feder begann einen Mann zu zeichnen. Er stand allein da, und als Brody seiner Phantasie freien Lauf ließ, begann sich eine Landschaft um ihn herum zu formen. Hinter ihm erhoben sich schroffe, zerklüftete Berge, und vor seinen Füßen tat sich ein gähnender Abgrund auf. Der Mann starrte in die Tiefe, erkannte Brody. Er starrte schon so lange hinein, dass er vergessen hatte, dass er auch etwas anderes tun konnte.

Zorn wallte in Brody auf, und sein Füller bewegte sich immer schneller, füllte die Umrisse aus, brachte Schatten und Finsternis in die Szenerie. Brody machte weiter, bis das Feuer in ihm erlosch, und als er erneut hinsah, war der Mann verschwunden.

Die Logik sagte ihm, dass er immer noch auf dem Papier war, dass er die Gestalt in seinem Schattierungsanfall nur mit schwarzer Tinte übermalt hatte, aber in seinem Innern wusste er, dass es nicht stimmte. Er wusste, wo der Mann war.

Der Mann war am Boden des Abgrunds.

23.

Die Sonne brannte auf Annas Schultern, als sie die Reisetasche im Kofferraum ihres Autos verstaute. Sie lächelte vor sich hin. Morgen wäre Spencers fünfunddreißigster Geburtstag gewesen, und an diesem Abend würde sie in einem Bungalow in Camber Sands sein, für zwei Nächte. In ihrem Bungalow. Sie war fast enttäuscht, dass die neuen Besitzer ihn renoviert hatten. Auf der Website, über die sie gebucht hatte, standen Dinge wie Trockner, WiFi und Kaminofen. Sie bezweifelte, dass diesmal der Strom ausfallen oder die Heizung gluckern würde. Dennoch hatte sie so die Möglichkeit, auf ihre Weise an Spencer zu denken, ohne dass irgendjemand dazwischenfunkte, und das Wetter versprach geradezu hochsommerlich zu werden. Besser hätte sie es gar nicht planen können.

Nur eine Hürde musste sie noch nehmen, bevor es losgehen konnte: das besondere Geburtstagsfamilientreffen, das Gayle geplant hatte. Anna hatte sich immer noch nicht von der Erkenntnis erholt, dass Teresa und Scott sich weiterhin alle zwei Wochen mit ihren Schwiegereltern getroffen hatten, aber darüber wollte sie heute nicht nachdenken. Sie würde es nicht einmal erwähnen, denn sie träumte von lauer Abendluft, kühlen Wellen, die ihre Zehen umspielten, und seidigem Sand, der vom ablaufenden Wasser zu Riffeln geformt wurde.

Sie musste nur das gemeinsame Essen überstehen, und immerhin fand es im Cinnamon Café statt und nicht bei Gayle und Richard. *Das ist nur der Auftakt*, sagte sie sich, als sie auf den Parkplatz des Restaurants fuhr. *Das eigentliche Ereignis kommt später. Lass während der nächsten ein, zwei Stunden alles an dir abperlen, wie Teresa, und dann kannst du dich auf den Weg machen.*

Wenn sie ehrlich war, tat der Ortswechsel richtig gut. Anna hatte gar nicht gemerkt, wie eingefahren und gleichförmig die Sonntage bei Gayle und Richard geworden waren. Als sie ihre Schwiegerfamilie begrüßte, wurden sie zu einem runden Tisch geführt – keine Möglichkeit, die üblichen Plätze einzunehmen –, und die leckeren, ausgefallenen indischen Gerichte, die sie bestellten, schienen sie alle in gute Laune zu versetzen, sogar Gayle, und selbst wenn das nicht genügt hätte, hätte sie sich jederzeit gurrend über ihren neuen Enkel beugen können, der im Kinderwagen neben dem Tisch lag und schlief.

Als der Kaffee serviert wurde, begann Anna die Sekunden zu zählen, bis sie zur Restauranttür hinausgehen konnte. Sie konnte an nichts anderes denken als an die Reisetasche im Kofferraum ihres Autos. Deshalb merkte sie erst, als Gayle sich räusperte, dass eine große, flache Mappe auf dem Tisch lag.

»Ich habe beschlossen, euch allen zum Anlass von Spencers Geburtstag ein kleines Geschenk zu geben, etwas Besonderes.« Gayle klopfte auf die Mappe, dann öffnete sie sie und reichte Scott und Anna jeweils eine großformatige weiße Karte mit Goldprägung, wie sie professionelle Fotografen verwendeten. Hatte Gayle ihnen allen ein Foto von Spencer vergrößern lassen? Meine Güte. Das war ja richtig nett von ihr. »Vielen Dank«, sagte Anna voller Wärme, als sie ihre Karte aufschlug, um sich das Bild anzusehen. Das konnte sie mit nach Camber Sands nehmen und auf den Kaminsims stellen.

Gayle schien sich sehr über das Lob zu freuen und plusterte sich ein wenig auf. »Der Mann, der die Abzüge gemacht hat, hat das Foto auf dem Computer sogar noch ein bisschen bearbeitet. Toll, oder? Richard und ich haben uns auch eins vergrößern lassen, fürs Wohnzimmer, mit einem sehr schönen Rahmen.«

Anna betrachtete ihr Geschenk und war unsinnigerweise stolz, weil Gayle eine Porträtaufnahme von Spencer aus ihrem Hochzeitsalbum gewählt hatte. Doch als sie sich das Bild genauer ansah, wurde ihr plötzlich kalt im Magen. Sie kannte jedes einzelne Foto ihres Hochzeitsalbums in- und auswendig, und so erkannte sie natürlich auch diese Aufnahme. Aber etwas stimmte nicht.

Der kleine Spencer regte sich, und Teresa stand auf und nahm ihn auf den Arm, während sie und Gayle darüber sprachen, ob die beiden Brüder sich als Kinder ähnlicher gesehen hatten oder als Erwachsene. Anna legte den Kopf schräg und kniff die Augen ein wenig zusammen. Was war es nur …? Fehlte da etwas? Es war, als versuchte sie, ohne Brille einen Faden in die Nadel zu fädeln.

Und dann begriff sie.

Sie fehlte auf dem Foto.

Sie sprang so abrupt auf, dass sie ihren Milchkaffee nicht nur über ihre cremeweiße Bluse schüttete, sondern auch über das lächelnde Gesicht ihres toten Ehemanns.

Das war kein Einzelporträt von Spencer an ihrem Hochzeitstag, aufgenommen vor dem Gottesdienst, sondern eine Aufnahme von ihr und Spencer *nach* der Zeremonie. Da war der Beweis: ein paar helle Konfettischnipsel auf seiner Schulter.

»Bearbeitet«, hatte Gayle gesagt. Ja, mit Photoshop.

Sie hatte Anna aus dem Bild entfernen lassen.

Anna knallte ihre Haustür hinter sich zu und stapfte die Treppe hoch. Eigentlich hatte sie vorgehabt, direkt vom Restaurant aus nach Camber Sands zu fahren, aber nach diesem grässlichen Essen musste sie erst noch etwas erledigen.

Sie ging ins Schlafzimmer, zog ihre mit Kaffee bekleckerte Bluse aus und warf sie auf den Boden, dann riss sie den Schrank auf. Nicht ihren, sondern Spencers. Sie griff sich das erste Hemd, das sie in die Finger bekam. Es war das kragenlose aus weißem Leinen, das sie ihm im Sommer vor ein paar Jahren geschenkt hatte. Sie zog es über ihren BH, dann drehte sie sich um und lief wieder nach unten.

Das war ganz allein Gayles Schuld! Diese Frau hatte alles ruiniert. Wieder einmal.

Und sie würde nie wieder zu einem dieser gottverdammten Familientreffen gehen. Aber vermutlich war sie bei ihren Schwiegereltern ohnehin nicht mehr willkommen.

Anna steuerte zielstrebig auf die Küche zu. Sie öffnete den Gefrierschrank, bückte sich und zog die unterste Schublade heraus, in der alles landete, was schon uralt und mit einer dicken Eisschicht überzogen war. Dazwischen lag eine Tupperdose, deren Inhalt leise rappelte, als sie danach griff. Bei dem Geräusch verspürte sie eine Mischung aus Wut und freudiger Erregung.

Sie richtete sich auf und blickte sich um. Nein, hier war nicht der richtige Ort.

Sie ging mit der Dose hinüber in das große Wohn- und Esszimmer und stellte sich mit dem Rücken zum Erkerfenster, das zur Straße hinaus zeigte. Von hier aus hatte sie jede Menge Platz bis zur Terrassentür, die genau gegenüber lag. Perfekt.

Sie löste den Deckel von der Dose und nahm einen der zwölf Windbeutel heraus. Er fing sofort an zu bröseln. Obwohl die Kälte an ihren Fingerspitzen brannte, hielt sie ihn fest und konzentrierte sich ganz auf einen Punkt am anderen Ende des Zimmers. Dann holte sie aus und warf ihn mit aller Kraft darauf zu.

Einen atemberaubenden Moment lang flog er durch die Luft, dann knallte er gegen die Fensterscheibe und explodierte in tausend winzige Stücke. Fast hätte Anna laut aufgelacht. Dann griff sie sich den nächsten und warf ihn ebenfalls gegen die Scheibe.

Der zweite explodierte nicht ganz so dramatisch, aber es war trotzdem ein befriedigendes Gefühl, vor allem als die gefrorene Füllung mit einem dumpfen *Plopp* auf dem Boden landete. Danach gab es kein Halten mehr. Sie feuerte einen Windbeutel nach dem anderen ab, bis die Dose leer war und das hintere Ende des Wohnzimmers aussah wie nach einem Massaker bei einer Siebzigerjahre-Dinnerparty.

Anna ließ die leere Tupperdose auf den Boden fallen. Sie dachte nicht einmal daran, den Staubsauger oder Handfeger und Schaufel zu holen, sondern marschierte lächelnd hinaus, stieg ins Auto und machte sich auf den Weg nach Camber Sands.

24.

Die einzigen Geräusche waren das leise Rascheln des Dünengrases und der gedämpfte rhythmische Bass aus dem Pub weiter unten an der Bucht. Das Meer lag vollkommen glatt da, und nur ein zarter Windhauch strich über die Dünen hinter ihrem kleinen gelben Bungalow.

Aus dem Wohnzimmer drang nur das schwache Licht der Tischlampe heraus, während sie im Schlafanzug an dem kleinen metallenen Bistrotisch im Garten saß, die Finger um den Stiel eines Weinglases gelegt. Es war schon nach Mitternacht, und die Luft wurde kühl, deshalb hatte sie sich eine dicke Strickjacke und warme Socken übergezogen.

Über ihr funkelten die Sterne. Ohne den Lichtschein der Londoner Vorstädte waren so viele zu sehen, dass es ihr den Atem verschlug. Zum ersten Mal seit Jahren, und vor allem seit drei Jahren, drei Monaten und vier Tagen fühlte Anna sich ganz ruhig. Voller Stille. Es war himmlisch.

Aber auch seltsam, in Anbetracht des Tages, den sie hinter sich hatte. Manchmal war das Leben schon komisch.

Vor ihr auf dem Tisch lag ihr Handy. Sie tippte darauf, um zu sehen, wie spät es war. Ob er noch wach war? Sollte sie es versuchen? Ihr Finger schwebte ein paar Sekunden über dem Bildschirm. Sie würde es doch sowieso tun, also worauf wartete sie? Er war doch immer da, wenn sie ihn brauchte.

Als er abnahm, hielt sie sich nicht mit Begrüßungsfloskeln auf. »Sie haben mir doch neulich gesagt, ich sollte nicht reagieren, was meine Schwiegermutter angeht.«

»Ja, und?«, fragte Brody vorsichtig.

»Ich bin kolossal gescheitert.«

»Oh.«

Ja, *oh.*

Und: *Großer Gott! Was hast du getan? Was hast du dir bloß dabei gedacht?* Das hatte sie sich ungefähr hundertmal gefragt, seit sie nachmittags das Cinnamon Café verlassen hatte. Doch Brody schwieg, gab ihr wie immer Zeit und Raum, ihre Geschichte in ihrem eigenen Tempo zu erzählen.

Sie schilderte ihm das Mittagessen, bei dem sie sich so wacker geschlagen hatte, ruhig geblieben war und nichts gesagt hatte, dann kam sie zu der Sache mit Spencers Porträt. »Und als ich das Foto ansah, traf es mich plötzlich wie ein Schlag auf den Kopf. Sie hat mich entfernen lassen, Brody! Wie einen Fleck.«

Seit Monaten schon versuchte sie, das eigenartige Gefühl zu benennen, das sie in Gayles Gegenwart jedes Mal verspürte, diesen Eindruck, dass ihre Schwiegermutter sie gleichzeitig bei sich haben und wegstoßen wollte, und plötzlich begriff sie.

»Sie ist eifersüchtig. Sie ist wütend auf mich, weil sie Spencer nicht für sich allein haben kann. Weil er auch mir gehört hat, und das erträgt sie nicht.«

»Und dann haben Sie *reagiert.*«

Anna vergrub das Gesicht in der Hand, und bei der Erinnerung wurde ihr ganz heiß. »Ja«, murmelte sie zwischen ihren Fingern hindurch. »Das kann man wohl sagen.«

Wieder drängte Brody sie nicht. Er wartete einfach, bis sie so weit war. Sie ließ die Hand sinken und sprach weiter. »Sie hat Feuer an meine Lunte gelegt, und ich bin explodiert. Ich habe Kaffee über meine Bluse und ihr schönes ›verbessertes‹ Hochglanzfoto geschüttet – das allein wird sie mir niemals verzeihen! –, und dann bin ich aufgestanden und habe ihr gesagt, dass das, was sie getan hat, ganz und gar nicht in Ordnung war.« Anna kaute einen Moment auf ihrer Unterlippe. »Okay, ›gesagt‹ ist vielleicht ein bisschen untertrieben. Ich habe wohl eher gebrüllt.«

»Wirklich? Mitten im Restaurant?«

»Wehe, Sie lachen! Das ist nicht witzig!«

»Nein«, erwiderte er, aber sie hörte die Heiterkeit in seiner Stimme.

»Und natürlich haben mich alle angestarrt, als wäre ich übergeschnappt – sogar Scott und Teresa, weil sie ja nicht wussten, was los war. Sie sahen, dass es ein Foto von der Hochzeit war, aber nicht, was Gayle getan hatte … Und warum macht sie so was überhaupt?« Anna wusste, dass sie hin und her sprang, einen neuen Gedanken begann, bevor sie den davor beendet hatte, aber ihr Gehirn wollte einfach nicht stillhalten. »*Warum?* Es gibt jede Menge schöne Fotos von ihm allein, am gleichen Tag aufgenommen.«

»Was glauben *Sie*, warum sie es getan hat? Haben Sie eine Idee?«

Anna starrte auf die dunklen Umrisse der Dünen jenseits des Gartens. »Weil es perfekt war, das hat sie zumindest gesagt. Und bei Gayle dreht sich alles um Perfektion und Kontrolle.« Sie stieß einen lauten Seufzer aus. »Ich hatte es so *satt*, mich von ihr kontrollieren zu lassen. Ich hab's einfach nicht mehr ertragen. Und als sie mich wieder auf ihre typische Art angesehen und gesagt hat, ich wäre undankbar, bin ich ausgerastet.« Bei der Erinnerung an die schockierten Gesichter der restlichen Familie wurde ihr schon wieder ganz heiß.

»Sie wusste ganz genau, was sie getan hatte, Brody. Sie wusste, was ich meinte. Ich konnte es in ihren Augen sehen. Aber sie hatte nicht mal so viel Anstand, verlegen zu sein. Deshalb habe ich ihr ins Gesicht gesagt, dass sie ein kaltherziges, manipulatives Miststück ist und dass ich froh bin, dass Spencer tot ist, weil ich sie dann nie wieder sehen muss.«

Anna schluckte. In dem Augenblick hatte sie sich großartig gefühlt, fast euphorisch. Aber wenn sie jetzt daran zurückdachte, wurde ihr übel. »Ich bin zu weit gegangen, stimmt's? Das ist mein Problem, schon immer. Ich steigere mich so weit in irgendwas hinein, dass ich nicht mehr klar denken kann, und dann sage ich Dinge, die ich besser nicht sagen sollte und die ich auch gar nicht so meine.«

»Sie haben also nicht gemeint, dass sie ein kaltherziges, manipulatives Miststück ist?« In Brodys Stimme lag wieder ein Schmunzeln, aber Anna ignorierte es.

»O doch. Das habe ich genau so gemeint.«

Da rutschte ihm dann doch ein Lachen heraus.

»Aber ich hätte nicht sagen sollen, dass ich froh bin, dass Spencer tot ist. Darüber könnte ich niemals froh sein.« Sie verstummte, und ihre Gedanken wanderten in eine traurigere Richtung.

»Anna?«

»Ja?«, sagte sie leise.

»Wie fühlen Sie sich jetzt?«

Anna rutschte auf dem Metallstuhl herum und zog die Strickjacke enger um sich. »Seltsam. Ich dachte, ich würde aufgewühlt sein, aber … Es gibt Momente, da schlägt die Wut wieder in mir hoch, wenn ich darüber nachdenke, aber in meinem Herzen …« Sie legte die Hand auf ihre Brust und fühlte den gleichmäßigen Schlag, den unbeirrbaren Puls des Lebens. »Ich fühle mich … besser. Frei. Aber vielleicht ist das auch nur das Zentrum des Orkans. Vielleicht habe ich einfach keine Kraft mehr, irgendetwas anderes zu fühlen, und morgen geht alles wieder mit rasender Kraft los.«

»Ja, kann sein«, erwiderte er, aber diese Aussicht schien ihn nicht im Geringsten zu beunruhigen, und das tröstete Anna. Sie beschloss, die Ruhe zu genießen, auch wenn sie nicht von Dauer sein würde.

»Und was wollen Sie jetzt tun?«

Das war eine sehr gute Frage. Plötzlich schien alles möglich zu sein. Sie kam sich vor wie ein Rennpferd, sorgfältig ausgebildet und trainiert, das tänzelnd auf der Bahn stand, und nun war endlich der Schalter umgelegt worden, und die Tür ging auf. Es war Zeit loszulaufen. Nach vorne.

»Ich weiß es nicht«, antwortete sie ehrlich. »Ich bin in Camber Sands. Ich wollte mal von allem weg und den Kopf klarkriegen, was vermutlich eine gute Idee ist … Meine Schwägerin hat mir Nachrichten geschickt, aber ich bin noch nicht bereit, sie zu lesen, geschweige denn, darauf zu reagieren. Vielleicht morgen.« Sie atmete aus, und der letzte Rest Anspannung löste sich. Mit einem Mal war sie nach all der Unruhe und Überdrehtheit unendlich müde. »Danke, Brody. Wieder einmal. Fürs Zuhören.«

Diesmal lag kein Lächeln in seiner Stimme, als er antwortete. Sie klang rau und ein wenig belegt. »Gern geschehen. Jederzeit wieder.«

Anna gähnte. Sie musste ins Bett, aber sie mochte das Gespräch noch nicht beenden. »Ich glaube, ich habe einen Post-Adrenalin-Zusammenbruch oder so was in der Art.« Sie gähnte erneut, und ihre Lider wurden ganz schwer. »Das klingt jetzt vielleicht ein bisschen seltsam, aber was soll's – ich bin heute so weit über meine Grenzen gegangen, dass ich gar nicht mehr weiß, was ich tue … Würde es Ihnen etwas ausmachen, wenn ich noch nicht auflege, sondern mein Handy noch ein bisschen mit mir herumtrage, aber ohne etwas zu sagen?«

Es dauerte einen Moment, bis er antwortete. »Wenn Sie wollen.«

»Danke, Brody. Bis zum nächsten Mal …«

Anna schob das Handy in die eine Tasche ihrer Strickjacke, dann griff sie in die andere und holte einen Zettel heraus. Sie faltete ihn auseinander und las noch einmal, was dort stand. Ihre Idee war ziemlich spontan, passte also ganz und gar nicht zu ihr, aber sehr gut zu Spencer. Und es war genau das Richtige, um den Geburtstag ihres Mannes zu begehen.

Mit einem erneuten Gähnen stand sie auf, ging hinein und schloss die Terrassentür. Bevor sie sich in das weiche Doppelbett legte, nahm sie ihr Handy aus der Tasche und überlegte, wo sie es hinlegen sollte. Das Kissen neben ihrem wirkte in letzter Zeit immer so leer, und so legte sie es darauf, dann kroch sie unter die Decke und fiel in einen tiefen erholsamen Schlaf.

Brody griff nach dem Beitel und begann geschickt das Holzstück nach der groben Zeichnung zu formen, die vor ihm auf der Werkbank lag. Es war Wochen her, seit er sich mit dem Füllhalter in der Hand an den Schreibtisch gesetzt und darauf gewartet hatte, dass die Worte kamen, aber an diesem Morgen hatte er es erneut versucht, noch vor Tagesanbruch. In der Nacht hatte er einen Traum gehabt, an dessen Einzelheiten er sich nicht mehr erinnern konnte, aber beim Aufwachen war er voller Energie gewesen. Inspiriert. Er hatte wirklich gedacht, heute wäre der große Tag, aber er hatte sich geirrt.

Oder jedenfalls fast.

Wie zuvor hatte er mit einem Wort begonnen – dem, das Anna bei ihrem Gespräch genannt hatte: »Frei.« Und dann hatte er seine Phantasie von der Leine gelassen, wie er es seit Jahren nicht mehr gewagt hatte, weil da immer die Angst war, dass sie in dieselbe furchtbare Richtung laufen würde. Andere Worte waren hinzugekommen: *mutig, stark, gut* … Und wie beim letzten Mal, als seinem rostigen Gehirn nichts mehr eingefallen war, hatte sein Füllhalter einfach etwas auf das cremeweiße Papier seines Notizbuchs gemalt. Brody war kein großer Künstler, aber er war talentiert genug, um eine Idee so zu skizzieren, dass etwas Erkennbares dabei herauskam, selbst wenn es nur ein vages Bild aus einem Traum war, an den er sich nicht mehr erinnerte.

Er hatte eine Frau gezeichnet. Oder, genauer gesagt, eine Elfe, ähnlich wie die bei Moji im Geschäft. Vielleicht wollte sein Unterbewusstsein ja, dass er noch eine schnitzte. Er würde sie Moji geben, und sie konnte sie verkaufen. Es war das Mindeste, was er tun konnte, nachdem sie die ganzen Jahre über so nett zu ihm gewesen war.

Als er mit der Zeichnung fertig war, hatte er sich direkt in die Werkstatt begeben, um loszulegen. Lewis war ihm gefolgt, ein wenig verwirrt, weil es kein Frühstück gab, und nun waren sie beide hier, im kalten Licht der Neonröhren, bis es richtig hell wurde – Lewis in seinem Körbchen in der Ecke und Brody über die Werkbank gebeugt, wo er versuchte, diesen kleinen Funken Inspiration lebendig werden zu lassen.

Brody summte vor sich hin. Er bemühte sich, nicht allzu viel darüber nachzudenken, was er tat, um dieses nahezu vergessene Gefühl von kreativem Fluss nicht zu stören. Er blickte sogar kaum auf seine Zeichnung, denn er hatte das Bild klar vor Augen.

Doch als er schon fast bei der Feinarbeit war, als Körper, Kleid und Gesicht fertig geformt waren, erkannte Brody, dass er irgendwo einen falschen Abzweig genommen hatte. Die kleine Figur, nur etwa fünfundzwanzig Zentimeter hoch, ähnelte durchaus der Zeichnung, aber es gab auch ein paar wesentliche Unterschiede.

Zunächst einmal war sie keine Elfe. Sie trug ein Kleid, aber es war schlicht und gerade geschnitten, keine weiten Ärmel oder keltischen Muster. Ihr Haar war zwar lang, aber es reichte nur bis zu ihren Schultern, nicht bis über den Po. Und wäre es ihm möglich gewesen, ihr Haar beiseitezuschieben, hätte er vermutlich festgestellt, dass ihre Ohren nicht spitz waren, sondern klein und rund.

Seine hölzerne Figur war ein Mensch. Oder vielleicht nur zur Hälfte, denn sie hatte auch etwas Unirdisches an sich.

Wer war sie?

Die Antwort kam unvermittelt aus seinem Traum, ein Bild, das blitzartig aus seinem Unterbewusstsein hervorschoss und alle Synapsen in seinem Gehirn wachrüttelte wie ein elektrischer Schlag. Plötzlich wusste er genau, wer sie war. Ihm wurde heiß, und seine Haut schrumpfte, als wäre sie drei Nummern zu klein.

Es war einer von *diesen* Träumen gewesen; das nahm er zumindest an, denn in dem winzigen Stück, das wieder aus dem Nebel aufgetaucht war, lag er mit ihr zwischen zerknüllten weißen Laken. Er erinnerte sich an das Gefühl von Haut an Haut, an die Erregung, ihr so nahe zu sein. Oder dem Bild, das er sich von ihr gemacht hatte.

Anna …

Falls der Traum noch eindeutigere Stellen zu bieten hatte, waren sie ihm entfallen. Doch woran er sich erinnerte, war ihr Lachen. Und die Art, wie sie ihn angesehen hatte. In ihren Augen war spitzbübische Freude gewesen, aber auch noch etwas anderes, Tieferes. Er hatte sich erkannt gefühlt. Angenommen.

Er legte die Holzfigur weg, obwohl sie noch nicht fertig war. Seine Brust schmerzte, und er presste die Hand darauf, überzeugt, dass ihm wieder eine Panikattacke drohte, doch zu seiner Überraschung spürte er, dass sein Herz ganz ruhig und gleichmäßig schlug. Das hier war keine Fehlzündung seines Nervensystems, das ihn vor einer Gefahr warnte, die gar nicht existierte. Es war etwas viel Gefährlicheres.

Es war Sehnsucht.

Verlangen.

Nach etwas, das er nicht haben konnte. Nach etwas, von dem er sich geschworen hatte, nie wieder danach zu suchen, denn nach den Fehlern, die er gemacht hatte, verdiente er es nicht. Und selbst wenn er so töricht gewesen war, sein Herz noch einmal zu öffnen, wäre es eine ganz schlechte Idee. Nicht nur für ihn selbst, sondern auch für die arme Frau, die er mit in diesen Abgrund zog. Das würde er niemandem antun wollen, der ihm etwas bedeutete.

Er merkte, dass er es die ganze Zeit vermied, seine Figur anzusehen, und zwang sich dazu, sie zu betrachten. Er sah die großen Augen mit dem verlorenen Blick, der sie traurig wirken ließ, aber auch die Ahnung eines Lächelns, das jeden Moment auf ihren Lippen erscheinen konnte. *Du bist nicht echt*, sagte er in Gedanken zu der Figur. *Du bist nur ein Produkt meiner verdorbenen Phantasie. Ein übler Streich meines Unterbewusstseins.*

Egal. Er würde sie ja nicht behalten. Sie war für Moji. Doch als er die Figur wieder in die Hand nahm, um sie fertigzustellen, hielt er inne. Sie war nicht die Elfe, um die Moji gebeten hatte, und jetzt konnte er nichts mehr daran ändern.

Er starrte sie eine Weile an, dann stellte er sie auf das Regal über der Werkbank, wo einige seiner Werkzeuge lagen, und griff nach einem neuen Holzstück. Er zog das Notizbuch näher heran und konzentrierte sich auf die Zeichnung. Diesmal würde er sich an die Vorlage halten.

25.

Der Schutzhelm saß eng über ihren Ohren und dämpfte ein wenig das Dröhnen der Motoren und das Quietschen der Reifen. Anna stand zitternd am Rand der Rennbahn von Brands Hatch. Vor zwei Stunden war sie mit Spencers Gutschein dort aufgekreuzt, in der Hoffnung, dass sie heute noch etwas freihatten, und eben war die Nachricht gekommen, dass jemand anders abgesagt hatte. Allerdings war die Warterei nicht gerade förderlich für ihre Nerven gewesen. Gabi wäre bestimmt begeistert, aber nun, da es ernst wurde, hätte Anna am liebsten einen Rückzieher gemacht.

Ein Rennwagen raste in schwindelerregendem Tempo an ihr vorbei. Sie faltete die Hände, schloss die Augen und betete. *Bitte mach, dass ich das hier überlebe …*

»Anna Barry?«, rief jemand.

Als Anna die Augen wieder öffnete, stand ein Typ vor ihr, der kaum alt genug aussah, um einen Führerschein zu haben. »Ja?« Sie wünschte, sie hätte eine Flasche Wasser (oder besser noch etwas Stärkeres) bei sich, denn plötzlich war ihre Kehle ganz trocken.

»Sie sind dran«, sagte er und deutete auf den schnittigen, metallicgrauen Aston Martin, der brummend ein paar Meter entfernt stand.

Lieber Gott, bist du noch da?, flehte Anna, während sie in den Fahrersitz aus weichem Leder glitt. *Wenn du dafür sorgst, dass ich diese Runde heile überstehe, dann … dann … Keine Ahnung, sagen wir einfach, du hast was bei mir gut, ja?*

Sie zog die Tür zu, legte den Sicherheitsgurt an, und als Ade, der halbwüchsige Fahrlehrer, auf dem Beifahrersitz saß, löste sie die Handbremse und fuhr vorsichtig los.

Ade ließ ihr das Schleichtempo ungefähr zehn Sekunden lang

durchgehen, dann befahl er ihr, Gas zu geben. Es waren noch andere Wagen auf der Rennstrecke, und anscheinend war es gefährlich, mit der Geschwindigkeit eines Tretautos zu fahren.

Oh, wie hätte Spencer gelacht, wenn er sie jetzt hätte sehen können!

Anna biss die Zähne zusammen und packte das Steuer fester. Ade saß mit breitem Grinsen auf dem Beifahrersitz, als wäre das Ganze ein großer Witz. Genau wie Spencer es getan hätte. Aber irgendwie fand Anna das keineswegs sympathisch, sondern extrem nervig.

Überrascht merkte sie, dass sie schneller fuhr.

»Schon besser!«, sagte Ade mit süffisanter Miene. »Und jetzt in der Kurve ein bisschen vorsichtig mit dem Gas …«

Während der nächsten zehn Minuten hatte Anna keine Zeit, über irgendetwas anderes nachzudenken. Sie brauchte ihre ganze Konzentration, um Ades Anweisungen zu folgen und die berüchtigten Haarnadelkurven zu meistern. Er sagte ihr, wann sie sich an die weiße Linie am Fahrbahnrand halten und wann sie Gas geben sollte, und er drängte sie ständig, schneller zu fahren, als sie wollte.

Das Schlimmste war, in den Kurven *nicht zu bremsen.* Jedes Mal sackte Anna das Herz in die Hose, und sie hätte am liebsten die Augen zugekniffen, obwohl es das Dümmste war, was sie hätte tun können … Und dann sollte sie beim Herausfahren aus der Kurve auch noch beschleunigen! Ihr Gehirn und ihr ganzer Körper schienen nur noch ein Bündel überreizter Nerven zu sein, und all ihre Gefühle, die sie so lange gedämpft und betäubt hatte, brachen plötzlich mit voller Kraft hervor. Das wäre vielleicht sogar gut gewesen, hätte die nackte Angst nicht alles überlagert. Die Erleichterung war unermesslich, als sie nach drei Runden wieder in die Box fuhren.

Dem Himmel sei Dank. Sie öffnete die Tür und löste den Kinnriemen ihres Helms.

»Noch nicht«, rief Ade ihr von der anderen Seite des Wagens zu.

»Was?«, brüllte Anna.

Ade kam um den Wagen herum. »Sie sind noch nicht fertig.«

»Nicht?«

Er grinste sie wieder auf diese freche Art an, und Annas Blutdruck erreichte einen neuen Tageshöchststand. »Nein. Zu Ihrem Paket gehört auch eine Highspeed-Runde als Beifahrerin.«

Anna schüttelte zögernd den Kopf. »Ich … ich glaube nicht …«

»Sie haben doch dafür bezahlt«, erwiderte Ade mit einem herausfordernden Funkeln in den Augen.

Ihr wurde ein wenig flau. Genauso hätte Spencer sie in einer solchen Situation angesehen, voll jungenhafter Arroganz, überzeugt davon, dass er in allem recht hatte. Unwillkürlich dachte sie daran, was er getan hätte, wenn er den Gutschein, wie geplant, selbst hätte einlösen können. Sie sah förmlich vor sich, wie er aus dem Fahrersitz sprang, sich in den Beifahrersitz warf und auf das Armaturenbrett schlug, damit Ade in die Gänge kam.

Du willst jetzt wirklich, dass ich das tue, stimmt's?, sagte sie in Gedanken. Sie wusste nicht, ob es an Spencer, Gott oder ihr Gewissen gerichtet war, aber die Antwort kam klar und deutlich.

Ja.

Sie hob das Kinn, sah Ade an und schloss den Kinnriemen wieder. »Na, dann los.«

Drei Minuten, länger dauerte eine Runde auf der Rennstrecke nicht, aber Anna war jede einzelne Sekunde davon überzeugt, dass sie mit Spencer wiedervereint werden würde. »O Gott! Ich will nicht sterben!«, wimmerte sie, als sie eine weitere Kurve mit gefühlten dreihundert Stundenkilometern nahmen, obwohl Ade ihr auf der Geraden geduldig erklärt hatte, dass die Kurven zu schnell aufeinanderfolgten, als dass der Wagen seine Höchstgeschwindigkeit hätte erreichen können. Doch als sie in die nächste Kurve schossen, kamen Anna Zweifel.

Sie bemühte sich, nicht aufzuschreien oder sich irgendwo festzuhalten, denn sie hatte schon gemerkt, dass es Ade nur dazu verleitete, noch mehr Gas zu geben. Wenn sie aus diesem Auto rauskam und ihre Beine wieder funktionierten, würde sie ihm einen saftigen

Tritt in den Hintern verpassen. Dem würde das Grinsen schon noch vergehen!

In der Kurve drückte die Fliehkraft sie gegen die Tür, ihr Kopf wurde hin und her geworfen wie der einer Puppe, und sie hatte kaum Luft geholt, da beschleunigte Ade auf dem geraden Abschnitt schon wieder. Grau und Grün flogen verschwommen am Fenster vorbei. Als sie zu Ade hinübersah, lachte er aus vollem Herzen.

»Nur noch eine Kurve«, rief er, als sie die Augen schloss und wieder anfing zu beten. Sie spürte, wie sie in den Sitz gedrückt wurde, als er das Gaspedal durchtrat.

Doch mit geschlossenen Augen war es noch schlimmer, wie in einer Waschmaschine beim Schleudergang, und so öffnete Anna sie rasch wieder – nur um zu sehen, dass sie direkt auf eine Sicherheitsbarriere zurasten. Die Hinterräder gerieten ins Rutschen, und sie hielt sich panisch am Armaturenbrett fest. Mittlerweile war es ihr egal, ob Ade ihre Angst mitbekam, denn sie konnten unmöglich noch schneller fahren.

Zu ihrer großen Erleichterung sah sie die Zuschauertribüne näherkommen, was bedeutete, dass sie gleich die Ziellinie erreichten. Doch dann schrie sie laut auf, denn Ade brachte den Wagen nicht sanft zum Stehen, sondern zog ruckartig die Handbremse an, sodass sie eine Hundertachtzig-Grad-Drehung vollführten und ihr Magen einen doppelten Salto schlug.

Obwohl der Wagen nun stand, drehte sich alles weiter, doch das war Anna egal. Zitternd tastete sie nach dem Türgriff, und beim vierten Versuch erwischte sie ihn endlich und fiel fast aus dem Auto auf den Asphalt.

Sie beugte sich vornüber, die Hände auf die Knie gestützt, und rang gierig nach Luft. Seltsamerweise musste sie plötzlich lachen. Und dann konnte sie gar nicht mehr aufhören. Vielleicht waren es die Endorphine oder das Adrenalin oder einfach nur ganz normaler Irrsinn, aber sie ließ sich einfach auf die Fahrbahn fallen und lachte, bis sie nicht mehr konnte.

Ade kam herum, um ihr hochzuhelfen.

Es brauchte zwei Anläufe, bis Anna wieder stand, weil sie so kicherte, aber als sie es geschafft hatten, trafen sich ihre Blicke. Er nickte ihr zu, und *vielleicht* lag in dieser kleinen Geste eine Spur Anerkennung. »Sie sind also nicht tot«, sagte er.

»Nein«, erwiderte sie. »Im Gegenteil. Ich bin äußerst lebendig.«

Ade grinste nur.

Annas Lachen versiegte, und sie kniff die Augen zusammen. »Was ganz sicher nicht Ihr Verdienst ist«, fügte sie hinzu. Doch anstatt ihn windelweich zu prügeln, wie sie vorgehabt hatte, gab sie ihm einen dicken Schmatzer auf die Wange und ging davon.

26.

Brody stand in seinem Garten, umgeben von den Gerüchen und Geräuschen der Dämmerung. Ab und an flatterte eine Fledermaus zwischen den Bäumen und den Dachvorsprüngen seiner Nebengebäude hindurch. Es war schon nach zehn, aber der Himmel schimmerte noch rosig.

Sein Handy klingelte, und er zog es aus der Tasche seiner Jeans. Er ließ es nicht mehr bis spätabends auf dem Schreibtisch liegen, um sich dann davorzusetzen und darauf zu warten, dass es klingelte, sondern er trug es jetzt immer bei sich, nur für alle Fälle. Und es hatte sich gelohnt. Lächelnd hob er es ans Ohr.

»Ich hab's getan, Brody! Ich hab's wirklich getan!«

Brody schmunzelte. Was auch immer sie getan hatte, was auch immer sie so begeisterte, er freute sich, dass sie es ihm erzählte. Und nach dem Klang ihrer Stimme zu urteilen, war er der Erste, dem sie es erzählte. In seinem Herzen flackerte eine kleine Flamme der Hoffnung auf, doch er löschte sie sofort wieder. Es bedeutete etwas, aber nicht das.

»Was haben Sie getan?«, fragte er, doch bevor sie antworten konnte, schoss ihm ein Gedanke durch den Kopf. »Sie haben den Gutschein eingelöst. Sie waren auf der Rennbahn.«

Anna schnappte nach Luft. »Woher wissen Sie das?«

»Ich hab's mir einfach gedacht. Und, hat es Spaß gemacht?«

»Nein! Ich dachte, ich müsste sterben!« Sie fing an zu lachen, und es klang ein klein wenig überdreht. »Aber trotzdem hat es irgendwie auch Spaß gemacht. Nicht das eigentliche Erlebnis, aber das Gefühl hinterher.«

»Was war das für ein Gefühl?«

»Ich fühlte mich voller Energie. Und … wach.«

Er wusste, dass sie die Wahrheit sagte, denn er hörte es in ihrer Stimme, die voll Übermut und Leichtigkeit war. Ganz anders als beim ersten Mal, als sie miteinander gesprochen hatten. Es berührte ihn tief. Wie gerne wäre er dabei gewesen und hätte gesehen, wie sie mit glücklicher, strahlender Miene aus dem Auto gestiegen war. Er war so stolz auf sie.

Wenn sie richtige Freunde wären, solche, die sich ab und zu trafen und etwas miteinander unternahmen, hätte er ihr vorgeschlagen, zusammen auszugehen, um zu feiern. Er war kurz davor, sie trotzdem zu fragen, doch dann wurde er wieder vernünftig.

Nein. Dafür hatte sie andere Freunde. Bessere Freunde.

Freunde? Komm schon, sei ehrlich! Wenigstens dir selbst gegenüber. Du willst doch mehr als das.

Vergiss es, ermahnte er sich. *Ich kriege ja nicht mal das mit den Freunden hin, welchen Sinn hätte es, das Ganze weiterzutreiben?*

Während Anna ihm detailliert ihr Erlebnis auf der Rennbahn schilderte, ging Brody zurück ins Haus. Er setzte sich, ohne das Licht einzuschalten, in den Sessel in seinem Arbeitszimmer und blickte hinüber zum Bücherregal. Die kleine Holzfigur, die eigentlich eine Elfe werden sollte, stand vor der obersten Reihe von Taschenbüchern. Er hatte es nicht fertiggebracht, sie in der dunklen, staubigen Werkstatt zu lassen.

Sie sah nicht zu ihm herunter, war nicht bei ihm. Sie blickte hinaus in die lavendelfarbene Dämmerung und in ihre Zukunft. Eine Zukunft voll neuer Erlebnisse und Herausforderungen. Dort gehörte sie hin.

Anna blickte nach vorn.

Das war gut. Das brauchte sie, und das wünschte er ihr, aber zugleich hatte er das Gefühl, dass sie sich von ihm entfernte. Oh, sie würde ihn sicher noch eine ganze Zeit lang anrufen, ein paar Monate oder vielleicht sogar noch die nächsten ein, zwei Jahre. Sie würde ihm weiter von ihrem Leben erzählen, aber die Distanz zwischen ihnen würde immer größer werden, bis es eine Kluft war, ein Abgrund.

Denn sie blühte auf. Wurde wieder lebendig.

Während er hier in diesem verdammten Sessel saß. Und der war noch nicht mal schön. Unten schaute eine Sprungfeder heraus, und die Armlehnen waren abgewetzt.

»Ist Ihnen auch so was passiert?«, fragte sie. »Haben Sie auf Ihrem Weg aus der Trauer … ich weiß nicht, wie ich es sagen soll … hatten Sie plötzlich das Gefühl, als könnte es Hoffnung geben, als könnte das Leben irgendwann wieder erträglich sein? Natürlich nicht wie vorher, aber besser als bisher?«

Brody wog seine Antwort sorgfältig ab. »Sicher gab es Tage, an denen ich mich leichter gefühlt habe als an anderen.« Er würde ihr gegenüber nicht zugeben, dass er sich schon so an diese innere Leere gewöhnt hatte, dass er sie kaum noch wahrnahm.

»Und war es ein bestimmter Moment, wie bei mir, oder ein langsamerer Prozess?«

»Es war weniger … dramatisch«, erwiderte Brody, und bevor sie weiter nachbohren konnte, lenkte er das Gespräch in eine andere Richtung. »Was, glauben Sie, wird dieser Moment bewirken? Was wird sich verändern?«

Sie seufzte. »Ich weiß es nicht. Ich weiß nur, dass ich mich manchmal gleichzeitig glücklich und ängstlich, hoffnungsvoll und überfordert fühle. Vielleicht wird es in meiner Zukunft tatsächlich Licht geben und nicht nur Dunkelheit, aber irgendwie macht mir das auch Angst.«

Brody lächelte. Sie hatte es so gut getroffen. »Ist das nicht das Leben?«

»Ja, wahrscheinlich …« Sie verstummte, und er spürte, dass sie über etwas nachdachte. »Sie haben recht – einige Dinge sollten sich verändern, und eins davon ist mein Job. Gabi hat schon vor ein paar Monaten gesagt, dass mir meine Arbeit keinen Spaß macht, aber ich habe gar nicht richtig begriffen, was sie meinte.«

»Sie wollen sich einen neuen Job suchen?«

»Ja«, sagte sie entschieden.

»Und was für einen?«

Sie lachte. »Genau das ist das Problem! Ich habe zwar kapiert, dass ich meinen jetzigen Job nicht mag, aber ich habe keine Ahnung, was ich stattdessen tun will. Wahrscheinlich muss ich einfach schauen, was angeboten wird, und abwarten, ob mich irgendwas davon interessiert.«

»Das ist ein Anfang«, meinte er.

»Ja«, sagte sie erneut, klar und selbstsicher – ganz anders, als sie in der Silvesternacht geklungen hatte.

Nach dem Ende ihres Gesprächs musste Brody immer wieder daran denken, wie sehr Anna sich verändert, wie viele Fortschritte sie gemacht hatte.

Während du immer nur auf der Stelle trittst, bemerkte die bissige kleine Stimme in seinem Kopf. *Du hast jede Menge gute Ratschläge auf Lager, wenn es um Anna geht – wieso wendest du die nicht mal auf dein eigenes Leben an?*

Er sah zu dem Buch, das auf seinem Schreibtisch lag, das über Panikattacken und Platzangst. Seit zwei Monaten versuchte er jetzt, alles zu befolgen, was darin stand, aber es funktionierte nicht, oder? Vielleicht war das etwas, das er nicht allein tun konnte. Aber er hatte sich wohl so daran gewöhnt, *alles* allein zu tun, dass es ihm gar nicht in den Sinn gekommen war, etwas anderes zu versuchen.

Und was hast du jetzt vor? Willst du mutig sein, wie Anna, oder willst du in diesem Sessel hocken bleiben, bis du mit ihm verwächst?

Das, dachte Brody, war eine sehr gute Frage.

Zweiter Teil

27.

Während sich der Sommer langsam zurückzog und den ersten Septembertagen noch wärmende Sonne und klaren blauen Himmel schenkte, dachte Anna über die Gespräche mit Brody und Gabi nach. Wie sollte ihr Leben aussehen? Immer wieder betrachtete sie das Ganze aus jedem erdenklichen Blickwinkel, aber sie fand einfach keine Antwort.

In ihrem Inneren spürte sie ein leises Ziehen, eine Sehnsucht nach mehr, aber wenn sie versuchte, dieses Mehr in ein Bild zu fassen, scheiterte sie jedes Mal. Und ohne eine Vision für die Zukunft trat sie auf der Stelle.

Sie meldete sich bei mehreren Suchmaschinen an. Einige der ausgeschriebenen Stellen klangen interessant, aber sie konnte sich nie dazu aufraffen, eine Bewerbung zu schicken. Sie wollte nicht riskieren, einen unbefriedigenden Job gegen einen anderen auszutauschen. Solange sie nicht entschieden hatte, wohin die Reise gehen sollte, konnte sie genauso gut bei Sundridge Plumbing and Heating bleiben.

Vielleicht war sie einfach noch nicht bereit für eine so große Veränderung? Seit ihrem Ausflug zu der Rennbahn waren fast drei Monate vergangen, und seitdem schien alles irgendwie durcheinandergeraten zu sein, auch wenn ihr Alltag mehr oder weniger genauso weiterlief wie zuvor. Es war, als wären ihre Gedanken und Gefühle geschüttelt worden wie die Flocken in einer Schneekugel, und sie wartete immer noch darauf, dass sich alles wieder setzte.

Aber das war nicht nur schlecht. Es gab auch positive Zeichen, einen Hauch von Frühling nach ihrem langen inneren Winter. Sie entdeckte Dinge wieder, die früher ein Teil ihres Lebens gewesen waren.

Sie lachte mehr, aber sie weinte auch mehr. Manchmal aus schierer Frustration, wenn es um ihre Schwiegermutter ging.

Was sollte sie bloß mit Gayle machen?

Teresa versuchte immer wieder, zwischen ihnen zu vermitteln, aber Anna war noch nicht bereit, sich zu entschuldigen. Sie wusste, dass sie sich nicht richtig verhalten hatte, aber wenn sie zu Kreuze kroch, würde Gayle nur steif ihre Entschuldigung entgegennehmen und sich weigern anzuerkennen, dass auch sie sich unmöglich verhalten hatte. Schließlich war Annas Ausbruch im Cinnamon Café ja nicht ohne Grund passiert.

Aber das war es nicht allein ... Anna sah jetzt, dass sie sich zu stark an die Vergangenheit geklammert hatte, doch nun, da sie begonnen hatte, einiges loszulassen, fühlte sie sich ohne Halt.

Gayle wiederum hockte immer noch stur an dem dunklen Ort, aus dem Anna so verzweifelt zu entkommen versuchte. Manchmal fragte Anna sich, ob sie es deshalb immer wieder hinausschob, sich bei ihren Schwiegereltern zu melden. Dieses Gefühl von Freiheit war noch so neu und frisch. Vielleicht hatte sie Angst, es wieder zu verlieren, Angst, dass Gayle sie wieder in die Dunkelheit zurückzog?

Ihre einzige Konstante in diesem inneren Durcheinander war Brody. Sie telefonierten mittlerweile mindestens fast täglich. Doch obwohl Anna mehrmals nachgehakt hatte, hatten sie noch nicht geskypt. Brody hatte den Vorschlag zwar nie rundheraus abgelehnt, aber irgendwie kam es nie so weit. Vielleicht hatte er es nicht so mit der modernen Technik. Oder vielleicht gab es etwas an seinem Aussehen, das ihm unangenehm war? Jedenfalls hatte sie beschlossen, ihn nicht weiter zu drängen, sondern abzuwarten, ob er irgendwann von sich aus dahin kam.

Immerhin hatten sie ihre Kommunikation mittlerweile auf Fotonachrichten erweitert. Brody hatte ihr an diesem Morgen eine Aufnahme von einem felsigen Hügel im ersten Sonnenlicht geschickt. Keine Worte – die hoben sie sich für ihre spätabendlichen Telefonate auf –, aber sie sandten sich immer wieder Fotos, die sie mit ihrem Handy aufgenommen hatten, kleine Einblicke in ihren Alltag.

Brody schickte ihr oft Bilder von schönen Sonnenauf- oder -untergängen, nebelverhangenen Moorlandschaften oder Kaninchen auf seinem Rasen. Anna musste sich ziemlich anstrengen, um London genauso pittoresk erscheinen zu lassen, aber allmählich gelang es ihr besser, vor allem seit Gabi ihr ein paar Tipps zum Thema Ausschnittwahl und Belichtung gegeben hatte.

Eines Abends bemerkte sie auf dem Heimweg von der Arbeit, wie die tief stehende Sonne auf den rauen Sandstein eines umgebauten Lagerhauses fiel. Sie zoomte nah heran und machte eine fast abstrakte Aufnahme aus Schatten und Licht mit einer Ecke von einem der Fabrikfenster. Sie schickte das Foto sofort an Brody, in der Hoffnung, dass auch er die spröde Schönheit in den Formen und Texturen sehen würde.

Als sie zu Hause ankam und sich aufs Sofa fallen ließ, checkte sie ihre Nachrichten und fand zu ihrer Freude eine Antwort – eine Aufnahme von einem bunt schimmernden Fasan im ersten Herbstlaub. Sie lächelte. Dann knurrte ihr Magen. Was sollte sie zu Abend essen? Noch mal Nudeln? Oder eins von den Fertiggerichten im Gefrierschrank? Das war alles, was sie in den letzten Jahren zustande brachte, obwohl sie früher gerne gekocht hatte.

Der Salsakurs sorgte für ein wenig dringend nötige Bewegung in ihrem Alltag, aber ihr kam der Gedanke, dass sie sich bestimmt noch besser fühlen würde, wenn sie wieder mehr darauf achtete, was sie aß. *Komm, Anna, raff dich auf.* Ein schönes selbst gekochtes Thai-Curry wäre doch ein guter Anfang. Das hatte sie schon ewig nicht mehr gemacht.

Obwohl die Versuchung groß war, sich auf dem Sofa auszustrecken und die Augen zu schließen, stand sie wieder auf, ging zu dem kleinen Supermarkt um die Ecke und holte sich, was sie dazu brauchte. Wieder zu Hause, legte sie alles bereit und begann, die Zutaten vorzubereiten. Sie hackte einen Stängel Zitronengras und gab ihn zu den fein geschnittenen Schalotten, die bereits in der Pfanne schmorten.

Gerade als sie ein wenig grünes Thai-Curry hinzugegeben hatte, klingelte ihr Handy. Sie drehte das Gas herunter und lief, den Holzspatel noch in der Hand, ins Wohnzimmer, um abzunehmen. Es war ihre Mum. Sie zumindest hatte nichts dagegen, mit Video zu telefonieren.

Auf dem Bildschirm erschien das Gesicht ihrer Mutter. »Hallo, Liebes«, sagte sie lächelnd.

Anna ging zurück in die Küche und stellte ihr Handy auf das Regal neben dem Herd, damit sie das Hähnchenfleisch in die Pfanne geben konnte, während sie sprachen. »Hi, Mum. Was gibt's?«

»Nichts Besonderes. Ich dachte nur gerade an dich. Wie geht es dir?«

Anna nahm ihr Handy und richtete es auf die Pfanne. »Ich wünschte, du könntest es nicht nur sehen, sondern auch riechen … Ich koche mir ein thailändisches Gericht. Ich freue mich schon richtig darauf.«

Sie stellte das Handy zurück aufs Regal. Ihre Mutter sah sie über den Rand ihrer Brille hinweg an. »Ich habe gefragt, wie es dir geht, nicht, was es zum Abendessen gibt.«

»Oh. Na ja …« Anna wandte sich ab und gab ein paar klein gehackte Limettenblätter in die Pfanne. Das Skript war immer dasselbe: *Mir geht's schon ein bisschen besser, immer einen Schritt nach dem anderen …* Sie öffnete den Mund, um ihre Sätze zu sagen, doch dann zögerte sie. »Weißt du was, Mum? Ich glaube, seit diesem Sommer geht's wirklich langsam bergauf.«

»Das freut mich sehr, vor allem nach der Sache mit Gayle an Spencers Geburtstag. Ich muss gestehen, ich habe mir ein bisschen Sorgen gemacht, dass dich das zurückwerfen könnte.«

»Ja, aber mir geht's trotzdem besser. Oder vielleicht gerade deshalb.« Sie hatte ihrer Mum schon von der Fahrt mit dem Rennwagen erzählt, aber jetzt schilderte sie es eingehender und erklärte ihr, dass es etwas in ihr wachgerüttelt hatte. Bis zu diesem Moment hatte sie vor ihrer Mutter nicht eingestehen wollen, wie sehr sie zu kämpfen gehabt hatte.

Ihre Mutter hörte aufmerksam zu, und als Anna fertig war, sagte sie: »Ich freue mich sehr, dass du so offen mit mir sprichst, Liebes. Ich wünschte, du hättest es schon eher getan.«

Anna nickte, über die Pfanne gebeugt. »Ja, ich auch.«

»Was hat denn deiner Meinung nach geholfen? Gab es da etwas Besonderes?«

Anna hörte auf zu rühren, weil ihr aufging, dass sie ihrer Mutter gegenüber noch immer nicht ganz ehrlich war. Einen großen Teil des Bildes hatte sie ausgespart: Brody. Er war der Katalysator all dieser Veränderungen.

Zum ersten Mal seit sie mit ihm telefonierte, kam es ihr seltsam – ja, sogar ein wenig falsch – vor, dass sie ihrer Mutter nie etwas davon gesagt hatte. Sie starrte auf das Fleisch, das sie mit dem Spatel in der Pfanne hin und her schob, und nach kurzem Zögern erzählte sie ihr die ganze Geschichte, angefangen von dem Anruf auf Spencers Handy in der Silvesternacht. »Ich glaube, das war das Wichtigste«, schloss sie. »Jemanden zum Reden zu haben, der nicht nur einfühlsam ist, sondern dasselbe durchgemacht hat.«

Noch während sie sprach, fiel ihr auf, dass sie immer noch nichts Näheres über Brodys Verlust wusste, obwohl sie ihn schon mehrmals danach gefragt hatte. Als sie jetzt über ihre Gespräche während der vergangenen Monate nachdachte, entdeckte sie ein Muster: Jedes Mal wenn sie ihm eine etwas persönlichere Frage gestellt hatte, war er ausgewichen, aber er hatte das Gespräch so geschickt wieder auf sie zurückgeführt, dass es ihr bis jetzt nie aufgefallen war. Was hatte das zu bedeuten? Sie nahm sich vor, ihn bei ihrem nächsten Telefonat festzunageln.

»Es freut mich, dass du jemanden gefunden hast, mit dem du reden kannst«, sagte ihre Mutter. »Aber ich dachte, dazu wäre die Selbsthilfegruppe da?«

Anna schüttelte den Kopf. »Das ist nicht dasselbe. Es fühlte sich so gezwungen an, in diesem ungemütlichen Raum zu sitzen und völlig Fremden mein Herz auszuschütten.«

»Aber dieser Mann am Telefon war doch auch ein Fremder, oder?«

»Stimmt«, erwiderte Anna. »Am Anfang schon …«

»Und was war anders?«

»Ich weiß nicht, ob ich es erklären kann, weil ich es selbst nicht richtig verstehe. Vielleicht lag es daran, dass es nur eine anonyme Stimme war, ohne Erwartungen oder Urteile. Auf jeden Fall hat es mir geholfen. *Er* hat mir geholfen.« Während Anna ihr Curry umrührte, traf sie plötzlich eine Erkenntnis. »Jeder, der jemanden verloren hat, sollte so eine Möglichkeit haben, Mum. Nicht mit einem Berater oder Therapeuten – obwohl das natürlich auch gut und wichtig ist –, sondern mit jemandem, der ihn versteht, weil er dasselbe erlebt hat.«

Ihre Mutter lächelte auf dieselbe Art wie früher, wenn Anna ihre meist hervorragenden Zeugnisse nach Hause gebracht hatte. »Na, das klingt doch nach einer ausgezeichneten Idee!«

Anna sah ihre Mutter fragend an. »Welche Idee?«

»Etwas zu organisieren, wo Verwitwete miteinander reden können. Ich habe doch schon etliche Male gesagt, dass du ein Projekt brauchst, an dem du arbeiten kannst, etwas, das dir Freude macht.«

Anna nickte langsam. Das hatte ihre Mutter in der Tat gesagt, genau wie Gabi. Aber sie hatte nicht auf sie hören wollen. Es hatte ewig gedauert, bis sie sich auf einen von Gabis Kursvorschlägen eingelassen hatte, und noch länger, bis sie etwas gefunden hatte, das ihr Spaß machte. Doch mittlerweile ging sie seit einem Dreivierteljahr zum Salsa, und sie freute sich tatsächlich jedes Mal darauf. Vielleicht hatte ihre Mutter ja recht mit ihrer Idee?

»Ich wüsste gar nicht, wo ich anfangen sollte«, gestand sie.

»Ich auch nicht. Du hast diesen Brody ja durch Zufall gefunden. Wie sollte jemand anders das hinkriegen? Man kann sich schließlich nicht das Telefonbuch nehmen und irgendwelche Nummern wählen – falls irgendwer überhaupt noch ein Telefonbuch hat!«

Jetzt lächelte ihre Mutter, und Anna erwiderte das Lächeln. Die Idee war großartig, aber im Moment gab es andere Dinge, die wichtiger waren. »Was ich dir damit eigentlich sagen wollte, ist, dass ich bereit für ein paar Veränderungen bin.« Sie holte tief Luft. »Und dazu gehört auch, dass ich mit jemandem ausgehen möchte …«

»Oh!«, stieß ihre Mutter überrascht aus. »Oh, Anna … Das ist … Na ja, das ist ein großer Schritt. Aber es ist toll!«

»Ich muss zugeben, ich bin schrecklich nervös.«

»Natürlich! Aber wenn du meinst, dass du bereit dafür bist … Ist es dieser Brody?«

Anna stutzte. Brody? »Äh, nein. Er …« Ihr Gehirn stolperte bei der Vorstellung. Das war doch völlig unmöglich, weil … weil … »Nein, es ist nicht Brody, Mum. Er ist nur ein Freund.« Doch noch während sie das Wort aussprach, merkte sie, dass es eine ungenügende Beschreibung war für das, was Brody ihr mittlerweile bedeutete. Doch darüber konnte sie jetzt nicht nachdenken. »Er heißt Jeremy. Ich kenne ihn vom Salsa. Er hat mich vor ein paar Monaten mal gefragt, ob ich mit ihm ausgehe, und jetzt nach der Sommerpause hat der Kurs wieder angefangen. Er ist immer noch Single, und ich glaube, er hat auch immer noch Interesse.« Sie hatte sich nach dem Kurs noch ein wenig mit ihm unterhalten, und auch wenn sie aus der Übung war, was diese Dinge anging, glaubte sie schon, dass sie die Zeichen richtig deutete.

Mit einem Mal stieg ein verbrannter Geruch von der Pfanne auf. Sie sah nach unten und fluchte. »Ich muss Schluss machen, Mum! Mir brennt das Essen an!«

»Natürlich, natürlich«, erwiderte ihre Mutter. »Ich hab dich lieb. Und jetzt kümmere dich um dein leckeres Curry!«

Anna verabschiedete sich hastig und widmete sich ihrem Essen. War das Hähnchen angebrannt? Mit dem Spatel wendete sie ein paar Stücke. Vielleicht ein bisschen. Aber nicht so schlimm, dass sie das Ganze wegwerfen musste. Dann schmeckte das Curry eben ein bisschen rauchiger als sonst.

Sie gab eine Dose Kokosmilch in die Pfanne und rührte alles um. Während sie den Reis aufsetzte, ließ sie das Gespräch mit ihrer Mutter Revue passieren. Es wäre wunderbar, wenn jeder einen »Brody« finden könnte. Aber wie stellte man das an?

Sie griff nach ihrem Handy, das noch auf dem Regal stand, um den Timer einzustellen, damit ihr nicht auch noch der Reis anbrannte. Doch als sie die vielen bunten Icons sah, hielt sie inne.

Eine App.

Kopfschüttelnd aktivierte sie den Timer, dann stellte sie das Handy zurück ins Regal und sah zu, wie der Countdown lief.

Ging das überhaupt? Schon bei dem Gedanken verspürte sie ein Kribbeln. Sie wusste es nicht. Aber sie kannte ein paar Leute, die vielleicht eine Idee hatten.

28.

Brody fuhr auf den Hof, stieg aus dem Land Rover und knallte die Tür zu. Lewis saß bestimmt an der Hintertür, wartete auf ihn und fragte sich, wo er wohl gewesen war. Brody war morgens bis an den Stadtrand von Dartmouth gefahren, aber er hatte Lewis nicht mitnehmen können. Wie er festgestellt hatte, schätzten Therapeuten (oder wie auch immer die offizielle Bezeichnung war) bei ihren Sitzungen keine vierbeinigen Begleiter.

Er hatte sich den Mann vor ein paar Monaten übers Internet gesucht, nicht lange nachdem Anna ihm von ihrem Erlebnis auf der Rennbahn erzählt hatte. Heute war seine sechste Sitzung gewesen. Er hatte keine Ahnung, ob es schon wirkte, zumal er außer in Ibrahims Praxis und seiner unmittelbaren Umgebung nirgendwo gewesen war. Allein die Fahrt in irgendeine Stadt stresste ihn bereits.

Er schloss die Hintertür auf und wurde begeistert von Lewis begrüßt, dann sprang der Hund an ihm vorbei, rannte den Garten hinunter und begann in Richtung des Fußwegs zu bellen, der am Grundstück entlangführte.

Im selben Moment bemerkte Brody aus dem Augenwinkel einen Farbfleck. Als er sich umdrehte, sah er eine Frau in leuchtend bunter Wanderausrüstung und neben ihr einen Mann in gedeckteren Farben.

»Oh, hallo!«, rief die Frau. »Dem Himmel sei Dank! Ich glaube, wir haben uns ein wenig verlaufen …« Und schon begann sie, über die Trockenmauer zu klettern, die sein Grundstück begrenzte. Brody wollte flüchten, doch die Frau fixierte ihn und wedelte mit einer zerknitterten Wanderkarte. »Können Sie uns vielleicht sagen, wie wir nach Hexworthy kommen?«, fragte sie laut, ohne sich darum zu scheren, dass sie gerade ungebeten in seinen Garten gesprungen war. Sie war um die fünfzig und von der burschikosen Sorte. »Wir haben dort ein Zimmer in einem B&B gebucht – wie heißt es noch gleich?«, fragte sie, an ihren Wandergefährten gerichtet.

»The Sheep Dip Bed and Breakfast«, soufflierte er.

»The Sheep Dip Bed and Breakfast«, wiederholte sie unnötigerweise und blickte wieder hoffnungsvoll zu Brody.

Brody starrte sie nur an. Er konnte sich nicht rühren, sein Herz begann zu pochen, und seine Finger wurden ganz taub und kribbelig.

Denk dran, was Ibrahim gesagt hat, ermahnte er sich nervös. *Dir passiert nichts. Du hast keinen Schlaganfall. Nur dieselben ungefährlichen Symptome, die du jedes Mal bei einer Panikattacke kriegst. Kämpf nicht dagegen an, beobachte es einfach. Akzeptiere es.*

Ibrahim hatte ihm empfohlen aufzuschreiben, wann und wo die Angst am stärksten war, was sie auslöste, wie lange die Attacken dauerten und wie schlimm sie auf einer Skala von eins bis zehn waren.

Sechs, dachte Brody nüchtern in einer Ecke seines Gehirns, die annähernd normal zu funktionieren schien. *Aber daraus könnte auch noch acht oder neun werden, wenn sie weiter so auf mich zumarschiert.*

In den Gesprächen mit Ibrahim war ihm klargeworden, dass es andere Leute waren – vor allem Fremde –, die die meisten seiner Panikattacken auslösten, und je mehr um ihn herum waren, desto schlimmer wurde das Ganze, besonders wenn er in einem geschlossenen Raum war, zum Beispiel in einem Geschäft, oder sogar draußen, wenn es nicht genug Fluchtwege gab. Er musste wissen, dass er von dort wegkam, dass er flüchten konnte.

Nicht zum ersten Mal ärgerte sich Brody, dass er keine Hecke gepflanzt oder einen Zaun gesetzt hatte, aber außer ihm benutzte kaum jemand diesen alten Fußweg. Die beiden waren seit Monaten die ersten Wanderer, die er gesehen hatte.

Doch das war jetzt nicht zu ändern. Er hatte nur zwei Möglichkeiten: a) abhauen, was extrem unhöflich wäre, oder b) mit der Frau sprechen. Und da seine Füße anscheinend mit dem Boden verwachsen waren, blieb ihm wohl nur Letzteres.

Konzentrier dich, Brody! Was ist laut Ibrahim das Wichtigste?

Atmen.

Er musste atmen.

Wie durch Zauberei war die Antwort in seinem Kopf aufgetaucht. Er stemmte seine Füße noch fester in den Boden, hob den Kopf und sah der Frau ins Gesicht; dabei atmete er so ruhig wie möglich ein und ließ die Luft langsam wieder entweichen.

Die Frau blieb einen Moment stehen, damit ihr Begleiter sie einholen konnte, dann stapften sie beide auf ihn zu und hielten ihm die Karte hin. »Können Sie uns zeigen, wo wir sind?«

Brody nickte. Seine kleine Ecke des Moors kannte er so gut, dass er kaum eine Sekunde brauchte, um auf die Stelle zu tippen.

Die Frau spähte kurz darauf. »Ist es noch weit?«, fragte sie und blickte zum Himmel, der bereits golden schimmerte, da die Sonne bald hinter den Hügeln verschwinden würde. »Wir würden gerne vor Einbruch der Dunkelheit dort ankommen.«

»Sieben …«, brachte er mühsam hervor, aber es klang, als hätte er eine Handvoll Kieselsteine im Mund. Er hielt die Hände hoch, damit sie es an seinen Fingern ablesen konnte.

»Sieben Kilometer?«

Er nickte und deutete auf die Straße, die nach Westen in ein kleines bewaldetes Tal führte.

»Ah … vielen Dank«, sagte die Frau, aber ihre Miene ließ vermuten, dass sie nicht so recht wusste, ob ihr Dank willkommen war. Ihre Zweifel waren berechtigt – nicht weil Brody nicht willens oder in der Lage war zu helfen, sondern weil er die Sekunden zählte, bis die beiden außer Sichtweite waren und er implodieren konnte oder zu Boden sinken oder was auch immer sein Körper brauchte, um das Eindringen der beiden zu verarbeiten.

Lewis saß neben ihm, blickte hoffnungsvoll zu der Frau hoch und wedelte so heftig mit dem Schwanz, dass eine kleine Staubwolke aufwirbelte. Sie beugte sich kurz hinunter und streichelte ihm über den Kopf, dann marschierten sie und ihr Begleiter mit einem munteren Winken davon.

Als sie auf die Straße abbogen, stieß Brody den Atem aus, den er angehalten hatte, und stützte sich mit den Händen auf den Knien ab. Er war ganz zittrig, und sein Puls raste.

Aber du hast es geschafft, sagte die sonst so kritische und vorwurfsvolle Stimme in seinem Kopf. *Du hast dich in ihrer Gegenwart nicht wie ein Idiot benommen, oder nur ein bisschen. Du hast nicht gekotzt. Du hast sogar etwas gesagt!*

Ja, das habe ich, dachte er, während er ein paarmal tief durchatmete. *Das habe ich tatsächlich.*

29.

Es war ein milder Abend für September, und so blieb Brody, als er Lewis zu seiner letzten Gartenrunde rausließ, nicht an der Hintertür stehen, sondern trat hinaus auf die Terrasse. Während er auf seinen Hund wartete, wählte er Annas Nummer.

»Hey«, sagte sie leise, und er konnte hören, dass sie lächelte und sich freute, seine Stimme zu hören. »Ich wollte dich auch gerade anrufen, aber du bist mir zuvorgekommen!«

Brody ging langsam auf und ab, während sie einander von ihrem Tag erzählten. Anna hatte sich in der Mittagspause mit ihrer Schwägerin und ihrem kleinen Neffen getroffen. »Teresa hat wieder von Gayle angefangen«, seufzte sie. »Ich verstehe ja, dass die Situation für sie und Scott schwierig ist. Jedes Mal wenn ich sie besuchen will, muss ich vorher abklären, dass Gayle und Richard nicht zur gleichen Zeit vorbeikommen. Es ist bestimmt nicht angenehm für die beiden, zwischen den Fronten zu sitzen.«

»Ich weiß, du hast gesagt, du bist noch nicht so weit, aber hör mir trotzdem mal zu. Es wäre vielleicht keine schlechte Idee, dich mit Gayle zu treffen und ihr zu sagen, wie du dich fühlst, damit das nicht ewig wie eine dunkle Wolke über dir hängt.«

»Ich weiß, das würde vielleicht helfen, und schon um Spencers willen kann ich ihr nicht auf ewig aus dem Weg gehen …«

»Aber noch nicht jetzt?«

»Nein. Ich bin immer noch so unglaublich wütend auf sie, und ich komme einfach nicht darüber hinweg. Dabei passt das gar nicht zu mir, Brody. Ich gehöre eigentlich nicht zu den Menschen, die ewig einen Groll mit sich herumtragen.«

Lewis schnüffelte unten im Garten zwischen ein paar Sträuchern herum. Brody trat hinaus auf den feuchten Rasen, den kühlen Hauch der Nachtluft auf seinem Gesicht. Er war auch mal in Annas Situation gewesen, so in seinem Zorn gefangen, dass er irgendwann alle weggestoßen hatte. Er wollte nicht, dass es ihr genauso erging. Aber wie sollte er ihr das erklären?

Öffne dich. Sag ihr die Wahrheit. Erzähl ihr von dir.

Brody schluckte. Es war nicht so, dass er Anna nichts von sich mitteilen wollte. Er dachte ständig daran, zum Beispiel neulich nach der Begegnung mit den Wanderern, oder heute Morgen, als er so froh und stolz gewesen war, weil er einen ganzen Absatz in sein Notizbuch geschrieben hatte.

Er wandte sich zum Haus um, den Blick auf den warmen Lichtschein seines Arbeitszimmers gerichtet, und da musste er an die kleine »Nichtelfe« denken, die oben im Regal stand und von hier aus nicht zu sehen war.

»Trauer ist etwas Merkwürdiges«, begann er langsam. »Die Leute denken oft, es wäre dasselbe wie Traurigsein, dabei ist es viel komplexer. Trauer besteht aus ganz vielen Schichten, aus einem Gewirr von Gefühlen – und Wut ist eines davon.«

»Das weiß ich«, sagte Anna. »In jedem Ratgeber steht, dass Wut ein Teil der Trauer sein kann, dass man wütend auf den anderen ist, weil er einen verlassen hat, selbst wenn er nichts dafür kann.«

»Es geht aber noch weiter.« Brody holte tief Luft. *Jetzt oder nie.* »Manchmal richtet sich die Wut stattdessen auf andere Leute. Bei mir waren es meine Eltern. Sie haben versucht, für mich da zu sein, aber ich habe es in meiner Sturheit als Einmischung wahrgenommen und bin wütend geworden, und dann … hat es sich irgendwie immer weiter hochgeschaukelt, bis ich jedes Mal, wenn ich mit ihnen sprach, eine Riesenwut im Bauch hatte.«

»Das Gefühl kenne ich«, sagte Anna.

»Bisweilen hatte ich sogar guten Grund, wütend zu sein«, fuhr Brody fort. »Sie *haben* sich eingemischt, und sie dachten, sie wüssten manches besser, aber der Zorn, den ich verspürte, war vollkommen unangemessen, denn im Grunde haben sie nur versucht, mir auf ihre Weise zu helfen. Es war einfacher, auf sie wütend zu sein, als die Trauer über das, was geschehen war, zuzulassen. Damals habe ich das nicht erkannt. Ich war überzeugt, dass ich mit meiner Haltung recht hatte, aber im Rückblick sehe ich, dass ich völlig überreagiert habe. Klingt das nachvollziehbar?«

»Vielleicht«, antwortete Anna vorsichtig.

Und jetzt die große Preisfrage. »Könnte es möglicherweise sein, dass du mit Gayle dasselbe tust?«

Das Schweigen, das folgte, war angespannt. Brody konnte spüren, wie sie mit seinen Worten rang, aber er vertraute darauf, dass sie ehrlich mit sich war.

»Vielleicht«, sagte sie erneut. »Aber das macht das Ganze nicht leichter. Ich fühle immer noch dasselbe. Und ich weiß, dass sie sich nicht für ihren Anteil an den Schwierigkeiten zwischen uns entschuldigen wird, dass ich großmütig sein und die ganze Schuld auf mich nehmen muss, und das geht mir einfach gegen den Strich, deshalb ist es im Moment einfacher, alles so zu lassen, wie es ist. Gabi meinte, es wäre vielleicht ganz gut, mal eine Pause einzulegen, was die Familientreffen angeht, und ich glaube, sie hat recht.«

Brody wurde es eng in der Kehle. Genauso hatte es angefangen. Aber um ihr klarzumachen, wie gefährlich es war, den Versuch der Versöhnung aufzuschieben und zu glauben, dass es auch später noch Gelegenheit dafür geben würde, musste er konkreter werden, und das bedeutete, Anna Dinge zu erzählen, die er ihr nicht erzählen wollte. Die er niemandem erzählen wollte, weil die Scham und die Schuldgefühle zu groß waren.

Er fuhr sich durchs Haar, drehte sich um und ging weiter in die Dunkelheit des Gartens. Er hörte das Gurgeln des Bachs, der unterhalb seiner Grundstücksgrenze entlanglief. Manchmal hatte er das Gefühl, dass Anna ihn auf ein Podest stellte und dachte, er sei weise und vernünftig und … gut. Wenn er ihr alles erzählte – nicht nur über sein Leben jetzt, sondern auch über das, was vor neun Jahren passiert war –, dann würde er von diesem Podest stürzen. Sie würde ihn nie wieder so sehen. Womöglich würde er sogar ihre Freundschaft verlieren. Diese Vorstellung machte ihm Angst.

Aber es war das Risiko wert, wenn er ihr damit helfen konnte, wenn er sie davon abhalten konnte, ihre Beziehungen durch Verbitterung und falsche Schuldzuweisungen zu ruinieren, wie er es getan hatte. Doch während er noch überlegte, wo er anfangen sollte, sagte sie: »Übrigens hatte ich letzte Woche ein interessantes Telefonat mit meiner Mutter. Ich habe ganz vergessen, dir davon zu erzählen. Ich habe ihr gesagt, wie sehr mir die Gespräche mit dir geholfen haben, und sie meinte, ich könnte doch etwas einrichten, um anderen Leuten zu helfen, die auch jemanden verloren haben.«

Brody wusste nicht, ob er froh oder frustriert über den Aufschub sein sollte. Er würde später noch mal darauf zurückkommen. »Einrichten? Was denn?«, fragte er mit gerunzelter Stirn. Anna hatte doch hoffentlich nicht vor, andere Leute an ihren Gesprächen teilhaben zu lassen, oder?

»Das weiß ich noch nicht so genau«, antwortete sie. »Irgendeine Möglichkeit, Leute zusammenzubringen, damit sie so miteinander reden können wie wir. Ich muss noch ein bisschen darüber nachdenken, aber ich halte dich auf dem Laufenden.« Sie hielt kurz inne und holte tief Luft. »Und wo wir gerade bei Zukunftsplänen sind: Da ist noch etwas, das ich dir erzählen wollte.«

Brody war so erleichtert, dass er Anna weiterhin für sich allein haben würde, dass er ein wenig geistesabwesend erwiderte: »So? Was denn?«

»Ich werde Jeremy fragen, ob er mit mir essen gehen will.«

Brody zuckte zusammen, als hätte sie ihm einen Faustschlag verpasst. »Hm …«, war alles, was er hervorbrachte. Damit hatte er nicht gerechnet. Sie hatte den Kerl während der vergangenen Monate kaum erwähnt, und er hatte sich in einem falschen Sicherheitsgefühl gewiegt.

»Meinst du, das ist keine gute Idee?«, fragte sie unsicher.

Nein, natürlich nicht, verdammt noch mal! Aber das konnte er

Anna ja schließlich nicht sagen. Oder sollte er ihr etwa vorschlagen, ihren Salsakönig stehen zu lassen und lieber mit ihm essen zu gehen? Noch dazu in Anbetracht dessen, was er ihr gerade erzählen wollte.

»Brody …?«

Sie wartete auf eine Antwort von ihm, aber er konnte nicht das sagen, was er sagen wollte. Es gab mindestens fünf gute Gründe, warum er sie nicht zum Essen einladen konnte:

Erstens lebten sie Hunderte von Kilometern voneinander entfernt. Zweitens und drittens kannte er weder ihren Nachnamen noch ihre Adresse, aber das waren Kleinigkeiten im Vergleich zu Nummer vier: Selbst wenn er sie herausbekäme, würde es ihm nichts nützen. Was sollte er denn tun? In einem überfüllten Zug nach London fahren und sich mit ihr in einem Café oder einem Nobelrestaurant treffen? Er wusste genau, wie das ausgehen würde.

Und wenn das nicht ausreichte, gab es noch einen Grund, einen, der stärker war als alle anderen. Er würde dieser wunderbaren Frau nur ein Klotz am Bein sein. Anstatt ihr dabei zu helfen, wieder aufzublühen, würde er sie in sein dunkles Tal aus Trauer und Schuldgefühlen ziehen, zurück zu all dem, dem sie entfliehen wollte. Das konnte er ihr nicht antun.

Er räusperte sich und antwortete ihr. »Nein.«

»Was meinst du damit? Dass ich ihn nicht fragen soll?«

»Nein, ich meine, es ist eine gute Idee.« Er hielt kurz inne, weil es in seiner Brust plötzlich eng wurde. »Ich finde, du solltest es tun. Frag ihn.«

Sie atmete leise aus, und er spürte, wie sie dabei lächelte. Was die Enge in seiner Brust nur noch verstärkte.

»Also gut«, sagte sie. Es klang kraftvoll. Glücklich.

Brody hätte am liebsten auf irgendetwas eingedroschen.

»Ich erzähle dir dann, was dabei rausgekommen ist – wenn ich denn den Mut aufbringe!«

Er trat gegen eine Baumwurzel, dann schloss er die Augen und ließ den Kopf in den Nacken sinken. »Ja, mach das.«

30.

Anna saß am Tisch eines netten kleinen italienischen Restaurants und knetete nervös ihre Stoffserviette, während sie auf die Wanduhr hinter der Bar sah. Sie war absichtlich etwas eher gekommen, weil sie wusste, dass sie einen Moment brauchen würde, um sich zu sammeln, bevor Jeremy eintraf. Nicht zum ersten Mal an diesem Abend zwang sie sich, ruhig auszuatmen.

Das La Cucina lag nicht im Stadtzentrum, weil sie sich dort zu beobachtet gefühlt hätte; stattdessen hatte sie ein kleines, familiengeführtes Restaurant zwischen ein paar Geschäften in einer Wohngegend gewählt.

Und nun saß sie also hier, bereit für ihr erstes »richtiges« Date seit über zehn Jahren. Es war ein sehr seltsames Gefühl. Wieder blickte Anna zur Uhr. Noch zehn Minuten.

Der Kellner kam an ihren Tisch. »Kann ich Ihnen noch etwas bringen, Madam? Einen Aperitif vielleicht? Oder ein paar Oliven?«

»Nein, vielen Dank«, erwiderte Anna, und er rückte stattdessen das Besteck zurecht und schenkte ihr Wasser nach, obwohl ihr Glas noch fast voll war. So hatte er sich vom ersten Moment an verhalten, als sie durch die Tür getreten war: Er schwirrte ständig um sie herum. Wahrscheinlich nahm er an, dass er dadurch aufmerksam und tüchtig wirkte, doch tatsächlich ging er ihr allmählich auf die Nerven und machte sie noch zappeliger, als sie ohnehin schon war.

Sie war kurz davor, einen Cocktail zu bestellen, nur um ihn loszuwerden, als ihr Handy summte. Sie fischte es aus ihrer Handtasche und sah, dass Gabi ihr eine Nachricht geschickt hatte.

Viel Glück!!!, stand da, gefolgt von lauter Herzchen und Blumen und Champagnergläsern.

Noch während sie las, kam eine zweite: *Bleib locker.*

Leichter gesagt als getan, dachte Anna.

Dann folgte eine dritte, die so typisch Gabi war, dass Anna trotz ihres Herzklopfens lächeln musste: *Und vergiss nicht, ihn am Ende des Abends zu küssen! (Das ist ein Befehl!)*

Anna schloss die Augen und übte wieder das langsame Ausatmen. Großer Gott. Daran konnte sie nicht mal *denken*. Der erste Teil des Abends war schon schwierig genug.

Und als wüsste das Schicksal, dass sie kaum noch flatteriger werden konnte, betrat genau in dem Moment Jeremy das Restaurant. Anna widerstand dem Drang, sich unter dem Tisch zu verstecken, und erhob sich lächelnd, während er auf sie zukam. Er sah immer gut aus, aber an diesem Abend wirkte er in Jeans und schickem Hemd besonders attraktiv. Zum Glück glich Jeremy mit seinem entspannten Charme ihre Aufregung aus, und nachdem der Kellner ihre Bestellung aufgenommen hatte, fühlte sie sich schon ein wenig lockerer.

Jeremy trank einen Schluck Wein und lehnte sich in seinem Stuhl zurück. »Ich muss gestehen, ich war überrascht, als du angerufen hast.«

Anna lachte nervös. »Ich auch.«

»Aber ich bin froh, dass du es getan hast.«

Statt einer Antwort lächelte Anna nur.

»Im Sommer hast du gesagt, du wärst noch nicht so weit.«

Sie nickte. »Stimmt.«

»Und jetzt bist du es?«

Anna sah die Fragen in seinen Augen, aber sie ärgerten sie nicht, wie die ihrer Freunde und Verwandten. Diese Fragen waren berechtigt nach all den widersprüchlichen Signalen, die sie ihm gesendet hatte. Wenn sie eine Ampel wäre, dann hätte sie, was Jeremy anging, ständig zwischen Gelb und Rot gewechselt. »Ja.«

»Was hat sich verändert?«

»Ich habe mich verändert«, antwortete sie, und sie spürte, dass es die Wahrheit war. Sie fühlte sich nicht länger wie ein Zombie, stolperte nicht mehr wie im Nebel durch ihr Leben.

»Ich möchte, dass du weißt, dass es mir nicht nur um ein Abenteuer geht. Ich bin auf der Suche nach etwas Ernsterem.«

Anna seufzte. »Du hast es dir wahrscheinlich schon gedacht, aber du bist der erste Mann, mit dem ich seit Spencers Tod ausgehe. Es fühlt sich alles noch ein bisschen seltsam und ungewohnt an …«

Sie sah ihn an, und er wirkte nicht überrascht oder irritiert, sondern nahm es einfach so hin. Das gab ihr den Mut weiterzusprechen. Sie musste ehrlich zu ihm sein, ihm die Chance geben, sich zurückzuziehen, falls sie nicht auf derselben Welle waren. »Ich weiß nicht, ob ich dir *für immer* versprechen kann, noch dazu bei unserem ersten Date. Ich weiß nicht mal, ob ich noch an *für immer* glaube. Ich meine, der Teil von wegen *bis dass der Tod uns scheidet* hängt für mich immer noch wie eine riesige dunkle Wolke über dem Konzept.«

»Das erwarte ich auch nicht«, sagte er mit leisem Lächeln. »Nur dass du bereit bist zu schauen, wohin das mit uns führt. Und ich weiß, dass es für dich nicht leicht ist, dass wir einen Schritt nach dem anderen gehen müssen.«

Anna verstand, worum er sie bat. Ein grünes Licht. Nicht bis in alle Ewigkeit, aber er brauchte ein Zeichen. Etwas, woran er sich halten konnte. Und sie spürte, sie war bereit für dieses Etwas. »Ja«, sagte sie. »Ich möchte auch sehen, wohin das mit uns führt.«

Es fühlte sich seltsam an, mit einem Mann durch die Straßen zu gehen – einem Mann, der nicht Spencer war. Seltsam, aber nicht schlimm.

Anna hatte absichtlich ihr Auto zu Hause stehen lassen, zum einen, weil sie vor dem Date im La Cucina etwas frische Luft und Bewegung brauchte, um einen klaren Kopf zu bekommen, und zum anderen, weil sie vermutet hatte, dass sie ein, zwei Gläser Wein brauchen würde, um den nötigen Mut aufzubringen. Ursprünglich hatte sie vorgehabt, sich nach dem Essen ein Taxi zu rufen, aber Jeremy hatte ihr vorgeschlagen, sie nach Hause zu begleiten, und sie hatten sich so gut unterhalten, dass sie den Abend noch nicht beenden mochte. Doch als sie sich ihrem Haus näherten, begann sie sich zu fragen, ob es ein Fehler gewesen war.

Was erwartet er?, fragte sie sich, als sie in ihre Straße einbogen.

Sie war noch nicht bereit, ihn hineinzubitten. Nicht mal für ein paar Minuten. Nicht mal auf einen Kaffee, der tatsächlich ein Kaffee war. Es wäre zu seltsam. In diesem Haus hatten sie und Spencer zusammen ihr Leben verbringen wollen, und sie konnte sich nicht vorstellen, einen anderen Mann hineinzulassen. *Einen Schritt nach dem anderen*, sagte sie sich.

Schließlich standen sie direkt vor ihrem Haus. Anna öffnete die Pforte und sah Jeremy an, der ihre Hand losließ, um sie vorgehen zu lassen. Sie konnte seinen Gesichtsausdruck nicht deuten, hatte nicht die leiseste Ahnung, wie er sich die nächsten fünf Minuten – oder mehr – vorstellte. Das machte sie nervös, und ihr Herz begann zu pochen. An der Haustür blieb sie stehen und drehte sich um. Ihre Stimme klang dünn und wackelig. »Es war ein schöner Abend.«

Er trat ein Stück näher, bis ihre Gesichter sich fast berührten. »Ist es immer noch.«

Nicht Spencer!, quäkte ihr innerer Alarm. Es war das erste Mal an diesem Abend, dass er sich meldete, und es klang schwach und halbherzig. Anstatt so zu reagieren, wie sie es sonst immer tat, wandte sie sich ihm zu.

Nein, er ist nicht Spencer, erwiderte sie freundlich, aber bestimmt, wie eine Grundschullehrerin, die ihren pausbäckigen Erstklässlern eine wichtige Regel erklärte. *Aber vielleicht ist das auch in Ordnung. Vielleicht muss ich einfach nur über diese Hürde springen, und dann ist es nicht mehr so schwer vorwärtszugehen.*

Und wie zum Beweis beugte sie sich vor und küsste Jeremy. Sobald ihre Lippen seine berührten, legte er die Arme um sie und zog sie enger an sich. Eigenartig – er küsste ganz anders als Spencer. Es war kein kribbelndes Feuerwerk, wie bei ihrem Mann, aber es war auch nicht unangenehm. Es war ein schöner Kuss. Wirklich schön.

Als sie sich voneinander lösten, fragte er: »Magst du am Samstag noch mal mit mir essen gehen – wenn das nicht zu früh ist?«

Anna nickte nur, doch dann fiel ihr auf, dass das vielleicht etwas lustlos wirkte, und so sagte sie: »Sehr gerne.« Sie küssten sich noch einmal, dann drehte er sich um und ging die Einfahrt hinunter.

Sie sah ihm einen Moment nach, dann schlüpfte sie ins Haus und schloss leise die Tür. Sie zog ihre Jacke aus und ließ sie auf den Stuhl im Flur fallen, ging ins Wohnzimmer, setzte sich in die Ecke des großen Sofas und starrte vor sich hin.

Habe ich das tatsächlich getan? Habe ich gerade einen anderen Mann geküsst?

Es kam ihr ein bisschen unwirklich vor.

Ist das für dich in Ordnung?, flüsterte sie lautlos in den Raum hinein und wünschte wieder einmal, Spencer könnte ihr antworten. Logisch betrachtet hätte Spencer sicher gewollt, dass sie glücklich war und das Leben bei den Hörnern packte, wie er es immer getan hatte, aber das im Kopf zu denken und es im Herzen zu fühlen, waren zwei vollkommen verschiedene Dinge.

Sie beugte sich vor, um die Lampe einzuschalten, und in dem Moment fiel ihr auf, dass sie an der Stelle saß, wo sie es sich immer gemütlich machte, wenn sie Brody anrief. Instinktiv holte sie ihr Handy aus der Handtasche, um seine Nummer zu wählen.

Ein verpasster Anruf? Von Brody? Überrascht sah Anna auf die Zeitanzeige. 22:38. Er hatte vor etwa fünf Minuten angerufen – also wohl genau zu der Zeit, als sie vor der Haustür gestanden und Jeremy geküsst hatte. Sie wollte schon auf den Rückrufbutton tippen, doch dann zögerte sie.

Mittlerweile griff sie geradezu reflexartig nach ihrem Handy, um Brody anzurufen, sobald irgendetwas Bedeutsames in ihrem Leben geschah, aber obwohl sie leichtfertig versprochen hatte, ihm sämtliche Einzelheiten ihres Dates zu schildern, war sie sich nicht sicher, ob sie das wollte.

Warum nicht? Warum fühlte es sich komisch an?

Sie schloss die Augen und atmete aus. Sie wusste nicht, warum es sich so anfühlte, es war einfach so, und sie hatte schon den ganzen Abend eine Achterbahn der Gefühle durchgemacht. Vielleicht sollte sie lieber erst mal zur Ruhe kommen und ihm morgen davon erzählen?

31.

Am nächsten Abend hüllte Anna sich in eine warme Strickjacke und setzte sich an den Tisch auf der Terrasse. Der Himmel leuchtete in einem tiefen Indigo. Dies war einer der Lieblingsorte von Spencer und ihr gewesen. Im Sommer hatten sie oft den ganzen Abend hier draußen verbracht, gegessen, gelacht und geredet, die Sterne betrachtet und Zukunftsträume entworfen.

Dieselben Sterne funkelten ihr jetzt zu, aber sie zögerte, zu ihnen hinaufzusehen und sie anzuschauen, wie sie es früher so gerne getan hatte. Sie hatte ihnen noch nicht verziehen, dass sie so unzuverlässig gewesen waren und sich nicht um die Versprechen und Wünsche, die sie ihnen anvertraut hatte, gekümmert hatten. Aber sie arbeitete daran.

Sie blickte auf ihr Handy. Sie brauchte Rat wegen etwas, das sie lange vor sich hergeschoben hatte, aber nun wurde die Zeit knapp, und sie musste eine Entscheidung treffen. Normalerweise hätte sie Brody sofort angerufen, aber sie hatte ein schlechtes Gewissen, weil sie am Abend zuvor nicht zurückgerufen hatte. Es war seltsam. Es fühlte sich an, als hätte sich etwas zwischen ihnen verändert, aber sie wusste nicht, was.

Sie war schon kurz davor, das Handy wieder in die Tasche zu stecken, doch dann rief sie sich zur Ordnung, wählte seine Nummer und wartete darauf, dass er dranging. Er ging immer dran. Er war immer da, wenn sie ihn brauchte.

»Tut mir leid, dass ich gestern nicht mehr zurückgerufen habe! Ich war unterwegs und hatte das Handy auf stumm geschaltet.«

»Kein Problem«, sagte er. Seine Stimme klang ernst und undurchschaubar, wie so oft. »Hattest du einen netten Abend?«

Sie schluckte. »Ja. Ich … äh … war bei einem Date.« Sie zögerte kurz, dann fügte sie hinzu: »Mit Jeremy.«

Schweigen, zäh und lastend. Schließlich fragte er: »Und, wie war's?«

»Gut – glaube ich.« Anna schloss die Augen. Hätte sie doch bloß nicht davon angefangen. Ihr Gefühlsdurcheinander gab dem ganzen Gespräch einen seltsamen Drall. Sie wechselte besser das Thema. »Wie geht es dir? Ist alles in Ordnung?«

»Ja. Wieso?«

»Ich hab mich nur gefragt, ob du gestern Abend über etwas Bestimmtes reden wolltest.«

Ein paar Sekunden lang hörte Anna nur das gedämpfte Rauschen des Verkehrs ein paar Straßen weiter und das Jaulen einer Katze in der Nachbarschaft.

»Nein. Eigentlich nicht.« Wieder schwieg er.

Anna runzelte die Stirn. Sie hatte schon seit einer Weile das eigentümliche Gefühl, dass Brodys Schweigen, die Lücken in ihrem Gespräch, in Wirklichkeit mit etwas gefüllt waren. Was verheimlichte er ihr?

»Ich wollte einfach nur mit dir reden … Deine Stimme hören.«

Seine Offenheit berührte sie so, dass sie sich augenblicklich für ihre Zweifel hasste. »Brody … Ich glaube, das ist das Netteste, was du je zu mir gesagt hast.«

»Es stimmt«, erwiderte er seltsam resigniert.

Sie blickte hinunter auf ihre Füße. Mittlerweile war es so dunkel, dass sie kaum noch etwas von ihren Schuhen sehen konnte. Die ganze Befangenheit, die sie eben noch gespürt hatte, verschwand. Sie waren wieder eine Einheit, auf ihre ganz besondere Weise verbunden.

»Ich weiß gar nicht, was ich ohne dich machen würde«, sagte sie. »Du bist einer meiner besten Freunde.«

Am anderen Ende ertönte ein leises Schnauben, und es klang, als würde er dabei lächeln. »Gut«, sagte er nur, aber das genügte Anna. Sie lächelte ebenfalls.

»Oh! Das hätte ich fast vergessen! Ich brauche deinen Rat. Schon wieder. Tut mir leid!«

Diesmal hörte sie ihn eindeutig lachen. »Du brauchst dich nicht zu entschuldigen. Der Einzige außer dir, den ich mit meinem Rat beglücken kann, ist Lewis, und ich bezweifle, dass er ihn zu schätzen weiß. Worum geht's denn?«

»Ich habe dir doch erzählt, dass Teresa mich zu ihrer Geburtstagsparty in zwei Wochen eingeladen hat, oder?«

»Ja, und?«

»Na ja, ich habe heute mit ihr darüber gesprochen. Ich war davon ausgegangen, dass sie hauptsächlich Freunde eingeladen hat, zumal sie gesagt hat, dass sie das große Fest nachholen will, das eigentlich für ihren Dreißigsten geplant war, dann aber ausgefallen ist, weil sie zu deprimiert war, um zu feiern. Tja, und wie sich herausgestellt hat, lag ich falsch. Es wird eine *Familien*feier, quer durch alle Generationen, und das bedeutet –«

»Ah. Ich verstehe … Gayle.«

»Genau«, erwiderte Anna. »Mir graut davor. Ich habe sie nicht mehr gesehen, seit ich sie als kaltherziges Miststück bezeichnet habe. Aber ich kann nicht *nicht* hingehen. Ich kann Teresa nicht für etwas bestrafen, was Gayle getan hat, zumal wir in letzter Zeit so gut miteinander auskommen.«

Seit ihrem Besuch nach der Geburt von Klein Spencer (wie alle ihn mittlerweile nannten) hatte sich etwas an ihrer Beziehung zu Teresa verändert. Sie hatten sich schon immer gemocht, aber jetzt war wirklich ein Band zwischen ihnen entstanden. Teresa war für sie wie … nun ja, wie Familie.

»Ich glaube, du hast dir deine Frage schon selbst beantwortet«, sagte Brody.

Anna seufzte und zog die Füße auf den Sitz. »Ich weiß. Aber was mache ich mit Gayle?«

»Musst du denn etwas machen?«

Anna kaute auf ihrer Unterlippe. Musste sie? Der Gedanke, dass sie vielleicht *nicht* musste, war seltsam befreiend. »Du meinst, ich soll einfach hingehen, ohne Entschuldigung oder Erklärung, und sie ignorieren?«

»Ich dachte eher an unverbindliche Freundlichkeit, aber das ist deine Entscheidung.«

»Mit anderen Worten: *nicht reagieren*?«

Er lachte. »Genau.«

Sie stieß einen tiefen Seufzer aus. »Warum müssen Familientreffen bloß so anstrengend sein? Mir graut jetzt schon vor Weihnachten, obwohl es noch drei Monate hin ist, und erst recht vor Silvester.«

»Was findest du schlimmer?«, fragte Brody. »Weihnachten oder Silvester?«

Beide überlegten einen Moment, dann sagten sie genau gleichzeitig: »Silvester!«, was sie zum Lachen brachte. Anna schlang die Arme um die Knie und blickte hoch zu den Sternen. Ihr wurde allmählich kalt, aber sie wollte noch nicht hineingehen. Während sie einen Stern betrachtete, der blassgrün zu funkeln schien, kam ihr plötzlich ein Gedanke. »Warum lassen wir Silvester dann nicht einfach ausfallen?«, sagte sie.

»Ha! Hervorragende Idee.«

Anna entwickelte die Idee noch ein wenig weiter. »Und warum lassen wir Silvester nicht einfach zusammen ausfallen?«

»Du meinst, den ganzen Abend am Telefon verbringen?«

Das hatte sie eigentlich vorschlagen wollen, aber mit einem Mal erkannte sie, dass es noch eine andere Möglichkeit gab, und diese Möglichkeit wünschte sie sich mehr als alles andere. »Nein. Lass uns den Abend zusammen verbringen.«

Einen Moment lang herrschte verdutztes Schweigen. »Was?«

Anna hielt kurz den Atem an, dann sagte sie: »Brody, ich finde, es wird Zeit, dass wir uns kennenlernen.«

32.

»Du willst, dass wir uns Silvester treffen? Von Angesicht zu Angesicht?«, fragte Brody verdattert.

O-kay, dachte Anna. Obwohl es bis Silvester noch drei Monate waren und sie die Idee ebenso spontan ausgesprochen hatte, wie sie ihr in den Sinn gekommen war, hatte sie nicht mit dieser Reaktion gerechnet. Sie hatte gedacht, dass Brody sich freuen würde, auch wenn ihre Beziehung bis jetzt eine rein … nun ja … akustische war.

»Was … was ist mit Jeremy?«

»Was soll mit ihm sein?«

»Willst du Silvester nicht mit ihm verbringen?«

Oh. Stimmt, das wäre auch eine Möglichkeit. Eine, auf die sie noch gar nicht gekommen war. »Ich weiß es nicht«, antwortete sie. »Ich weiß nicht mal, ob es in ein paar Monaten überhaupt noch einen Jeremy *gibt.*«

Wieder Schweigen.

»Wirklich?«, fragte er skeptisch.

»Ja, wirklich. Wir haben uns erst einmal getroffen, und wenn ich in den letzten Jahren eins gelernt habe, dann ist es, nicht auf die Zukunft zu vertrauen.«

»Aber du machst doch Pläne mit mir«, sagte er leise.

»Ja. Aber das ist was anderes.«

»Warum?«

Anna blickte hoch zu den funkelnden Sternen. »Weil ich dich kenne.« Er schwieg erneut, aber diesmal war es ein nachdenkliches Schweigen. Und je länger sie selbst darüber nachdachte, desto besser gefiel ihr die Idee. Es würde sie beide davor bewahren, einsam und trübselig zu sein, und ihnen während der Weihnachtstage, die nie einfach waren, wenn man jemanden verloren hatte, etwas geben, worauf sie sich freuen konnten.

»Na, was denkst du? Sollen wir es tun?«

Er räusperte sich. »Warum um alles in der Welt solltest du Silvester mit mir verbringen wollen?«

Sie wusste nicht, ob sie beleidigt sein sollte, weil er nicht begeistert war, oder traurig, weil er nicht glauben mochte, dass sie es ernst meinte. »Weil ich dir gerne in die Augen sehen und mich bei dir für alles, was du für mich getan hast, bedanken würde.«

Er schnaubte. »Ich habe doch gar nichts getan. Das warst du ganz allein.«

»Nein, Brody. Du auch. Du hast mir als Einziger wirklich zugehört. Und du hast dich getraut, mir die Wahrheit zu sagen, wenn es nötig war. Ohne dich hätte ich es nicht durch dieses Jahr geschafft …«

Mit einem Mal fragte sie sich, ob sie mehr in diese Beziehung hineinlas, als tatsächlich da war, aber dann erinnerte sie sich daran, wie er gesagt hatte, er hätte nur angerufen, um ihre Stimme zu hören, und das verwirrte sie noch mehr.

»Ich würde liebend gerne Silvester mit dir verbringen, Anna. Aber … ich kann nicht.«

Anna wartete, denn sie spürte, dass da noch mehr kam. Zumindest irgendeine Erklärung. Aber schließlich hielt sie es nicht mehr aus. »Brody …?«

Er stieß einen tiefen Seufzer aus.

»Ist alles in Ordnung?«

Sie konnte förmlich hören, wie er innerlich mit seiner Antwort rang. *Sag's mir*, drängte sie ihn wortlos. *Sag mir, was los ist. Vertrau mir, so wie ich dir vertraut habe.*

Nach kurzem Zögern holte er Luft, als wollte er etwas sagen. Etwas Bedeutsames.

Und dann stieß er die Luft wieder aus.

»Es ist nichts, weswegen du dir Sorgen machen müsstest.« Sein Tonfall war so bestimmt, dass ihr klar war, es hatte keinen Sinn nachzubohren. Zumindest nicht heute Abend. Aber sie wollte Brody treffen. Sie wollte sein Lächeln nicht nur hören, sondern auch sehen. Sie wollte ihn umarmen und ihm für seine Freundschaft danken.

Er hatte sie gerettet.

Zu lange war sie die Nehmende in ihrer Beziehung gewesen, hatte die Kraft und Weisheit aus ihm herausgesogen, weil sie verzweifelt und voll Trauer war. Gut, sie trauerte immer noch, aber sie war nicht mehr verzweifelt. Irgendwie war ihre Trauer in eine neue Phase eingetreten, und es war Zeit, dass sie damit aufhörte, nur um sich selbst und ihren Schmerz zu kreisen, und den Blick wieder nach außen richtete. Sie schloss die Augen vor Scham – wie selbstsüchtig sie gewesen war!

War sie es jetzt wieder? Dachte sie nur daran, was sie wollte, ohne seine Gefühle in Betracht zu ziehen?

Schon möglich.

Vielleicht musste sie ihre Idee erst mal zurückstellen. Aber das bedeutete ja nicht, dass Brody und sie nicht irgendeinen anderen Weg finden konnten, sich näherzukommen, oder?

»Okay«, begann sie, und ihr Mund sprach drauflos, bevor ihr Gehirn den Gedanken zu Ende formuliert hatte. »Wir wissen praktisch nichts voneinander, obwohl wir jetzt seit ungefähr einem halben Jahr regelmäßig miteinander telefonieren. Ich bin mittlerweile ziemlich sicher, dass du kein psychopathischer Axtmörder bist –«

Er stieß ein schnaubendes Lachen aus, und es war, als hätte Anna während der letzten paar Minuten ein superfeines Gehör bekommen, denn sie hörte nicht nur die Heiterkeit, sondern auch noch etwas anderes, das er verzweifelt zu verbergen versuchte: Erleichterung. Er war froh, dass sie nicht auf dem Treffen bestanden hatte.

»Deshalb verrate ich dir jetzt meinen Nachnamen«, schloss sie. »Und wo ich wohne.«

Das Schweigen am anderen Ende veränderte sich, als würde er nicht mehr lächeln. Als wäre er irritiert. Auf der Hut.

Warum?

»Ich heiße Anna Barry, und ich wohne im Südosten von London. In Bromley, um genau zu sein. Na ja, nicht im Zentrum von Bromley, eher Richtung Sundridge Park …« Jetzt plapperte sie. »Und ich schicke dir ein Foto von mir …«

Tatsächlich? Wo kam das denn jetzt her?

Doch in dem Moment, als sie es sagte, wusste sie, dass es richtig war. Wenn Brody nicht skypen konnte – oder wollte –, war das immerhin ein Ersatz. Sie wollte ein Bild von ihm im Kopf haben, wenn sie mit ihm sprach, nicht nur diese verschwommene, selbst gebastelte Vorstellung, und sie wollte, dass er sie auch vor seinem inneren Auge sah. Sie wollte, dass er ihr Äußeres kennenlernte, so wie er ihr Inneres kennengelernt hatte.

Sie schaltete ihr Handy auf Lautsprecher, klickte ihre Foto-App an, um ein Bild herauszusuchen, das sie ihm schicken konnte. Eigenartig – in der ganzen Zeit, die sie nun schon kommunizierten, hatten sie sich noch nie geschrieben. Immer nur miteinander gesprochen.

»Anna? Du musst wirklich nicht …«

Doch Anna hörte nicht zu. Sie war damit beschäftigt, durch ihre Fotosammlung zu scrollen. Die nettesten Aufnahmen von ihr waren ganz weit oben, einige davon zusammen mit Spencer, und aus Eitelkeit hätte sie beinahe eine davon ausgewählt, doch dann zögerte sie. Nein. Hier ging es nicht darum, ein möglichst perfektes Bild für Instagram zu finden, das kaum etwas mit der Wirklichkeit zu tun hatte. Hier ging es um Brody. Sie musste eins finden, das sie so zeigte, wie sie jetzt war, ehrlich und ungeschönt.

»Ich muss auflegen«, sagte sie zu ihm. »Ich weiß nicht, wie das geht, ohne das Gespräch abzubrechen. Ruf mich zurück, wenn du es bekommen hast.«

Sie beendete den Anruf, bevor er protestieren konnte, und wählte ein Foto aus dem vergangenen Jahr, auf dem sie weder süß noch sexy wirkte. Es war ein Schnappschuss, den Gabi bei einem winterlichen Spaziergang über die Felder in der Nähe von Farnborough aufgenommen hatte. Gabi hatte Anna gerufen und genau in dem

Moment abgedrückt, als Anna sich umgewandt hatte. Sie blickte darauf direkt in die Kamera, ein angedeutetes Lächeln auf den Lippen und einen leicht genervten Ausdruck in den Augen, als wollte sie sagen: *Muss das jetzt sein?* Sie war darauf sehr gut getroffen, und es wirkte vollkommen natürlich.

Sie wählte das Foto aus und tippte, bevor sie es sich anders überlegen konnte, auf Senden. Dann wartete sie mit angehaltenem Atem.

Es dauerte lange, bis Brody zurückrief. So lange, dass es ihr draußen zu kalt wurde und sie in die Wärme ihrer Küche floh. Sie schaltete die helle Deckenleuchte aus und stattdessen die der Dunstabzugshaube ein, legte ihr Handy auf den Tisch und wartete weiter.

Warum brauchte er so lange? So hässlich war sie doch nicht, oder?

Sie wusste, dass sie nicht hässlich war. Okay, sie war keine Schönheit, und sie hatte auch nicht dieses Funkeln in den Augen wie Gabi, das Anna an das Wort »hübsch« denken ließ, aber ihr Gesicht war gut geschnitten, und wenn sie sich ein bisschen Mühe gab, konnte sie durchaus ganz passabel aussehen.

Ihr Handy pingte und vibrierte auf dem Tisch. Hastig griff sie danach. Eine Nachricht von ihm. Ein Foto!

Es dauerte eine Weile, bis ihr Gehirn das Bild sortiert bekam – eine Menge zerzaustes graues Haar und seelenvolle Augen mit einem Hauch von Schalk darin. Sie tippte darauf, um es zu vergrößern, und stieß einen halb frustrierten, halb amüsierten Seufzer aus. Kopfschüttelnd wählte sie seine Nummer. »Ich nehme an, das ist Lewis«, sagte sie, als er abnahm.

»Er sieht viel besser aus als ich«, erwiderte Brody ernst.

»Stimmt, er ist hübsch«, musste Anna zugeben. »Was für eine Rasse ist er denn?«

»Ein Cairn Terrier. Wie Toto aus *Das zauberhafte Land.*«

O ja, an den erinnerte sich Anna gut. Und nach allem, was sie von Lewis wusste, war er genauso quirlig und ungezogen. »Und«, fragte sie schmunzelnd, »sind deine Augenbrauen auch so buschig?«

Er schwieg einen Moment, bevor er antwortete. »Noch buschiger.«

Nun, das erklärte vielleicht, warum er kein Foto von sich geschickt hatte. Vielleicht war er wirklich befangen, was sein Aussehen anging. O Gott. Sie war schon wieder zu weit gegangen, oder? Ihr ganzes Leben lang war sie ein schüchternes kleines Mäuschen gewesen, und nun, da sie endlich ihr Selbstbewusstsein gefunden hatte, musste sie es gleich übertreiben.

»Es war nicht so gemeint, dass du mir auch eins schicken musst«, sagte sie hastig. »Es tut mir leid, wenn ich dich damit überfahren habe …«

»Ist schon okay«, erwiderte er. »Aber ich weiß gar nicht, ob ich auf diesem Handy überhaupt ein Bild von mir habe. Ich bin nicht so der Typ für Selfies. Vielleicht ein anderes Mal.«

»Kein Problem«, sagte Anna, obwohl sie sich fragte, ob er sie wieder nur abwimmelte. Brody war an diesem Abend irgendwie unnahbar und undurchschaubar.

»Aber ich kann dir meinen Namen sagen. Ich heiße Brody Smith, und ich wohne an einer Straße, die so klein ist, dass sie keinen Namen hat und vermutlich nicht mal eine Nummer, aber das nächste Dorf ist Hexworthy.«

»Vielen Dank, Brody Smith.«

»Nichts zu danken«, sagte er, aber das stimmte nicht.

An diesem Abend hatte Brody sich von einer Stimme am Telefon in einen echten Menschen verwandelt. Natürlich wusste sie, dass er das immer gewesen war, aber ein Teil von ihr hatte ihn nicht so wahrgenommen. Eher wie ein Wesen aus einem Traum. Oder einem Märchen. Vielleicht eine ziemlich schroffe und eigenwillige gute Fee. Aber indem er ihr seinen Nachnamen und so etwas Ähnliches wie eine Adresse verraten hatte, war er real und greifbar geworden. Wenn sie wollte, konnte sie sich ins Auto setzen und zu ihm fahren.

Was sie natürlich nicht tun würde. Jedenfalls nicht ohne seine Erlaubnis. Das wäre sonst fast schon Stalking. Fürs Erste genügte es ihr zu wissen, dass es möglich war.

33.

Lewis bellte, lief zur Hintertür und sah Brody auffordernd an. Doch der starrte nach dem Gespräch mit Anna immer noch auf sein Handy und reagierte nicht. Lewis bellte erneut.

»Entschuldige, Kumpel«, murmelte Brody und ließ ihn hinaus.

Lewis rannte sofort in den Garten, doch anstatt das zu tun, was Brody erwartet hatte, fing er an zu bellen. Dann setzte er sich hin und stieß ein langes wehmütiges Geheul aus, den Blick auf den Mond gerichtet.

Es war ein ziemlich spektakulärer Mond, groß und rund und scheinbar zum Greifen nah.

»Dummer Hund«, brummte Brody. »Wofür hältst du dich? Für einen Wolf? Nur weil er direkt vor deiner Nase hängt, heißt das noch lange nicht, dass du ihn haben kannst.«

Doch Lewis beachtete ihn nicht und heulte weiter. *Na ja*, dachte Brody achselzuckend und ging wieder in die Küche, *zumindest stört er nicht die Nachbarn, denn wir haben ja keine.*

Trotz des Lärms hatte er immer noch Annas Stimme im Ohr, wie das Echo eines Songs, nachdem man das Radio ausgeschaltet hat. Er tippte auf die Nachrichten-App und betrachtete Annas Foto. Sie hatte einen dicken grauen Schal um den Hals und eine lila Mütze auf dem Kopf, mit einer aufgestickten Blume an der Seite. Im Hintergrund schien die tief stehende Sonne auf frostbereifte Felder, aber Brody interessierte nur der Vordergrund.

Gott, war sie schön.

Er musste immer wieder ihre Augen ansehen. Er hatte recht gehabt: Sie waren groß und offen und ein wenig traurig. Aber er fand in ihnen auch andere Eigenschaften, die er schon ohne dieses Foto an ihr wahrgenommen hatte: Entschlossenheit, Mut, Mitgefühl.

Dann nahm er auch den Rest ihres Gesichts wahr.

Wenn er ein Fremder gewesen wäre und die Aufnahme nur als Profilbild auf Facebook gesehen hätte, hätte er wahrscheinlich gedacht, dass es ein ganz ansprechendes Gesicht war, es aber nicht näher betrachtet. Es war eher interessant als auf herkömmliche Weise hübsch.

Aber er war kein Fremder, und er konnte diese distanzierte Sicht nicht lange aufrechterhalten. Er starrte das Bild an, sog es förmlich in sich auf.

Du bist echt eine traurige Nummer, Brody Smith.

Halb verliebt in eine Frau, der du noch nie begegnet bist, die du noch nicht mal gesehen hast, und dann schickt sie dir ein Foto, und du …

Du musst mehr unter Leute gehen, Mann.

Er atmete laut aus und zwang sich, das Handy auszuschalten. Allerdings brachte er es nicht fertig, es auf den Schreibtisch zu legen, sondern schob es in seine Gesäßtasche.

Er hatte sich nicht getraut, ihr ebenfalls ein Foto zu schicken. Wovor hatte er denn solche Angst gehabt?

Na, wovor wohl? Hast du in letzter Zeit mal in den Spiegel geschaut?

Im Flur hing einer. Nicht weil er ihn unbedingt brauchte, sondern weil die Vorbesitzer ihn dagelassen hatten und weil in den Flur anscheinend ein Spiegel gehörte. Widerstrebend ging er hinaus und stellte sich breitbeinig davor.

Das ist das Gesicht eines Feiglings, sagte er sich. *Bist du wirklich so eitel, dass du nicht einfach das Handy nehmen und ein Foto machen konntest? Hast du Angst, dass sie das Grau in deinen Bartstoppeln sieht, den harten Zug um deinen Mund?*

Nein, davor hatte er keine Angst.

Oder hast du Angst, dass sie dir ansieht, warum du dich so vor der Welt versteckst? Und dass sie dann nie wieder mit dir redet?

Das traf es schon eher. Aber es war dumm. Vom Verstand her wusste er das, trotzdem brachte er es immer noch nicht über sich, ein Foto zu machen.

Und, Gott, wie gerne würde er sich mit ihr treffen! Aber es war keine gute Idee, in allen möglichen Hinsichten. *Vergiss es, Mann. Hör auf, dir was vorzumachen.* Ein Freund, hatte sie gesagt. Nicht mehr. Das würde reichen müssen.

Er hatte sich in dem Cottage lange wohlgefühlt, abgeschieden von der Außenwelt, aber jetzt war es kein Zufluchtsort mehr für ihn. Genau genommen fühlte er sich hier mittlerweile ein wenig klaustrophobisch.

Draußen heulte Lewis immer noch, und als Brody auf den Ton lauschte, berührte er ihn in seinem Innersten und löste eine schier unerträgliche Sehnsucht aus. Er zog das Handy aus der Tasche und betrachtete noch einmal das Foto von Anna. Der Schmerz wurde noch stärker. Er war wie ein Messer in seiner Brust, und jemand drehte die Klinge.

Geh doch einfach raus und heul auch den Mond an, sagte er sich. *Das ist genauso sinnlos.*

Wäre Gabi an ihrer Stelle gewesen, hätte sie Brody sofort gegoogelt, sobald sie seinen Nachnamen wusste, aber Anna hielt immerhin sechs Tage durch, bevor sie schwach wurde und Brodys Namen bei Facebook eingab. Sie tat es frühmorgens, weil da keine Gefahr bestand, dass er sie anrief. Das wäre ihr peinlich gewesen.

Wobei sie ja nicht abgemacht hatten, dass sie das *nicht* tun würden. Sie hatten nicht mal darüber gesprochen. *Wahrscheinlich hat er dich längst gefunden, also stell dich nicht so an.*

Aber …

Halt die Klappe. Ihre Finger flogen über die Tasten ihres Laptops, und sie klickte auf Enter, bevor sie es sich anders überlegen konnte.

Es gab viel mehr Treffer, als sie gedacht hatte. Mist. Brody war zwar kein sehr häufiger Name, aber Smith dafür umso mehr. Nun, dann blieb ihr wohl nichts anderes übrig, als die Liste durchzugehen. Immerhin hatte sie ein paar Informationen, die ihr helfen würden, die Treffer einzugrenzen: seinen Wohnort (Devon) und sein Alter (älter als sie, aber nicht uralt).

Es gab einen Brody Smith, der an der Stanford University forschte.

Einen Reiseschriftsteller aus Neuseeland, der sechs Monate im Jahr mit seinem Boot durch den Südpazifik segelte.

Einen vielversprechenden sechzehnjährigen Schauspieler, der bereits eine Legion liebeskranker Teeniemädchen als Follower hatte.

Anna ging sie alle durch, aber keiner von ihnen kam infrage. Mittlerweile war ihre Neugier so entfacht, dass sie zu Google wechselte. Doch das Ergebnis war dasselbe. So viele Brody Smiths! Und da waren noch nicht mal all die dabei, die noch einen zweiten Vornamen hatten. Es gab einen Brody Michael Smith, einen Brody Alexander Smith und sogar einen Brody Zephaniah Smith.

Letzteren klickte sie an, einfach weil der Name so ungewöhnlich war, und fand heraus, dass er ein Feuer-und-Schwefel-Prediger aus den neunzehnhundertzwanziger Jahren war, der allerdings bereits das Zeitliche gesegnet hatte. Danach entschloss sie sich, es mit der Bildersuche zu dem Namen zu versuchen, weil sie so direkt die sepiafarbenen und schwarz-weißen Fotos aussortieren konnte, die zu irgendwelchen Familienaufzeichnungen gehörten, und alle Brodys, die zu jung oder zu alt waren.

Sie glitt mit dem Blick über die oberste Reihe der Ergebnisse und klickte das erste farbige Foto an, das sie sah, aber wie sich herausstellte, gehörte es zu der Website eines Kinderbuchautors namens Brody Alexander (ohne Smith hintendran – da musste Google wohl geschlafen haben). Hatte sie schon mal von ihm gehört? Sie folgte dem Link auf die Website und las sich die Informationen über ihn durch. Nein. Er lebte in London und war verheiratet.

Bevor sie die Seite schloss, sah sie sich das Schwarz-Weiß-Foto neben dem Lebenslauf an. Nicht übel. Dunkles Haar. Ein bisschen kantiger, als man sich einen Kinderbuchautor vorstellte. Und jünger als der Brody, den sie suchte, schätzungsweise Anfang dreißig, so wie sie, das passte also auch nicht. Er blickte direkt in die Kamera, ohne ein Lächeln, aber man ahnte es in seinen Augen. Anna sah genauer hin. Da war etwas … Ihr Magen begann zu kribbeln. Konnte es sein …?

Ein wenig atemlos betrachtete sie das Foto noch einmal eingehend, doch dann klickte sie die Seite weg.

Nein. Es passte nicht. Sein Gesichtsausdruck war zu … jung gewesen, zu frisch und unberührt von der Dunkelheit, die das Leben mit sich bringen konnte. Er war es nicht. Er war nicht ihr Brody.

Denn ihr Brody hatte ein Geheimnis.

Je öfter sie miteinander sprachen, desto sicherer war sie sich. Es musste etwas mit seiner Frau zu tun haben, mit seiner Trauer und seinem Verlust. Sie hatte ein paarmal vorsichtig gebohrt, aber wie sie bereits festgestellt hatte, war er sehr geschickt darin, ihr auszuweichen. Sie könnte natürlich hartnäckiger nachfragen, aber eigentlich wollte sie das gar nicht. Wenn es für ihn zu schmerzlich war, darüber zu reden, dann sollte sie ihn in Ruhe lassen. Schließlich war sie die Letzte, die dafür kein Verständnis hatte.

Seufzend klappte Anna ihren Laptop zu. Sie würde einfach Geduld mit ihm haben müssen, so wie er sie mit ihr gehabt hatte. Und bis dahin musste sie versuchen, ihre Neugier im Zaum zu halten.

34.

»Was hältst du davon?« Gabi kam aus der Umkleidekabine und drehte sich grinsend um sich selbst. Vor lauter Tüll und Taft konnte Anna ihr Gesicht kaum sehen.

»Sehr hübsch«, sagte sie.

Genau wie die letzten drei Hochzeitskleider, die Gabi anprobiert hatte. Anna wusste immer noch nicht so recht, wie sie in diesem Brautmodengeschäft gelandet waren. Eigentlich war der Plan, ein Kleid für sie zu finden, für Teresas Party am kommenden Samstag. Sie erinnerte sich nur daran, dass Gabi gesagt hatte, in dem Geschäft gebe es auch Abendkleider, und bevor Anna wusste, wie ihr geschah, waren sie schon hineinspaziert, und als die Verkäuferin angenommen hatte, dass sie wegen eines Brautkleides gekommen waren, hatte Gabi ihr nicht widersprochen. Im Gegenteil: Als Anna das Missverständnis aufklären wollte, hatte Gabi sie abgewürgt, die Verkäuferin strahlend angelächelt und ein Kleid von der Stange genommen.

Anfangs hatte es Anna nichts ausgemacht, und sie hatte das Spiel mitgespielt, aber nun saß sie schon fast seit einer halben Stunde auf dieser gepolsterten Bank. »Gabs?«

»Ja?«, sagte Gabi und drehte sich vor dem Spiegel hin und her.

»Gibt es da etwas, das ich wissen sollte?«

»Was denn?« Gabi rückte ihre Brüste zurecht, um sie in dem tiefen Ausschnitt optimal zur Geltung zu bringen.

»Gabriela!«

Gabi hielt inne und drehte sich zu Anna herum. Das Kleid schwang und raschelte noch einen Moment nach.

»Hat Lee …? Du weißt schon …«

»Mir einen Antrag gemacht? Das würde ich dir doch sofort erzählen!«

»Ich hab mich nur gefragt, ob das alles hier«, Anna deutete mit einer Handbewegung auf den luxuriösen Ankleideraum, »irgendeinen tieferen Sinn hat.«

Gabi schwebte zu Anna und setzte sich neben sie auf die Bank. »Nein, er hat mir keinen Antrag gemacht.« Normalerweise hätte Gabi bei so einer Nachricht große traurige Hundeaugen gemacht, aber jetzt sah es eher so aus, als verkniff sie sich ein Lächeln. »Aber ich glaube, er hat es vor!«, fügte sie hinzu und wippte hibbelig auf und ab.

Anna sah ihre Freundin aufmerksam an. »Wirklich?«

»Gestern Abend hat er mich angerufen und gesagt, dass er über unsere Beziehung sprechen will – dass es da etwas Wichtiges gibt, was er mich fragen will.«

»Etwas Wichtiges?«, fragte Anna. »Waren das seine Worte?«

Gabi zog die Nase kraus. »Lass mich mal überlegen … Hm … Ich weiß nicht mehr, was er *genau* gesagt hat. Aber es muss doch etwas Wichtiges sein, wenn er mit mir richtig schick essen gehen will, oder?«

»Ja, schon, aber es könnte alles Mögliche sein, Gabi. Ich weiß, dass du ihn wirklich magst und gerne sesshaft werden möchtest, aber ist das nicht ein bisschen überstürzt?«

Gabi sah verletzt aus. »Findest du, ich bin nicht heiratenswert?«

»Ach, Gabi!« Anna drückte sie raschelnd an sich. »Natürlich bist du das! Und er wäre ein Glückspilz, wenn er dich kriegt. Aber bist du sicher, dass du schon bereit dafür bist? Ihr kennt euch doch noch gar nicht so lange.«

Und sie war sich auch nicht sicher, ob Lee bereit dafür war, aber das behielt sie für sich. Er wirkte schon sehr verliebt in Gabi, wenn Anna die beiden zusammen sah, aber sie hatte seit einer Weile so ein komisches Gefühl, und das hatte sich letzte Woche noch verstärkt, als Gabi abends arbeiten musste und deshalb nicht zum Salsakurs kommen konnte.

Als der Unterricht zu Ende war und das gesellige Tanzen begann, war Anna zur Toilette gegangen, und da hatte sie Lee und die Frau mit dem kecken Pferdeschwanz in einer Ecke des verschachtelten Flurs gesehen. Sie hatten nicht besonders nah beieinandergestanden und sich auch nicht berührt, aber etwas an der Situation war Anna komisch vorgekommen.

Sie löste die Umarmung und sah ihrer besten Freundin in die Augen. »Das ist eine Riesenentscheidung, Gabi. Schließlich geht es um den Rest deines Lebens.«

Oder seines Lebens, fügte Anna in Gedanken an ihre eigene Ehe hinzu.

»Hast du mir nicht mal erzählt, dass du schon nach dem dritten Date wusstest, dass du Spencer heiraten wolltest?«

Ah. Das stimmte natürlich. Damit hatte die Anna von damals den sehr vernünftigen Einwand der Anna von heute wohl entkräftet.

»Findest du, dass Lee und ich nicht zusammenpassen?«, fragte Gabi mit gerunzelter Stirn.

»Nein, das ist es nicht …« Und das war es wirklich nicht. »Ich will nur nicht, dass du dich Hals über Kopf in etwas hineinstürzt und dann verletzt wirst.«

»Das hast du mit Spencer doch auch getan.«

»Stimmt«, sagte Anna, und ihr Herz wurde schwer wie Blei. »Und du weißt ja, wie das ausgegangen ist.«

»Aber es lag nicht daran, dass er dich nicht genug geliebt hat.«

»Nein«, gab Anna zu. »Doch das hat es nicht weniger schmerzhaft gemacht, als es plötzlich zu Ende war.« Sie schwieg einen Moment, weil sie einen Kloß im Hals hatte. »Ich möchte nur nicht, dass du etwas ähnlich Schlimmes durchmachen musst.«

Bei dem Argument verließ Gabi der Kampfgeist, und sie drückte Anna an sich und gab ihr einen Kuss auf die Schläfe. »Jetzt verstehe ich. Danke. Aber …«

Anna wandte sich zu ihr um. »Aber was?«

»Man kann nicht sein Leben lang der Liebe aus dem Weg gehen, nur weil man sie vielleicht irgendwann wieder verliert.«

Kann man nicht?, dachte Anna. In diesem Moment erschien es ihr wie eine hervorragende Idee. Sie wusste nicht, ob sie nach allem, was sie durchgemacht hatte, bereit war, das Risiko noch einmal einzugehen.

Aber wenn das wirklich ihre Einstellung war, warum traf sie sich dann mit Jeremy, obwohl sie wusste, dass er etwas Ernsthaftes suchte? Letzten Samstag waren sie noch einmal »ganz locker« miteinander essen gegangen, und heute Abend waren sie zum dritten Mal verabredet. Sie hatte gedacht, sie wäre bereit, diesen Weg zumindest versuchsweise wieder zu beschreiten, aber offenbar sah ihre tatsächliche Einstellung zu langfristigen Beziehungen – wie sich gerade gezeigt hatte – ganz anders aus.

Sie massierte sich die Stirn. Das ganze Thema bereitete ihr Kopfschmerzen.

In dem Moment summte ihr Handy, und da Gabi sich wieder in einem der Spiegel entdeckt hatte und vorübergehend von ihrem eigenen Anblick abgelenkt war, nahm Anna es aus der Tasche. Lächelnd tippte sie auf das Foto, das angekommen war, um es zu vergrößern. Es war eine Aufnahme von Lewis, patschnass und voll torfigem, schwarzem Schlamm.

Jedes Mal wenn sie eine Nachricht von Brody bekam, freute sie sich. Was, wenn es wirklich eine Möglichkeit gäbe, anderen Menschen zu helfen, auch einen »Brody« zu finden? Seit dem Gespräch mit ihrer Mutter rumorte dieser Gedanke in ihrem Kopf herum, aber sie hatte Rhys und Vijay, Spencers frühere Partner, noch nicht kontaktiert, weil sie etwas mehr als nur diese Idee haben wollte. Wie bekam man die Leute dazu, sich anzumelden? Wie konnte man ihre Identität und Privatsphäre schützen? Wie konnte man verhindern, dass jemand die App dazu missbrauchte, andere auszunutzen, wenn sie am verletzlichsten waren? Über all diese Dinge musste sie nachdenken, und da waren die technischen Aspekte noch gar nicht dabei.

»Komm schon.« Gabi riss Anna aus ihren Gedanken und zog sie

von der Bank. »Hör auf, dich mit Jeremys Nachrichten zu beschäftigen, und hilf mir aus diesem Teil. Du hast recht – so weit sind wir noch nicht. Ich sollte mir lieber ein sexy Outfit für das Abendessen suchen. An all dem ist meine Mutter schuld. Seit ich dreißig geworden bin, lamentiert sie, ich wäre jetzt eine *solteirona* – so was wie eine alte Jungfer. Meine Schwestern sind alle schon verheiratet, und so konzentriert sie sich natürlich auf mich.« Sie verdrehte die Augen. »Manchmal bin ich froh, dass sie ein paar Tausend Kilometer entfernt ist … Sollen wir es mal in der Boutique gegenüber versuchen? Da war ein blaues Kleid im Fenster, das dir super stehen würde!«

Anna schnürte die Korsage von Gabis Kleid auf, und während sie darauf wartete, dass ihre Freundin wieder in ihren normalen Sachen aus der Umkleide kam, fragte sie sich, warum sie sie nicht korrigiert hatte, was die Nachricht anging. Sie hatte Gabi noch immer nichts von Brody erzählt. Ursprünglich hatte sie es vorgehabt, aber schließlich war ihr klargeworden, dass sie es nicht wollte. Zumindest jetzt noch nicht.

Als sie das Geschäft gegenüber betraten, steuerte Gabi zielstrebig auf einen Ständer zu, griff nach einem Cocktailkleid und drückte es Anna mit den Worten »Das ist es!« in die Hand. Dann wählte sie ein kürzeres Kleid in Kanariengelb für sich selbst aus.

Bevor Anna protestieren konnte, nahm Gabi sie am Arm und schleifte sie zu den Umkleiden. Als beide aus ihren Kabinen traten, bestaunte Anna Gabi lächelnd. »Das steht dir unglaublich gut!«

»Danke gleichfalls! Schau mal …« Gabi drehte Anna zum Spiegel um.

Oh.

Anna starrte ihr Spiegelbild an. Mehrere Lagen mitternachtsblauer Chiffon schmiegten sich eng um ihren Oberkörper und fielen dann locker bis kurz oberhalb der Knie. In die schmalen Falten des Stoffes waren winzige Pailletten genäht, sodass das Kleid fast unmerklich schimmerte. Sie erkannte sich kaum wieder. Sie sah zart und geradezu überirdisch aus, wie aus einem Märchenbuch. Wie konnte ein

Kleid so eine Wirkung haben? Vielleicht war es wirklich seinen atemberaubenden Preis wert.

Gabi strahlte zufrieden. »Du sagtest doch, du bräuchtest etwas Hübsches für Teresas Party.«

»Das Kleid ist nicht einfach nur hübsch. Es ist spektakulär! Aber der Preis –«

»Nicht darüber nachdenken. Manche Dinge sind mehr wert als Geld.« Sie grinste frech. »Bist du nicht froh, dass ich dich nicht zu einem aus dem anderen Geschäft überredet habe?«

Anna lachte. »Allerdings. Ich bezweifle, dass es die Beziehung zu meiner Schwiegermutter verbessert hätte, wenn ich in einem Brautkleid aufgetaucht wäre.«

»Da könntest du recht haben.«

»Ich weiß, dass Spencer dieses Zerwürfnis schrecklich gefunden hätte, aber ich ertrage sie im Moment einfach nicht, Gabs.« Sie drehte sich um und fingerte hinten am Reißverschluss herum. Sie wollte raus aus dem Kleid. Irgendwie fühlte es sich nicht mehr so märchenhaft an. »Was habe ich getan? Was habe ich angestellt, dass sie sich so verändert hat?«

»Es liegt nicht an dir, Anna, sondern an ihr selbst.«

»Das meint Teresa auch.«

»Siehst du? Wir sind alle auf deiner Seite.«

Anna drückte ihre Freundin, dann ging sie zurück in die Kabine. Während sie sich umzog, summte ihr Handy erneut.

»Der Mann ist ja völlig verrückt nach dir!«, sagte Gabi, als Anna mit dem Handy aus der Kabine trat, und reckte neugierig den Kopf. Anna drehte sich weg, aber offenbar nicht schnell genug, denn Gabi fragte: »Jeremy hat dir ein Foto geschickt? Ist es … *unanständig*?«

»Nein!«, rief Anna aus wie eine prüde Vierzehnjährige. Und so ähnlich fühlte sie sich auch. Ihr war immer noch nicht nach mehr als einem Kuss am Ende des Abends zumute.

Um sich zu beweisen, dass sie kein völliger Waschlappen war, nahm sie den Bügel mit dem blauen Kleid und marschierte damit zur Kasse.

Gabi stieß einen kleinen Triumphschrei aus. Als Anna ihr Handy auf den Tresen legte, um ihre Kreditkarte aus dem Portemonnaie zu nehmen, versuchte Gabi, es zu stibitzen, um sich das Foto genauer anzusehen, aber Anna war schneller.

»Ich wusste gar nicht, dass Jeremy einen Hund hat!«, rief Gabi, während Anna das Handy ausschaltete. »Noch dazu einen, der so … schmuddelig ist.«

Anna schmunzelte. Das war eine durchaus passende Beschreibung für Lewis auf dem Foto, das Brody geschickt hatte. Der Terrier stand in einer altmodischen Badewanne mit Klauenfüßen und war mit Schaum bedeckt – offensichtlich das nächste Kapitel in der Geschichte mit dem Bad im Moor.

»Das ist nicht Jeremys Hund«, sagte Anna und wandte sich ab, um die Quittung von der Verkäuferin entgegenzunehmen.

»Sondern?«

So viel zu dem Plan, Brody geheim zu halten. Jetzt würde Gabi alles wissen wollen.

Anna steckte ihr Handy wieder ein und zog ihre Kreditkarte aus dem Gerät. »Er gehört einem Freund von mir – Brody.«

Gabi runzelte die Stirn. »Brody? Kenne ich ihn?«

Anna schüttelte den Kopf. »Nein.«

»Die Nachricht vorhin im Brautmodengeschäft – war die auch von Brody?«

»Ja«, antwortete Anna, während sie die Boutique verließen.

»Den Namen hast du noch nie vorher erwähnt. Wer ist das? Und warum schickt er dir Fotos von seinem Hund?«

»Er ist nur ein Bekannter … Wir unterhalten uns, mehr nicht.«

»Einer von Spencers Freunden?«

»Das nicht, aber man könnte sagen, dass ich ihn durch Spencer kennengelernt habe.« Sie wusste, dass sie feige war. Sie würde Gabi bald von Brody erzählen, aber auf ihre Weise und wenn sie bereit für das Verhör war.

Sie gingen wieder die High Street hinunter. Anna fiel auf, dass

Gabi nicht sehr glücklich aussah. Ihre unerschütterliche Treue war eine ihrer besten Eigenschaften, aber sie führte manchmal dazu, dass sie ein wenig besitzergreifend wurde, wenn es um ihre Freunde ging.

»Ich tue das, was du wolltest«, sagte Anna. »Ich lasse Neues in mein Leben – neue Erfahrungen und neue Freunde. Ich versuche, nach vorne zu schauen. Freu dich doch für mich.«

»Du hast recht«, erwiderte Gabi, und ihr Gesichtsausdruck wurde weicher. »Ich bin sehr stolz auf dich.«

»Gut«, sagte Anna, hakte sich bei Gabi ein und drehte sie zurück in die Richtung, aus der sie gerade gekommen waren. »Weil ich nämlich den Verfügungsrahmen meiner Kreditkarte noch nicht komplett ausgereizt habe und wir dir jetzt dieses sensationelle gelbe Kleid kaufen. Teresa hat gesagt, ich kann noch eine Begleitung mitbringen, und ich finde, dann sollten wir beide fantastisch aussehen!«

35.

Anna stieg auf der Beifahrerseite aus und blickte an der imposanten Fassade des Warlingham Court Hotel hoch. Wie gut, dass sie nicht allein gekommen war.

»Nervös?«

Sie drehte sich zu ihrer »Begleitung« um, die kein eng geschnittenes, kanariengelbes Kleid trug, sondern einen eleganten Anzug. Ein Last-Minute-Wechsel. »Ein bisschen«, sagte sie zu Jeremy. »Ich bin froh, dass du hier bist.«

Das gelbe Kleid war gerade einige Kilometer entfernt in einem schicken Restaurant mit moderner europäischer Küche. Lee hatte die Verabredung schon zweimal verschoben, und Gabi war völlig fertig mit den Nerven und wollte endlich wissen, was er ihr zu sagen hatte. Als sie Anna von der Terminüberschneidung erzählt und angeboten hatte, das Treffen mit Lee abzusagen, hatte Anna den Kopf geschüttelt. Sie konnte ihrer Freundin nicht noch mehr Warterei zumuten.

Doch erst in dem Moment wurde ihr bewusst, wie sehr sie sich darauf verlassen hatte, Gabi als moralische Unterstützung an ihrer Seite zu haben, wenn sie an diesem Abend Gayle begegnete. Da sie Scott und Teresa nicht zwingen wollte, sich zwischen ihr und Gayle zu entscheiden, hatte sie eigentlich vorgehabt, zu Hause zu bleiben. Doch als sie Jeremy beim Salsa gesagt hatte, dass sie am Samstag nun doch frei war und ihm den Grund dafür erzählte, hatte er sich erboten, mit ihr zu kommen. Anna hatte Teresa angerufen, um sich zu vergewissern, dass sie nichts dagegen hatte, aber Teresa war geradezu begeistert gewesen, und so standen sie nun hier.

Jeremy lächelte ihr zu, während er das Auto abschloss, und bot ihr seinen Arm, doch sie schüttelte den Kopf. Sie hatten beschlossen, sich an diesem Abend zurückzuhalten, um nicht noch mehr Öl ins Feuer zu gießen; Teresa verdiente ein wunderbares Fest, nicht ein weiteres traumatisches Kapitel des endlosen Familiendramas.

Sie gingen zu dem Hotel und betraten die Lobby, wo sie ein Schild vorfanden, das sie zum entsprechenden Saal wies. Als sie um die Ecke bogen, schallten ihnen aus der offenen Tür bereits die Bässe der Neunziger-Jahre-Playlist des DJs entgegen. Scott und Teresa standen daneben und begrüßten ihre Gäste.

Teresa strahlte, als sie Anna erblickte, und breitete die Arme aus. »Schön, dass du gekommen bist«, sagte sie und küsste Anna auf die Wange. Dann flüsterte sie ihr ins Ohr: »Ist er das? Dein Salsamann? Nicht übel!«

Anna lächelte schwach. »Bist du sicher, dass das in Ordnung ist? Ich will nicht, dass es zwischen dir und Gayle auch noch Ärger gibt.«

Doch Teresa fegte ihre Bedenken mit einer Handbewegung beiseite. »Das ist meine Party, nicht Gayles, und was mich betrifft, kannst du mitbringen, wen du willst. Es sind jetzt dreieinhalb Jahre, Anna. Du darfst wieder leben.«

Anna nickte, und in ihrem Kopf lief die übliche Litanei: *drei Jahre, sechs Monate und neun Tage …* Aber Teresa hatte recht. Wenn Gayle und sie diesen Abend mit Anstand hinter sich brachten, wenn ihre Schwiegermutter einsah, dass es – für sie alle – gut war, nicht auf ewig in der Vergangenheit verankert zu bleiben, würde es ihnen allen sicher besser gehen. Vielleicht würde dieser Abend ja ein Wendepunkt sein und nicht das Desaster, vor dem Anna sich fürchtete. »Ist sie hier?«

»Noch nicht. Sie wollte gegen halb neun kommen.«

»Und Klein Spencer?«

Teresa wies mit dem Kopf Richtung Saal. »Meine Nichte passt im Moment auf ihn auf – er schläft tief und fest in seinem Wagen, aber mal abwarten, wie lange das anhält!«

Anna lachte und wünschte Teresa viel Glück, dann begrüßte sie

Scott und stellte ihm Jeremy vor. Als sie sich umwandten, um in den Saal zu gehen, spürte Anna ein Flattern im Magen.

»Wie sieht sie aus?«, fragte Jeremy leise, und in dem Moment bedauerte Anna die Nicht-anfassen-Regel, denn sie hätte ihn am liebsten umarmt, weil er ihre Gedanken gelesen hatte.

»Groß, Anfang sechzig, aber gut erhalten. Blondes, zurückgeföhntes Haar, das mit einer halben Dose Haarspray festbetoniert ist.«

»Also ungefähr wie Margaret Thatcher, ja?«, sagte Jeremy mit einem boshaften Funkeln in den Augen.

»Und doppelt so furchteinflößend«, erwiderte sie schmunzelnd. »Aber es ist eher ein Bob als Maggies Achtziger-Jahre-Sturzhelmfrisur.«

Jeremy nickte. »Verstanden.«

Sie gingen zur Bar. »Willst du sie heute Abend zur Rede stellen?«, fragte Jeremy, als sie mit den Gläsern in der Hand auf einen Tisch zusteuerten. Anna blieb stehen und sah ihn mit entsetzter Miene an. »Na ja, irgendwann wirst du das Ganze mit ihr klären müssen.«

»Nein, das glaube ich nicht. Jedenfalls nicht jetzt.« Nicht weil sie Angst davor hatte, sondern weil ihr Brodys Rat immer noch sehr präsent war. »Ich will ihr nicht die Befriedigung geben. Ich glaube, das Beste, was ich tun kann, ist, einfach mein Leben zu leben und zu tun, was ich für richtig halte. Dafür brauche ich keine Erlaubnis von ihr.«

Jeremy deutete mit dem Kopf zur Tanzfläche. »Umfasst dieses Leben, das du leben willst, auch tanzen? Natürlich nur die Art, bei der wir die ganze Zeit eine Armlänge Abstand haben.«

»Vielleicht«, erwiderte sie lächelnd.

Wie vereinbart gestalteten sie ihren Ausflug aufs Parkett rein platonisch. Trotzdem genossen sie es, sich zur Musik zu bewegen. Anscheinend hatte der Salsakurs geholfen, dachte Anna, denn sie fühlte sich dabei nicht mehr so befangen wie früher.

Mitten im dritten Song spürte Anna plötzlich eine Veränderung in der Atmosphäre. Sie sah sich um, aber abseits der Tanzfläche war der

Raum dunkler, und die Leute, die plaudernd an den langen Tischen saßen, waren kaum zu erkennen. Plötzlich wusste sie, was sie irritierte: Jemand beobachtete sie. Und sie ahnte auch, wer.

Gayle war gekommen. Die Haare in Annas Nacken stellten sich auf, und sie erschauerte.

»Ist dir kalt?«, fragte Jeremy über die Musik hinweg.

Sie schüttelte den Kopf. »Können wir eine Pause machen?«, entgegnete sie und deutete in die Richtung ihres Tisches.

Er wirkte etwas überrascht, folgte ihr aber, als sie die Tanzfläche verließ. Zum Glück stand ihr Tisch in der entgegengesetzten Richtung von dort, wo sie diese … Gegenwart gespürt hatte. Sie kam sich vor wie in einem schlechten Horrorfilm.

Sie versuchte sich zu unterhalten, so gut es die Musik eben zuließ, und als Jeremy aufstand, um Getränkenachschub zu holen, beschloss Anna, sich unter dem Vorwand, zur Toilette zu gehen, aus dem Saal zu verdrücken. Sie war auf halbem Weg dorthin, als hinter ihr im Flur eine stählerne Stimme ertönte.

»Wie kannst du es wagen!«

Anna fuhr herum und sah Gayle mit zornfunkelnden Augen auf sich zukommen.

»Wie kannst du es wagen, mit diesem Mann hier aufzukreuzen! Geht es dir darum, uns – *mich* – zu verletzen? Wenn ja, dann ist es dir hervorragend gelungen!«

»Teresa hat gesagt, ich kann jemanden mitbringen«, erwiderte Anna, bemüht, nicht zittrig zu klingen.

»Und wenn schon, du hättest es wissen müssen! Du hättest doch jemand anders mitbringen können – meinetwegen diese komische Freundin von dir. Das wäre in Ordnung gewesen!«

»Sie heißt Gabriela«, sagte Anna eisig.

»Auf jeden Fall hättest du diesen Mann nicht zu unserem *Familienfest* mitbringen dürfen«, fauchte Gayle, und Anna entdeckte eine kleine Speichelblase in ihrem Mundwinkel. Großer Gott. Sie hatte buchstäblich Schaum vorm Mund.

Eine junge Frau in einem kurzen silbernen Kleid stakste auf High Heels Richtung Toilette. Anna musste ein Stück zur Seite treten, um sie vorbeizulassen, was ihr zum Glück ein wenig Abstand zu Gayle bescherte.

Sie sah ihrer Schwiegermutter ins Gesicht. Obwohl Gayle sich für ihr Alter tatsächlich gut gehalten hatte, konnte Anna aus der Nähe die feinen Linien in ihrer Haut deutlicher erkennen, die Falten und die Schatten unter den Augen, geschickt verborgen mit einem Abdeckstift. Gayle sah alt aus, stellte sie fest. Und sie war nicht annähernd so unbesiegbar, wie sie sich immer gab.

»Es geht nicht immer nur um Spencer«, sagte Anna, nicht um zu verletzen, sondern um zu erklären.

Gayle starrte sie an, als hätte sie den Verstand verloren. »Natürlich geht es um Spencer! Er sollte heute hier sein, wie er bei allen Familientreffen dabei sein sollte. Wie kannst du das je vergessen?«

»Ich *weiß*, dass er hier sein sollte«, erwiderte Anna sanft, und das war nicht geschauspielert, denn wenn es etwas gab, das sie und Gayle verband, dann war es dieser Schmerz. Wenn sie es doch nur schaffen könnten, wieder dahin zu kommen, dass er Liebe und Unterstützung und Gemeinsamkeit bedeutete statt Rivalität und Vorwürfe. »Glaubst du, ich wünschte mir nicht, es wäre anders? Ich hätte viel lieber Spencer an meiner Seite.«

Die Wahrheit ihrer Worte traf sie wie ein Messerstich. Wenn sie zwischen den beiden Männern wählen könnte, würde sie sich – so nett und hilfsbereit und gut aussehend Jeremy auch war – sofort für Spencer entscheiden. Sie würde sich immer für Spencer entscheiden. Bei dem Gedanken veränderte sich etwas in ihrem Innern.

»Spencer war die Liebe meines Lebens«, sagte sie und bemerkte eine überraschende Wärme in den Augen ihrer Schwiegermutter. Vielleicht gab es ja doch noch Hoffnung? »Und das wird sich niemals ändern. Aber was geschehen ist, ist geschehen. Er ist tot, Gayle, so sehr wir uns auch wünschen, er wäre es nicht. Und wir müssen einen Weg finden, ohne ihn weiterzuleben und nach vorne zu schauen.«

Anna registrierte den Moment, als die Weichheit in Gayles Augen verschwand und sie wieder zu Stahl wurden. Es war, als sie das Wort »tot« aussprach. Sie war zu direkt gewesen.

»Und das nennst du ›nach vorne schauen‹?«, konterte Gayle. Ihre Stimme wurde mit jedem Wort lauter, und sie wies mit ausgestrecktem Arm Richtung Saal. »Dich hier mit ihm zu produzieren? Vor unser aller Augen?«

»Wir haben nur getanzt«, widersprach Anna gereizt. »Daran war nichts Ungehöriges.«

Gayle sagte nichts, aber ihre Miene sprach Bände.

»Darf ich denn nicht glücklich sein?«, fragte Anna. Ihre Stimme brach, und zu ihrer Überraschung stiegen ihr Tränen in die Augen. Ja, sie wollte glücklich sein, erkannte sie. Sie sehnte sich so sehr danach.

Gayle presste die Lippen zusammen. Anna wusste, dass sie darauf keine Antwort parat hatte, denn wenn sie ja sagte, hätte Anna gewonnen, und wenn sie nein sagte, hätte Anna auch gewonnen, denn das wäre der Beweis dafür, dass Gayle eben doch ein kaltherziges Miststück war. Stattdessen ging Gayle, die eine Meisterin darin war, andere auf ihren Platz zu verweisen, wieder zum Angriff über. »Du bist illoyal«, sagte sie kalt.

»Wem gegenüber?«

Obwohl sie genau wusste, worauf Gayle abzielte, traf Anna der Vorwurf härter, als sie gedacht hatte. »Spencer.« Offenbar hatte Gayle den Schmerz in Annas Augen gesehen, denn sie stieß die Klinge noch ein wenig tiefer hinein. »Und gegenüber der Familie. Du weißt doch, wie sehr meinem Sohn seine Familie am Herzen lag …«

Fast hätte Anna gelacht. »Was? Die Familie, aus der du mich schon seit einem Jahr hinauszustoßen versuchst? Glaubst du, ich merke nicht, dass du mich nicht leiden kannst, Gayle? Dass du meine Anwesenheit nicht erträgst?« Jetzt lachte Anna tatsächlich, aber es war ein hässliches, ersticktes Lachen. »Aber eins verstehe ich nicht: Wenn du mich so gerne loswerden willst, warum zum Teufel kümmert es dich dann, was ich tue oder mit wem ich es tue?«

Während Anna sprach, hatten Gayles Augen zu lodern begonnen, und jetzt ging sie mit ihrem Zorn auf Anna los wie ein Feuer speiender Drache.

»Weil du diejenige hättest sein sollen!«, kreischte sie so laut, dass die Worte von den Wänden und der Decke des schmalen Flurs widerhallten. »*Du* hättest an dem Abend zu dem Laden gehen sollen! Und wegen dir, wegen deiner Faulheit ist mein Sohn jetzt tot!«

36.

Anna saß in ihrem Bett, an das gepolsterte Kopfteil gelehnt, die Knie an die Brust gezogen, die Decke unter die Arme geklemmt. Sie hatte das Licht ausgeschaltet, aber die Fensterläden offen gelassen, sodass der Schein der Straßenlaterne ins Schlafzimmer fiel.

Gott sei Dank war, unmittelbar nachdem Gayle ihre Bombe hatte hochgehen lassen, die Frau mit dem silbernen Kleid aus der Toilette gekommen. Gayle war erstarrt, und sie hatte vollkommen entsetzt ausgesehen, genau wie die Frau im silbernen Kleid, die offensichtlich die ganze Szene mitbekommen hatte. Anna hatte sich nur umgedreht und war in den Saal zurückgekehrt, um Jeremy zu suchen. Sie hatten sich hastig von Teresa und Scott verabschiedet und waren gegangen.

Anna seufzte. Sie musste reden. Mit Brody.

Die ganze Rückfahrt über hatte sie kein Wort gesagt, und Jeremy war so besorgt gewesen, dass er schließlich angehalten und sie angefleht hatte, mit ihm zu sprechen. Doch sie hatte nur stumm den Kopf geschüttelt.

Es wäre auch keine gute Idee gewesen. Sie hatte Angst gehabt, dass sie, wenn sie einmal anfing, völlig die Fassung verlieren würde, und das wollte sie in seiner Gegenwart nicht.

Aber Brody … Brody kannte das alles schon von ihr. Und Schlimmeres. Er konnte das ab. Und bei ihm war sie sicher, dass nichts, was sie sagte oder tat, ihre Freundschaft gefährden konnte.

Sie hatte Jeremy schließlich einen Kuss auf die Wange gegeben, leise »Tut mir leid« gesagt und war aus dem Auto gestiegen. Und nun saß sie hier im Bett, den Daumen über dem Handybildschirm.

Gerade als sie Brodys Nummer antippen wollte, klingelte das Handy. Sie erschrak so, dass sie es fallen ließ und hektisch danach angeln musste, damit ihre Sprachbox nicht ansprang. Diese Gedankenübertragung passierte zwischen ihr und Brody immer öfter; entweder klingelte ihr Handy genau in dem Moment, wenn sie ihn anrufen wollte, oder sie wählte seine Nummer, und er sagte, er hätte gerade dasselbe vorgehabt.

»Hi«, sagte sie, froh, seine Stimme zu hören.

»Hi.«

Anna drückte die Decke fester um ihre Knie. »Denkst du manchmal …« Sie zögerte, doch nach dem, was an diesem Abend gesagt worden war, musste sie die Antwort auf ihre Frage wissen. »Denkst du manchmal, es hätte dich erwischen sollen statt des anderen? Dass es besser gewesen wäre, wenn du gestorben wärst?«

Es dauerte einen Moment, bis Brody antwortete, und als er es tat, klang seine Stimme rau. »Ja … oft sogar.«

Anna nickte. Sie hatte gewusst, dass er es verstehen würde. »Ich habe das die ganze Zeit gedacht. Erst heute Abend ist mir aufgefallen, dass es seit einer Weile weniger geworden war.«

Wieder herrschte Schweigen, aber diesmal war es angespannt. »Was ist bei der Party passiert, Anna? So habe ich dich seit Monaten nicht mehr reden hören.« Er klang besorgt, vielleicht sogar ein wenig ängstlich.

Anna ließ das Handy auf die Decke fallen und vergrub das Gesicht in den Händen. »Das hat *sie* zu mir gesagt – Gayle. Dass ich diejenige hätte sein sollen.« Sie erzählte ihm die ganze Geschichte. »Und wie sie mich dabei angesehen hat … Sie hat es ernst gemeint, Brody.«

Brody fluchte leise.

»Und das Seltsamste ist, dass ich sie nicht mal dafür hassen kann. Weil sie nur ausgesprochen hat, was ich unzählige Male selbst gedacht habe. Eine Ewigkeit lang habe ich mir tatsächlich gewünscht, ich wäre diejenige gewesen. Ich sehnte mich danach, habe Gott angefleht, ihm einen Tauschhandel angeboten, aber er ist nicht darauf eingegangen. Ist das schlimm?«, fragte sie ein wenig verzweifelt. »Dass ich sterben wollte? Es wirkt so selbstsüchtig und undankbar …«

»Ich glaube, in Anbetracht der Umstände ist das vollkommen verständlich«, sagte Brody mit belegter Stimme. »Ich vermute sogar, dass noch viel mehr Leute so empfinden. Ich auf jeden Fall. Wenn ich hätte tauschen können, hätte ich es sofort getan.«

Anna schluchzte vor Erleichterung, und Brody ließ ihr Zeit, wartete geduldig, während der Sturm sie durchrüttelte, und sprach erst wieder, als nur noch ein paar einzelne Wellen gegen das Ufer schlugen.

»Du hast gesagt, du *hast* es dir gewünscht, Anna. Vergangenheitsform. Das ist gut … Das bedeutet, dass du nicht mehr so empfindest.«

Anna hob den Kopf. Hatte sie das tatsächlich gesagt? Es war ihr gar nicht aufgefallen. Sie schniefte. »Du hast recht. An den meisten Tagen fühlt es sich nicht mehr so an. Und … bei dir?«

Brody überlegte einen Moment. »Nicht immer«, antwortete er mit leiser Überraschung. »Nicht mehr.«

Sie schwiegen, aber es war ein warmes, tröstliches Schweigen. Es atmete.

»Danke, Brody.« Anna ließ sich auf ihr Kissen sinken; sie war auf einmal völlig erschöpft. »Können wir es wieder so machen wie neulich, noch nicht gleich auflegen? Ich mag zwar keine Abschiedsformeln, aber gute Nacht finde ich schön. Mir gefällt die Vorstellung, dass du hier bei mir bist.«

In Brodys Stimme lag ein seltsamer Ton, als er antwortete. »Ja. Mir auch.«

37.

Als Brody aufwachte, war er überraschenderweise voller Energie. Zum ersten Mal seit Ewigkeiten hatte er die ganze Nacht durchgeschlafen, ohne herumzuwühlen oder in aller Herrgottsfrühe wach zu werden und die Decke anzustarren. Vielleicht hatte es mit dem Handy zu tun, das neben ihm auf dem Nachttisch lag. Er war eingeschlafen, während er auf Annas leise Atemzüge gelauscht hatte.

Er sprang förmlich aus dem Bett, sodass Lewis erschrocken zusammenzuckte, und beschloss, mit einer extralangen Laufrunde in den Tag zu starten, doch beim Anziehen merkte er, dass es nicht das Richtige war.

Dieses seltsame innere Vibrieren brauchte ein Ventil, aber er spürte instinktiv, dass das Laufen nicht helfen würde. Es wäre immer noch da, wenn er nassgeschwitzt und mit schmerzenden Muskeln zurückkäme. Und er musste dieses Gefühl irgendwie loswerden. Nicht weil es schlimm war, sondern weil es dazu da war, um genutzt zu werden.

Und so setzte er sich nach einem starken Kaffee und einer dampfenden Schale Porridge an den Schreibtisch. Sein Herz pochte, wie immer in der letzten Zeit, wenn er zu schreiben versuchte, aber auch das fühlte sich heute irgendwie anders an. Es war nicht nur Angst, die seinen Puls in die Höhe trieb, sondern auch noch etwas anderes.

Anstatt Papier und Stift zu nehmen, zog er eine Schublade auf und nahm seinen Laptop heraus. Irgendwann hatte er diese Schreibmethode aufgegeben und war zu Papier und Füllhalter zurückgekehrt, weil er so seiner Phantasie freieren Lauf lassen konnte, doch nach einer Weile hatte auch das nicht mehr funktioniert. Mit angehaltenem Atem klickte er auf ein Icon und öffnete seine bevorzugte Schreibsoftware.

Neues Projekt. Neues Dokument. Alles neu. Er starrte auf das weiße Rechteck vor ihm auf dem Bildschirm und wartete auf Buchstaben und Wörter, Sätze und Absätze. Und mit einem Mal begann der undurchdringliche Nebel sich aufzulösen, und er konnte eine Gestalt erkennen, ein kleines Mädchen, das dort stand, die Hände in die Seiten gestützt, das Kinn herausfordernd erhoben.

Er schloss kurz die Augen. Dann schob er plötzlich den Stuhl zurück, um aufzustehen, doch in dem Moment fiel sein Blick auf die Elfe. Beziehungsweise die Nichtelfe, wie er sie mittlerweile nannte. Sie sah ihn nicht an, sondern schaute an ihm vorbei in die Ferne, aber ihm war, als hätte sie ihm etwas zugeflüstert. Brody rückte wieder an den Tisch, legte die Hände auf die Tastatur, und seine Finger begannen zu tippen.

Eine halbe Stunde später hatte er den Anfang einer Kurzgeschichte oder vielleicht sogar einer Novelle zu Papier gebracht. Es war eine Rohfassung, ohne irgendeinen Plan – er hatte einfach aufgeschrieben, was er vor seinem inneren Auge sah, was aus dem Nebel aufgetaucht war. Die Geschichte begann damit, dass die Nichtelfe in einer Waldlichtung saß, das Sonnenlicht warm auf ihren Schultern, das Gras kühl und voller Gänseblümchen. Er hatte erst sie detailliert beschrieben und dann, wie sie aus einem tiefen, traumlosen Schlaf erwacht war. Ohne Kuss. Ohne einen Prinzen oder irgendjemanden sonst, einfach nur, weil sie bereit war.

Er hielt inne, die Finger über der Tastatur, während sich die nächsten Bilder zu formen begannen. Dann tippte er wieder, beschrieb, wie sie sich dehnte und reckte, denn nach der langen Zeit waren ihre Muskeln ganz steif, und wie sie vorsichtig aufstand, wackelig wie ein neugeborenes Fohlen. Doch als sie sich zu voller Größe erhoben hatte, war sie plötzlich von Kraft und Zielstrebigkeit erfüllt. Sie wandte sich um und blickte auf einen dunklen, unwegsamen Pfad, der zwischen den Bäumen verschwand. Sie würde irgendwohin gehen. Sie würde ihre verschlafene Waldlichtung verlassen.

Brody nahm die Hände von der Tastatur und schob sich vom

Schreibtisch weg. Der Satz, den er geschrieben hatte, war erst halb fertig, aber er merkte, dass er ihn nicht beenden wollte. Er wollte noch nicht wissen, wohin diese Frau, die keine Elfe war, gehen würde.

Er drehte sich mit seinem Stuhl um und stand auf. Zeit für eine Teepause. Es hatte keinen Sinn, sich so sehr anzutreiben, dass er wieder eine Blockade bekam. Außerdem war es immer gut, mitten in einem Kapitel oder einer Szene aufzuhören, denn so musste er, wenn er sich das nächste Mal an den Schreibtisch setzte, nicht bei null anfangen. Diesen Trick hatte er oft genutzt, als er sein Geld noch auf diese Weise verdient hatte. Morgen konnte er einfach die Fäden wieder aufnehmen und weitermachen.

Obwohl er es ganz beiläufig aussehen ließ, sogar sich selbst gegenüber, achtete er sorgsam darauf, die kleine Holzfigur auf dem Regal nicht anzusehen, als er aufstand und das Arbeitszimmer verließ.

38.

»Dieser Anschluss ist vorübergehend nicht erreichbar …«

Anna tippte auf ihr Handy, um den Anruf abzubrechen. Das war jetzt das sechste Mal, dass sie es bei Gabi versuchte, seit sie von der Arbeit zurückgekommen war, und sie war ziemlich genervt. Hatte Gabi einen Auftrag, von dem sie nichts erzählt hatte? Es kam schon mal vor, dass sie ganz kurzfristig ein Shooting hatte, aber normalerweise war sie nicht zwei volle Tage unerreichbar. Anna hatte zuletzt am Samstag mit ihr gesprochen, kurz vor dem »großen Abend« mit Lee, und jetzt war es Montagabend. Allmählich machte Anna sich Sorgen.

Im Gegensatz zu Gabi hatte Anna nicht damit gerechnet, dass Lee ihr einen Heiratsantrag machen würde, aber das musste ja nicht bedeuten, dass irgendetwas Schlimmes passiert war. Vielleicht hatte er sie zu einem Traumurlaub einladen wollen oder sie fragen, ob sie mit ihm zusammenziehen wollte. Doch je mehr Zeit verstrich, desto unwahrscheinlicher erschien es ihr.

Vielleicht war sie auch einfach nur paranoid? Gut möglich, dass Lee und Gabi sich irgendwo in einem Liebesnest verkrochen und den Rest der Welt vergessen hatten.

Sie legte das Handy aufs Sofa und stand auf, um mit dem Jambalaya anzufangen, das sie sich zum Abendessen kochen wollte.

Doch sie war kaum zwei Schritte gegangen, als das Handy klingelte, und als sie sich umdrehte, sah sie, dass es Gabi war. Sofort stürzte sie sich darauf. »Hey!«, sagte sie ein wenig atemlos. »Was gibt's Neues?«

Die einzige Antwort war ein Schniefen. Weinte Gabi etwa vor Freude? Das war durchaus möglich. Gabi weinte ständig, wenn etwas richtig Schönes oder richtig Schlimmes passierte. Spencer hatte sie immer gnadenlos damit aufgezogen.

Anna ließ ihr ein wenig Zeit, sich zu sammeln, aber als sie wieder ein Schniefen hörte, runzelte sie die Stirn. »Gabi?«

»A-Anna …«

Anna wurde ganz kalt. Das waren keine Freudentränen. Gabi schluchzte, dass es Anna im Herzen wehtat. Beinahe hätte sie auch angefangen. »Was ist passiert? Ist alles in Ordnung?«

»Nein, es ist *nicht* alles in Ordnung!«, entgegnete Gabi, und Anna war ein wenig erleichtert zu hören, dass sich Zorn in den Kummer mischte. »Lee wollte tatsächlich über unsere Beziehung sprechen, aber nicht, um sie zu vertiefen. Der Mistkerl hat gesagt, er will sich auch mit anderen Frauen treffen!«

»Wo bist du?«, fragte Anna und suchte nach ihren Schuhen. Wenn Gabi sie brauchte, würde sie ihr beistehen.

Wieder ein Schniefen. »Vor deiner Tür.«

Anna lief in den Flur, riss die Haustür auf und schloss Gabi in die Arme. Gabi begann laut zu weinen. Ohne sie loszulassen, zog Anna sie ins Haus, stieß mit dem Fuß die Tür zu und führte sie zu einem der Stühle am Küchentisch.

»Was ist denn genau passiert?«, fragte Anna, als das Schluchzen verebbte. Sie ließ einen Arm um Gabis Schulter und sah sie voller Mitgefühl an. Sie wusste genau, wie es sich anfühlte, wenn einem alle Hoffnungen und Zukunftsträume weggenommen und in den Schmutz getreten wurden.

»Ich mache dir eine heiße Schokolade.« Sie nahm einen Topf und gab Milch hinein. »Und wenn du so weit bist, erzählst du mir alles.«

Gabi nickte, die Hände vor dem Gesicht gefaltet. Eine ganze Weile sagte sie nichts, aber ihr Blick wurde zornig und entschlossen. »Es fing alles so gut an«, begann sie. »Immerhin ist er mit mir ins Caprice gegangen – tolles französisches Essen, schweineteuer …«

»Mistkerl«, sagte Anna mit Inbrunst, und Gabis Mundwinkel hoben sich ein klein wenig. Aber Anna meinte es ernst. Lee hatte gewusst, was er Gabi sagen wollte, und es in einer hübschen Umgebung zu sagen, machte es nicht besser. Das roch nach schlechtem Gewissen. Und Feigheit. Anna schüttelte leise den Kopf. Sie hatte doch von Anfang an so ein komisches Gefühl gehabt, was den Kerl anging. Sie hätte es kommen sehen müssen. Sie hätte Gabi beschützen müssen.

»Wir hatten gegessen und wollten uns gerade ein Tiramisu teilen, als er sagte, wir müssten über unsere Beziehung sprechen.« Gabi presste die Lippen zusammen und kämpfte erneut mit den Tränen. »Ich habe versucht, auf dem Teppich zu bleiben, wie du gesagt hast, Anna, aber ich hatte trotzdem die Hoffnung, dass er eine kleine Schachtel aus der Tasche holen würde. Dann hat er meine Hand genommen und gesagt, wir sollten alles nicht zu festgefahren werden lassen …«

Gabi senkte den Kopf. »Ich war so darauf fixiert, was ich hören wollte, dass ich erst überhaupt nichts kapiert habe. Ich habe nur dämlich gelächelt … Und dann verstand ich plötzlich. Es war, als hätte er mir einen Eimer eiskaltes Wasser über den Kopf geschüttet.«

Anna ließ den Topf mit der Milch auf dem Herd und setzte sich Gabi gegenüber. »Was hat er denn genau gesagt?«

Gabi sah sie an. »Dass er mich mag und dass er es toll findet, mit mir zusammen zu sein, aber …«

»Aber was?«

Gabis Unterlippe zitterte. »Aber anscheinend bin ich allein nicht toll genug …«

»Er will also nicht Schluss machen?«, fragte Anna, nur um sicherzugehen, dass sie das richtig verstanden hatte.

»Nein.«

»Aber er will sich auch mit anderen Frauen treffen?«

Gabi nickte unglücklich.

In dem Moment kochte die Milch über und lief zischend auf die heiße Herdplatte. Anna sprang auf und riss den Topf hoch. »Egal«, sagte sie nach einem kurzen Blick auf die Schweinerei, stellte den Topf beiseite und ging ins Wohnzimmer. »Vergiss die heiße Schokolade. In so einer Situation gibt es nur eins.«

Sie kam mit zwei Gläsern Lagavulin zurück und stellte eins davon vor Gabi auf den Tisch.

»Whisky?« Gabi runzelte die Stirn.

»Du wirst mir noch dankbar sein«, erwiderte Anna und ließ sich wieder auf ihren Stuhl fallen. Sie und Gabi sahen sich in die Augen, erhoben ihre Gläser und tranken. Dann verzogen sie beide das Gesicht.

Gabi hustete und sagte etwas auf Portugiesisch, das ihre Mutter vermutlich nicht geschätzt hätte. Sie schloss die Augen und legte die Hand an die Kehle. Nach einer Weile öffnete sie sie wieder und hielt Anna das Glas hin. »Noch einen.«

Anna holte die Flasche und stellte sie zwischen ihnen auf den Tisch. »Und, was hast du ihm geantwortet?«

Gabi schenkte sich einen zweiten Whisky ein und kippte ihn mit einem Schluck hinunter. »Ich habe ihm gesagt, er kann sich mit so vielen Frauen treffen, wie er will, aber ohne mich.«

»Gut gemacht! Und was ist dann passiert? Musste irgendwer genäht werden?«

Gabi schüttelte den Kopf, und ihre Mundwinkel verzogen sich zu einem kleinen Lächeln. »Als ich das Restaurant verließ, hatte er das Tiramisu auf dem Anzug.«

Anna lachte und prostete Gabi zu.

Gabis Lächeln erlosch. Sie starrte eine Weile auf ihr leeres Glas, dann sank sie vornüber auf den Tisch und fing wieder an zu weinen. Anna ging zu ihr, hockte sich neben sie und legte den Arm um sie. »Möchtest du heute Nacht hierbleiben?«

Das Rascheln der Locken auf der Tischplatte verriet Anna, dass Gabi nickte. Das Weinen wurde noch stärker.

Anna blieb bei ihr und strich ihr über den Rücken. Mehr konnte sie nicht tun. Und das brach ihr das Herz. Wenn es irgendeine Möglichkeit gäbe, ihr den Schmerz zu nehmen – eine Tablette erfinden, eine von den Göttern gestellte Aufgabe erfüllen oder in Gabis Körper schlüpfen und ihn selbst erdulden –, würde sie es tun. Aber das konnte sie nicht. So wie Gabi ihr den Schmerz nicht hatte abnehmen können.

Anna führte Gabi nach oben ins Gästezimmer. Sie gab ihr Waschzeug, eine Zahnbürste und einen von ihren Schlafanzügen. Sobald Gabi sich umgezogen und für die Nacht fertig gemacht hatte, kroch sie unter die Decke und legte sich auf die frisch aufgeschüttelten Kissen. Sie sah völlig erschöpft aus, unfähig zu denken oder zu reden.

Anna wusste, wie sich das anfühlte: wenn man von all den Gefühlen so ausgelaugt war, dass man nur noch allein sein und sich zu einer Kugel zusammenrollen wollte. Sich unter der Decke verstecken und so tun, als würde die restliche Welt nicht existieren.

Wieder einmal verzieh sie Gabi all ihre »Einmischung« während der vergangenen Jahre. Einen Abend lang zuzusehen, wie ihre beste Freundin litt, war schon schlimm genug; wie furchtbar musste es erst für Gabi gewesen sein, das Woche um Woche, Monat um Monat und Jahr um Jahr auszuhalten! Kein Wunder, dass sie ein bisschen penetrant geworden war.

39.

Brody saß in seinem Sessel und hustete. Dabei spürte er, wie sich die kaputte Sprungfeder in seine linke Pobacke bohrte. Auch das noch. Er setzte sich anders hin und stellte seinen Becher auf den Beistelltisch, der zwischen Sessel und Kamin stand. Darin war sein üblicher abendlicher Whisky, aber diesmal hatte er heißes Wasser, Zitrone und eine Prise Zimt dazugetan. Als er morgens aufgewacht war, hatte er sich klamm und fiebrig gefühlt, und jetzt fing auch noch seine Nase an zu laufen. Na super.

Er griff nach seinem Handy und wählte Annas Nummer.

»Hi«, meldete sie sich, aber so leise, dass er sie kaum hören konnte.

»Ich glaube, mit der Verbindung stimmt was nicht«, sagte er. »Ich lege auf und rufe noch mal an.«

»Nein! Nicht!« Es folgten gedämpfte Geräusche, als würde sie in ein anderes Zimmer gehen. Er hörte, wie eine Tür geschlossen wurde, dann sprach sie wieder. »Mit der Verbindung ist alles in Ordnung, ich habe nur geflüstert.«

»Ah, okay.« Er senkte seine Stimme ebenfalls. »Und warum flüsterst du?«

»Ich habe einen Übernachtungsgast.«

Brody sackte der Magen in die Knie. Er hatte absichtlich nicht nach diesem Jeremy gefragt, obwohl er wusste, dass sie sich seit ein paar Wochen mit ihm traf, aber das war eine neue Entwicklung.

»Tut mir leid«, fügte sie hinzu.

Und ihm erst.

»Sie ist gerade aus ihrem Zimmer gekommen, weil sie ins Bad wollte, und damit hatte ich nicht gerechnet. Ich dachte, sie würde längst schlafen.«

»Sie?«

»Gabriela, die Ärmste. Ihr Freund hat vorgestern Schluss gemacht. Oder genau genommen hat sie Schluss gemacht, aber nur weil er es verdient hat. Ich habe ihr angeboten, bei mir zu bleiben, weil sie sagt, dass sie den ganzen Tag heult, wenn sie allein ist.« Anna seufzte schwer. »Hier heult sie wenigstens nur die Hälfte der Zeit …«

»Wie lange bleibt sie denn?«, fragte Brody.

»Keine Ahnung.«

»Ist das für dich in Ordnung?« Brody war nie erpicht darauf gewesen, jemanden länger bei sich zu Besuch zu haben, auch früher nicht, als er noch Freunde gehabt hatte, die ihn besuchen wollten.

»Mehr als das«, erwiderte Anna entschieden. »Gabi war für mich da, als Spencer starb. Sie kann so lange bleiben, wie sie will, und von mir aus auch ganz hier einziehen.«

Der Gedanke munterte Brody auf. Das würde es Jeremy schwerer machen, auf ähnliche Ideen zu kommen.

»Sie ist völlig fertig«, sagte Anna. »Sie hat sich krankgemeldet, was blöd ist, weil sie Freiberuflerin ist und einen Auftrag absagen musste, aber was hätte sie tun sollen? Ich habe mir morgen auch freigenommen, aber das kann ich nicht tagelang machen. Ich tue jetzt das, was sie für mich getan hat, als ich völlig fertig war: mich mit ihr aufs Sofa kuscheln und Wohlfühlfilme gucken, ihr auf dem Heimweg eine Tafel Schokolade oder ihre Lieblingszeitschrift mitbringen, Suppe kochen und –«

Brody musste plötzlich niesen. »Entschuldigung«, sagte er, als er sich die Nase geputzt hatte. »Ich hoffe, du bist jetzt nicht taub.« Er hatte es noch nie geschafft, auf dezente Weise zu niesen. Wenn es ihn erwischte, konnte man es bis in den hintersten Winkel von Devon hören.

Doch statt zu lachen, sagte Anna: »Klingt, als könntest du auch jemanden brauchen, der sich um dich kümmert.«

Willst du den Job haben?

Fast wären die Worte ebenso schnell und laut aus ihm herausgeplatzt wie das Niesen, aber er schaffte es, den Mund zu halten. Was für eine dämliche Frage.

Ach, wenn er sich doch nur trauen würde … Die Vorstellung, wie Anna in seiner Küche herumwerkelte, um Suppe zu kochen, oder sich auf dem Sofa an ihn schmiegte, während sie sich zusammen einen Film ansahen, nahm ihm den Atem.

Vergiss es, Mann. Hör auf zu träumen. Koch dir deine Suppe selbst.

»Geht schon«, erwiderte er. »Ich bin alt genug und hässlich genug, um mich selbst um mich zu kümmern.«

»Ich glaube, genau das ist Gabis Problem«, sagte Anna nachdenklich. »Sie ist ein Häufchen Elend, weil sie sich in ihrem Ex getäuscht hat, aber obendrein macht sie sich Vorwürfe, weil sie ein Häufchen Elend ist, und dadurch wird alles nur noch schlimmer … Der reinste Teufelskreis. Viel besser wäre es, wenn sie nett zu sich wäre, aber wir wissen ja beide, wie schwer das sein kann.«

Brody brummte zustimmend.

»Also springe ich erst mal ein und übernehme das für sie. Im Grunde bräuchten wir das alle, nett zu uns zu sein …« Sie schwieg einen Moment. »Lange Zeit konnte ich das überhaupt nicht. Ich glaube, ich habe mich regelrecht gehasst. Obwohl ich gar nicht weiß, wofür … Vielleicht dafür, noch am Leben zu sein, während Spencer tot war? Wer weiß?«

Brody brummte erneut. Er kannte das alles auch, den Selbsthass, die Schuldgefühle.

»Oh-oh«, sagte Anna plötzlich. Er hörte, wie sie wieder umherging, und sie senkte erneut die Stimme. »Gabi kommt gerade aus dem Badezimmer. O Gott. Sie weint. Ich glaube, ich muss jetzt Schluss machen.«

Brody nickte. So war es immer mit Anna und ihm. Er spürte das Band zwischen ihnen, die Verbindung – so stark, dass es nichts anderes mehr auf der Welt zu geben schien, und dann passierte plötzlich irgendetwas, was ihn mit einem Ruck in die Wirklichkeit zurückholte und ihn daran erinnerte, dass er nur ein winziger Teil von ihrem Leben war. »Bis zum nächsten Mal«, sagte er schroff.

»Ja«, erwiderte Anna mit einer Weichheit in ihrer Stimme, die sein Inneres noch mehr zerriss, und dann war sie weg.

40.

Während sie mit Brody sprach, war Anna nach unten ins Wohnzimmer geschlichen und hatte sich auf die Sofalehne gesetzt. Das Licht, das vom Flur hereinfiel, war gerade hell genug, dass sie nicht gegen die Möbel lief.

»Anna?«

Anna fuhr zusammen und sprang vom Sofa. Gabi stand im Türrahmen, verschlafen und völlig zerknautscht. »Mensch, hast du mich erschreckt!«

Gabi rieb sich die Augen. »Ich hab dich reden hören …«

»Entschuldige. Ich habe telefoniert. Ich wollte dich nicht stören.« Sie trat zu Gabi, legte den Arm um sie und führte sie wieder nach oben.

Gabi ließ es stumm geschehen, doch an der Tür zum Gästezimmer fragte sie gähnend: »Mit wem hast du denn telefoniert?«

»Mit … einem Freund.«

»Nicht mit Jeremy?«

Anna schüttelte den Kopf. »Nein.«

Gabi sah sie ungläubig an. »Niemand telefoniert mehr so lange, außer mit seinem Liebsten. Selbst wir beide schicken uns eher Nachrichten, als dass wir uns anrufen.«

»Nun, ich schon. Manchmal.«

»War es dieser … Brett?«

»Brody …«

»Wie hast du ihn eigentlich kennengelernt?«, fragte Gabi mit gerunzelter Stirn. »Du hast gesagt, über Spencer, aber was heißt das genau?«

Jetzt war es so weit. Anna musste sich entscheiden: Entweder sie wich weiter aus und riskierte, Gabi noch zusätzlich zu verletzen, oder …

»Also gut«, sagte sie. »Ich erzähle es dir, aber ich schlage vor, wir machen es uns erst mal gemütlich.« Sie bedeutete Gabi, ins Zimmer zu gehen, und während Gabi wieder unter die Decke schlüpfte, setzte Anna sich neben sie aufs Bett, ein Kissen im Rücken und die Beine gekreuzt.

Sie begann die Geschichte mit ihrer Flucht von der Silvesterparty und endete mit den Fotos und Nachrichten, die jetzt regelmäßig zwischen ihren Handys hin- und herpingten. Gabi hörte sich alles ohne Kommentar oder Unterbrechung an, was Anna schon hätte misstrauisch machen sollen.

Als Anna fertig war, sah sie zu ihrer besten Freundin, die auf einem Berg Kissen neben ihr lag, die Arme vor der Brust verschränkt. Sie wirkte nicht sehr erfreut.

»Bist du in den Typen verliebt?«, fragte Gabi.

»Was? Nein!«, rief Anna aus. Dann sagte sie etwas ruhiger: »Nein, ich bin nicht in ihn verliebt. Er ist nur jemand, der mich versteht.«

Gabi warf Anna einen Blick zu, als wollte sie sagen: *Und was bin ich?*

Anna beugte sich hinüber und legte den Arm um Gabi. »Du weißt doch, dass ich dir für alles, was du getan hast, sehr dankbar bin und dass du für mich unersetzlich bist, es ist nur … Er hat auch jemanden verloren. Er weiß, wie das ist.«

Gabi löste sich von ihr und drehte sich auf die Seite, zu ihr gewandt. »Wen hat er verloren?«

»Seine Frau.«

Gabi sah sie nur an und wartete auf weitere Informationen. Anna versuchte, sich an die Einzelheiten des entsprechenden Telefonats zu erinnern, das schon eine Weile zurücklag, und ihr fiel wieder einmal auf, dass Brody zwar sämtliche intimen Details von Spencers Tod und der Zeit danach kannte, sie selbst aber kaum etwas über seine Geschichte wusste. Irgendwie passierte in ihrem Leben im Moment so viel, dass sie ganz von ihrem Plan abgekommen war, das Geheimnis um Brody zu erforschen.

»Wir reden nicht viel über sie – jeder geht auf seine Weise mit der Trauer um –, aber er hat sie erwähnt. Er hat gesagt, dass sie Probleme hatten, bevor sie …«

Welchen Ausdruck hatte Brody benutzt? »Gestorben war« hatte er nicht gesagt. »Gegangen war«? Nein. »Ihn verlassen hatte«? Auch nicht.

»Was weißt du eigentlich über diesen Mann?«

»Ich weiß, dass er Brody Smith heißt, in der Nähe von Hexworthy in Dartmoor lebt und einen Hund namens Lewis hat.«

Gabi sah sie mit großen Augen an. »Lewis? Wie Spencers Hund?«

»Ja.«

»Das ist ja eigenartig.«

»Findest du?«, fragte Anna. »Ist doch bloß Zufall.«

»Wirklich?« Gabi griff nach ihrem Handy und öffnete die Facebook-App. »Weißt du noch, was auf Spencers Seite ist?«, fragte sie, während sie durch die Postings scrollte.

Natürlich wusste Anna das noch. Dort waren Hunderte von Nachrichten von vor drei Jahren, voller Mitgefühl, Trauer und Entsetzen. Damals hatte es sie getröstet, deshalb hatte sie sein Profil aktiv gelassen und sich nie dazu durchringen können, es zu löschen.

Gabis Augen leuchteten auf. »Aha!« Triumphierend hielt sie Anna ihr Handy hin. »Siehst du?«

Da war ein Foto von Spencer als Teenager, die Arme um seinen geliebten Hund gelegt. Beide schienen in die Kamera zu grinsen. Sie erinnerte sich daran, wie er das Foto eingescannt hatte. Darunter stand: *Schon fünf Jahre, seit wir unseren Lewis verloren haben. Du fehlst mir, Kumpel.*

Sie sah Gabi an. »Und? Was willst du mir damit sagen?«

»Dass dieser Mann vielleicht nicht der ist, als der er sich ausgibt. Erinnerst du dich an die ganzen Folgen von *Catfish*, die wir geguckt haben?«

Anna nickte. Gabi war geradezu süchtig nach dieser Reality-Show gewesen, nachdem sie eine ziemlich schräge Erfahrung mit Online-Dating gemacht hatte. Sie hatte Anna dazu gebracht, stundenlang zu verfolgen, wie die beiden Moderatoren Nev und Max Leuten geholfen hatten, die wahre Identität ihrer Online-Lover herauszubekommen. Kaum jemand war derjenige gewesen, als der er sich ausgegeben hatte.

»Und? Hast du eine umgekehrte Bildersuche gemacht?«

»Nein …«

Gabi verdrehte die Augen. »Das ist doch das Erste, was man tut, Anna!«

»Er hat mir nie ein Foto von sich geschickt.«

Gabi vergrub das Gesicht in der Decke und gab ein ersticktes Stöhnen von sich.

»Was hat das überhaupt mit Spencers Hund zu tun?«, fragte Anna und verschränkte die Arme vor der Brust.

Gabi hob den Kopf und seufzte. »Das passiert, wenn du als glücklich Verheiratete *Catfish* guckst!« Sie tippte sich an die Schläfe. »Du hast nicht aufgepasst, weil du dachtest, dir könnte so was nicht passieren.«

Anna schluckte. Natürlich nicht.

Nun setzte sich auch Gabi auf, und jegliche Schläfrigkeit war verschwunden. »Er sucht dich im Netz, findet deine Seite und die führt zu Spencers Seite – die du auf öffentlich geschaltet hast, damit jeder etwas posten kann, schon vergessen? Er muss nur das tun, was ich gerade getan habe, und schon findet er lauter kleine Details, mit denen er dich einwickeln kann.«

Anna schüttelte den Kopf. »Nein. Auf keinen Fall.«

Gabi sah sie mitleidig an. »Genau das haben alle in der Sendung auch gedacht.«

Anna zermarterte sich das Hirn. Sie wusste nicht, warum sie so sicher war, dass Brody in Ordnung war – sie war es einfach. All die Stunden, die sie miteinander geredet hatten, die Dinge, die sie einander erzählt hatten … Sie runzelte die Stirn. Okay, die Dinge, die *sie ihm* erzählt hatte, aber trotzdem.

Und dann fiel es ihr ein. »Bis vor kurzem kannte er meinen Nachnamen gar nicht! Ich wollte ihm sagen, wie ich heiße, aber er wollte es gar nicht wissen. Und ohne ihn kann er mich und Spencer nicht bei Facebook gefunden haben!«

Gabi schürzte die Lippen. Trotz Annas Einwänden wirkte sie keineswegs überzeugt. »Mag sein«, sagte sie. »Aber es gibt bestimmt andere Möglichkeiten, wenn jemand sich mit so was auskennt.«

Anna starrte die Wand an. »Ich weiß, du machst dir nur Sorgen um mich, aber das brauchst du nicht. Vor ein paar Wochen habe ich ihm vorgeschlagen, dass wir uns treffen, aber er hat nein gesagt. Das hätte er doch nicht getan, wenn er unlautere Absichten hätte, oder?«

»Großer Gott! Du wolltest dich mit ihm treffen?«

»Ja«, erwiderte Anna, mittlerweile ein wenig gereizt. Gabi begriff überhaupt nicht, worum es ging.

»Anna …«, sagte Gabi, als spräche sie mit jemandem, der sehr schlicht gestrickt war. »Das ist nicht dein Ernst, oder?«

Anna klammerte sich an das eine greifbare Argument, das ihre Position bestätigte. »Er hat nein gesagt. Trotzdem würde ich ihn gerne irgendwann mal kennenlernen.«

Gabi sah sie eindringlich an. »Dir ist es wirklich ernst damit, nicht?«

»Ja.«

»Auch wenn das bedeutet, dass du … Was hat Spencer immer gesagt? Dass du einen an der Waffel hast?«

»Ja.« Das hatte Spencer tatsächlich immer gesagt, und so gefiel ihr Gabi schon viel besser. Sie war fast wieder die Alte. Vor Freude hätte Anna sie beinahe umarmt.

»Bitte sag, dass du wenigstens ein bisschen recherchiert hast.«

Anna lief rot an. »Ja, habe ich.«

»Halleluja! Und was hast du rausgefunden?«

»Nicht viel. Er scheint keinerlei soziale Medien zu nutzen.«

Wieder schüttelte Gabi den Kopf und murmelte etwas von Anfängerfehlern. »Alarmstufe Rot, Anna! Nev und Max würden sich für dich schämen!« Sie griff erneut nach ihrem Handy. »Wie heißt er mit Nachnamen?«

»Smith.«

»Smith?«, wiederholte sie mit hochgezogener Augenbraue.

Anna blickte Gabi über die Schulter, während die bei Facebook, Twitter und Instagram suchte. Als sie fertig war, hielt sie Anna ihr Handy unter die Nase. »Nichts! Höchst verdächtig. Das gefällt mir nicht, Anna. Ganz und gar nicht. Heutzutage hat doch jeder irgendwelche Sachen online, da finde ich es seltsam, wenn er nirgends zu finden ist. Was verheimlicht dir dieser Brody Smith – wenn das überhaupt sein richtiger Name ist?«

Nichts, wollte Anna erwidern, doch dann erinnerte sie sich an das komische Gefühl, das sie in letzter Zeit beschlichen hatte. Brody verbarg irgendetwas vor ihr. Das wusste sie mit derselben Sicherheit, mit der sie wusste, dass er ein guter, anständiger Mann war und kein Betrüger oder Perversling.

»Bitte versprich mir eins – wenn du jemals ernsthaft vorhast, dich mit ihm zu treffen, finde vorher mehr über ihn heraus«, sagte Gabi ernst.

Anna schluckte. »Natürlich.«

Aber, dachte sie, als sie aufstand und Gabi gute Nacht sagte, das Ganze war ohnehin müßig. Denn sie wollte sich zwar gerne mit Brody treffen, aber er sich nicht mit ihr.

41.

Ein paar Tage später stand Brody schwer beladen an der Hintertür von Mojis Laden. Plötzlich verspürte er ein Zittern, etwas durchzuckte sein Bewusstsein, und ihm sackte der Magen in die Knie. Er schloss die Augen und nahm die solide Form des Kartons wahr, den er hielt, das Gewicht seines Inhalts. Er atmete tief ein und aus, dann öffnete er die Augen wieder.

Okay. Er würde es tun. Das war eine gute Gelegenheit, die Dinge in die Tat umzusetzen, die er bisher nur für sich allein ausprobiert hatte. Er hatte für die Grundlagen gesorgt: Bewegung, gute Ernährung, besserer Schlaf. Er hatte die Techniken geübt, die Ibrahim ihm gezeigt hatte. Sie waren sich einig, dass es an der Zeit war, sie in einer realen Situation zu testen und darauf zu warten, dass wieder ein paar Wanderer vor seiner Haustür auftauchten, war nicht sehr sinnvoll.

Sie hatten den Werkzeugkasten schlicht gehalten. Als Erstes kam das Atmen. Als Zweites das Zählen. Das hatte er in letzter Zeit reichlich geübt, hatte Vögel gezählt, Bäume, Wolken. Er hatte sich sogar mental darauf vorbereitet, in der Stadt zu sein, und Autos in einer bestimmten Farbe und Hunde einer bestimmten Rasse auf seine Liste gesetzt – alles zu dem Zweck, sich von den körperlichen Wahrnehmungen abzulenken. Denn je mehr Aufmerksamkeit er ihnen schenkte, desto größer war die Gefahr, dass es ihn überrollte.

Die dritte Technik fiel ihm schwerer, aber Ibrahim hatte ihm geraten, sie in Reserve zu behalten, quasi als Notlösung. Sie bestand darin, aus sich herauszutreten, sich von seinen Symptomen zu distanzieren und die Panik zu analysieren, als wäre sie etwas Äußeres, das nichts mit ihm zu tun hatte.

Mojis Laden war ein guter Ort für einen ersten Versuch, einerseits weil er dort schon herausfordernde Situationen erlebt hatte, andererseits weil Mojis Anwesenheit ihm helfen würde, aber vor allem weil er in den letzten Tagen wie ein Verrückter Holzspielzeug geschnitzt hatte. Etwas trieb ihn an, ein lange verlorener Schaffensdrang.

Also gut. Er balancierte den Karton auf einem Arm und klopfte mit der freien Hand an die Glastür. Kurz darauf erschien Moji. Sie strahlte, als sie ihn sah, und schloss auf, um ihn hereinzulassen. Er folgte ihr in den Verkaufsraum.

»Willst du einen Tee?«, fragte sie und hielt einen leeren Becher mit der Aufschrift *Die tut nichts, die will nur spielen* hoch.

»Ja, gerne.«

Als der Tee fertig war, machte Moji sich daran, den Karton auszuräumen. Sie bestaunte und begutachtete jedes Set Stapelringe, jeden Nachziehhund (von denen einer Lewis bemerkenswert ähnlich sah) und jeden Zug. Doch als sie ganz unten ankam, war sie außer sich vor Freude. »Oh, wow! Die hast du für mich gemacht?«, sagte sie, als sie eine elegante Elfengestalt aus der Noppenfolie wickelte. »Die ist ja sogar noch hübscher als die erste!«

Die neue Elfe war in der Tat wunderschön, das fand selbst Brody. Sie hatte lange, schlanke Glieder, spitze Ohren und sanft gewelltes Haar. Sie hielt einen Langbogen in der Hand, und auf ihrem hübsch geschnittenen Gesicht lag ein Ausdruck von Konzentration und Entschlossenheit.

»Was soll ich denn jetzt machen?«, fragte Moji lachend. »Die mag ich auch nicht verkaufen!«

Brody lächelte, doch als sie noch einmal in den Karton griff, um das letzte Teil herauszuholen, wurde er wieder ernst. Moji sah überrascht zu ihm hoch. »Du hast mir noch eine mitgebracht?« Vorsichtig entfernte sie die Noppenfolie.

»Oh!«, rief sie erneut und drehte die kleine Holzfigur hin und her, um sie von allen Seiten zu betrachten. »Die ist aber anders.«

Ja, das war sie, dachte Brody. Es war seine Nichtelfe. Er hatte sie aus dem Regal in seinem Arbeitszimmer genommen. Obwohl es schön gewesen war, dass sie ihm jeden Abend Gesellschaft geleistet hatte, hielt er es für besser, wenn er sich nicht zu sehr an sie gewöhnte.

»Bist du sicher –«, begann Moji, doch in dem Moment ging die Ladentür auf, und die altmodische Glocke bimmelte.

Brody erstarrte. Die Härchen auf seinen Armen und in seinem Nacken stellten sich auf, und sein Magen war plötzlich voller Eiswürfel. Er versuchte, sich aufs Atmen zu konzentrieren – eins, zwei, drei: ein; eins, zwei, drei: halten; eins, zwei, drei: aus. Diese Übung hatte er während der letzten Wochen mehrmals täglich gemacht, und als er spürte, wie der Sauerstoff in seinem Blut ankam, übernahm das Muskelgedächtnis, und er merkte, dass in seinem Gehirn Raum für mehr war als nur Atmen.

Er blickte zur Ladentür, wo eine Frau in Jeans und einem dicken Pullover stand. Sie sah gar nicht in seine Richtung, sondern nickte Moji nur zu und begann, in den Büchern zu stöbern.

Bis jetzt hatte er noch keine ausgewachsene Panikattacke, und wenn er die nicht kriegen wollte, musste er etwas zum Zählen finden …

Aber in Mojis Laden fand er nichts, was sich dafür eignete. Der Verkaufsraum war bis an die Decke mit lauter Spielzeug und anderen Dingen vollgestopft, aber er konnte kein Muster darin erkennen. Hier gab es keine Terrier und keine roten Autos. Die Frau kam näher, sie war nur noch knapp zwei Meter von ihm entfernt.

Er bekam nicht genug Abstand, weder geistig noch körperlich. Da war kein Raum, um innerlich zurückzutreten und sich zu beobachten. Das Atmen wurde schwieriger, und er bekam dieses seltsame Unwirklichkeitsgefühl, ein Zeichen, dass er kurz davor war, in den Abgrund zu rutschen.

Nein. Er schloss die Augen. Nein! Er wollte nicht, dass sein erster richtiger Versuch scheiterte, nachdem er so hart geübt hatte. Verzweifelt kramte er in seinem Gedächtnis nach einer anderen Technik, doch die einzige, die ihm einfiel, war das Visualisieren, und er war ziemlich sicher, dass ihm das nicht helfen würde.

Er hatte mal einen besonderen verborgenen Ort gehabt, an den er sich in seiner Vorstellung zurückziehen konnte, einen Ort, an dem er sich immer friedvoll und lebendig gefühlt hatte, aber den gab es nicht mehr. Er war verwüstet. Mit Ibrahims Hilfe hatte er versucht, dorthin zurückzukehren, aber es war sogar noch schlimmer gewesen, als er es in Erinnerung hatte: nur tote Bäume und verbrannte Erde. Einige Orientierungspunkte waren noch zu erkennen gewesen, und wenn er gewollt hätte, hätte er über die Fläche gehen können, wo einst die sanfte Wiese mit dem kleinen Wäldchen gewesen war, aber die Angst war stärker gewesen, denn er wusste, was am Ende des Weges lag.

Der Teich. Er konnte nicht mal an den Teich denken. Deshalb war er von dem Ort geflohen, hatte in seiner Vorstellung das Tor abgeschlossen und den Schlüssel vergraben.

Die Frau kam, um Moji etwas zu fragen. Brody hörte nicht, was. Es klang, als spräche sie unter Wasser. Moji legte die Holzfigur, die sie in der Hand gehalten hatte, auf den Tresen und half der Frau, ein Buch zu finden.

Seine Nichtelfe.

Anna.

Er dachte an sie. An das Foto auf seinem Handy und an den Ausdruck in ihren Augen, zugleich neugierig und offen. Es war draußen aufgenommen worden. Im Hintergrund waren Felder und ein paar Bäume zu sehen. Er stellte sie sich an einem anderen Ort mit Feldern und Bäumen vor – auf seiner Terrasse, an dem kleinen Tisch mit Blick über den Garten. Sie trug den grauen Schal und die lila Mütze mit der aufgestickten Blume, wie auf dem Foto. Ihr Atem bildete kleine weiße Wölkchen, während sie in die Ferne blickte, und er begriff, dass sie Ausschau hielt, auf jemanden wartete. Und dann wandte sie sich um und lächelte ihn an.

Brodys Herzschlag wurde ruhiger, gleichmäßiger.

Obwohl sie auf dem Foto, das sie ihm geschickt hatte, nicht lächelte, konnte er es sich ganz genau vorstellen. Sie sah ihn an, während hinter ihr die Sonne aufging und mit ihren blassgoldenen Strahlen den Raureif auf dem knorrigen kahlen Blauregen glitzern ließ.

»Ist alles in Ordnung, Brody?«

Er drehte sich um und merkte, dass Moji ihn ansah. Die Frau war verschwunden, das Klingeln der Glocke nur ein Echo in seinen Ohren. Er atmete langsam und methodisch; sein Unterbewusstsein hatte den Dreierrhythmus beibehalten, obwohl seine Gedanken ganz woanders gewesen waren. »Ja«, sagte er mit der Andeutung eines Lächelns. »Ja, ich glaube, schon.«

Moji blickte auf die Nichtelfe. Brody hielt sie mit beiden Händen fest. »Bist du sicher, dass sie in den Karton gehört?«, fragte Moji. »Ich meine, ich nehme sie gerne. Sie ist wunderschön. Aber sie ist anders als das, was du mir sonst bringst.«

»Nein«, erwiderte er und sah hinunter auf das entschlossene Kinn und den in die Ferne gerichteten Blick. »Du hast recht. Es war ein Irrtum. Sie hätte nicht da drin sein sollen.«

42.

Anna lehnte sich in ihrem Schreibtischstuhl bei Sundridge Plumbing and Heating zurück und massierte sich die Schläfen. Sie hatte gerade einen Kunden am Telefon gehabt, der sich furchtbar aufgeregt hatte, weil die Kalt- und Warmwasserhähne falsch markiert worden waren. Das war natürlich ärgerlich, aber so wie der Kerl sich aufgeführt hatte, hätte man meinen können, in seinem ansonsten makellosen neuen Badezimmer stünde knöchelhoch das Abwasser.

Ihr Handy summte; eine Nachricht von Gabi. *Wir treffen uns um zwölf draußen vor dem Book Corner.*

Hmm. Das war ziemlich kryptisch. Und anders als die Nachrichten, die Gabi ihr seit der Trennung sonst schickte. Darin schimpfte sie entweder über Lee oder weinte um ihn oder fragte sich, mit wem er jetzt wohl zusammen war (Gerüchten zufolge anscheinend mit Miss Pferdeschwanz).

Ok, antwortete Anna. Ihr war alles recht, Hauptsache, sie kam eine Weile aus dem Büro raus. *Warum?*

Sag ich dir, wenn du da bist, lautete Gabis geheimnisvolle Antwort.

Und so machte Anna früher Mittagspause und ging durch den herbstlichen Nieselregen zu der Buchhandlung in der Bromley High Street.

»Bitte nicht böse sein«, sagte Gabi, als sie ankam. Sie hielt ihr die Tür auf, damit sie ins Trockene flüchten konnten.

»Warum sollte ich dir böse sein?«, fragte Anna und klappte ihren Regenschirm zu.

Gabi blickte sich in der Buchhandlung um und bedeutete Anna, ihr zu folgen. Hinter einem Regal blieb sie stehen und sah Anna mit ernster Miene an. »Ich habe ein bisschen recherchiert.«

»Recherchiert?«

Gabi nickte. »Wegen deines geheimnisvollen Mannes.«

»Welcher geheim-« Anna brach ab und runzelte die Stirn. »Du meinst Brody?«

»Entschuldige«, sagte Gabi betreten. »Ich hatte es eigentlich nicht vor, aber irgendwie konnte ich mich nicht bremsen. Ich habe im Moment einfach zu viel freie Zeit, vor allem frühmorgens, wenn ich nicht schlafen kann.«

Anna verdrehte die Augen, dann nickte sie seufzend. Seit der Trennung von Lee schien Gabi zwei Daseinszustände zu haben – entweder kraftlos und traurig oder hellwach und aufgedreht. »Und?«

Gabi führte Anna nach hinten in die Kinderabteilung und zog ein Buch aus dem Regal. »Hier«, sagte sie und gab es Anna. »Das ist er.«

Anna betrachtete das Buch. Es hieß *Der Monddrache.* »Gabi«, erwiderte sie, ein wenig besorgt um den Geisteszustand ihrer Freundin. »Das ist nicht Brody. Das ist ein Buch.«

»Ja. Von ihm.« Gabi sah sie eindringlich an und wartete darauf, dass Anna begriff.

Anna lachte. »Nein, der Autor heißt Brody Alexander.« Sie gab Gabi das Buch zurück. »Nicht Brody Smith. Den hier habe ich auch schon gefunden, als ich gegoogelt habe. Aber das ist er nicht.«

»Doch, das ist er. Sein vollständiger Name ist Brody *Alexander* Smith.«

Anna schüttelte den Kopf. »Aber ich habe mir seine Website angesehen. Da steht, er lebt in London und ist verheiratet …«

Gabi schlug das Buch auf, blätterte zum Impressum und tippte mit dem Fingernagel auf das cremeweiße Papier. »Das hier ist 2008 erschienen. Vielleicht ist die Website nicht aktualisiert worden? Vielleicht hat er ja früher in London gelebt – und du hast doch gesagt, er hätte seine Frau verloren.«

Anna riss Gabi das Buch aus der Hand. Auf der Umschlaglasche war dasselbe schwarz-weiße Autorenfoto, das sie im Internet gesehen hatte. Ihr Herz setzte einen Schlag aus. Das war Brody?

»Deshalb war Brody Alexander ganz oben bei den Treffern, als wir Brody Smith gegoogelt haben«, erklärte Gabi, und ihre Augen funkelten triumphierend. Sie hatte sich schon immer gerne als Amateurdetektivin betätigt. »Ich habe ein paar Artikel über ihn gelesen. In einem davon stand, wie er richtig heißt und dass er für seine Bücher dieses Pseudonym verwendet.«

Anna starrte immer noch auf das Foto. Er sah überhaupt nicht so aus, wie sie ihn sich vorgestellt hatte. Aber irgendwie passte das Gesicht sehr gut zu der Stimme am Telefon, die ihr mittlerweile so vertraut war, dass sie Ausschnitte ihrer Gespräche im Geist abspielen konnte, wenn sie wollte.

»Oder vielleicht sollte ich besser sagen, er *hat* ein Pseudonym verwendet. Denn er hat schon sehr lange nichts mehr geschrieben. Seine Fans warten immer noch auf den sechsten und letzten Band dieser Reihe.«

Anna sah Gabi an. Das ergab alles keinen Sinn. Brody hatte nie etwas davon erwähnt, dass er schrieb oder sonst irgendetwas Kreatives machte, abgesehen von den Holzarbeiten, die Anna ein bisschen wie das Hobby eines alten Mannes vorgekommen waren. Aber was hatte er einmal gesagt …? Dass er in einem früheren Beruf genug Geld verdient hatte, um sich das Cottage zu kaufen …? Annas Haut begann zu kribbeln.

Das war sein Geheimnis? Warum hatte er es vor ihr verborgen?

»Da ist noch was …«, sagte Gabi zögernd. »Auf einer Website stand auch, *warum* er seit fast zehn Jahren nichts mehr geschrieben hat, warum man nichts mehr von ihm hört. Da war ein Unfall –«

»Ich will es nicht wissen!«, stieß Anna aus, so laut, dass sich einige andere Kunden nach ihr umdrehten. »Ich will es nicht wissen«, wiederholte sie leiser und sah Gabi eindringlich an, damit sie begriff, wie ernst es ihr war. Sie hatte beschlossen, nicht herumzuschnüffeln, und obwohl sie plötzlich ganz versessen darauf war, alles zu erfahren, was Brody ihr verschwiegen hatte, mochte sie diesen Weg nicht gehen.

Wenn er wollte, dass sie es erfuhr, würde er es ihr erzählen. Und das würde er bestimmt auch bald tun.

»Aber –«

»Nein«, zischte Anna und legte den Finger über Gabis Lippen. »Ich will nur eins wissen: Glaubst du, dass er derjenige ist, der er zu sein behauptet? Sagt er mir die Wahrheit, was ihn betrifft?«

Gabi nickte. »Ja, ich denke schon.«

»Dann brauche ich nicht mehr zu wissen«, erwiderte Anna ruhig, obwohl alles in ihr zappelte.

Gabi sah sie skeptisch an. »Okay. Wenn es das ist, was du willst.«

»Ja«, sagte Anna und stellte das Buch zurück ins Regal. »Und jetzt lass uns was essen, bevor ich ins Büro zurückmuss«, fügte sie hinzu und zog Gabi aus dem Geschäft.

Doch abends auf dem Heimweg kam sie erneut an der Buchhandlung vorbei. Dann blieb sie stehen, machte kehrt und ging hinein. Als sie wieder herauskam, lag ein Buch in ihrer Einkaufstasche.

Anna saß im Café von Tullet's Garden Centre, nur einen Steinwurf entfernt von Scott und Teresas Haus in Westerham, einem hübschen kleinen Städtchen südwestlich von London. Sie und Teresa hatten sich für den Samstag nach der Party dort zu einem Kaffee verabredet. War das erst eine Woche her?, fragte sich Anna ungläubig. Es kam ihr so vor, als wäre seit dem Zwischenfall im Warlingham Court Hotel mindestens ein Monat vergangen.

Teresa war losgezogen, um ihnen zwei Cappuccino zu besorgen, und Anna hatte einen freien Tisch ergattert und passte auf ihren kleinen Neffen auf.

»Er ist so wunderbar knuddelig«, sagte sie, als Teresa mit zwei dampfenden Bechern zurückkam, und fügte dann hastig hinzu: »Entschuldige! Ich hoffe, das klingt jetzt nicht wie ein Antikompliment!«

Teresa lachte. »Er ist fast fünf Monate alt. Da müssen sie so sein.« Sie trank einen Schluck von ihrem Cappuccino. »Apropos wunderbar – wie läuft es mit dem Mann, den du zur Party mitgebracht hast?«

»Gut«, erwiderte Anna. »Aber es ist eher eine lockere Sache. Nichts Ernstes.«

»Warum nicht? Ist er nicht so wunderbar, wie er aussieht?«

»Nein, er ist sehr nett. Charmant, höflich, interessant …«

Teresa lächelte. »Du hast einen Netten verdient. Wirklich.«

»Ich weiß«, sagte Anna und merkte, dass sie es wirklich so meinte. »Aber …«

»Aber …?« Teresa runzelte die Stirn. »Höre ich da ein gewisses Zögern? Ich habe mich kurz mit ihm an der Bar unterhalten, als er eure Getränke geholt hat, und ich finde, er passt perfekt zu dir.«

Anna seufzte. »Ja, er ist ein toller Mann. Ich sollte eigentlich verrückt nach ihm sein.«

»Du brauchst sicher noch ein bisschen Zeit. Sich nach Spencer auf jemand Neues einzulassen ist ein großer Schritt. Ihr zwei wart so verdammt glücklich zusammen.«

»Vielleicht hast du recht«, sagte Anna. »Vielleicht denke ich einfach zu viel nach.«

Klein Spencer begann zu zappeln, und so nahm Teresa ihn Anna ab, legte ihn in den Kinderwagen und wiegte ihn ein wenig hin und her. »Und er hat sich nach Gayles Auftritt um dich gekümmert und dich ohne irgendwelches Theater nach Hause gebracht. Geduld und Verständnis sind Eigenschaften, die man nicht unterschätzen sollte.«

Anna sah sie überrascht an. »Du hast davon gehört?«

»Meine Freundin Megan – das war die in dem silbernen Kleid – hat mir von einem Streit im Flur erzählt, den sie mitbekommen hat. Sie hatte schon ein paar Martinis intus, deshalb habe ich nicht gleich geschaltet, von wem sie sprach, aber irgendwann hat es dann klick gemacht. Ich hätte dich schon eher angerufen, wenn ich nicht so schwer von Begriff gewesen wäre.«

Anna trank ihren Cappuccino und zuckte die Achseln. »Wieso? Du hast doch nichts verbrochen.«

»Ich bin überrascht, dass du es mir nicht selbst erzählt hast.«

»Ich habe es überlegt, aber ich dachte …«

Teresas Miene wurde ernst. »Dass ich mich um des lieben Friedens willen auf Gayles Seite stelle?«

Anna nickte ein wenig beschämt und starrte in ihren Becher.

»Ach, Anna ...« Teresa beugte sich vor, die eine Hand noch immer am Kinderwagen, und strich Anna über den Arm. »Ich gebe zu, das war im Großen und Ganzen meine Strategie, seit ich fest mit Scott zusammen bin, aber mittlerweile ist mir klargeworden, dass es so nicht weitergehen kann. Wir dürfen ihr diese Dinge nicht länger durchgehen lassen. Das ist nicht gut für sie und für uns erst recht nicht. Was meinst du, was wir tun sollten? Ein Familientreffen einberufen?«

Anna schüttelte den Kopf und schluckte. »Ich glaube, ich bin noch nicht bereit, mit ihr zu reden.« Sie wusste nicht, ob sie in Tränen oder in einen weiteren Wutanfall ausbrechen würde, und weder das eine noch das andere erschien ihr wünschenswert.

»Soll ich den Mund aufmachen? Das mache ich sofort!«

Anna lächelte. »Das glaube ich dir. Aber nicht meinetwegen. Ich bin auf Gayle zwar momentan nicht gut zu sprechen, aber sie hat schon einen Sohn verloren, und ich will nicht, dass sie auch noch den Kontakt zu dir und Scott abbricht. Außerdem habe ich immer noch die Hoffnung, dass der kleine Mann hier sie ein wenig milder stimmt.«

Teresa zog skeptisch die Augenbraue hoch, und Anna lachte.

»Na ja, vielleicht nur dienstags und donnerstags«, sagte sie.

Klein Spencer begann zu quengeln, und Teresa seufzte. »Ich glaube, ich packe ihn besser ins Auto und schaue, ob er einschläft, wenn ich ein bisschen herumfahre.« Sie nahm ihre Handtasche und schlang sie um den Griff des Kinderwagens. Gemeinsam gingen sie und Anna durch das weitläufige Gartencenter und hinaus auf den Parkplatz.

»Hör mal«, sagte Teresa, als sie bei ihrem Auto ankamen. »Weihnachten ist zwar noch eine Weile hin, aber du weißt ja, was für ein Planungsfreak ich bin. Hättest du Lust, das Fest mit mir und Scott und diesem kleinen Ungeheuer zu verbringen? Gayle und Richard kann ich auf den zweiten Feiertag vertrösten.«

Anna trat einen Schritt vor und umarmte Teresa. »Danke«, sagte sie leise. »Das ist wirklich lieb von dir, aber ich habe gerade einen Flug nach Kanada gebucht. Ich habe meine Eltern seit anderthalb Jahren nicht gesehen, und ich glaube, ein Tapetenwechsel tut mir mal ganz gut.«

Teresa nickte. »Das klingt nach einer sehr guten Idee. Aber denk dran: Falls irgendwas schiefgeht, weißt du, wohin du kommen kannst.«

43.

Anna gähnte. Es war spät. Sie warf einen Blick auf ihren Wecker. Offenbar war aus Montag klammheimlich Dienstag geworden, während sie gelesen hatte. Sie legte ihr Buch aufs Bett. Sie sollte jetzt besser das Licht ausmachen, wenn sie morgen rechtzeitig im Büro sein wollte.

Gut zwei Wochen nach der Trennung von Lee wusste Gabi immer noch nicht, was sie mit sich anfangen sollte. Sie hatte mit einer Flasche vor der Tür gestanden, als Anna gerade von der Arbeit nach Hause gekommen war, und hatte darauf bestanden, einen Mädels-Filmabend zu machen. Sie hatten erst *Green Card* geguckt und dann *Mondsüchtig*, und obwohl Anna nach dem zweiten Film eigentlich bettreif gewesen war, hatte Gabi sie angebettelt, noch einen dranzuhängen, als sie auf Netflix *Schlaflos in Seattle* entdeckte. Anna hatte es nicht über sich gebracht, nein zu sagen.

Jetzt lag Gabi leise schnarchend in Annas Gästezimmer, aber Anna hatte sich nicht verkneifen können, noch in das Buch hineinzulesen, das auf ihrem Nachttisch lag. Mittlerweile waren zwei Stunden vergangen, und sie las immer noch.

Es war Brodys Buch. Oder genauer gesagt war es der vierte Band aus Brodys Kinderbuchreihe. Die ersten drei hatte Anna schon gelesen. Innerhalb einer Woche. Die Frau in der Buchhandlung kannte sie inzwischen schon. Das letzte Mal, als Anna dort gewesen war, hatte sie das Buch unter dem Tresen hervorgeholt, bevor Anna auch nur in die Kinderabteilung gehen konnte.

»Oh, danke«, hatte Anna überrascht gesagt.

Die Frau hatte nur gelächelt. »Das passiert bei der Reihe oft«, erklärte sie. »Obwohl ich zugeben muss, dass Sie schneller sind als die meisten anderen. Ihr Kind scheint die Bücher ja regelrecht zu verschlingen.«

Anna hatte nur genickt und ihre EC-Karte auf das Lesegerät gelegt.

Wie sie festgestellt hatte, war es schwer, die Bücher *nicht* zu verschlingen. Sie spielten in einem erfundenen Königreich, in dem Magie und Unerwartetes an der Tagesordnung waren. Sie verstand absolut, warum die Kinder verzaubert davon waren. Es gab Drachen und Ritter, Elfen und Riesen, Gorgonen und Greife und alle möglichen phantastischen Wesen, von denen sie noch nie gehört und die Brody bestimmt erfunden hatte. Im Zentrum der Geschichten stand Pip, die Tochter eines armen Stallknechts, die davon träumte, ein Ritter zu werden, und lauter Abenteuer bestehen musste. Sie waren spannend, aber elegant geschrieben, mit einer leisen Melancholie und voller Weisheit. Brody erhob sich nicht über seine jungen Leser, sondern vertraute darauf, dass sie verstanden, dass das Leben nicht nur Triumphe, sondern auch Enttäuschungen bereithielt. Kein Wunder, dass seine Bücher bei Hunderttausenden von Kindern – und deren Eltern – so beliebt waren.

Anna gähnte erneut. Sie betrachtete das Cover des Buchs, auf dem ein kleines Mädchen mit kurzem blondem Haar abgebildet war, das ein Schwert in der Hand hielt und mit einer Hydra kämpfte. Sie konnte immer noch nicht glauben, dass Brody das geschrieben hatte, dass all das seiner Phantasie entsprungen war. Aber es gab keinerlei Zweifel daran, dass es *ihr* Brody war, der diese Worte geschrieben hatte; bei jedem Satz, den sie las, hörte sie im Geiste seine Stimme, und bestimmte Ausdrücke und Wendungen gehörten ganz eindeutig zu ihm.

Warum hatte er Pips Abenteuer nicht weitererzählt? Offenbar endete der letzte Band damit, dass das Mädchen verwundet im Tal der Schatten umherirrte. Es schien herzlos, sie dort zu lassen, und Brody war alles andere als herzlos.

Warum hatte er aufgehört? Hing es mit dem Tod seiner Frau zusammen? War das der Grund, warum er sich in ein einsam gelegenes Cottage zurückgezogen hatte? Wie passte das alles zusammen?

Die Bücher zu lesen war ein zweischneidiges Schwert. Einerseits empfand sie dadurch eine noch stärkere Verbindung zu Brody. Ein sehr wichtiger Teil von ihm, von dem sie vorher nichts geahnt hatte, war enthüllt worden. Es war, als hätte sie die Möglichkeit bekommen, in seinen Kopf hineinzuschauen und verborgene Dinge zu entdecken, die niemand sonst zu sehen bekam – was natürlich Unsinn war, denn jeder konnte in eine Buchhandlung gehen und genau dieselben Worte lesen. Aber irgendwie war es trotzdem etwas anderes, denn hier ging es um sie und Brody.

Andererseits war ihre Neugier, was ihn betraf, um ein Vielfaches gestiegen. Der Drang, nach Informationen über seine Vergangenheit zu suchen, war geradezu überwältigend. Immer wieder ertappte sie sich dabei, wie sie Google aufrief und seinen Namen in das Suchfeld eingeben wollte. Sie musste sich regelrecht zwingen, die Hände von der Tastatur zu nehmen.

Sie und Brody hatten ein paarmal telefoniert, seit sie angefangen hatte, seine Bücher zu lesen, aber nicht mehr, seit sie mit dem dritten Band begonnen hatte. Das war jetzt fünf Tage her. Sie hatte sich eigentlich längst bei ihm melden wollen, aber es war ein seltsames Gefühl, diese neuen Informationen über ihn zu haben, ohne dass er davon wusste. Bisher hatten sie einander nur das Nötigste über sich verraten, und erst jetzt wurde ihr klar, wie einfach das alles gemacht hatte. Sie hatten miteinander reden können, ohne Angst haben zu müssen, einander zu nahe zu treten oder etwas zu sagen, was ihnen hinterher leidtat.

Trotz ihres Unbehagens konnte sie es nicht ewig aufschieben, ihn anzurufen, denn sonst dachte er, dass irgendetwas nicht stimmte. *Komm schon, Anna. Tu's einfach.* Mit angehaltenem Atem wählte sie seine Nummer. Falls er schon schlief, würde sie einfach nur eine kurze Nachricht hinterlassen und es morgen noch einmal versuchen.

Doch Brody nahm sofort ab. Anna hatte das merkwürdige Gefühl, dass er auf ihren Anruf gewartet hatte, dass er genau wie sie das Gefühl gehabt hatte, wenn sie heute nicht miteinander sprachen, wäre der Abstand zu groß und ihr üblicher Rhythmus unterbrochen.

Anna hätte ihn am liebsten sofort auf seine Bücher angesprochen und gefragt, warum er mit dem Schreiben aufgehört hatte, aber sie wusste, dass sie ihn damit nicht überfallen durfte. Sie musste sich vorsichtig herantasten. Und so erzählte sie ihm nur, dass sie lange gelesen hatte – ohne Autor oder Titel zu erwähnen. Wie sich zeigte, war auch Brody in einem Buch versunken, einem Thriller, den er unbedingt noch zu Ende lesen musste.

Während sie sich unterhielten, fiel Anna auf, dass der Mann, mit dem sie jetzt sprach, ein ganz anderer war als der, der die Geschichte über Pip geschrieben hatte. Etwas fehlte. Der Mann, der über Drachen und magische Flüsse und sprechende Schneeflocken geschrieben hatte, wusste um all die wunderbaren Möglichkeiten, die das Leben zu bieten hatte; er wusste, was Hoffnung war.

Brody war nicht mehr dieser Mann, und sie wollte wissen, warum.

Sie *musste* wissen, warum. Es war über einen Monat her, dass sie von der Möglichkeit eines Treffens gesprochen hatte, aber jetzt bekam sie es nicht mehr aus dem Kopf. Vielleicht sollte sie die Fragen, die sie beschäftigten, besser von Angesicht zu Angesicht stellen? Vielleicht würde es ihm dann leichter fallen, sich zu öffnen. Und vielleicht würde er, wenn sie ihm genug Zeit gab, sich mit dem Gedanken anzufreunden, ja einwilligen?

»Brody?«, sagte sie in einer Gesprächspause.

»Ja?« Er klang entspannt, ausgeglichen. Jetzt oder nie.

»Ich weiß, wir haben schon mal darüber gesprochen, aber ich würde dich wirklich gerne persönlich kennenlernen.«

Brody antwortete nicht. Selbst übers Handy nahm sie eine plötzliche Kälte wahr. Warum?

»Wir haben über Silvester gesprochen und darüber, wie sehr wir es beide hassen.« Das Schweigen wurde immer dichter. Sie war überzeugt, dass er jeden Moment Einwände vorbringen würde, deshalb sprach sie einfach weiter. Worte waren alles, was sie im Moment hatte. »Ich will nicht zu einer Party gehen, Brody. Ich will mich nicht unter Fremde mischen, auch nicht unter Bekannte, und einen auf fröhlich und sorglos machen, wenn Big Ben zwölf schlägt. Das ist mir einfach zu anstrengend. Ich will an diesem Silvesterabend nur eins: ihn mit dir verbringen.«

Annas Herz pochte. Sie starrte auf ihr Handy und wartete angespannt. »Das würde ich auch gerne«, sagte er schließlich mit rauer Stimme. »Ich glaube nur nicht, dass es möglich ist.«

»Warum nicht?«

Wieder Schweigen. Aber es war nicht bedrohlich. So wie er geantwortet hatte, lag es nicht daran, dass er sich nicht mit ihr treffen *wollte.* Es war etwas anderes. Sie spürte, wie er mit sich rang oder vielleicht mit einem unsichtbaren Feind. Einem seiner Riesen. Was auch immer der Grund war, es war etwas Großes.

Sie schob ihre Neugier beiseite und beschloss, sich erst mal darauf zu konzentrieren, es ihm leichter zu machen, ja zu sagen. »Ich kann zu dir kommen, oder du kommst zu mir. Was einfacher ist.«

Er sagte immer noch nichts.

»Oder wir treffen uns an einem neutralen Ort …«

Aber wo? Sie überlegte angestrengt. Es musste ein Ort sein, den jeder kannte. Und wo man sich an einem so bedeutsamen Tag wie Silvester treffen konnte.

Das Einzige, was ihr dank dem vorangegangenen Filmmarathon mit *Schlaflos in Seattle* einfiel, war »oben auf dem Empire State Building«, aber das war lächerlich. Dieses Treffen war schon kompliziert genug, ohne es obendrein auf einen anderen Kontinent zu verlegen.

Aber der Gedanke an hohe Gebäude in großen Städten brachte sie auf eine Idee. »Im Shard«, sagte sie. »Oben auf der Aussichtsplattform. Am Silvesterabend um elf Uhr.«

»Anna …«

Er wollte wieder ablehnen, aber das konnte sie nicht ertragen. Jedenfalls nicht an diesem Abend. Sie musste einen Weg finden, ihn daran zu hindern. »Du musst dich nicht sofort entscheiden. Bis dahin sind es ja noch gut zwei Monate. Du musst auch nicht kommen, wenn du wirklich nicht willst. Aber ich besorge uns zwei Tickets für die Aussichtsplattform …«

Ging das überhaupt? Und war der Shard Silvester geöffnet? Sie hatte keine Ahnung. Aber falls nicht, wäre das ein »Zeichen«, wie in *Schlaflos in Seattle*, und dann würde sie Brody nie wieder um ein Treffen bitten.

Sie sprach hastig weiter, bevor er sie abwürgen konnte. »Wenn du kommst, kommst du. Wenn nicht, dann nicht. Das ist auch okay.« Was auch immer der Grund für sein Zögern war, sie musste darauf vertrauen, dass er es entweder überwand oder ihr irgendwann erklärte, was los war.

»Es kann gut sein, dass du die ganze Nacht da oben stehst und wartest«, sagte er gequält. »Dann bist du um Mitternacht alleine …«

Der Moment, an dem sie ihn vielleicht am nötigsten brauchte. Ja, das war ihr klar. Aber das Risiko würde sie eingehen. »Das ist mir egal.«

Er stieß einen Seufzer aus, so schwer und trübselig, dass ihr die Tränen kamen. Nicht um ihrer selbst willen, sondern um seinetwillen. Wegen des Riesen, der ihm den Weg versperrte und ihm das Leben zur Hölle machte. *Denk dran, was die tapfere kleine Pip tun würde*, hätte sie am liebsten gesagt. *Sie ist ein Teil von dir, und sie weiß, wie man kämpft. Und wie man hofft.*

Aber das konnte sie nicht sagen. Noch nicht.

»Und wenn ich nicht mit dir zusammen sein kann, dann beginne ich das neue Jahr lieber allein, hoch oben über der Stadt, und schaue mir all die funkelnden Lichter unter mir an.«

»Anna … Nicht …«

»Was ist los?«, flüsterte sie. »Willst du dich denn nicht mit mir treffen?«

Seine Stimme war rau, als er antwortete. »Doch. Mehr als alles andere.«

44.

Das Wochenende vor Halloween war grau und regnerisch, und Anna machte es sich drinnen gemütlich. Es war ein Samstagnachmittag, der nach dicken Socken und einer knielangen Strickjacke verlangte. Anna zog beides an, kochte sich einen großen Becher heiße Schokolade und ging damit ins Wohnzimmer, wo sie sich mit dem fünften und bisher letzten Band von Brodys Reihe aufs Sofa kuschelte.

Als sie das nächste Mal aufblickte, merkte sie, dass es aufgehört hatte zu regnen, aber bereits dunkel war. Wie lange saß sie schon hier? Ihre heiße Schokolade war nur halb ausgetrunken und längst kalt. Sie sah auf die Uhr, die auf dem Kaminsims stand. *Viertel nach sechs!* In einer Stunde musste sie los. Sie und Jeremy wollten sich abends in dem neuen Kino an der Bromley South Station einen Film ansehen.

Sie stand auf und stellte ihren Rest heiße Schokolade zum Aufwärmen in die Mikrowelle. Dann wollte sie damit nach oben gehen, um daran zu nippen, während sie überlegte, was sie anziehen sollte, doch am Fuß der Treppe machte sie kehrt und ging zurück ins Wohnzimmer. Sie und Jeremy würden doch den größten Teil des Abends im Dunkeln sitzen, oder? Also brauchte sie sich mit dem Make-up nicht so viel Mühe zu geben, und Jeans und ein netter Pullover würden reichen. Was bedeutete, dass sie noch Zeit für ein weiteres Kapitel hatte …

Als Anna es schließlich schaffte, sich von Brodys Buch loszureißen, hatte sie drei weitere Kapitel gelesen und musste sich höllisch beeilen, um noch pünktlich zu dem Treffen mit Jeremy zu kommen. Sie sah auf die Uhr und dann auf das Buch in ihrem Schoß und merkte, dass sie gar keine Lust hatte wegzugehen, obwohl sie sich den neuesten Film mit Emily Blunt ansehen wollten und sie sich schon die ganze

Woche darauf gefreut hatte. Sie wollte zu Hause bleiben und herausfinden, wie es mit Pip weiterging.

Dennoch hievte sie sich aus dem Sofa. Es wäre unhöflich, Jeremy auf dem letzten Drücker abzusagen, also blieb ihr nichts anderes übrig, als sich auf den Weg zu machen. Sie lief nach oben und zog sich um, doch als sie zum Schluss ihre Lieblingsohrringe einsetzte, stutzte sie und betrachtete sich im Spiegel.

Etwas fehlte. Aber es war kein Accessoire oder eine zweite Schicht Wimperntusche. Es war etwas anderes …

Wo waren die Schmetterlinge in ihrem Bauch? Wo war das Flattern, das ihr solche Angst gemacht hatte, als sie und Jeremy sich zum ersten Mal begegnet waren? Mit einem Mal fiel ihr auf, dass sie es schon seit Wochen nicht mehr gespürt hatte.

Du denkst wieder zu viel nach, Anna …

Sie riss sich zusammen, wandte sich vom Spiegel ab und ging nach unten ihren Mantel holen.

Der Film war mindestens so gut, wie Anna gehofft hatte, ein hervorragend gespieltes Drama mit einer herzzerreißenden Liebesgeschichte. Am Ende hatte sie Tränen in den Augen. Jeremy nahm ihre Hand und drückte sie. »Ich bin eine schreckliche Heulsuse«, sagte sie lächelnd und zog ein Taschentuch heraus.

»Meine Schwester ist genauso«, erwiderte Jeremy. »Bei jedem Happy End muss sie weinen.«

Anna nickte, immer noch lächelnd, und senkte den Kopf. Sie wollte Jeremy nicht widersprechen, aber *das* war nicht der Grund, warum ihr die Tränen gekommen waren.

Ja, sie weinte wegen des Happy Ends, aber auch wegen der Dinge, die passieren konnten, nachdem der Abspann gelaufen war. Wussten sie denn nicht, dass ihnen all das in einem einzigen Augenblick wieder weggenommen werden konnte? Und dann hatten sie ein Loch im Herzen, und das bedeutete, dass sie nie wieder so empfinden konnten. Das Kostbarste war weg, und sie würden es niemals zurückbekommen. Irgendwie konnte Anna nicht aufhören, sich um die beiden zu sorgen, was vollkommen absurd war, weil sie erfundene Figuren waren und nie außerhalb des Films existieren würden.

»Zwischen den beiden war eine tolle Chemie, nicht?«, sagte Jeremy, während er und Anna die Rolltreppe ins Foyer hinunterfuhren. »Ich meine, ich konnte sie mir wirklich gut als Paar vorstellen.«

Anna stimmte ihm zu. Die Rollen waren perfekt besetzt gewesen.

»Ich muss gestehen, dieser Film wäre nicht meine erste Wahl gewesen.« Jeremy grinste verlegen. »Keine einzige Verfolgungsjagd! Und normalerweise mag ich keine Liebesfilme, aber der hier war überhaupt nicht kitschig. Ich finde, er hat gezeigt, wie Liebe sein *sollte.*«

Anna nickte. Die Beziehung zwischen den beiden war wirklich gut geschildert worden. Vielleicht sogar zu gut, wenn sie sie nicht aus dem Kopf bekam. Denn sie erinnerte sie daran, was sie und Spencer gehabt hatten: etwas Seltenes und Überwältigendes, Schwindelerregendes und Atemberaubendes, aber zugleich auch Vertrautes und … Unkompliziertes.

»Wollen wir noch was trinken?«, fragte Jeremy.

»Warum nicht.« Anna war der Vorschlag ganz recht. Sie wollte dieses seltsame, düstere Gefühl loswerden, das der Film in ihr ausgelöst hatte – eine Art emotionalen Kater –, bevor sie allein nach Hause ging.

Draußen glänzte alles nass vom Regen, und die Straßenlaternen spiegelten sich in den Pfützen. Sie schlenderten zu einer Bar gleich um die Ecke vom Kino, und während sie darauf warteten, dass jemand sie bediente, legte Jeremy den Arm um Annas Taille und zog sie an sich – eine kleine, liebevolle Geste, die sie jedoch erneut stutzen ließ.

Es war schön, die Wärme seines Arms auf ihrem Rücken zu spüren, die leichte Berührung seiner Hand auf ihrer Hüfte, aber … das war es auch. Kein erregtes Kribbeln, kein süßes Verlangen, das sich in ihr regte. Wo waren die Schmetterlinge hin? Zum Überwintern in den Süden geflogen?

Jeremy bestellte sich ein Glas Rotwein, und Anna schloss sich an, weil ihr zu viel durch den Kopf ging, um sich mit der Riesenauswahl an Cocktails zu befassen. Sie stand neben ihm und starrte auf das sanft schimmernde Holz des Tresens.

»Ist es das, was du dir von einer Beziehung wünschst?«, fragte sie und drehte sich zu ihm, sodass er sie loslassen musste. »Was die beiden im Film hatten?«

Er lächelte sie an. »Na ja, ich würde nicht so gerne ein Bein verlieren wie er, aber davon abgesehen, ja, klar. Wünscht sich das nicht jeder? Liebe und Leidenschaft?«

Sie nickte. »Vermutlich schon, aber …«

»Aber?« Jeremy sah sie fragend an, aber er lächelte immer noch.

Anna schluckte. »Ich weiß nicht … Ich frage mich, ob man so etwas zweimal erleben kann. Ich hatte es gehofft, aber … jetzt bin ich mir nicht mehr so sicher.«

Das würde erklären, warum die Schmetterlinge nicht mehr da waren und warum sie keine tieferen Gefühle für Jeremy empfand, obwohl Teresa recht hatte – sie passten wirklich nahezu perfekt zusammen. Sie hatte sich gesagt, dass sie es einfach langsam angehen lassen musste, aber es konnte doch nicht richtig sein, dass jetzt schon die Luft raus war. Bei Spencer war sie nach sechs Wochen rettungslos in ihn verliebt gewesen.

Jeremys Gesichtsausdruck wurde ernster. »Was willst du mir sagen, Anna?«

Das war eine sehr gute Frage. Sie wartete einen Moment, um ihre Gedanken zu sortieren und in sich hineinzuspüren, ob sie dieser neuen Gewissheit, die sich in ihrem Herzen bildete, trauen konnte.

»Ich glaube, ich will damit sagen, dass ich nicht die Richtige für dich bin, Jeremy. Ich dachte, ich könnte es sein. Ich dachte, ich könnte es zumindest versuchen, aber …« Sie brach ab und schüttelte den Kopf. Ihre Augen brannten schon wieder verdächtig.

»Du willst … *das da.*« Sie deutete Richtung Kino. »Das volle Programm. Und das verdienst du auch! Ich … Ich glaube nur, ich habe nicht mehr genug im Tank, um das noch mal zu tun, selbst wenn ich es wollte.«

Ihr *Nicht-Spencer*-Alarm hatte von Anfang an recht gehabt. Sie hätte auf ihn hören sollen.

Nicht um sich vor weiterem Schmerz zu schützen oder Spencers Andenken zu ehren, sondern um Jeremy vor Enttäuschung und Verletzung zu bewahren. Sie nahm an, dass er mittlerweile ernsthafte Gefühle für sie hegte, und es wäre nicht fair, ihn darin zu bestärken. Wahrscheinlich würde sie ihm niemals geben können, was er wollte und brauchte. Es war Zeit, ihm das zu sagen; sie musste am Ende ihrer Beziehung genauso ehrlich zu ihm sein, wie sie es bei ihrer ersten Begegnung gewesen war. Sie trank einen Schluck von ihrem Wein und holte tief Luft.

Als sie sich ausgesprochen hatten, begleitete Jeremy sie noch bis zum Taxistand. Er war ernst und still, während sie nebeneinanderher gingen.

»Es tut mir so leid«, sagte sie zum tausendsten Mal mit Tränen in den Augen.

»Ist schon okay«, erwiderte er bedrückt, als sie auf dem Bahnhofsvorplatz stehen blieben. »Es gefällt mir nicht, aber ich verstehe es.«

Sie schlang die Arme um ihn und drückte ihn fest. »Es tut mir leid«, flüsterte sie erneut. »Ich hoffe wirklich, du findest die Richtige …«

Sie hielten sich noch einen Moment in den Armen. »Pass auf dich auf«, sagte sie leise, dann lösten sie sich voneinander.

»Gleichfalls.« Er nickte ihr zum Abschied noch einmal zu, drehte sich um und ging davon.

Anna atmete zitternd aus und sah ihm nach. Schließlich wandte sie sich zu dem vordersten Taxi und nannte ihre Adresse.

Zu Hause angekommen, stieß sie die Tür hinter sich zu und rief sofort, noch bevor sie sich den Mantel auszog, Brody an.

»Anna?«

»Ich habe gerade mit Jeremy Schluss gemacht«, sagte sie und brach in Tränen aus.

45.

Brody hörte zu, während Anna ihm die Ereignisse des Abends schilderte – den Film, die Bar, den Abschied. Er sagte kaum etwas und ließ sie einfach reden.

»Ich fühle mich so schrecklich«, sagte sie unglücklich. »Ich dachte, ich würde das Richtige tun, als ich mit ihm ausging. Ich dachte, es wäre ein Schritt nach vorn. Ich wollte nicht mit seinen Gefühlen spielen …«

»Das hast du nicht«, sagte Brody. »Jedenfalls nicht nach dem, was ich weiß. Du warst von Anfang an ehrlich zu ihm, und es gibt nun mal keine Garantie, dass es mit zwei Menschen klappt, zumal nach so wenigen Treffen. Wenn es sich nicht richtig anfühlt, dann ist es auch nicht richtig.«

Er versuchte, die Leichtigkeit in seinem Herzen nicht wahrzunehmen und sich nicht darüber zu freuen, dass der ach so perfekte Jeremy Geschichte war, aber es gelang ihm nicht.

»Und als du gemerkt hast, wie es um deine Gefühle steht, hast du es ihm sofort gesagt.«

Anna seufzte. »Ja, das stimmt wohl. Ich fühle mich nur so …«

»Schrecklich«, beendete Brody den Satz für sie, und vom anderen Ende kam ein leises Schnauben, das vermutlich von einem Lächeln begleitet war.

»Das Seltsame ist, ich dachte, ich wäre bereit. Ich dachte, ich könnte jemand Neues finden, aber es wird niemals das Gleiche sein, das weiß ich jetzt.« Sie atmete aus. »Aber je mehr ich darüber nachdenke, desto deutlicher spüre ich, dass ich auch ein klein wenig erleichtert darüber bin.«

»Erleichtert?«

»Ja. Dir kann ich es sagen, Brody, weil du es verstehst, weil du weißt, wie tief die Narben sind, wenn man jemanden auf diese Weise verliert. Ich weiß nicht, ob ich überhaupt noch mal jemanden so lieben *will*, denn wie sollte ich damit klarkommen, wenn so was ein zweites Mal passiert?«

Er nickte seufzend, obwohl er wusste, dass sie ihn nicht sehen konnte. »Du bist stärker, als du denkst«, sagte er. »Und ich bin für dich da.« Er würde immer für sie da sein. »Gib nicht auf, Anna. Du verdienst es, glücklich zu sein.«

Er hörte leises Geraschel, als würde Anna sich in ihr Sofa kuscheln. »Auf der Taxifahrt nach Hause habe ich nachgedacht ... Ich lasse das mit dem Dating erst mal und konzentriere mich stattdessen auf andere Dinge. Ich habe dir doch mal davon erzählt, dass ich anderen Leuten, die in der gleichen Situation sind wie wir, helfen möchte, jemanden zum Reden zu finden – erinnerst du dich?« Und sie erläuterte ihm ihre Idee, dafür eine App zu entwickeln, kein soziales Netzwerk, sondern eine Möglichkeit, Betroffene miteinander in Kontakt zu bringen.

Als sie fertig war, staunte er nur stumm. Da war so viel Hoffnung in ihrem Plan. Sie hatte sich in der Zeit, seit er sie kannte, enorm verändert; vor einem halben Jahr hätte sie so etwas bestimmt nicht vorgeschlagen.

»Ich finde, das klingt großartig«, sagte er schließlich.

»Ich dachte mir, wenn irgendjemand meine Idee versteht, dann bist du es, Brody. Ich muss nur noch ein paar Details klären, bevor ich mit jemandem darüber rede, ob und wie man so was entwickeln könnte.«

»Würde es dir helfen, das Ganze mit mir durchzusprechen?«, fragte er. »Mit dem technischen Kram kenne ich mich nicht aus, aber ich kann zuhören, wenn du einen Resonanzboden brauchst.« Und das taten sie dann eine Dreiviertelstunde lang, bis Anna zu gähnen begann und sie das Gespräch beendeten, damit sie schlafen gehen konnte.

Brody blieb noch mindestens eine halbe Stunde in seinem Sessel sitzen und dachte über das nach, was sie gesagt hatte. Wie dynamisch sie im Vergleich zu ihm wirkte. Obwohl sie wegen der Sache mit Jeremy unglücklich war, probierte sie neue Dinge aus und schmiedete Pläne. Sie machte Fortschritte.

Du auch, flüsterte eine kleine Stimme in seinem Kopf. *Kleine zwar, aber es sind Fortschritte.*

Bei ihren letzten Gesprächen hatte sie das Treffen an Silvester nicht mehr erwähnt, aber er spürte, dass sie den Plan nicht aufgegeben hatte. Beim Gedanken daran beschleunigte sich sein Puls. Er hatte eigentlich vorgehabt, nein zu sagen, aber ihm war einfach kein guter Grund eingefallen. Zumindest keiner, den er Anna gegenüber anführen konnte. Sie war neugierig – still, aber voller Fragen. Bisher war es ihm gelungen, nichts zu verraten, was er nicht wollte, aber wenn sie sich tatsächlich trafen, würde es deutlich schwieriger werden.

Das war der eine Grund, weshalb er bisher nicht nein gesagt hatte. Der andere, den er sich nicht einmal selbst eingestehen mochte, war, dass er sich trotz aller Ausweichmanöver danach sehnte, sie kennenzulernen, zumal er jetzt wusste, dass er keine »Konkurrenz« mehr hatte.

Sie einmal sehen, einmal in seinen Armen halten – mehr wollte er gar nicht. Dann würde er gehen können, nicht glücklich, aber … zufrieden. Das würde ihm genügen.

Es würde genügen müssen.

Lügner.

Nein. Ich bin kein Lügner, entgegnete er der höhnischen Stimme in seinem Kopf. *Nur Realist.* Sonst würde er das alles nicht ertragen.

Er liebte Anna.

So, jetzt war es raus. Seit Monaten waren seine Gefühle für sie gewachsen, und er war der Wahrheit immer wieder ausgewichen, aber jetzt ging es nicht mehr. Und er war selbst schuld, weil er sich so gründlich von dem Rest der Menschheit zurückgezogen hatte. Natürlich entwickelte sich dann eine tiefe Verbindung zu dem einzigen

Menschen, mit dem er seit Jahren richtig geredet hatte. Er hätte es kommen sehen müssen.

Und dieser Mensch war Anna. Sie hatte alles durcheinandergebracht. Am Anfang, bei ihren ersten Anrufen, hatte er nur nett sein und ihr helfen wollen. Er hatte keine Ahnung gehabt, dass sie ihm viel mehr geben würde, als er ihr jemals geben konnte. Hätte sie nicht irgendeine weinerliche, nur um sich selbst kreisende Frau sein können, die ihm auf die Nerven ging? Dann hätte er ihre Nummer blockieren und sie vergessen können. Stattdessen war sie so mutig und voller Überraschungen gewesen. Er hatte keine Chance gehabt.

»Es ist unmöglich«, sagte er laut, obwohl ihn niemand hören konnte, außer Lewis, der den Kopf auf die Pfoten gelegt hatte und Brody ansah. Er seufzte erneut. Sein Blick streifte durchs Arbeitszimmer und landete schließlich auf seiner Nichtelfe. Nach der Rettung aus Mojis Geschäft hatte er sie wieder in das Regal neben seinem Sessel gestellt.

Normalerweise schien sie in die Ferne zu schauen, aber jetzt hatte er das seltsame Gefühl, dass sie ihm direkt in die Augen sah. Herausfordernd.

Warum?, fragte sie ihn. *Warum ist es unmöglich?*

Das war das Dumme, wenn man viel Phantasie hatte. Sie war nur ein Stück Holz, aber er wurde das Gefühl nicht los, dass sie genau wie die Frau war, die ihre Entstehung inspiriert hatte, voller Fragen, die ganz einfach zu sein schienen, aber furchtbar schwer zu beantworten waren.

Du weißt, warum, erwiderte er. *Es ist eben so.*

46.

Anna blickte an dem hohen keilförmigen Gebäude gegenüber der Bromley South Station hoch. Es war ein kalter klarer Herbsttag, und die Sonne funkelte so hell auf den Glasscheiben des modernen Turms, dass man kaum hinsehen konnte. Ihr Magen flatterte nervös. Hier, im siebzehnten Stock, hatten Rhys und Vijay, Spencers frühere Geschäftspartner, jetzt ihr Büro.

Anna atmete tief durch, schob die Hände in die Manteltaschen und ging zur Rezeption im Eingangsbereich. Sie hatte Spencers frühere Kollegen seit über einem Jahr nicht mehr gesehen, aber sie hatte ihnen am Montagmorgen nach dem Brainstorming mit Brody eine Mail geschickt, ihnen ihre Idee für die App dargelegt und gefragt, ob sie Interesse hätten, sie zu entwickeln und auf den Markt zu bringen. Sie hatten innerhalb von achtundvierzig Stunden geantwortet und sie um ein Meeting gebeten.

Die beiden begrüßten sie so herzlich, dass sie einen Kloß im Hals verspürte, und boten ihr Kaffee und leckere Schokoladenkekse an, bevor sie sie in einen verglasten Konferenzraum führten, von dem man einen großartigen Blick über die Umgebung hatte. Die ganze Welt schien in der frostklaren Luft zu leuchten.

Rhys, ein Mann wie ein Teddybär, strahlte sie an, als er sich in seinem schicken Sessel aus Chrom und Leder zurücklehnte. »Anna … Du hast uns gefehlt!«

»Gleichfalls. Ihr habt's ja ganz schön weit gebracht«, erwiderte sie und sah sich in dem modernen Büro um, wo ein Team von offenbar sehr jungen und hippen Mitarbeitern ihrer Phantasie freien Lauf ließen oder was immer sie gerade taten. »Kein Vergleich zu euren Anfängen.«

»*Unseren* Anfängen.« Vijay setzte sich ihr gegenüber und reichte ihr eine Tasse köstlich duftenden Kaffee. »Erinnerst du dich noch an die nächtlichen Sitzungen an eurem Esstisch, als wir Pläne für die Weltherrschaft geschmiedet haben?«

Anna lachte. »Ich erinnere mich auf jeden Fall noch an die ganzen leeren Pizzakartons, die am nächsten Morgen herumlagen!«

»Solche Sitzungen haben wir immer noch«, gab Rhys grinsend zu, »aber jetzt sorge ich dafür, dass Vijay die Kartons wegräumt.«

Vijay zog nur die Augenbraue hoch und wandte sich wieder zu Anna. »Ohne dich wären wir nicht da, wo wir jetzt sind.«

Anna errötete ein wenig. »Du meinst, ohne Spencer …«

Rhys beugte sich vor und stützte die Ellbogen auf den Tisch. »Ja, schon. Aber du hast auch eine wichtige Rolle gespielt.«

»Ich?«

»Ich glaube, du vergisst, dass eins unserer beliebtesten Features – die komplett individualisierbare Benutzeroberfläche – deine Idee war«, sagte Vijay.

Anna sah ihn verwirrt an. Sie konnte sich nicht erinnern, damit irgendwas zu tun gehabt zu haben. Sie hatte nur an ihrem Schreibtisch gesessen und sich um die Zahlen und den Papierkram gekümmert.

Vijay schmunzelte, als er Annas Miene sah. »Als wir zu dir gekommen sind und dich gefragt haben, wie du unsere sechs tollen, stylischen Farbschemas findest, hast du gesagt, du findest sie alle scheußlich.«

»Na ja, das war eher mein persönlicher Geschmack als eine geschäftliche Entscheidung«, erwiderte Anna unsicher.

»Ja, aber das hat uns darauf gebracht, wie verschieden die Geschmäcker der Leute sind und dass wir uns etwas überlegen müssen, das möglichst allen gefällt.«

Anna zuckte die Achseln. Sie hielten ihr mehr zugute, als sie verdient hatte, aber sie würde deswegen keine Diskussion anfangen.

Rhys lehnte sich wieder zurück und trank einen Schluck von seinem Kaffee. »Wie ich sehe, bist du nicht überzeugt.«

Anna lächelte ein wenig schief.

»Und der Firmenname stammt doch auch von dir«, fügte er hinzu. »Ohne dich wäre BlockTime nicht BlockTime.«

»Na gut, das stimmt. Aber ich fand den Namen immer ein bisschen phantasielos und schlicht. Ich habe nie verstanden, warum ihr den genommen habt statt einen von den anderen.«

Vijay warf Rhys einen vernichtenden Blick zu. »Diese Pappnase wollte die Firma Avocado nennen.«

Rhys hob trotzig das Kinn. »Ich mag Avocados.«

Diese Bemerkung führte zu einer erhitzten Debatte darüber, wessen Namensvorschlag der dämlichste gewesen war. Anna musste schmunzeln, denn trotz des Hightech-Büros und der hippen Angestellten waren die beiden immer noch Spencers alte Freunde, die umgeben von Pizzakartons an ihrem Esstisch gesessen und beschlossen hatten, eine Firma zu gründen.

»Und, woran arbeitet ihr gerade?«, fragte sie, um sie abzulenken.

Vijay wandte sich zu ihr. »Viel interessanter ist doch die Frage, woran *du* gerade arbeitest.«

»Ich?« Anna blickte zwischen den beiden hin und her.

Rhys nickte. »Deine Idee gefällt uns. Das könnte was werden – vor allem wenn wir in Kontakt zu einer wohltätigen oder gemeinnützigen Organisation kommen, die Trauernde unterstützt. Wir stehen natürlich noch ganz am Anfang, aber wir strecken mal die Fühler aus und schauen, ob da Interesse besteht.«

Anna strahlte ihn an. »Ach, das freut mich riesig, dass ihr damit etwas anfangen könnt! Jemanden zu haben, mit dem ich reden konnte, hat mir das Leben gerettet oder es zumindest in gesündere Bahnen gelenkt.«

»Schön«, sagte Vijay. »Und wir freuen uns, dass es dir so gut geht, aber meine Frage eben war durchaus ernst gemeint: Wo oder was arbeitest du im Moment?«

»Oh.« Anna war ein wenig überrascht, erzählte ihnen dann aber von Sundridge Plumbing and Heating und mit welcher Begeisterung sie Rechnungen über Rohrstücke und Dichtungen erstellte, die sie immer noch nicht auseinanderhalten konnte. »Aber ich glaube, ich bin bereit für etwas Neues«, fügte sie hinzu.

»Sehr gut«, sagte Vijay. »Dann wirf's hin.«

Rhys verdrehte die Augen. »Ich dachte, wir wollten es langsam angehen lassen.«

»Was soll ich hinwerfen?«, fragte Anna.

»Den Job. Kündige und arbeite wieder mit uns zusammen«, sagte Vijay, und es klang nicht wie ein Scherz.

Anna sah durch die Glaswände des Konferenzraums in die umliegenden Büros. Die Firma war nicht mehr das Drei-Mann-Unternehmen von damals. »Ich weiß, ihr habt mich nach Spencers Tod gefragt, ob ich weiter für euch arbeite, aber ihr seid jetzt viel größer! Ich habe keine Ahnung, wie ich die Buchhaltung für so ein Unternehmen schaffen soll.«

»Vergiss die Buchhaltung!«, entgegnete Vijay. »Du hast Spencers Anteile geerbt. Technisch gesehen bist du ein Partner. Komm an Bord und mach irgendwas anderes.« Mit einem Achselzucken fügte er hinzu: »Wenn du willst, kannst du die Büroleitung übernehmen.«

Wieder blickte Anna zu den dynamischen jungen Mitarbeitern, die außerhalb des Konferenzraums geschäftig zugange waren. »Habt ihr nicht genug Leute?«

Rhys folgte Annas Blick und machte eine wegwerfende Handbewegung. »Schon, aber das sind alles Kreative, und die sind genauso wie wir damals, als wir angefangen haben: jung und dumm. Die halten alles, was wir sagen, für genial.«

»Denen hätte der Name Avocado bestimmt gefallen«, bemerkte Vijay trocken.

Rhys beachtete ihn nicht. »Was wir brauchen, ist jemand, der uns sagt, dass eine Zeitmanagement-App so heißen muss, dass jeder sofort weiß, was drin ist. Jemanden wie dich, Anna.«

Anna starrte die beiden an. Sie war den Tränen nahe. »Ihr wollt mich wirklich zurückhaben? Nur mich? Obwohl ich vor drei Jahren einfach abgetaucht bin und mich seither nicht mehr gemeldet habe?«

Beide nickten.

»Wir verstehen, dass es hart war«, sagte Vijay ernst. »Uns ist es auch nicht leichtgefallen. Anfangs hat uns nur der Gedanke am Laufen gehalten, dass wir Spencer nicht enttäuschen wollten und dass BlockTime um seinetwillen ein Erfolg werden sollte. Denk darüber nach, ja? Denn diejenige, die deine App am besten entwickeln kann, bist du.«

Rhys musste das Entsetzen auf Annas Gesicht bemerkt haben, denn er fügte rasch hinzu: »Natürlich nicht die technische Seite, wie Spencer früher, aber das *Herz.* Deshalb hat BlockTime funktioniert …« Er hielt inne und sah zu Vijay, der ermutigend nickte. »Weil wir alle mit dem Herzen dabei waren.«

»Und wer sollte besser verstehen, wie eine App für Trauernde aufgebaut sein muss, als jemand, der das alles selbst durchgemacht hat?«, sagte Vijay. »Wir zwei würden wahrscheinlich in alle möglichen Fettnäpfchen treten.«

Anna brauchte einen Moment, um das alles sacken zu lassen. Die ganze Zeit über war sie den beiden und allem, was mit BlockTime zu tun hatte, aus dem Weg gegangen, weil es sie an Spencer erinnerte und an alles, was sie verloren hatte. Doch nun merkte sie zu ihrer Überraschung, dass es ihr auch Freude bereitete, sich an all das zu erinnern, was sie gemeinsam geschafft hatten.

»Okay«, sagte sie. »Ich denke darüber nach.«

47.

Brodys Handy klingelte, und Annas Foto erschien auf dem Bildschirm. Er tippte auf den grünen Button und hielt das Handy ans Ohr. »Anna?«

»Brody«, antwortete sie. Und das war alles. Kein Geplauder über ihren Tag, keine überraschenden Fragen aus dem Nichts. Brody runzelte die Stirn und wartete noch einen Moment. Im Hintergrund ertönte ein lauter Knall.

»Ist alles in Ordnung, Anna? Was ist das für ein Krach?«

»Feuerwerk«, sagte sie leicht verwirrt. »Heute ist Guy Fawkes Night – hast du das vergessen?«

»Ach ja, stimmt. Hier draußen ist davon nichts zu merken.«

Anna schnaubte. »Hier schon. Du hörst es ja.« Und dann schwieg sie wieder. Seltsam. Es war ein paar Tage her, seit sie zuletzt telefoniert hatten, aber da war sie so voller Ideen und Energie gewesen, was diese App anging, dass er angenommen hatte, sie hätte alle Hände voll zu tun.

»Stimmt irgendwas nicht?«

»Nein«, erwiderte sie leise, und dann hörte er, wie sie Luft holte. »Aber da ist etwas, das ich dir schon seit ein paar Wochen sagen will.«

Brody sackte der Magen in die Kniekehlen. O Gott. Bestimmt wollte sie das Treffen an Silvester nicht mehr. Sie hatte etwas Besseres vor. Und jemand Besseren, mit dem sie den Abend verbringen konnte. Obwohl er nicht zugesagt hatte und wahrscheinlich am Ende sowieso zu Hause geblieben wäre, wollte er noch nicht auf die Möglichkeit verzichten. »Dann mal raus damit«, sagte er und wappnete sich für das Schlimmste.

»Ich weiß, wer du bist.«

Brody zog die Stirn kraus. »Und ich weiß, wer du bist …«

»Ich meine, ich weiß, womit du deinen Lebensunterhalt verdienst – oder verdient hast. Ich weiß, dass du mit vollem Namen Brody *Alexander* Smith heißt.«

Ein paar Sekunden lang hörte Brody nichts außer dem Rauschen des Bluts in seinen Ohren. »Wie … Wie hast du das rausgekriegt?« Es zu leugnen war sinnlos.

»Gabi hat es mir gesagt. Sie hat ein bisschen … hm … nachgeforscht. Sie hat sich Sorgen gemacht, weil ich mich mit einem Mann unterhalte, den ich gar nicht –«

»Schon gut«, sagte Brody leise. »Ich verstehe.«

»Ich … Ich weiß es schon eine Weile, und eigentlich wollte ich es für mich behalten, aber ich hatte ein schlechtes Gewissen, obwohl ich ja nicht selbst nachgeforscht habe. Und dann wurde mir klar, dass wir uns vielleicht bald treffen, dass wir voreinander stehen und uns in die Augen sehen, und dann wäre das irgendwie zwischen uns, dieses Geheimnis. Und das wollte ich nicht.«

Er atmete aus und sah hinunter zu Lewis, der sich zu seinen Füßen zusammengerollt hatte. Nein. Geheimnisse waren nicht gut. Sie waren wie Mauern. »Ist das wichtig?«, fragte er. »Was du herausgefunden hast?«

»Wie meinst du das?« Anna klang ein wenig verwirrt.

»Ich meine …« Er zögerte kurz, weil er nicht sicher war, ob er die Antwort auf seine Frage hören wollte. »Ändert es irgendetwas?«

Wieder einmal überraschte Anna ihn. Er hatte mit einem hastigen *Nein, nein, natürlich nicht* gerechnet, aber sie ließ ihn warten. Ihm wurde ganz kalt. Wie viel hatte Gabi ihr erzählt? Und woher hatte sie ihre Informationen?

»Ein bisschen schon«, sagte sie.

Brody schloss die Augen und versuchte, gleichmäßig zu atmen.

Als sie erneut sprach, lag Schüchternheit in ihrer Stimme. Anna hatte mehrfach gesagt, dass sie schüchtern war, aber er hatte davon nie etwas bemerkt. Das kalte Gefühl verstärkte sich.

»Ich habe deine Bücher gelesen.«

Brody fühlte sich, als hätte er einen Schlag in den Bauch bekommen, aber er hatte keine Ahnung, wieso. Warum war es wichtig, ob sie sie gelesen hatte?

»Sie sind wundervoll, Brody … So voller Magie, und damit meine ich nicht nur die Zaubereien. So voller Phantasie und Tiefe. Ich war völlig hin und weg.«

In Brody wirbelten tausend Gedanken und Gefühle herum, aber er bekam nichts davon zu fassen. »Danke«, stammelte er.

»Warum hast du aufgehört? Ich meine, mit dem Schreiben …«

Zack! Noch ein Schlag. Und das war ein Gebiet, das er auf keinen Fall betreten wollte. Schon gar nicht mit ihr.

»Gabi hat gesagt …« Sie hielt inne und fuhr dann unsicher fort: »Gabi hat etwas von einem Unfall gesagt.«

Brody sog scharf die Luft ein.

»War das … Ich meine, ist sie so … gestorben?«

»Wer?« Brodys Stimme war kaum mehr als ein Krächzen.

»Deine Frau.«

Obwohl er ihr auf keinen Fall die Wahrheit sagen wollte, verstand er, was sie mit den Geheimnissen gemeint hatte. Und er konnte sie nicht anlügen, zumal sie ihn direkt gefragt hatte. »Meine Frau ist nicht tot«, erwiderte er langsam. »Wir sind geschieden.«

»Oh«, rutschte es Anna heraus. »Aber wer ist dann …?«

Brodys Herz pochte.

»Ich habe mir das doch nicht eingebildet, oder?« Sie klang verwirrt, sogar ein wenig misstrauisch. »Hast du nicht gesagt, du hättest auch jemanden verloren?«

Brody trat ans Fenster und starrte hinaus in die Dunkelheit. Er konnte nicht einmal die kahlen Umrisse der Bäume am Ende seines Grundstücks erkennen. Die Finsternis begann durch die Scheiben in ihn hineinzusickern. »Ja, das habe ich.«

Einen Moment lang herrschte vollkommenes Schweigen.

Dann flüsterte Anna: »Wen?«

»Ich …«

Die Welle donnerte auf ihn nieder. Ohne Vorwarnung und ohne Gnade. Nichts hatte darauf hingewiesen. Kein Kribbeln in den Fingern, keine Enge in der Brust. *Gott. Neun Jahre.* Er dachte, er hätte inzwischen ein wenig Abstand bekommen, aber der Schmerz war immer noch so frisch und heftig wie an jenem Tag.

Brody drehte sich um und lief los. In seiner Hast, zur Hintertür zu kommen, stieß er eine Lampe um, und sie fiel scheppernd hinter ihm zu Boden. Er riss die Tür auf und rannte hinaus in den Garten, in die frostige Nachtluft, die sein Gesicht und seine Hände erstarren ließ.

»Brody …?« Ihre Stimme war nur gedämpft zu hören, weil er das Handy vom Ohr genommen hatte.

Er versuchte zu sprechen, aber er bekam keinen Ton heraus. Kaum verwunderlich, denn es fühlte sich an, als hätte jemand eine Abrissbirne gegen seine Brust geschleudert. Er ließ das Handy fallen und schleppte sich, mühsam nach Luft ringend, noch ein paar Schritte weiter. Dann fiel er auf die Knie, vergrub das Gesicht in den Händen und begann zu schluchzen.

48.

»Danke, dass du gekommen bist, um mir zu helfen«, sagte Anna zu Gabi, als sie die Treppe hoch und in ihr Schlafzimmer gingen. »Alleine würde ich das nicht schaffen.«

Gabi setzte sich auf die Bettkante. »Kein Problem. Ich hab eh nichts Besseres zu tun …«

»Danke!«

Gabi verdrehte die Augen. »Du weißt, wie es gemeint war.«

Das wusste Anna in der Tat. Es war noch gar nicht so lange her, da war es ihr genauso gegangen wie Gabi jetzt. Diese Schwere. Dieses Gefühl, dass alles zu anstrengend und sinnlos war. Sie machte sich Sorgen um ihre Freundin. Die Trennung von Lee war mittlerweile sechs Wochen her, aber Gabi war immer noch nicht wieder die Alte. Normalerweise war sie munter und fröhlich und voller Energie. Doch jetzt erinnerte sie Anna eher an einen zusammengeschrumpelten Luftballon. Sie konnten beide eine Ablenkung gebrauchen, und dafür war diese Aufgabe genau das Richtige.

Seit ihrem letzten Gespräch mit Brody waren acht Tage vergangen. Acht Tage, und kein Wort. Oh, Anna hatte es durchaus versucht. Oft sogar. Aber Brody nahm nicht ab. Jedes Mal wenn sie daran dachte, wurde ihr übel.

Sie ging zu Spencers Schrank und öffnete die Türen. Wie immer fiel ihr Blick zuerst auf die ordentliche Reihe von Hemden, die auf ihren Bügeln hingen. Irgendwie hatten sie für Anna eine stärkere Bedeutung als alle anderen Sachen im Schrank. Warum, wusste sie selbst nicht so genau, aber früher, wenn sie das Gesicht an seine Schulter geschmiegt und ihn an sich gedrückt hatte, hatten seine Hemden immer so wunderbar nach frischer, sauberer Baumwolle und Sicherheit gerochen.

Anna stand da, die Hände auf den offenen Schranktüren, und rührte sich nicht. »Ich muss es tun«, sagte sie, den Blick auf die Hemden gerichtet. »Er braucht sie nicht mehr.«

»Das stimmt.« Gabi stand vom Bett auf, kam zu ihr und legte ihr den Arm um die Schultern. »Aber du musst es nicht jetzt tun, wenn du noch nicht so weit bist.«

Anna nickte. »Ich weiß. Aber ich schiebe es schon zu lange vor mir her. Es wird Zeit, Gabs. Es ist nur …«

»Schwierig«, beendete Gabi den Satz für sie.

»Ja.« Anna atmete tief durch. »Aber mir ist klargeworden, dass ich in meinem Leben Raum für neue Dinge schaffen muss, sowohl im wörtlichen wie im übertragenen Sinn. Auch wenn ich im Moment noch nicht bereit für einen neuen Mann an meiner Seite bin, möchte ich sozusagen ein Zeichen setzen, dass ich zumindest offen für die Möglichkeit bin – was immer dann daraus werden mag.«

Gabi seufzte. »Ich finde es so schade, dass es mit dir und Jeremy nicht geklappt hat.«

»Ja, ich auch. Aber es wäre nicht fair gewesen, ihn weiter hinzuhalten.«

Gabi sah sie kleinlaut an. »Es war falsch von mir, dich zu den Treffen mit ihm zu drängen. Das weiß ich jetzt.«

Anna wurde ganz warm ums Herz. Sie umarmte Gabi und gab ihr einen Schmatzer auf die Wange. »Nicht falsch. Nur vielleicht ein bisschen zu früh.« Gabi lächelte, und dann wandten sie sich beide dem offenen Schrank zu. »Ich weiß gar nicht, wo ich anfangen soll … Wir brauchen einen Plan.«

Gabi stemmte die Hände in die Hüften. »Ich glaube, den habe ich. Wir fangen mit einer Sache an – Anzüge oder Schuhe oder Jacketts oder Hemden …« Bei dem Wort verzog Anna offenbar das Gesicht, denn Gabi hielt inne, schluckte und fuhr dann fort: »Wir fangen mit etwas Leichtem an. Wir nehmen alle Teile heraus, breiten sie auf dem Bett aus und gehen sie eins nach dem anderen durch. Du musst dich dabei konzentrieren, Anna, und präsent sein, denn sonst bist du vielleicht traurig, wenn alles weg ist. Du musst bei jedem Teil eine Entscheidung treffen.«

Anna zog die Stirn kraus und sah Gabi an. »Woher weißt du das alles?«

»Wenn ich nicht schlafen kann, gucke ich mir *Hoarders* an«, erwiderte sie mit einem Funkeln der alten Gabi in den Augen.

Anna lachte und musterte dann wieder den Schrank. »Fangen wir mit den Schuhen an.«

Und so zogen sie alle Schuhe, Stiefel und Sneaker von Spencer heraus und gingen sie Paar für Paar durch. Einige hoben sie für das Sozialkaufhaus auf, die anderen kamen in einen schwarzen Müllsack. Als sie damit durch waren, atmete Anna ein bisschen wackelig aus.

So. Sie hatte es getan. Und es war nicht schrecklich. Im Gegenteil, sie verspürte ein Gefühl von Frieden und Befreiung.

Als Nächstes nahmen sie sich die Hosen vor und dann die Oberteile, von denen Anna ein paar Lieblingsstücke behielt: einen dicken anthrazitfarbenen Wollpullover, der ihr viel zu groß war, und zwei weiche Hoodies. Die hatte sie sich oft von Spencer stibitzt, als er noch lebte, und sie musste lächeln, als sie sie in die Hand nahm, auch wenn ihr gleichzeitig Tränen in die Augen stiegen. Das war doch ein gutes Zeichen, oder? Sie war zwar nicht gerade glücklich, aber auch nicht nur traurig.

Als sie eine volle Tüte zuknotete, musste sie dann doch weinen. Gabi kam zu ihr, nahm ihr die Tüte weg und schloss sie in die Arme.

»Tut mir leid«, krächzte Anna.

»Das macht doch nichts, *minha querida*«, sagte Gabi, die selbst einen Kloß im Hals hatte. Sie strich Anna über den Rücken. »Wir müssen die Tüten ja nicht heute in dein Auto packen. Wir können sie auch erst mal in den Schrank stellen. Vielleicht brauchst du noch ein bisschen Zeit, um dich daran zu gewöhnen, bevor du die Sachen wegbringst?«

Schniefend löste sich Anna von ihr. »Machen sie das bei *Hoarders* auch so?«

Gabi lachte schallend. »Nein! Das wäre keine gute Idee.« Ihre Stimme wurde wieder weicher. »Aber das hier ist etwas anderes. Du kannst dir deine eigenen Regeln machen. Du kannst tun, was du willst.«

Anna nickte und versuchte, tief Luft zu holen, was jedoch in einem Hicksen endete. »Okay.« Sie ging erneut zum Schrank und blickte hinein.

Gerade als sie mit den Fingern über ein paar von Spencers Hemden strich, pingte ihr Handy in der Gesäßtasche. Rasch packte sie einen Armvoll Hemden, warf sie aufs Bett und zog das Handy heraus. Vielleicht war es ja …

Nein, war es nicht.

Enttäuscht steckte sie das Handy wieder ein.

»Brody?«, fragte Gabi knapp. Anna hatte fast den Verdacht, dass sie eifersüchtig war. Jedes Mal wenn Anna ihn erwähnte, bekam sie so eine verkniffene Miene.

»Nein, meine Mum. Sie fragt, wann mein Flieger am 15. Dezember landet. Darum kümmere ich mich, wenn wir hier fertig sind.«

Anna holte die restlichen Hemden aus dem Schrank. Als sie alle auf einem Haufen lagen, fragte Gabi: »Aber du dachtest, es wäre Brody, oder?«

Anna blickte über die Schulter zu Gabi, die gerade einen der schwarzen Säcke in den Schrank hievte. »Wie kommst du darauf?«

»Dein Gesicht. So guckst du nur, wenn er es ist.«

»Woher willst du das wissen? Vielleicht gucke ich ja auch so, wenn du es bist«, erwiderte Anna.

»Okay.« Gabi holte ihr Handy heraus und tippte etwas. Eine Sekunde später pingte Annas Handy erneut. Sie musste schmunzeln, als sie las, was Gabi geschrieben hatte: *Beweis es.*

Anna tat, als würde sie ohnmächtig, und ließ sich auf das mit Hemden und Bügeln übersäte Bett fallen. Gabi tat es ihr gleich, und beide kicherten leise. »Du bist doof«, sagte Gabi.

»Aber nur halb so doof wie du«, entgegnete Anna und stupste sie in die Seite.

»Stimmt auch wieder«, seufzte Gabi, und dann lagen sie beide da und schauten an die Decke.

»Ich mache mir Sorgen um ihn«, sagte Anna nach einer Weile. »Um Brody, meine ich.«

Gabi stützte sich auf den Ellbogen und sah zu Anna. »Warum?«

»Bei unserem letzten Gespräch habe ich ihn nach dem Unfall gefragt, von dem du mir erzählt hast, und da hat er total seltsam reagiert.«

»Seltsam? Wie meinst du das? Wütend? Verrückt?«

»Ich weiß es nicht«, sagte Anna und stützte sich ebenfalls auf. »Er hat … kein Wort mehr gesagt, aber ich konnte ihn noch hören, und dann … nichts mehr. Er hat einfach aufgelegt.«

»Hat er sich entschuldigt?«

»Das ist es ja gerade. Das war vor über einer Woche, und ich habe ihm Nachrichten geschickt und jeden Tag versucht, ihn anzurufen, aber er geht nicht dran. Ich habe Angst, dass ich ihm zu nahe getreten bin und alles kaputtgemacht habe.«

»Vielleicht musst du ihn ein bisschen in Ruhe lassen. Ihm Zeit geben.«

»Warum sagst du das?«

Gabi seufzte schwer. »Erfahrung.«

Anna wartete auf nähere Erläuterungen, doch Gabi ließ sich wieder auf den Rücken fallen und betrachtete weiter die Decke. »Ein Bügel pikst mich in den Hintern«, murmelte Gabi, »aber ich habe keine Lust, mich zu bewegen.«

Anna stupste sie erneut an. »Was meinst du mit ›Erfahrung‹?«

»Zum einen habe ich mittlerweile eingesehen, dass ich dich manchmal zu sehr bedrängt habe …«

Anna drückte ihre Hand.

»Und zum anderen …«, Gabi verzog das Gesicht, »… habe ich Lee angerufen.«

Anna setzte sich ruckartig auf und starrte ihre Freundin an. »Du hast Lee angerufen?«

Gabi nickte. »Mir ging es so mies. Er ist nicht drangegangen und dann …« Sie wurde rot. »Dann habe ich es noch ein paarmal versucht.«

Anna war so überrascht, dass sie nicht wusste, was sie sagen sollte.

»Aber ich glaube, er hat sich eine neue Nummer geben lassen, denn irgendwann war die Leitung einfach tot.« Gabis Unterlippe zitterte. »Er fehlt mir so, Anna. Ich wollte nicht –« Schluchzend vergrub sie das Gesicht in den Händen.

Anna rutschte zu ihr und strich ihr übers Haar. »Ich weiß«, sagte sie besänftigend. »Ich weiß …«

Gabi weinte eine Weile, dann holte sie tief Luft und wischte sich mit den Handballen die Tränen weg. Anna reichte ihr eine Packung Taschentücher, und Gabi putzte sich geräuschvoll die Nase.

»Meinst du, er hat das deinetwegen gemacht?«, fragte Anna.

Gabi zuckte die Achseln. »Er hatte davon gesprochen, dass er sich ein neues Handy zulegen wollte – vielleicht hat er auch den Vertrag gewechselt und deshalb eine neue Nummer? Oder vielleicht wollte er … einfach nicht mehr mit mir reden.«

Anna legte den Arm um sie und drückte sie. »Ist doch egal, warum er es getan hat. Du brauchst ihn nicht. Du hast was Besseres verdient.«

»Ich weiß … Ich will ihn ja auch eigentlich gar nicht zurück. Nur jemanden an meiner Seite, damit ich mich nicht so …« Gabi schluchzte erneut.

»Allein fühle?«

Gabi nickte schniefend.

»Das verstehe ich.«

Gabi strich ihr über den Arm. »Ich weiß. Und im Kopf weiß ich auch, dass ich nach vorne schauen sollte, aber im Herzen fühle ich mich immer noch mit ihm verbunden, ob ich will oder nicht.«

»Du bist einfach noch nicht so weit, genau wie ich. Und das ist okay. Lass dir Zeit, das alles zu verarbeiten.«

»So wie du es getan hast.«

Anna lachte trocken. »Ich übe immer noch.«

»Du hast dich im Lauf dieses Jahres verändert«, sagte Gabi. »Du siehst es vielleicht nicht, aber ich. Und deshalb musst du Brody auch Zeit lassen. Du hast doch selbst gesagt, wir können diese Dinge nicht erzwingen.«

Anna ließ sich wieder aufs Bett fallen und drehte sich zu Gabi. »Ich glaube nicht, dass ich ihn bedrängt habe«, wandte sie ein. »Ich dachte, ich wäre eine Freundin, die sich Sorgen macht.« Plötzlich kamen ihr auch die Tränen. »Ich habe ihn wirklich gerne, Gabs. Und ich weiß, du findest das albern, weil ich ihm noch nie begegnet bin.«

»Ich finde es nicht albern.«

Anna sah Gabi verdutzt an. Das war neu …

»Wenn man jemanden kennenlernt, der es schafft, dass man sich auch nur eine Minute lang besser fühlt, dann ist das etwas Besonderes.« Gabi grinste schniefend. »Gib mir doch mal seine Nummer. Ich könnte ein bisschen männliche Zuwendung gebrauchen.«

Anna lachte, wie es von ihr erwartet wurde, aber zu ihrer Überraschung merkte sie, dass sie Brody nicht teilen wollte. »Du meinst also, ich sollte aufhören, ihn anzurufen?«, fragte sie und lenkte das Gespräch damit geschickt in eine andere Richtung.

Gabi nickte. »Ja, zumindest für eine Weile. Warte ab, was passiert.«

Anna seufzte schwer. »Und wenn nichts passiert?«

Gabi zuckte die Achseln. »Du kannst niemanden zwingen, etwas zu tun, was er nicht will oder wofür er noch nicht bereit ist. Das habe ich mittlerweile gelernt.«

Anna beugte sich zu Gabi und küsste sie auf die Wange. »Ich hab dich lieb«, sagte sie lächelnd.

Gabi sah sie skeptisch an, lächelte aber ebenfalls. »Das will ich auch gehofft haben. So …« Sie setzte sich auf und musterte das Durcheinander auf dem Bett. »Was machen wir jetzt damit?«

»Ich habe einen Plan«, sagte Anna.

Gabi stand auf und zog Anna ebenfalls hoch. »Und der wäre?«

Anna betrachtete den Hemdenberg und die schwarzen Säcke, die überall im Schlafzimmer standen. »Wie du vorhin sagtest, ist das eine Aufgabe, für die man präsent sein muss. Deshalb plädiere ich dafür, das alles erst mal so zu lassen und eine Flasche mit etwas Kaltem, Prickelndem und Alkoholischem aufzumachen.«

»Das klingt nach einem ausgezeichneten Plan«, erwiderte Gabi.

49.

Anna stand im Parkhaus des Einkaufszentrums und wartete auf den Aufzug. Da es bis zu ihrem Flug nach Kanada nicht mehr allzu lange hin war, hatte sie beschlossen, sich schon mal um die Weihnachtsgeschenke zu kümmern. Während sie die Stockwerkanzeige über der Aufzugtür beobachtete, klingelte ihr Handy. Sie nahm es aus der Handtasche, ließ es jedoch vor Schreck wieder fallen, als sie sah, wer es war.

Mist! Jetzt war es irgendwo unter dem ganzen Zeug verschwunden. Sie kramte hektisch in ihrer Tasche und betete, dass sie es rechtzeitig fand, bevor die Sprachbox ansprang. Da, endlich! Sie tippte auf den Button und hob es ans Ohr. »Brody?«, sagte sie atemlos.

»Anna.« Er klang … anders. Nicht gut. »Wir müssen reden.«

»Ja.« Genau in dem Moment pingte der Aufzug, und die Türen glitten auf. Sie wusste schon seit knapp zwei Wochen, dass sie reden mussten, aber sie war froh, dass Gabi recht gehabt hatte und er von sich aus darauf gekommen war.

Sie quetschte sich in den Aufzug, in dem sich bereits lauter Leute mit voluminösen Einkaufstaschen drängten. »Brody … Ist alles in Ordnung?«

Die Aufzugtüren schlossen sich. Brody erwiderte etwas, aber es klang, als wäre er unter Wasser, und der Empfang brach mehrfach ab. Dieser verdammte Aufzug!

»Ich kann dich nicht hören«, sagte sie und versuchte, dabei nicht zu brüllen, weil plötzlich alle um sie herum ihrem Gespräch zu lauschen schienen.

Seine Antwort war vollkommen unverständlich.

»Bleib, wo du bist, okay?«, rief sie, und jetzt war es ihr egal, ob die anderen zuhörten. Sollten sie sich doch amüsieren. »Ich rufe dich gleich zurück, versprochen. Und bitte, bitte, geh dann auch dran.«

Sobald sie aus dem Aufzug trat, wählte sie Brodys Nummer. Sekunden später lief sie eilig zu ihrem Auto, das Handy ans Ohr gepresst. Es klingelte und klingelte. Wieso nahm er nicht ab? Er musste das Handy doch eben noch in der Hand gehabt haben, und sie hatte vor nicht mal einer Minute aufgelegt.

Nach einer gefühlten Ewigkeit kam sie bei ihrem Auto an, setzte sich hinein und zog die Tür zu, um den Lärm der anderen Autos und der Lüftungsanlage auszusperren. Sie starrte auf den Betonpfeiler vor ihr, als er endlich dranging.

»Ich werde dir jetzt von einem Tag aus meinem Leben erzählen, der etwas über neun Jahre zurückliegt«, begann er. »Ich weiß, du wirst Fragen haben, Anna – die hast du immer –, aber ich wäre dir wirklich dankbar, wenn du damit warten könntest, bis ich fertig bin.«

»Okay«, sagte Anna leise. Sie spürte ihren Herzschlag. Das hier war ernst. Richtig ernst. Der Himmel hinter dem Betonpfeiler war dunkel und undurchdringlich.

Brody atmete aus. »An dem Tag war ich mit meiner Exfrau Katri – sie ist Finnin – auf dem Weg zu meinen Eltern im Lake District. Sie waren fünf Jahre zuvor dorthin gezogen. Wir lebten zu der Zeit in London, in Richmond …«

Gar nicht weit weg von hier, dachte Anna. Was für eine seltsame Vorstellung, dass Brody früher keine dreißig Kilometer von ihr entfernt gewohnt hatte. Geradezu unwirklich.

»Es war eine lange Fahrt, zusätzlich erschwert durch einen Unfall auf der M6, und wir brauchten fast sieben Stunden, bis wir dort waren.« Er hielt einen Moment inne, als müsste er sich wappnen. »Unsere zwei Jahre alte Tochter Lena war mit im Auto.«

Brody hat eine Tochter?

In Annas Kopf wirbelte alles durcheinander. Wie konnte es sein, dass sie die ganze Zeit mit ihm gesprochen und keine Ahnung davon gehabt hatte? Doch ihr blieb keine Zeit, weiter darüber nachzudenken, denn Brody fuhr fort, so nüchtern wie ein Nachrichtensprecher.

»Katri hatte von der anstrengenden Fahrt Migräne bekommen, deshalb legte sie sich sofort hin, als wir bei meinen Eltern ankamen. Sie lebten in einem kleinen Weiler, nicht ganz so abgelegen wie mein jetziger Wohnort, aber fast. Mittlerweile haben sie das Haus verkauft, aber einer der Gründe, weshalb sie es gekauft hatten, war der wunderschöne Garten. Hinter dem Haus war eine Terrasse, und daran schloss sich eine Rasenfläche an, die sanft zu einem großen Teich abfiel. Es war ein herrlicher Tag«, fügte er melancholisch hinzu. »Alles duftete und blühte.«

Er beschrieb das Bild so gekonnt, dass Anna es förmlich vor sich sah: die Kletterrosen, der frisch gemähte Rasen, das saftig grüne Laub der Bäume.

»Mum setzte Teewasser auf, wie sie es immer tat, wenn wir kamen, und meinte, nachdem wir so lange im Auto gesessen hätten, sollten wir doch rausgehen und ein bisschen frische Luft schnappen. Also ging ich mit Lena nach draußen und setzte mich auf die Bank am großen Eichentisch auf der Terrasse. Zuerst saß sie auf meinem Schoß, doch nach einer Weile fing sie an zu zappeln. Auf der Lehne von einem der Stühle auf der anderen Seite saß ein Marienkäfer, und sie lief hinüber, um ihn sich anzusehen.« Er schwieg einen Moment. Anna spürte, wie er die Bilder vor seinem inneren Auge Revue passieren ließ.

»Sie war fasziniert. Sie ging ganz nah dran und sah zu, wie er umherkrabbelte. Das arme Kerlchen schaffte es gerade noch, rechtzeitig wegzufliegen, als sie nach ihm griff. Nachdem der Käfer weg war, hüpfte sie um den Tisch herum und sang dabei vor sich hin. Das tat sie ganz oft, und die Worte dachte sie sich einfach aus. Und da musste ich an Pip denken, die Hauptfigur aus meinen Büchern, die diese kindliche Unbeschwertheit bei ihren Abenteuern verloren hatte, weil sie so schnell erwachsen werden musste.

Zu der Zeit wollte ich gerade mit dem letzten Band der Reihe anfangen, aber ich steckte fest, weil ich nicht wusste, wie es mit ihr weitergehen sollte, was für ein Mensch sie am Ende ihrer Reise sein würde. Und als ich hörte, wie Lena von dem ›Meinkäfer‹ sang, der weggeflogen war, wurde mir klar, dass ich sie nicht so kämpferisch und unabhängig lassen durfte. Ich musste ihr ein wenig von der Leichtigkeit und Fröhlichkeit zurückgeben, die sie verloren hatte. Sie musste einfach wieder ein Kind sein dürfen und das Leben genießen.

Ich war völlig in Gedanken versunken und starrte so vor mich hin, als mir plötzlich auffiel, dass das Singen aufgehört hatte. Und Lena war nicht mehr zu sehen.«

Brody brach ab, und Anna hörte, wie er ein paarmal mühsam Luft holte, aber sie hielt sich an seine Bitte und sagte nichts.

»Ich stand auf und schaute mich um. Ich nahm an, dass sie sich über eine Blume gebeugt oder unter dem Tisch versteckt hatte, aber ich konnte sie nirgends finden. Ich rief ihren Namen und ging die Rasenfläche hinunter, auf der Suche nach ihrem leuchtend roten T-Shirt, aber alles, was ich sah, waren Blumen und Gras und Sträucher.« Seine Stimme wurde zu einem heiseren Flüstern. »Und den Teich …«

Anna schlug die Hand vor den Mund. Am liebsten hätte sie das Handy fallen lassen und die Flucht ergriffen, aber sie zwang sich, still sitzen zu bleiben. Brody brauchte sie. Sie musste ihm zuhören. *Tja, Anna, du wolltest es ja unbedingt wissen …*

Angespannt sprach Brody weiter. »Der Teich war mit einer Algenschicht bedeckt, in genau dem gleichen Grün wie der Rasen, und für ein zweijähriges Kind war der Unterschied wahrscheinlich nicht zu erkennen. Ich fing an zu laufen, und als ich beim Teich ankam, sah ich eine Lücke in der Algenschicht, und das Wasser bewegte sich …«

Anna fing an zu weinen. Sie bemühte sich, leise zu sein, damit Brody es nicht hörte.

»Ich sprang hinein und suchte panisch nach ihr, aber der Teich war am Rand ungefähr einen Meter tief und zur Mitte hin noch tiefer. Ich konnte sie nicht finden, Anna. Ich konnte sie nicht finden oder jedenfalls nicht schnell genug …«

Anna schluckte. Sie wartete, bis sie sicher war, dass Brody alles gesagt hatte, was er sagen wollte. Sie wusste, dass die Frage vermutlich überflüssig war, aber nach all den Monaten des Rätselns musste sie es wissen. »Konntest du sie rausholen?«

Er räusperte sich und brauchte einen Moment, bis er antwortete. »Ja. Meine Mutter kam gerade mit dem Teetablett aus dem Haus, als ich Lena aus dem Teich zog und auf den Rasen legte. Sie ließ das Tablett fallen und rannte zurück ins Haus, um einen Rettungswagen zu rufen. Aber die nächste Stadt war mindestens zwanzig Minuten entfernt, und als die Sanitäter kamen, sah ich ihren Gesichtern schon an, dass es keine Hoffnung mehr gab. Trotz meiner Wiederbelebungsversuche.«

Er verstummte, und Anna konnte nichts anderes tun als auf den Betonpfosten und den dunklen Himmel zu starren. Ihre Stimmbänder waren wie erstarrt. Brody hatte immer gewusst, was er sagen musste, wenn sie ihm ihr Herz ausgeschüttet hatte, und sie brachte kein einziges tröstendes Wort hervor.

»Wusstest du, dass ein Kind innerhalb von weniger als einer Minute ertrinken kann?«, fragte er, aber es war keine richtige Frage gewesen; er schien mehr zu sich selbst zu sprechen. »Und dass der kleine Körper, selbst wenn er noch lebt, an einem gewissen Punkt abschaltet, sodass Wiederbelebungsversuche kaum noch helfen können?«

»O Brody«, stieß sie endlich heiser hervor. »Es tut mir so schrecklich leid.«

»Anfangs waren wir alle vor Schmerz wie betäubt. Du weißt ja, wie das ist …«

Anna nickte nur, weil sie Angst hatte loszuschluchzen. Und auch wenn Brody es nicht sehen konnte, hoffte sie doch, dass er es spürte.

»Aber nach ein paar Monaten ließ die Betäubung nach, und ich wurde wütend. Ich gab meinen Eltern die Schuld, weil es ihr Teich war und sie keinen Zaun drum herum gebaut hatten. Dabei wusste ich natürlich, dass Lena ihr erstes Enkelkind war und sie vermutlich gar nicht auf die Idee gekommen waren. Ich habe furchtbare Sachen gesagt, Anna. Und dann habe ich den Kontakt abgebrochen und kein Wort mehr mit ihnen geredet. Es war abscheulich von mir, aber ich war egoistisch und verbohrt. Was hätte ich sonst tun sollen? Irgendwem musste ich die Schuld geben. Und ich war weder willens noch fähig, der Wahrheit ins Gesicht zu sehen.«

»Brody …«, sagte Anna warnend, denn sie ahnte, worauf er hinauswollte.

»Es war *meine* Schuld.«

Na bitte. Anna wünschte, sie könnte ihn in den Arm nehmen.

»Ich hätte nicht in meine Phantasiewelt abtauchen dürfen. Ich hätte sie festhalten müssen, als sie von meinem Schoß runterwollte. Ich hätte schneller sein müssen … aufmerksamer …«

»Oh, Brody, du weißt, dass das nicht stimmt, oder?«

»Nein«, entgegnete er. »Und ich bin nicht der Einzige, der so dachte.«

»Hat deine Frau auch dir die Schuld gegeben? Ist sie deshalb gegangen?«

»Zuerst ja«, antwortete Brody. »Während ich meinen Eltern die Schuld gab. Aber später lenkte sie ein und sagte, dass es ein Unfall war. Sie wollte, dass wir es gemeinsam durchstehen, gemeinsam trauern, aber ich konnte nicht. Es war, als hätte ich eine Mauer um mich herum. Ich konnte sie nicht hereinlassen. Ich konnte niemanden hereinlassen. Die Mauer war das Einzige, was mich zusammenhielt, verstehst du, das Einzige, was mich davor schützte, verrückt zu werden.«

»Ja, ich verstehe«, sagte Anna leise. Bei ihr war es keine Mauer gewesen, aber sie hatte ihre eigenen Schutzmechanismen gehabt: ihre Betäubung, ihre Abschottung von der Welt. Sie schluchzte auf. Es war zu viel, sie konnte es nicht länger zurückhalten.

»Weine nicht meinetwegen«, sagte Brody, und seine Stimme war so liebevoll, dass sie nur noch mehr weinen musste. »Das verdiene ich nicht.«

Anna fischte ein Taschentuch aus der Mittelkonsole, putzte sich die Nase und riss sich zusammen. Neben Trauer und Mitgefühl hatten seine Worte auch etwas anderes in ihr ausgelöst: Zorn. »Nachdem Spencer gestorben war, habe ich mich immer wieder mit Fragen gequält und alle Variablen hin und her geschoben, als wäre sein Tod eine Schachpartie, die ich noch gewinnen könnte, wenn ich nur alles an seinen richtigen Platz bekäme.

Was, wenn der Fahrer an dem Abend nicht betrunken gewesen wäre? Was, wenn ich Spencer nicht zurückgerufen und gebeten hätte, mir noch Milch aus dem Laden mitzubringen? Denn dann wäre er dreißig Sekunden früher losgegangen. Was, wenn er die Straße an einer anderen Stelle überquert hätte? Doch irgendwann bin ich zu dem Schluss gekommen, dass ich das Spiel nicht gewinnen konnte. Es würde immer mit Schachmatt enden, weil es ein Unfall war – genau wie das, was mit Lena passiert ist.«

Er stieß ein skeptisches Schnauben aus, aber Anna ließ sich davon nicht beirren.

»Wie bei den meisten Unfällen sind auch bei euch verschiedene Umstände zusammengekommen, alberne kleine Dinge, die für sich genommen überhaupt nichts bedeutet hätten. Aber sie haben sich miteinander verbunden und eine Katastrophe ausgelöst. Würdest du sagen, dass ich schuld an Spencers Tod bin, nur weil eine dieser Variablen mich betrifft?«

»Natürlich nicht!«

»Warum kannst du dann für dich nicht dasselbe akzeptieren? Wenn die Fahrt nicht so anstrengend gewesen wäre, wärst du nicht so müde gewesen. Wenn deine Frau keine Migräne gehabt hätte, wärt ihr beide draußen bei ihr gewesen. Verstehst du, was ich meine?«

»Das ist nicht dasselbe!«

Anna schloss die Augen und schrie innerlich vor Frustration. Verbohrt war gar kein Ausdruck. Sie würde ihn nicht überzeugen können, jedenfalls nicht heute. »Also gut … Selbst wenn es deine Schuld war, selbst wenn du es hättest verhindern können, was bedeutet das? Dass du dich in alle Ewigkeit dafür bestrafen musst? Wozu soll das gut sein? Hilft das irgendwem? Macht es Lena wieder lebendig?«

Brody schwieg. Anscheinend hatte sie endlich einen Nerv getroffen.

»Du musst einen Weg finden, dir zu verzeihen, Brody.«

»Du meinst, ich soll *nett* zu mir sein?«, fragte er sarkastisch.

»Ja.«

»Das kann ich nicht«, sagte er, und seine Stimme klang so angespannt, dass es Anna im Herzen wehtat.

»Du kannst nicht, oder du willst nicht?«, bohrte sie sanft nach.

Brody antwortete nicht.

50.

Es war der letzte Novembertag, und das Moor wirkte im frühmorgendlichen Sonnenschein wie verzaubert. Beim Aufwachen hatte Brody Lust auf einen ausgedehnten, belebenden Spaziergang gehabt, und so war er, anstatt seine übliche Runde über die Hügel und Täler in der Nähe seines Cottages zu drehen, in den Land Rover gesprungen und die zwölf Kilometer zum Haytor gefahren, einem schroffen Granitfelsen an einem der höchsten Punkte von Dartmoor. Er war bereit für eine neue Route, eine neue Herausforderung.

Er parkte das Auto beim Dartmoor Visitor Centre, nahm sich einen Moment Zeit, die wuchtige Felsformation oben auf dem Hügel zu bewundern, und dann marschierte er mit Lewis an seiner Seite los.

Brody hörte nie Musik, wenn er spazieren ging oder joggte. Er zog es vor, die Umgebung mit all seinen Sinnen wahrzunehmen. Die Stille ließ ihm Raum zum Nachdenken.

Und seit er Anna vor knapp zwei Wochen von Lena erzählt hatte, gab es eine Menge, worüber er nachdenken musste, Gutes und Schlechtes. Direkt danach hatte er ein paarmal Albträume gehabt, dieselben wie in den ersten Jahren nach Lenas Tod, aber der letzte war jetzt über eine Woche her, und er fühlte sich seltsam optimistisch.

Vielleicht lag es daran, dass Ibrahim meinte, er hätte einen Durchbruch errungen. Nachdem Brody seinem Körper und Geist monatelang zu erklären versucht hatte, dass eine Stadt voll ganz normaler Leute nichts war, wovor man sich fürchten musste, schienen sie es ihm allmählich zu glauben. Er hatte einen kompletten Großeinkauf in Totnes geschafft – zwar nicht im Samstagnachmittagsgewühl, aber immerhin. Außer seinen üblichen Lebensmitteln hatte er auch Zitronengras, Kokosmilch und Jasminreis gekauft. Und nachdem er der Frau an der Kasse zugelächelt hatte, war er nach Hause gefahren und hatte sich ein grünes Thai-Curry gekocht. Als er aß, hatte er sich gewünscht, Anna säße ihm gegenüber und teilte nicht nur das Essen, sondern auch diesen Triumph mit ihm.

An dem Abend hatte er sich so unbesiegbar gefühlt, dass er sie angerufen und ihr gesagt hatte, dass er am Silvesterabend nach London kommen würde, um sie kennenzulernen. Er hatte überlegt, ob er sie bitten sollte, einen anderen Treffpunkt zu wählen, an dem nicht so viele Leute sein würden, es dann aber gelassen. Er war noch nicht bereit, ihr von seiner Platzangst zu erzählen, und er fürchtete, dass sie nach dem Grund fragen würde. Wenn sie wusste, womit er zu kämpfen hatte, würde sie das Treffen vielleicht absagen, und das wollte er auf keinen Fall.

Er *würde* es ihr sagen. Vielleicht nachdem Big Ben Mitternacht geschlagen und das neue Jahr eingeläutet hatte. Bis dahin hätte er seine Dämonen bestimmt im Griff. Nichts würde ihn davon abhalten, in den zweiundsiebzigsten Stock des Shard hochzufahren, Anna gegenüberzutreten und von Angesicht zu Angesicht mit ihr zu sprechen. Absolut gar nichts.

Brody hatte den Haytor erreicht und blieb stehen, die Hände in die Hüften gestützt. Weiter unten war das derbe Gras nur von Raureif überzogen gewesen, aber hier oben lag auf allem eine hauchdünne Schneeschicht. Er drehte sich um und blickte hinunter auf das Dorf. Da er noch keine Lust hatte umzukehren, ging er weiter.

Und seine Gedanken beschäftigten sich dabei nicht mit erfundenen Figuren oder Geschichten von fernen Ländern, sondern mit seiner eigenen Geschichte im Verlauf dieses Jahres. Im Januar hatte er noch in derselben erbarmungslosen Finsternis gehockt, in der er geistig wie seelisch seit über acht Jahren gefangen gewesen war. Doch jetzt war er nicht mehr dort. Während er über einen Hügelkamm lief, mit weitem Blick über die Landschaft, merkte er, dass er sich heller fühlte.

Ja, er wusste, dass er noch einen weiten Weg vor sich hatte, aber zum ersten Mal seit Jahren sah er, dass die Gefängnistür vor ihm weit offen stand. Er musste nichts weiter tun, als hindurchzugehen.

Die Helligkeit in seinem Inneren spornte ihn an, und als er einen kleinen Felsvorsprung erreichte, kletterte er hinauf und schrie in die Welt hinaus. Anfangs war es einfach nur Lärm, aber dann formten sich Worte in ihm, und die ließ er auch hinaus. »Ich bin raus aus dem Loch!«, brüllte er. »Ich bin *freiiiiiii …*«

Noch mehr Worte tauchten auf, und auch die wollten hinaus. »Ich liebe sie«, rief er in den Wind. Er lauschte ihnen nach, spürte ihr Gewicht und ihre Substanz und ließ die Gewissheit bis in sein Innerstes sinken. Dann wandte er sich nach Osten, zur Sonne – und Richtung London – und brüllte erneut: »Ich liebe dich, Anna Barry!« Lewis bellte wie verrückt und rannte hin und her.

Es hatte sich gut angefühlt, es laut auszusprechen, auch wenn er nicht wusste, ob etwas dabei herauskommen würde. Aber es war richtig gewesen, die Worte freizulassen, sodass sie nicht länger in seinem Kopf und seinem Herzen gefangen waren. Er konnte sie sich als eine weiße Taube vorstellen, die am höchsten Punkt des Moors losgeflogen war und nun, von den Aufwinden getragen, am Horizont verschwand. Er blieb noch ein paar Minuten dort stehen und blickte in den Himmel, dann atmete er tief aus und kletterte wieder hinunter. Mit einem Mal war er sehr hungrig.

»Ich glaube, jetzt ist eine Riesenportion Eier mit Speck fällig«, sagte er zu Lewis, der zustimmend bellte, und gemeinsam machten sie sich auf den Rückweg zum Land Rover.

Doch anscheinend war sein Unterbewusstsein noch nicht fertig mit ihm, denn während er zwischen den Ginsterbüschen hindurchlief und über torfige Bäche sprang, meldete sich eine leise Stimme in seinem Kopf, die er seit Jahren nicht mehr vernommen hatte.

Was ist mit mir?, fragte sie. *Du hast mich auch an einem dunklen Ort zurückgelassen.*

Pip.

Früher hatte er das kleine Mädchen so deutlich gehört, als existierte es wirklich. Er hatte bereits eine Handvoll Bücher geschrieben, als Pip ihm über den Weg gelaufen war, aber sie war eindeutig seine Lieblingsfigur: klein und aufgeweckt, mutig und einfallsreich. Eines Tages war sie einfach in seiner Phantasie aufgetaucht, mit jungenhaft kurzem blondem Haar und einem entschlossenen Blick in ihren blauen Augen. Manchmal war sie ihm fast wie eine zweite Tochter vorgekommen.

Als Lena dann auf die Welt gekommen war, hatte sie so viel Ähnlichkeit mit Pip gehabt, dass es ihm geradezu magisch und auch ein bisschen unheimlich erschienen war, so als hätte er auf irgendeine kosmische Weise seine Tochter schon vorher gekannt. Lange Zeit hatte er sich verboten, an Pip zu denken, aber jetzt tat er es, und er versuchte sich vorzustellen, welchen Gesichtsausdruck sie wohl hatte, als sie ihn an ihre missliche Lage erinnerte.

Entschuldige, meine Kleine, erwiderte er im Geiste. *Ich habe dich da unten im Tal der Schatten hocken lassen, nicht? Das war keine Absicht. Es sollte eigentlich nur ein kurzer Aufenthalt sein, aber dann … Ich wusste einfach nicht, wie ich dich da wieder rausholen sollte. Und mich selbst.*

Pip legte den Kopf schräg und zog eine Augenbraue hoch. *Meinst du, du könntest es versuchen?*

Brody dachte über ihre Frage nach, während er den Hügel hinunter zum Auto ging.

Vielleicht.

Vielleicht könnte er es.

Im Laufe der letzten Monate hatte er eine Menge Dinge getan, die er nicht mehr für möglich gehalten hatte. Vielleicht schaffte er ja noch etwas Unmögliches.

51.

Annas Flieger landete am 15. Dezember am frühen Nachmittag in Halifax. Sie war seit sechs Uhr morgens auf den Beinen und schon drei Stunden früher wach gewesen, deshalb brauchte sie, als sie endlich ihren Koffer hatte und ihn müde zum Ankunftsschalter zog, ein paar Sekunden, bis sie ihren Vater unter den Wartenden erkannte.

»Dad!«, rief sie und hätte am liebsten ihr Gepäck stehen lassen, um zu ihm zu laufen, doch das hätte sie vermutlich weder bei der Flughafen-Security noch bei den Passagieren hinter ihr beliebt gemacht, deshalb zwang sie sich zur Geduld und wartete, bis sie durch die Absperrung war. Ihr Vater strahlte sie an und umarmte sie fest, sobald sie bei ihm ankam. Ach, war das schön, ihn wiederzusehen.

»Wo ist Mum?«, fragte sie, nachdem sie ihn auf die Wange geküsst hatte.

»Ach, du weißt schon – sie kocht und macht und tut … Ich hoffe, du hast mindestens seit einem Monat nichts mehr gegessen, denn sie ist fest entschlossen, dich rund um die Uhr zu füttern, solange du hier bist.« Er betrachtete sie von oben bis unten. »Gut siehst du aus.«

Anna lächelte ihn an. Sie hatte von klein auf gelernt, dass er keine leeren Komplimente machte und auch sonst nichts sagte, was er nicht so meinte, deshalb wusste sie, dass diese scheinbar so beiläufige Bemerkung kein Small Talk war. »Danke«, erwiderte sie. »Ich *fühle* mich auch gut.«

Ihre Mutter war tatsächlich dabei zu kochen (und zu machen und zu tun), als sie in ihrem hübschen Holzschindelhaus in Chester ankamen, das nur eine Autostunde vom Flughafen entfernt lag. Nachdem sie Anna so fest gedrückt hatte, dass die fast keine Luft mehr bekam, wies sie ihren Mann an, den Koffer ins Gästezimmer zu bringen, zog

Anna mit sich in die Küche und versorgte sie mit Tee und Zitronenkuchen, während sie sich über die neuesten Ereignisse und die Pläne für Weihnachten austauschten.

»Was ist mit den Barrys?«, fragte Annas Mutter und gab Anna noch ein zweites Stück Kuchen. »Hast du sie in letzter Zeit mal gesehen?«

»Tja, das ist das Seltsame«, antwortete Anna, noch mit halb vollem Mund. »Vor ein paar Tagen stand Richard plötzlich vor der Tür.«

»Tatsächlich? Was wollte er denn?« Annas Mutter verschränkte die Arme. »Mich wundert, dass diese Frau ihn überhaupt aus dem Haus gelassen hat! Er scheint für alles, was er tut, eine Erlaubnis zu brauchen. Völlig unter dem Pantoffel, der Mann … Ich begreife nicht, wieso er sich das bieten lässt.«

Seit Anna ihrer Mutter von dem Vorfall bei Teresas Party erzählt hatte, war Gayle nur noch »diese Frau«. Anna konnte nicht anders, als ihre Mutter für ihre unerschütterliche Loyalität zu lieben. Während sie sich unterhielten, war ihr Vater in die Küche gekommen, und als er das mit dem Pantoffel hörte, zwinkerte er Anna zu, woraufhin sie sich vor Lachen fast an den letzten Kuchenkrümeln verschluckte.

»Was hat Richard denn gesagt?«, fragte er und schnappte sich ein Stück Kuchen, bevor ihre Mutter ihn daran hindern konnte. Eigentlich sollte er auf sein Cholesterin achten.

»Na ja, er hat ziemlich herumgedruckst, aber im Grunde wollte er mir sagen, dass sie mich vermissen.«

Annas Mutter zog die Augenbrauen hoch. *»Sie?«*

»Genau so habe ich auch reagiert. Ich habe ihn gefragt, wenn sie mich beide vermissen, warum sie dann nicht auch beide vor meiner Tür stehen.«

»Anna! Du hast ihn doch wohl nicht draußen stehen lassen, oder?«

Anna verdrehte die Augen wie ein Teenager. »Natürlich nicht, Mum. Ich habe ihn hereingebeten und ihm einen Tee angeboten. Keine Sorge, euer elterlicher Ruf hat keinen Schaden genommen.«

»Dann ist es ja gut«, erwiderte sie, und Anna sah, wie ihr Vater sich ein Grinsen verkniff.

»Er meinte, er wüsste, was Gayle bei der Party zu mir gesagt hat – Teresa hat es Scott erzählt und Scott dann wohl seinem Vater –, und er wollte mich wissen lassen, dass er nicht ihrer Ansicht ist und das ihr gegenüber auch klargestellt hat.«

»Wow«, sagte ihre Mutter. »Und er lebt noch?«

Anna lachte. »Sah zumindest so aus. Er sagte, er hoffe, dass wir – wie hat er sich ausgedrückt? – ›das alles hinter uns lassen können‹.«

»Und wie hast du darauf reagiert?«

»Ich habe ihm gesagt, dass ich ihn auch vermisse und dass ich es vermisse, Teil der Familie Barry zu sein – denn das stimmt –, aber dass ich nicht einfach wieder bei ihnen aufkreuzen und so tun könnte, als wäre nichts passiert. Dass ich nicht mehr bereit bin, alles unter den Teppich zu kehren, wie ich es bisher getan habe, und vor Gayle zu katzbuckeln. Er sah nicht glücklich aus, aber ich glaube, er hat es verstanden.«

»Gut gemacht«, sagte ihre Mutter. »Du warst dieser Frau gegenüber viel zu nachsichtig. Und wie geht es jetzt weiter?«

»Ich weiß es nicht.« Anna blickte aus dem Fenster auf die Kiefern nebenan. »Das überlege ich mir, wenn ich wieder zu Hause bin. Apropos zu Hause: Ich habe mich entschlossen, das Angebot von Vijay und Rhys anzunehmen und wieder bei BlockTime zu arbeiten. Da muss ich auch mal schauen, wie das wird, aber ich freue mich darauf. Ich habe mich noch nie als kreativen Menschen gesehen, zumindest nicht so wie Spencer, aber die beiden haben mir klargemacht, dass es verschiedene Arten gibt, kreativ zu sein. Ich bin gespannt, was das für mich bedeutet.«

Ihr Dad gab ihr im Vorbeigehen einen Kuss auf den Kopf. »Ich glaube, das ist eine großartige Chance für dich, Anna.«

Die Augen ihrer Mutter leuchteten. »Das ist ja wunderbar!«

»Danke, dass du mir einen Stups in die richtige Richtung gegeben hast, Mum.«

»Ich habe dich doch nicht bedrängt, oder?«, fragte ihre Mutter erschrocken.

»Nein«, erwiderte Anna lächelnd. »Nur ein bisschen.« Ihr Vater zwinkerte ihr erneut zu.

Glücklicherweise hatte es Annas Mutter geschafft, sich vor Weihnachten ein paar Tage freizunehmen, sodass Anna viel Zeit mit ihren Eltern verbringen konnte. Sie zeigten ihr ein paar Lieblingsplätze in ihrer Gegend, gingen zusammen spazieren und lecker essen, machten es sich am Kamin gemütlich und futterten viel zu viele selbst gebackene Kekse. Es war genau das, was Anna brauchte.

Am Weihnachtsmorgen wachte Anna schon um fünf Uhr auf, genau wie früher als Kind, und entdeckte, dass der Weihnachtsmann (oder wohl eher ihr Vater) einen bunt geschmückten Strumpf an das Fußende ihres Bettes gehängt hatte. Sie verzichtete allerdings darauf, in das Schlafzimmer ihrer Eltern zu laufen und auf ihrem Bett herumzuhüpfen, wie sie es früher getan hatte. Stattdessen machte sie sich über die Schokoladenorange her, die sie im Strumpf fand, und las in einer Zeitschrift, bis die beiden sich rührten.

Wie es in ihrer Familie Brauch war, frühstückten sie in der Küche, mit dicken Bacon-Sandwiches und einer großen Kanne Tee, und wechselten dann ins Wohnzimmer, um die Geschenke zu verteilen.

Anna setzte sich mit ihrem großen Teebecher auf einen Fußschemel. Ihre Mutter gab ihr ein rot-silbern verpacktes Paket. »Frohe Weihnachten, Liebes«, sagte sie. Annas Augenbrauen wanderten in die Höhe. Sie hatte keine Ahnung, was darin sein könnte.

Sie packte es vorsichtig aus und hob den Deckel der teuer aussehenden Schachtel. »Du liebe Güte, Mum … Dad … Die ist ja phantastisch!« Innen lag eine braune Aktentasche aus weichem Leder, elegant, aber im Stil einer altmodischen Schultasche. Sie nahm sie aus der Schachtel und hängte sie sich über die Schulter. Sie fühlte sich wunderbar glatt an und erinnerte sie von der Farbe her an Kastanien.

Anna stand auf und umarmte ihre Eltern, die Tasche immer noch an ihrer Seite. »Sie ist wunderschön«, sagte sie und strich liebevoll darüber. »Ich hatte schon nach einer passenden Tasche gesucht, für meinen Neustart bei BlockTime, aber ich wollte keinen klassischen Koffer und auch keine Messengerbag. Woher wusstet ihr das?«

»Ich habe mitbekommen, wie du sie dir angeschaut hast, als wir bummeln waren«, erwiderte ihre Mutter hochzufrieden, »und da dachte ich mir, das ist doch das ideale Geschenk für eine kluge, aber sehr individuelle Frau, die einen neuen Abschnitt in ihrer beruflichen Laufbahn beginnt.«

Anna drückte die Tasche sanft an sich. Ihre Mutter war immer sehr erfolgreich in ihrem Job gewesen, das perfekte weibliche Vorbild, und dass sie ihr zutraute, in ihre Fußstapfen zu treten, bedeutete Anna sehr viel.

Sie nahm die Tasche von der Schulter, stellte sie dekorativ vor den Weihnachtsbaum und machte ein Foto davon, das sie sofort an Brody schickte, mit der Unterschrift: »Von meinen Eltern. Aus mir wird noch eine richtige Geschäftsfrau!«

Ein paar Minuten später pingte ihr Handy in der Tasche ihres Bademantels, und als sie es herauszog, sah sie Brodys Antwort: ein Foto von einem besonders hässlichen Paar Weihnachtssocken mit einem Rentier darauf, dessen Nase rot blinkte. »Von MEINEN Eltern«, lautete der Text dazu. »Damit sehe ich endgültig aus wie ein Freak!« Anna lachte laut auf.

»Was ist denn so lustig?«, fragte ihre Mutter.

Anna beugte sich vor und zeigte ihr das Foto. »Von Brody«, sagte sie und erzählte, dass sie ihn ermutigt hatte, sich nach Jahren der Entfremdung bei seinen Eltern zu melden. Er hatte erst gezögert, schließlich aber ihren Rat befolgt, und sie hatten ihn über Weihnachten zu sich nach Keswick eingeladen. »Ich hoffe, es läuft gut«, schloss sie. »Das ist ein Riesenschritt für ihn.«

Ihre Mutter nickte. »Es klingt ganz so, als würdest du ihm genauso guttun wie er dir.«

»Ja, den Eindruck habe ich mittlerweile auch. Habe ich euch schon erzählt, dass wir uns für Silvester verabredet haben?«

»Schon mindestens zweimal«, antwortete ihre Mutter lachend. »Du redest *sehr viel* über diesen Brody. Viel mehr als vorher über diesen Jeremy.«

»Tue ich das?«, fragte Anna. »Ist mir gar nicht aufgefallen.«

Ihre Mutter warf ihr nur einen Blick zu. »Und du glaubst nicht, dass es zwischen euch funken könnte, wenn ihr euch endlich trefft?«

»Mum! Du bist schon genauso schlimm wie Gabi! Ich hab dir doch schon gesagt, dass ich nicht auf diese Art an ihn denke.« Kopfschüttelnd zog sie ein buntes Päckchen unter dem Baum hervor und gab es ihrer Mutter.

Da ihre Mutter vorhatte, ein klassisches englisches Weihnachtsessen aufzutischen, gab es noch eine Menge zu tun, bevor später ein paar gute Freunde dazukommen würden, und so begaben sie sich, nachdem die Geschenke verteilt und die Papierreste weggeräumt waren, alle drei in die Küche.

Anna begann, Zwiebeln für das Lieblingsrezept ihrer Mutter zu schneiden – Hackbraten mit Maronen –, und während sie das Messer rhythmisch auf- und abbewegte, musste sie daran denken, was ihre Mutter über Brody gesagt hatte. Sie verspürte ein beunruhigendes Flattern in ihrem Magen, das ihr nicht fremd war, aber mit dem sie sich lieber nicht näher befassen wollte.

Als Anna am zweiten Feiertag aufwachte, bot sich ihr ein spektakulärer Anblick. Ihre Eltern besaßen nun den großen Garten, von dem ihr Vater immer geträumt hatte, direkt am Waldrand gelegen, und an dem Morgen war alles mit einer dicken Schneeschicht bedeckt. Im Gegensatz zu London bei weitem nicht so viel, dass es die Leute hier beeindruckt oder sie von ihrem Alltag abgehalten hätte, aber genug, um die Welt aussehen zu lassen wie einen etwas zu üppig glasierten Weihnachtskuchen.

Es klopfte leise an ihrer Schlafzimmertür, und ihre Mutter kam mit einem Tablett herein. »Ich dachte mir, du hast vielleicht Lust auf Frühstück im Bett«, sagte sie und stellte es auf der Matratze ab.

Anna setzte sich auf. »Oh, danke … Aber das wäre doch nicht nötig gewesen, Mum. Nach all der Arbeit gestern.«

Ihre Mutter zuckte nur die Achseln und schenkte ihr Tee ein. »Ich habe doch so selten Gelegenheit, dich zu verwöhnen, also lass mir die Freude, ja?«

Anna lächelte sie an. »Okay.« Dann machte sie sich an ihr Frühstück, während ihre Mutter sich in den Sessel am Fenster setzte. Als sie fertig war, reckte Anna sich und schlug die Decke zurück. »Ach, ich könnte den ganzen Tag im Bett bleiben.«

Ihre Mutter nahm das Tablett hoch. »Warum tust du es dann nicht?«

Anna stutzte, die Füße schon fast auf dem Boden. »Aber wir sind doch bei Colin und Janet eingeladen.«

»Es sind unsere Freunde, nicht deine. Und sie werden ohnehin das ganze Haus voll haben. Es gibt bestimmt noch eine andere Gelegenheit, sie kennenzulernen, bevor du zurückfliegst. Außerdem glaube ich, das täte dir mal ganz gut.«

Ihre Mutter bedachte sie mit dem strengen Blick, den Anna noch aus ihrer Teenagerzeit kannte, und verschwand mitsamt dem Tablett, bevor Anna widersprechen konnte. Anna zögerte kurz, doch dann sah sie wieder hinaus auf den verschneiten Garten und beschloss, dass es vielleicht keine schlechte Idee wäre, ihrer Mutter zu gehorchen.

Während ihre Eltern das Haus verließen, um zu ihren Freunden zu gehen, kuschelte sich Anna in ihre Decke, blickte aus dem Fenster und ließ ihre Gedanken wandern. Als sie nicht mehr so liegen konnte, drehte sie sich auf den Rücken und zog sich die Decke über den Kopf.

Darunter war es genauso still wie die verschneite Welt da draußen, aber es fühlte sich anders an als ihr Kokon zu Hause. Dort war sie unter die Decke gekrochen, weil sie aufhören wollte zu existieren, aber jetzt und hier fühlte sie sich überhaupt nicht tot und betäubt, sondern sehr lebendig.

Sie fühlte sich wie *Anna.*

Als sie irgendwann wieder unter ihrer Decke hervorkam, stellte sie fest, dass es zwar sehr angenehm war, allein den Tag zu vertrödeln, es aber mit Gesellschaft noch schöner wäre.

Sie sah auf die Uhr und rechnete aus, dass es zu Hause jetzt Nachmittag war. Ihre Gedanken wanderten zu Brody. Sie nahm ihr Handy und wählte seine Nummer, in der Hoffnung, dass er nicht zu einem Lunchbüfett bei Freunden seiner Eltern geschleppt worden war, wie es ihr beinahe passiert wäre, doch zum Glück nahm er ab.

»Frohe Weihnachten!«, sagte Anna munter, nicht so sehr, weil sie die Feiertage so liebte, sondern weil sie sich wirklich freute, seine Stimme zu hören. Brody gab nur ein Grunzen von sich, was sie zum Lachen brachte.

»Wie läuft's denn so?«, fragte sie. »Hast du die Socken an?«

Das trug ihr ein weiteres Grunzen ein. »Na ja, irgendwie blieb mir nichts anderes übrig, als sie anzuziehen …« Er verstummte, und sie musste sich ein Lachen verkneifen, als sie sich seine Miene vorstellte. »Schließlich geht es bei diesem Besuch darum, Brücken zu bauen, und ich glaube, das klappt auch einigermaßen. Es ist natürlich alles nicht so einfach, weil ich sie so lange auf Abstand gehalten habe. Einerseits würden sie gerne sofort alles tun, um die Lücke zu schließen, die all die Jahre zwischen uns war, aber zugleich sind sie vorsichtig und wollen nichts überstürzen.«

»Ihr findet bestimmt einen Weg zueinander.«

»Ja. Ja, das glaube ich auch. Irgendwann …«

Anna schmunzelte. »Obwohl ich mich in einem anderen Haus befinde als dem, wo ich aufgewachsen bin – und sogar in einem anderen Land! –, habe ich immer irgendwie das Gefühl, ich rutsche in meine Teenagerzeiten zurück, wenn ich meine Eltern besuche. Geht dir das auch so?«

Brody lachte trocken. »Ein bisschen. Ich habe den Fehler gemacht, mitten in der Weihnachtsansprache der Queen ein Gespräch anfangen zu wollen, und einen vernichtenden Blick von meinem Vater geerntet. Aber es war trotzdem nett, weil ich in dem Moment zum ersten Mal das Gefühl hatte, all die Jahre hätten sich in Luft aufgelöst und wir wären einfach wieder wir selbst, so wie früher.«

»Sei vorsichtig«, scherzte Anna. »Nicht dass sie dich um acht ins Bett schicken!«

»Nein«, erwiderte Brody mit echter Wärme in der Stimme. »Das ginge eindeutig zu weit.«

Als sie ihn so über seine Eltern reden hörte, wurde ihr Herz so leicht wie ein Luftballon. »Allerdings.«

Sie schwiegen eine Weile einvernehmlich, dann sagte Brody: »Ich schreibe wieder.«

Vor Überraschung wäre Anna fast aus dem Bett gesprungen. »Brody! Das ist ja unglaublich! Ich bin so stolz auf dich! Wie ist es denn dazu gekommen?«

Er räusperte sich, und Anna sah förmlich vor sich, wie er rot wurde. »Am Anfang wollte ich noch nichts sagen, weil ich nicht wusste, ob es vielleicht nur ein Windei ist, aber ich bin jetzt schon seit ein paar Wochen dran, und ich komme kaum noch hinterher. Es ist, als würden all die Worte, die sich in den letzten neun Jahren angestaut haben, auf einmal hervorströmen.«

Vor Freude hätte Anna am liebsten einen Salto auf der Matratze gemacht. »Und woran arbeitest du?«

»Hm, das möchte ich lieber noch für mich behalten, damit nichts schiefgeht, aber wenn ich so weit bin, bist du die Erste, der ich es erzähle.«

Anna nahm ihr Kissen und drückte es an sich. »Ach, Brody, ich freue mich so!« Sie seufzte. »Ich wünschte, ich könnte dich umarmen.«

Einen Moment herrschte Stille. »Na ja, in fünf Tagen kannst du es nachholen.«

Fünf Tage. Sie konnte es kaum fassen. Die ganze Zeit über war Silvester noch so weit weg gewesen, und jetzt war es fast so weit.

»Du kommst also wirklich?«, fragte sie, und mit einem Mal war da wieder dieses Flattern in ihrem Magen, das sie aber entschlossen ignorierte. Brody hatte bisher immer ziemlich angespannt gewirkt, wenn sie das Treffen erwähnt hatte.

»Ja, ich komme«, sagte er entschieden. »Ganz egal, was passiert. Ich werde da oben auf dich warten, Anna. Versprochen.«

52.

Brody schloss die Tür des Hotelzimmers hinter sich und lehnte sich erschöpft dagegen. Er hatte es geschafft. Er war in London. Dem Ort, der einst sein Zuhause gewesen war, ihm aber im Vergleich zu dem kargen, nebligen Moor, in dem er jetzt lebte, vollkommen fremd erschien. Er blieb, wo er war, die Reisetasche in der Hand, und atmete ein paarmal tief durch.

Als er sich wieder gesammelt hatte, richtete er sich auf und ging durch den edlen, marmorgefliesten Flur. Auf der schmalen Konsole befanden sich zwei Glasornamente, für die er nicht mal eine Bezeichnung wusste. Jedes Detail strahlte Luxus aus.

Er musste beinahe über sich selbst lachen, als er auf den weichen Teppich im Wohnbereich seiner Suite trat. Aus dieser Höhe schien es fast, als könne er bis zum Rand der Stadt schauen, die sich jenseits der bodentiefen Fenster erstreckte, ein Lichtermeer vor einem dramatischen Himmel in Violett, Grau und Rosa.

Er hatte es richtig krachen lassen, was das Zimmer anging. Aber nicht, weil er sich verwöhnen wollte, sondern aus rein praktischen Gründen. Anfang Dezember hatte er zusammen mit Ibrahim einen Plan entworfen, wie er diesen Abend möglichst ohne einen größeren Zwischenfall überstehen könnte. Zu Übungszwecken war er seither etliche Male in Totnes und Dartmoor gewesen und einmal sogar in Exeter. Es war eine Ochsentour gewesen, und manchmal hatte er das Gefühl gehabt, er mache einen Schritt vor und zwei zurück, aber er glaubte, dass er so weit war. Er *hoffte* es. In größeren Menschenansammlungen fühlte er sich zwar immer noch schnell unwohl, aber er verfügte jetzt über verschiedene Techniken, die ihm halfen, damit klarzukommen.

Ein Teil des Plans für diesen Abend bestand darin, möglichst viele Auslöser zu vermeiden und sich nicht mehr als unbedingt nötig ins Gedränge zu begeben. Und als er herausgefunden hatte, dass es im Shard selbst ein Hotel mit Parkmöglichkeit gab, sodass er von seiner Haustür direkt bis zum Hotel fahren konnte, war die Entscheidung schon gefallen. Die Kosten waren ihm egal, und das war auch gut so, denn wegen Silvester waren fast alle Zimmer bereits ausgebucht gewesen, und er hatte eine Suite nehmen müssen.

Da er sich bereits im richtigen Gebäude befand, musste er sich nicht mit Taxis oder überfüllten Bussen und Bahnen herumschlagen und auch nicht mit den Horden von Feierwütigen in den Straßen. Und falls ihm doch eine Panikattacke drohte, könnten Anna und er vielleicht hierhin flüchten. Dann würde er zwei Fliegen mit einer Klappe schlagen, denn er hatte etwas, das er ihr geben wollte – sofern ihn der Mut nicht verließ.

In weniger als sieben Stunden würde er ihr gegenüberstehen, und sie würden von Angesicht zu Angesicht miteinander reden, wie sie es am Telefon getan hatten. Er würde sehen können, wie sie die Stirn krauszog, während sie über etwas nachdachte, oder wie ihre Augen vor Freude aufleuchteten. Er hatte sich ihr Lächeln schon tausendmal vorgestellt, aber heute Abend würde er es tatsächlich sehen, und allein das war die zweitausend Pfund für diese absurd protzige Suite wert.

Aber mach dir keine Illusionen, was um Mitternacht passiert, Kumpel. Sie ist nicht Cinderella, und du bist eindeutig nicht der Prinz.

Brody nickte und ließ den Blick über das riesige Wohnzimmer gleiten, mit Sitzbereich, einem Tisch, der groß genug für sechs Personen war, und einem Teleskop samt Stativ. Dann wandte er sich nach rechts ins Schlafzimmer. Er setzte sich auf den Rand des mit edelsten Stoffen bezogenen Betts, starrte aus dem Fenster in den immer dunkler werdenden Himmel und überlegte, was er als Nächstes tun sollte.

Anna kam mit einem Strom von Menschen aus der London Bridge Station. Alle waren in Gruppen unterwegs. Eine davon trieb singend und tanzend um sie herum, offenbar auf dem Weg zum Borough Market. Anna blieb stehen, um sie vorbeiziehen zu lassen, dann blickte sie nach oben. Der gläserne Wolkenkratzer vor ihr ragte in schwindelerregende Höhen. Offenbar plagte sie noch der Jetlag – sie war erst vor zwei Tagen aus Kanada zurückgekommen –, denn warum sonst sollte sie sich so zittrig fühlen?

Sie sah auf die Uhr. Zwanzig vor elf. Es würde wahrscheinlich eine Weile dauern, bis sie durch die Sicherheitskontrolle war und einen Platz im Aufzug bekam. Ja. Es war Zeit hineinzugehen.

Sie zeigte dem Portier in der roten Livree ihr Ticket und ging die Stufen zum Sicherheitsbereich hoch. Als sie dort fertig war, stellte sie sich in die Schlange vor dem Aufzug in den dreiunddreißigsten Stock. Alle waren festlich gekleidet und bester Laune, und Anna ließ sich ein wenig davon anstecken. Sie merkte, dass sie gar nicht nervös war, sondern aufgeregt, aber das änderte auch nichts an ihrem flatterigen Puls.

Eine trommelfellberstende Fahrt später stellte sie sich für den zweiten Aufzug an, der sie ganz nach oben bringen würde. Im achtundsechzigsten Stock stieg sie aus, atmete tief durch und schaute sich um. So hoch oben im spitz zulaufenden höchsten Gebäude Europas war nicht allzu viel Platz. Ein breiter Flur führte um den zentralen Block mit den Treppen und Aufzugschächten, und der übrige Raum war angefüllt mit Menschen. Einige drängten sich um die lange Bar, andere nippten an ihren Cocktails und blickten durch die überlappenden Schichten aus Glas und Metall auf die glitzernde Stadt.

Anna wandte sich zur Treppe. Sie und Brody hatten verabredet, sich im obersten Stock der Aussichtsplattform zu treffen, wo man an die Luft konnte. Sie knöpfte ihren Mantel bis oben zu und erklomm die Stufen zum zweiundsiebzigsten Stock.

Auch dort war einiges los, aber nicht so viel wie unten, wo es wärmer war. Musik spielte, und gedämpftes Licht in wechselnden

Farben illuminierte nicht nur die Gäste, sondern auch die riesigen Glasscheiben, die spitz in den Himmel ragten, in allen Tönen des Regenbogens. Sie trat ein paar Schritte vor und blickte sich um. Sie hatte ihm gesagt, sie bräuchte kein Foto, da sie ja bereits wusste, wie er aussah, aber nun ging ihr auf, dass das körnige, veraltete Schwarz-Weiß-Foto von seiner Website vielleicht nicht ideal war, um ihn in der Menge zu erkennen.

Unter den Männern in Sichtweite gab es zwar ein paar, die infrage gekommen wären, aber sie waren alle in Begleitung, und so ging sie weiter um die Plattform herum. Kurz darauf entdeckte sie in einer Ecke eine einzelne Gestalt, die auf die Londoner Skyline hinaussah. Obwohl er keine drei Meter von der nächsten Partygruppe entfernt war, wirkte er vollkommen für sich.

Er war es.

Annas Herz machte einen Satz, aber sie blieb, wo sie war, und betrachtete ihn unbemerkt. Er war größer, als sie gedacht hatte. Auch breiter, aber nicht massig, und seine Hände stützten sich nicht nur auf das Geländer, sondern umklammerten es geradezu. Es tröstete sie, dass er offenbar auch nervös war.

Er richtete sich ein wenig auf, als hätte er ein Geräusch gehört oder etwas gespürt. Anna hielt den Atem an, als er sich umdrehte. Er sah sie nicht sofort. Sein suchender Blick glitt an ihr vorbei und über die Menge, und er wirkte eher angespannt als hoffnungsvoll.

Nun, da sie sein Gesicht richtig sehen konnte, stellte sie fest, dass er dem Foto auf der Website tatsächlich sehr ähnelte. Er war natürlich älter und ein bisschen mitgenommener, aber sonst mehr oder weniger unverändert. Was eigentlich auch klar gewesen war. Der Brody, den sie kannte, hätte sein Foto niemals aufhübschen lassen.

Warum stand sie einfach nur da? So was Idiotisches. Auf diesen Moment hatte sie das ganze Jahr gewartet. In ein paar Sekunden würde sie vor ihm stehen, und dann würde sie als Allererstes die Arme um ihn legen und ihn an sich drücken. Wie könnte sie irgendetwas anderes tun?

Sie setzte sich in Bewegung. Offenbar hatte er es aus dem Augenwinkel bemerkt, denn er wandte den Kopf und sah sie direkt an. Ihre Blicke trafen sich.

Anna hielt inne. Es verschlug ihr den Atem, und ihr Lächeln gefror. Sie konnte das Gefühl kaum beschreiben, das sie überwältigte. Es war wie … wie …

Mit voller Wucht gegen eine Mauer zu rennen.

Der Boden unter ihr begann zu wanken, und instinktiv streckte sie die Hand aus, um sich festzuhalten, wobei sie versehentlich den Arm eines anderen Gastes erwischte. In ihrem Kopf wirbelte alles durcheinander. Nur ein Gedanke war klar und deutlich.

Brody.

Das da war Brody.

Alles, was sie für ihn empfunden hatte – all die Gefühle, die sie, wie ihr jetzt klar wurde, absichtlich ignoriert oder falsch einsortiert hatte –, brach aus ihrem Inneren hervor und nahm ihr den Atem. Diesen Ansturm hatte sie bisher nur einmal erlebt, und sie hatte törichterweise angenommen, dass sie nun davor sicher war.

Das da war nicht nur Brody. Das war *ihr* Brody.

»He«, sagte der Mann, an den sie sich klammerte. »Was soll denn das werden?«

Anna fuhr herum und sah ihn an. Das war eine sehr gute Frage. Sie ließ ihn los, hob entschuldigend die Hand und trat zurück. Dann tat sie das Einzige, wozu sie in der Lage war.

Sie fing an zu laufen.

53.

Brody war auf die Aussichtsplattform getreten, sobald sie für die Silvestergäste geöffnet worden war, da er annahm, dass es leichter sein würde, sich eine ruhige Ecke zu suchen und abzuwarten, während die Menge um ihn herum zunahm, statt sich kurz vor dem Treffen mit Anna zwischen den Leuten hindurchzudrängen. Er hatte gehofft, dass er sich auf diese Weise langsam an den Raum und die wachsende Anzahl von Menschen gewöhnen würde, und das hatte sich bestätigt.

Ja, er war sich der Leute hinter ihm nach wie vor extrem bewusst. Ja, die Musik war ihm zu laut und das Gefunkel der Stadt zu grell. Seiner Einschätzung nach befand er sich irgendwo zwischen sechs und sieben auf seiner Panikskala, wobei neun der Punkt war, an dem er in eine ausgewachsene Attacke rutschte, und das war dann Stufe zehn. Normalerweise wäre er da wahrscheinlich längst, aber es gab einen Gedanken, an den er sich klammerte, während um ihn herum der Sturm der Angst tobte.

Anna.

Sie war sein Anker.

Ihm war, als stünde er schon seit Tagen in dieser Ecke der Aussichtsplattform, dabei konnten es nicht mehr als zwei Stunden sein. Er sah auf die Uhr. Zwei Minuten vor elf. Sie würde jeden Moment hier sein. Vielleicht war sie sogar schon da.

Er holte tief Luft, dann drehte er sich, eine Hand noch immer am Geländer, um und ließ den Blick über die Menge gleiten. Er konnte kaum klar sehen, weil die aufsteigende Panik alles verschwimmen ließ, aber als er in seinem Dreierrhythmus zu atmen begann, gelang es ihm allmählich besser, ein Gesicht nach dem anderen zu betrachten.

Aus dem Augenwinkel bemerkte er eine Bewegung zu seiner Rechten. Er wandte den Kopf, sah etwas Dunkelblaues unter einem Mantel in der gleichen Farbe funkeln, und dann blieb ihm fast das Herz stehen.

Sie war es.

Er hätte sie überall erkannt, obwohl er nur das eine Foto von ihr hatte. Sie lächelte und hob die Hand, um zu winken, doch dann erstarrte sie plötzlich. Ihr Lächeln erstarb, und bevor er begriff, was los war, drehte sie sich um und lief mit wehendem Mantel davon, zurück zu der Tür, durch die sie gerade gekommen war.

Brodys erster Impuls war, ihr hinterherzulaufen. Er spürte den Drang im Herzen, aber sein Gehirn zögerte, die Botschaft an die Füße zu senden. Seine Hand umklammerte das Geländer, als wäre sie damit verschweißt. Es dauerte einen Moment, bis es ihm gelang, die steifen Finger zu lösen und sich in Bewegung zu setzen.

Doch nun war sie in dem Meer von Menschen verschwunden. Es gab nur eine Möglichkeit, sie vielleicht noch zu erreichen, und die bestand nicht darin, nervös am äußersten Rand entlangzuschleichen und sich mit einer Hand an den Glaspaneelen abzustützen.

Er musste herausfinden, was los war. Er holte tief Luft und schob sich durch die Menschenmenge, ohne sich darum zu scheren, ob er jemanden anstieß und böse Blicke erntete.

Anna war die Treppe hinuntergelaufen, über der ein Schild mit der Aufschrift »Notausgang« hing. Er wollte ihr folgen, doch ein massiger Security-Mann verstellte ihm den Weg und deutete mit dem Daumen zur Treppe auf der gegenüberliegenden Seite der Aussichtsplattform. Da er keine Zeit für Diskussionen hatte, drängte er sich erneut durch die Menge und lief zur anderen Seite.

Polternd lief er die schmale Treppe aus Holz und Stahl hinunter bis zum neunundsechzigsten Stock, wo er sich keuchend umsah. Sein Gesicht begann zu prickeln, und seine Hände fühlten sich an, als würde jemand dicke Nadeln hineinstechen, ein deutliches Zeichen, dass er hyperventilierte und sein Stresslevel am Anschlag war.

Anna musste ebenfalls auf dieser Etage herausgekommen sein, aber da sie die andere Treppe genommen hatte, war es unmöglich zu erraten, wohin sie sich von hier aus gewandt hatte. Da die Aufzugschächte und die Treppen durch die Mitte des Gebäudes liefen, konnte man den Raum nicht frei überblicken. Brody schluckte seine Panik hinunter und tat das einzig Mögliche. Irgendwie gelang es ihm, die zahllosen Fremden zu ignorieren, zwischen denen er sich hindurchschieben musste, und ging einmal ganz herum, doch ohne Erfolg.

War sie noch eine Etage tiefer gelaufen, wo die Aufzüge und die Toiletten waren? Es war der einzige Ort, der noch übrig blieb. Während er hinunter in den achtundsechzigsten Stock eilte, ging ihm durch den Sinn, dass Anna und er mit den zwei verschiedenen Aussichtsplattformen und Treppen endlos aneinander vorbeilaufen konnten. Das Vernünftigste wäre, dorthin zurückzukehren, wo er ursprünglich gestanden hatte, als sie sich begegnet waren. Falls sie jetzt auch nach ihm suchte, wäre das sicher die erste Stelle, wo sie hingehen würde.

Auf dem Weg zurück zur Treppe kam er an den Aufzügen vorbei. So kurz vor Mitternacht gab es nicht viele, die nach unten wollten, aber ein paar Leute warteten dennoch davor. Als die Türen aufglitten, entdeckte er Anna am hinteren Ende des Grüppchens. Sie drängte sich verzweifelt zwischen den Wartenden hindurch und sprang in den Aufzug.

Bis er vorne ankam, schlossen sich die Türen bereits wieder. Ihre Blicke trafen sich. Sie sah genauso panisch aus, wie er sich fühlte. Vielleicht sogar noch panischer. Ihm wurde immer enger in der Brust.

»Es tut mir so leid, Brody. Ich –«

Den Rest verschluckten die Aufzugtüren, und Brody blieb allein in einem kahlen Flur aus poliertem Edelstahl und nackten weißen Flächen zurück.

Das war's. Sein Anker war verschwunden, er trieb haltlos davon, und der Sturm, gegen den er den ganzen Abend angekämpft hatte, brach mit voller Wucht los.

Nach Luft ringend, packte er sich an die Brust, taumelte rückwärts gegen die Wand und sank zu Boden. Vor seinen Augen verschwamm alles, und er konnte nicht mehr atmen. Er schloss die Augen und hörte gerade noch, wie der Fahrstuhlführer rief: »He! Wir brauchen einen Krankenwagen! Ich glaube, der Mann da hat einen Herzinfarkt!«

54.

Der Aufzug schoss so schnell nach unten, dass es in Annas Ohren knackte, aber sie bekam kaum etwas davon mit. Erst als sie auf die Straße hinaustaumelte und ihr die kalte Luft entgegenschlug, wusste sie wieder ungefähr, wo sie war. Sie konnte keinen einzigen klaren Gedanken fassen, und das Adrenalin, das ihr durch den Körper jagte, trieb sie vorwärts, weg von dort. Wieder einmal hieß es Kampf oder Flucht, und wie letztes Jahr Silvester wählte Anna die Flucht. Sie war so ein Feigling.

Wovor hast du denn Angst?

Die Frage schlängelte sich in ihr Bewusstsein, trieb sie aber nur noch schneller vorwärts. Taumelnd eilte sie auf ihren hohen Absätzen auf die dicht bevölkerte London Bridge Road zu.

Sie konnte nicht darüber nachdenken, warum sie weglief und was sie gerade getan hatte. Einfach immer weiter, in diesem gnädig betäubenden Nebel.

Sie bog um die Ecke auf die Hauptstraße und schloss sich an der Kreuzung blindlings einer Gruppe von Leuten an, bis sie sich in einem Seitenbereich des Borough Market wiederfand, der normalerweise als eine Art verglastes Picknickgelände genutzt wurde, aber an diesem Abend war er wie verwandelt, voll junger Leute, die tranken, lachten und sich angeregt unterhielten.

Anna schob sich zwischen ihnen hindurch, bis sie den soliden Halt einer Bar erreichte, und hielt sich mit beiden Händen daran fest. »Gin! Einen doppelten!«, rief sie dem Barkeeper zu. Der Gin wurde ihr in einer Art Goldfischglas auf dünnem Stiel serviert, aber Anna scherte sich nicht darum; er würde ohnehin nicht lange darin bleiben. Sie kippte ihn in einem Zug hinunter und stellte das Glas auffordernd vor den Barkeeper, der nur nickte und ihr so seelenruhig nachschenkte, als hätte sie höflich um einen Caffè Latte gebeten.

Sie stieß gegen etwas, merkte, dass es ein Barhocker war, und kletterte darauf.

Nein, das würde nicht noch mal passieren.

Dieser verdammte Kerl – warum hatte er sie aufgeweckt, sie aus ihrem Schlafwandlerdasein gerissen und aus ihr das hier gemacht? Eine Frau, die denken und *fühlen* konnte und die so viel mehr zu verlieren hatte als ein halb betäubter Zombie. Es war alles seine Schuld.

Für einen kurzen Moment gelang es ihr, gerade genug Zorn zusammenzukratzen, um ihr Verhalten zu rechtfertigen. Doch dann begann alles in einen tiefen schwarzen Abgrund zu rutschen, der sich in ihrem Innern auftat.

Anna kannte nur eine Möglichkeit, mit solchen Gefühlen zurechtzukommen. Sie musste zurück in ihren stillen Kokon. Doch da es hier nirgends weiche Bettdecken gab, nahm Anna ihren Gin und begann zu trinken.

Brody schloss die Badezimmertür, setzte sich auf den Klodeckel, die Ellbogen auf die Knie gestützt, und vergrub das Gesicht in den Händen. O Gott, war das peinlich und erniedrigend gewesen. Und erschreckend. Seine schlimmsten Befürchtungen waren wahr geworden – er hatte eine ausgewachsene Panikattacke gehabt.

All diese Leute, die ihn angestarrt hatten … Und er hatte ihnen nicht entkommen können, weil sein eigener Körper und Geist ihn lähmten.

Zum Glück hatte er die Rettungssanitäter davon überzeugen können, dass er nicht ins Krankenhaus musste. Nachdem der Fahrstuhlführer die neugierige Menge außer Sichtweite gebracht hatte, hatte Brody ihnen erklärt, was mit ihm los war, und nach ein paar Tests und Untersuchungen hatten sie widerstrebend zugestimmt. Sie waren ausgesprochen nett gewesen – wodurch er sich nur noch törichter und hilfloser gefühlt hatte.

Doch alles, was er in dem Moment empfunden hatte, war nichts im Vergleich zu dem Stich in seiner Brust, wenn er an den Ausdruck in Annas Augen dachte, als die Aufzugtüren sich geschlossen hatten.

Er zog sein Handy aus der Tasche und wählte ihre Nummer. Und dann noch mal und noch mal und noch mal. Als das alles nichts nützte, schickte er ihr Nachrichten.

Wo bist du?

Ist alles in Ordnung?

Ich mache mir Sorgen um dich.

Bitte ruf mich an.

Er benahm sich wie eine klammernde Fünfzehnjährige. Das war auch peinlich und erniedrigend. Aber es war ihm egal. Er musste wissen, dass es ihr gut ging.

Frustriert knurrte er sein schweigendes Handy an. Am liebsten hätte er es quer durchs Badezimmer geschleudert, aber er wollte nicht für den Hightech-Fernseher aufkommen müssen, der im Spiegel versteckt war, also steckte er es wieder ein und ging in das Wohnzimmer seiner Suite.

Er trat an die Fensterfront und blickte auf die Themse und die Londoner City, die sich unter ihm ausbreitete. Irgendwo zwischen all den funkelnden Lichtern war sie, vielleicht krank, vielleicht … was auch immer. Er verstand es nicht.

Warum hatte sie, nachdem sie so hartnäckig auf dieses Treffen gedrängt hatte, die Flucht ergriffen, als sie sich endlich gegenüberstanden? Es ergab keinen Sinn.

Er musste da raus und sie finden.

Brody drehte sich um und steuerte auf den edel gestylten Flur zu, doch je näher er der Tür seiner Hotelsuite kam, desto stärker wurde das Kribbeln in seinen Fingern und Füßen. Ibrahim hatte ihn gewarnt, sich keiner Situation auszusetzen, die eine Panikattacke auslösen könnte, wenn die Symptome bereits so stark waren.

Er schaffte es bis zur Tür, dann stolperte sein Herz, setzte einen Schlag aus und begann zu rasen. Alles um ihn herum verschwamm.

Er würde es tun, wenn es nur darum ginge, diese Symptome auszuhalten, sich in die Angst hineinzubegeben und sich von ihr überrollen zu lassen. Er würde in dem Zustand tausend Kilometer gehen, um sie zu finden – das Problem war nur, dass er keine tausend Kilometer schaffen würde. Wahrscheinlich würde er nicht mal zehn Meter schaffen, bevor sein verräterischer Körper ihn im Stich ließ.

Er war nutzlos. Schwach.

Resigniert drehte er sich um, kehrte zu der riesigen Fensterfront zurück und lehnte die Stirn an die Scheibe.

Irgendwo flussaufwärts ertönte ein Knall, und hinter den Gebäuden im Westen stiegen die ersten Feuerwerkskörper auf. Er konnte gerade eben den Kreis des London Eye erkennen, das in Farben zu explodieren schien. Im Fluss spiegelten sich zahllose funkelnde Raketen, die gen Himmel schossen und den Wechsel vom alten Jahr zum neuen markierten. Die Stadt begann zu feiern.

Brody hatte sich noch nie so allein gefühlt.

Ein Gin folgte auf den anderen, und die Bar um Anna herum versank in einem wohltuenden Nebel. Irgendwann wurden die Leute plötzlich ganz aufgedreht, zählten laut, jubelten und fielen sich in die Arme. Anna beachtete sie nicht; sie war vollauf damit beschäftigt, sich besinnungslos zu betrinken. Jemand – wahrscheinlich der Barkeeper – schob ihr ein großes Glas Wasser hin, das sie gierig leerte, und danach kamen die Gins nicht mehr ganz so flott. Außerdem schmeckte die Flüssigkeit in dem Goldfischglas verdächtig nach Leitungswasser.

Der nette Barkeeper mit dem Bart fragte sie ein paarmal nach ihrem Namen und ob alles in Ordnung sei, aber sie legte nur die Stirn auf den Tresen und winkte ihn weg. Dann musste sie kichern. Sie kam sich vor wie die Queen. Fehlten nur noch die weißen Handschuhe, dann wäre sie perfekt ausgestattet.

Sie hob den Kopf. »Haben Sie Handschuhe?«, fragte sie Mister Nettbart.

Er zuckte die Achseln, bückte sich dann jedoch, kramte irgendwo und reichte ihr kurz darauf ein Paar. Anna zog sie an. Es waren nicht die langen, eleganten aus weißem Satin, die sie sich vorgestellt hatte, sondern gestrickte aus lila Wolle, aber es waren Handschuhe, also konnte sie sich nicht allzu sehr beschweren. Warum hatte sie noch gleich danach gefragt? Hatte sie kalte Hände? Sie ließ den Kopf wieder auf den Tresen sinken und versuchte sich zu erinnern.

Sie wusste nicht, wie lange sie so dagehockt hatte, als sie merkte, wie sich ein hämmernder Schmerz in ihrem Schädel ankündigte. Sie drehte den Kopf, ohne ihn vom Tresen zu heben, und winkte Mister Nettbart mit ihrer lila Hand zu. »Mehr Gin«, murmelte sie, dann kicherte sie erneut und überlegte, ob die Queen so was wohl auch zu den netten bärtigen Palastdienern sagte.

Doch bevor der Gin kam, verdarb ihr der Kopfschmerz alles, schärfte ihre Gedanken und holte sie zurück ins Bewusstsein. Verdammter Mist.

Ohne Vorwarnung sprang eine Erinnerung vom früheren Teil des Abends sie an – der Moment, als Brody sich umgedreht und sie angesehen hatte. Das Gefühl, gegen eine Wand zu rennen, wiederholte sich, und zwar so heftig, dass Anna fast vom Hocker gefallen wäre.

»Nein«, sagte sie wimmernd zu jemandem (zu wem, wusste sie nicht). »Brody ist nur ein guter Freund, sonst nichts. Ein sehr guter Freund.«

Der Jemand lachte. Offensichtlich glaubte er ihr nicht.

»Halt die Klappe«, schimpfte sie und blickte sich mühsam um. Das Lachen wurde noch lauter. Hämischer. Aber da war niemand. Nur diese Stimme in ihrem Kopf. Alles begann sich zu drehen.

Sie richtete sich auf und fixierte den Barkeeper. »Ich liebe ihn nicht!«, verkündete sie mit Nachdruck. »Ganz bestimmt nicht.«

Es war egal, wie sehr die Gefühle bei seinem Anblick in ihr hochgeschlagen waren. Es war egal, dass alles, was sie an ihm mochte – seine ruhige Stärke, seine wunderbare Vorstellungskraft, sein raues

Lachen –, sich zusammengetan und sie mitten ins Herz getroffen hatte. Sie liebte ihn einfach nicht, und damit basta.

Nettbart zog die Augenbrauen hoch, füllte ein weiteres Glas mit Wasser und stellte es ihr hin.

»Ganz bestimmt nicht«, bekräftigte sie erneut.

Er zuckte die Achseln. »Sie sind nicht die Erste, die unglücklich an meiner Bar sitzt und das verkündet«, sagte er. »Aber meiner Erfahrung nach stimmt es nie.«

Anna schüttelte den Kopf, was sich sofort mit heftigem Pochen rächte. Sie schloss die Augen. »Ich kann ihn nicht so lieben«, flüsterte sie. »Er ist nicht Spencer.«

Sie wartete darauf, dass ihr Alarm sich meldete und ihr beipflichtete, doch der war merkwürdig still. »Verräter«, murmelte sie.

»Wie bitte?«, sagte Mister Nettbart.

Wie bitte.

»Genau diese beiden Worte haben mich überhaupt erst in diese Misere gebracht!«, rief sie und schwenkte ihren Arm so heftig, dass sie fast das Gleichgewicht verlor und sich am Tresen festhalten musste.

»Ich rufe Ihnen ein Taxi«, sagte er.

»Brauche ich nicht«, entgegnete Anna und kramte in ihrer Handtasche. »Ich habe meine Oyster Card. Oh. Wo ist sie denn?«

»Ich rufe Ihnen ein Taxi«, wiederholte er. »Trinken Sie Ihr Wasser.«

Und so fand Anna sich auf der Rückbank eines Minicabs wieder. Die Fahrerin musste zwei Runden um den Block drehen, bis Anna es schaffte, ihr zu sagen, wohin sie wollte.

»Ich hab mich grässlich benommen«, jammerte sie der Frau vor. »Ich war so gemein zu ihm!«

Die Fahrerin lachte nur leise. »Dann hat er Ihnen bestimmt einen guten Grund dafür gegeben.«

»Aber ich muss mich entschuldigen!«

Die Frau warf ihr im Rückspiegel einen Blick zu. »Soll mir recht sein«, erwiderte sie trocken. »Ich brauche nur die Koordinaten.«

Anna runzelte die Stirn. Wohin wollte sie noch mal? Was hatte sie vor?

Ach ja. Sie holte tief Luft und nannte der Fahrerin die Adresse.

Das Taxi bremste und hielt an. Anna starrte aus dem Fenster. Alles wirkte verschwommen. Mechanisch nahm sie ein paar Scheine aus dem Portemonnaie und gab sie der Fahrerin, die daraufhin breit lächelte. Anscheinend hatte sie ihr ein absurdes Trinkgeld gegeben, und das würde sie am nächsten Tag wahrscheinlich bereuen, aber jetzt wollte sie einfach nur an ihrem Ziel ankommen und ihm sagen, was ihr auf dem Herzen lag.

Schwankend ging sie den Weg zu ihrer Haustür hinauf, und nach ein paar Anläufen gelang es ihr, den Schlüssel ins Schloss zu stecken. Drinnen ließ sie Mantel und Handtasche auf den Boden fallen und lief taumelnd hoch ins Schlafzimmer.

Ihr Atem ging schnell und flach, als sie die Tür von Spencers Schrank aufriss. Sie packte einen der schwarzen Plastiksäcke, die darin lagen, riss ihn auf und zog ein Hemd heraus, dann vergrub sie das Gesicht darin und begann hemmungslos zu schluchzen.

»Es tut mir leid«, flüsterte sie, als sie wieder Luft bekam. »Es tut mir so schrecklich leid, Spencer. Das wollte ich nicht. Ich wollte mich nicht –« Sie brach ab, sprach das Wort nicht aus. Sie würde es niemals aussprechen. Sie räusperte sich und wählte einen anderen Pfad, der von diesem gefährlichen Ort wegführte.

Während sie sich aus ihrem Kleid schälte, sagte sie: »Ich liebe dich und nur dich, Spencer. So sollte es sein, und so wird es immer sein. Versprochen.« Und dann zog sie sich das Hemd über den Kopf und strich es glatt. »Versprochen«, flüsterte sie erneut.

55.

Erschrocken fuhr Brody hoch. Er lag bäuchlings und angezogen auf der Decke des Hotelbetts. Er rollte sich auf den Rücken und fuhr sich durchs Haar. Offenbar war er eingeschlafen, während er auf eine Antwort von Anna gewartet hatte.

Da sein Zimmer keine Vorhänge hatte, nur eine breite Glasfront, sah er sofort, dass es draußen noch dunkel war. Unter ihm summte etwas. Sein Handy. Davon war er wohl aufgewacht. Grunzend tastete er danach, zog es unter seiner linken Hüfte hervor und sah auf den Bildschirm. Es war –

Schlagartig saß er hellwach auf dem Bett. *Anna!* Mit ungeschickten Fingern wischte er über den Bildschirm und hielt das Handy ans Ohr.

»Brody?«

»Anna! Wo warst du? Ich habe die ganze Nacht versucht, dich zu erreichen. Ist alles in Ordnung? Was ist passiert?« *Hör auf*, ermahnte er sich. *Sie kann ja gar nicht antworten, wenn du sie mit Fragen zuschüttest.* Er machte den Mund zu, damit sie auch etwas sagen konnte.

»Brody … Wegen letzter Nacht … Es tut mir so leid. Ich …« Sie atmete schwer aus.

»Ist alles in Ordnung?«, fragte Brody erneut. »Du bist doch nicht krank oder verletzt?«

Er hörte, wie sie schluckte. »Nein.«

Bildete er es sich nur ein, oder lag da ein Hauch von Schuldgefühl in ihrer Stimme? »Was ist denn passiert?«

»Das ist es ja … Ich weiß es nicht so richtig. Ich habe einfach plötzlich Panik gekriegt. Ich weiß nicht, warum, und ich kann es auch nicht erklären.« Sie lachte nervös. »Ich meine, wir wissen ja beide, dass ich mit Silvester so meine Probleme habe …«

Brody erwiderte nichts. Die Art, wie sie sprach … Irgendwas stimmte da nicht.

»Ich … Ich hätte mich schon eher gemeldet, aber ich habe mich ein bisschen betrunken, und dann bin ich wohl eingeschlafen und …« Sie verstummte und fügte dann leise hinzu: »Ich habe deine Nachrichten eben erst entdeckt. Es tut mir so leid.«

»Du hast dich betrunken?«, fragte Brody. »Wo? In einer Bar?«

»Ja«, sagte Anna, und er konnte sich vorstellen, wie sie vor Scham die Hand über die Augen legte. Er hatte durchaus Mitgefühl mit ihr, schließlich wusste er nur zu gut, wie es war, wenn einen die Angst am Wickel hatte, aber etwas passte nicht zusammen.

»Nachdem du mich gesehen hast und weggerannt bist?«

»Ja … Ich weiß nicht, was ich sagen oder wie ich es erklären soll …« Ihre Stimme zitterte. »Brody, ich weiß, was ich getan habe, war furchtbar, aber … können wir das hinter uns lassen?«

Brody runzelte die Stirn und trat an die riesige Glasfront. Anna war irgendwo da draußen, und er wusste nicht, wo. Warum? Warum wusste er das nicht? Was war los mit ihr?

»Nach meiner Erfahrung«, sagte er ruhig, »funktioniert es nicht, einfach alles unter den Teppich zu kehren. Es gibt einen Grund, warum du gestern Abend weggelaufen bist, Anna. Du musst rausfinden, was es ist, und um ehrlich zu sein, wüsste ich es auch gerne.«

Stille.

Während er auf ihre Antwort wartete, kehrte er in Gedanken zu dem Moment zurück, als er sie am Abend zuvor zum ersten Mal gesehen hatte. Der Ausdruck auf ihrem Gesicht – sowohl in dem Augenblick wie später im Aufzug – verfolgte ihn. Als er irgendwann in den frühen Morgenstunden eingeschlafen war, hatte er unablässig davon geträumt. Und jetzt war das Bild unauslöschlich in sein Gedächtnis geprägt.

Dieser Ausdruck verriet ihm alles, was er wissen musste, wurde ihm klar. Denn er kannte ihn. Er kannte das Gefühl, das dazu gehörte, nur zu gut.

Angst.

Aber wovor hatte sie Angst? Er begann vor der Glaswand auf und ab zu laufen, den Blick auf die Lichter der Stadt gerichtet. Höhe oder Menschenmengen konnten es nicht sein, sonst hätte sie nicht diesen Treffpunkt gewählt. Die einzige andere Möglichkeit, die ihm einfiel, war, dass sie vor *ihm* Angst gehabt hatte. Rein logisch passte das, aber es ergab keinen Sinn. Sah er etwa doch aus wie ein perverser Axtmörder? Das konnte eigentlich nicht sein. Er hatte sich sogar *rasiert*, Herrgott noch mal. So präsentabel hatte er seit Jahren nicht mehr ausgesehen. Doch dann kam ihm ein Gedanke …

»Was kann ich tun, Brody?«, fragte Anna schließlich. »Um es wiedergutzumachen. Ich möchte, dass alles wieder so wird wie vorher.«

Ihm entging nicht, dass sie seine Frage nicht beantwortet hatte, aber vielleicht musste er jetzt die Führung übernehmen. Während des vergangenen Jahrs hatte sie in ihm den Mut geweckt, sich seinen Ängsten zu stellen; vielleicht konnte er dasselbe für sie tun – und dazu fiel ihm nur ein Weg ein. Er musste sich trauen, ehrlich zu sein, wie sie es meistens war, und zwar jetzt, in diesem Moment. Er blieb stehen und stellte sich vor, sie stünde hier vor ihm. »Aber ich möchte nicht, dass alles wieder so wird wie vorher, Anna.«

Sie rang erschrocken nach Luft. »Warum nicht? Habe ich … alles kaputtgemacht? Bitte sag, dass es nicht so ist. Brody, du musst mir verzeihen!«

Natürlich würde er ihr verzeihen, dass sie Angst gehabt hatte; es wäre unfair und verlogen, wenn er es nicht täte, aber hier ging es um mehr. Er schob die freie Hand in die Hosentasche und ging hinüber ins Wohnzimmer, weil er mehr Platz brauchte. Er hatte die Wahrheit gesagt. Nach gestern Abend konnten sie ihre Beziehung nicht wieder in dieselbe Form zurückstopfen, die sie vorher gehabt hatte. Der war sie entwachsen. Und das mussten sie beide anerkennen, wenn es weitergehen sollte.

»Ich will nicht mehr nur dein Freund sein, Anna.« Er hielt inne und legte sich die Worte im Kopf zurecht, damit sie in der richtigen

Reihenfolge herauskamen und einen Sinn ergaben. Denn er würde das nur einmal sagen. »Ich will mehr als das.«

»Brody –«

Er unterbrach sie, bevor sie weitersprechen konnte. »Ich liebe dich.« Er konnte hören, wie sie atmete, aber sie sagte nichts. Das verstand er. Er wusste, wie Angst die Gedanken erstarren lassen und den Mund lähmen konnte. »Und ich glaube, der Grund, warum du gestern vor mir weggelaufen bist, ist, dass du auch etwas für mich empfindest.«

So. Er hatte es gesagt. Hatte alles auf eine Karte gesetzt. Jetzt war sie dran. *Komm schon, Anna. Zeig mir, wie mutig du sein kannst …*

Er spürte, wie sie mit sich rang, gegen seine Worte ankämpfte. Er setzte sich an den Tisch, legte das Handy auf die Glasplatte, stellte es auf Lautsprecher und hoffte inständig, dass sie gemeinsam mit ihm den Sprung wagen würde.

»Ich kann dir nicht sagen, was du hören willst, Brody. Ich kann es einfach nicht.«

»Warum nicht?«

»Weil ich nicht dasselbe für dich empfinden kann.«

Sie log. Diese Erkenntnis ärgerte und freute ihn gleichermaßen. »Warum nicht?«

»Weil du nicht Spencer bist.«

Fast hätte er laut gelacht. »Blödsinn!« Sie hatte oft genug angemerkt, dass er kaum etwas über sich erzählte. Jetzt bekam sie auch den Rest zu hören, ob es ihr passte oder nicht. »Du hast Angst. Das verstehe ich.«

Sie gab nur einen unverbindlichen Laut von sich.

»Und willst du wissen, warum ich das verstehe?«

Ohne ihre Antwort abzuwarten, erzählte er ihr alles: seine erste Panikattacke, wie seine Welt immer mehr zusammengeschrumpft war, bis sie in sein Leben getreten war, wie die Angst ihn jahrelang beherrscht hatte und wie Anna ihm Mut gemacht hatte, sich ihr zu stellen – und sie zu besiegen. Er erzählte ihr von seiner Reise nach

London, zu dem Treffen mit ihr, davon, wie er hundertmal gegen die Angst hatte ankämpfen müssen, wie er zwei Stunden lang auf der Aussichtsplattform gestanden und auf sie gewartet hatte, die Hände um das verdammte Geländer gekrallt. Und dass er seine bisher schlimmste Panikattacke erlebt hatte, als sie im Aufzug verschwunden war.

»Das ist alles«, schloss er. »Alles, was ich nie irgendjemand anderem erzählt habe, weil ich mich zu sehr schämte. Weil ich mir so schwach und kaputt vorkam. Weil ich zu viel *Angst* hatte.«

Am anderen Ende hörte er ein unbehagliches Rascheln. Vielleicht auch ein unterdrücktes Schluchzen oder Schniefen. Er war sich nicht sicher.

»O Brody …«, sagte sie schließlich mit tränenerstickter Stimme. »Ich … Ich hatte ja keine Ahnung …«

»Natürlich nicht«, erwiderte er. »Schließlich habe ich mir jahrelang große Mühe gegeben, es vor allen geheim zu halten. Sogar vor mir selbst. Aber ich verstecke mich nicht mehr, Anna, und das ist dein Verdienst. Ich will keine Angst mehr haben.«

Obwohl die Geräusche am anderen Ende sich nicht veränderten, hatte er das seltsame Gefühl, dass sie den Atem anhielt.

»Und du brauchst auch keine Angst zu haben. Wir können einen zweiten Versuch machen. Komm ins Hotel, und wir suchen uns ein kleines, ruhiges Café zum Frühstücken, und dann reden wir.«

»Ich kann nicht, Brody. Ich kann nicht! Du weißt, warum.«

Ja, er wusste, warum. Aber der wahre Grund war nicht der, den sie vorschob, sondern das, was sie sich selbst nicht eingestehen wollte.

»Bitte«, flüsterte sie, und das Zittern in ihrer Stimme brach ihm fast das Herz. »Bitte dräng mich nicht. Können wir nicht einfach wieder Freunde sein, so wie bisher?«

Brody schob den Stuhl zurück und stand auf. »Tut mir leid, aber das kann ich nicht«, sagte er. »Ich will dich nicht anlügen, Anna, und das müsste ich, wenn ich täte, worum du mich bittest.«

»Aber dann … dann …« Sie verstummte, und er spürte, wie das

Schweigen, das erst noch wild und zerklüftet war, glatt und grau und eintönig wie Beton wurde. Noch bevor sie sprach, wusste er, welche Entscheidung sie getroffen hatte. »Ich glaube, du hast recht«, sagte sie schließlich, und diesmal zitterte ihre Stimme nicht. »Wir können nicht zurück.«

»Anna –«

»Ich glaube, wir brauchen beide Abstand.« Ihre kühle Sachlichkeit traf ihn wie ein eisiger Windstoß.

Brody drehte sich zum Fenster, lehnte die Stirn an die Scheibe und schloss die Augen. Es hatte keinen Zweck. Er stand vor einer Mauer. Einer, die er weder einreißen noch überklettern noch untergraben konnte. Er hatte einst genauso eine Mauer errichtet, und sie hatte seine Ehe ruiniert und seine Familie auseinandergerissen. Seine Mauer hatte jahrelang standgehalten, bis diese verdammte Anna Barry gekommen war und sie Stein für Stein abgebaut hatte.

Dummerweise wusste er, dass er nichts sagen oder tun konnte, um sie dazu zu bringen, ihre eigene Mauer abzubauen. Katri hatte ihn damals angefleht, seine einzureißen und sich gegenseitig in ihrer Trauer um Lena zu unterstützen, aber er hatte sich stur geweigert. Er war damals noch nicht bereit dazu gewesen, so wie Anna jetzt. Vielleicht würde sie es nie sein. Und wie zum Beweis sprach sie die Worte aus, von denen er sicher gewesen war, dass er sie nie aus ihrem Mund hören würde.

»Leb wohl, Brody.«

56.

Anna lag auf dem Rücken und hatte sich die Decke über den Kopf gezogen. Es war Sonntagmorgen, und sie war vor drei Stunden schon mal aufgestanden, aber jetzt lag sie wieder hier, weil ihr nichts Besseres einfiel. Konnte ihr bitte mal jemand sagen, was sie machen musste, damit es aufhörte wehzutun und sie sich wieder schön kuschelig und entspannt in ihrem Kokon fühlte? Das wäre wirklich nett, vielen Dank.

O Gott, sie war so ein Feigling.

Ganz besonders nach allem, was er ihr erzählt hatte.

Er hatte sich geirrt, was sie betraf. Genau wie Spencer. Sie war nicht stark. Sie war armselig und schwach.

Und wer auch immer behauptet hatte »Wissen ist Macht«, irrte sich auch. Das Wissen darum, was sie für Brody empfand, machte sie nicht stärker. Es *änderte* nichts. Denn was sie zu Brody gesagt hatte, stimmte. Sie brachte es nicht fertig, noch einmal so zu lieben. Nicht weil sie es nicht wollte, sondern weil sie es einfach nicht konnte. Es würde sie zerbrechen. Hieß es nicht immer, Vorbeugen ist besser als Heilen? Das hier war das perfekte Beispiel dafür.

Und jetzt lag sie schon wieder hier und dachte nach, dabei versuchte sie doch die ganze Zeit, genau das zu vermeiden.

Anna seufzte und spürte, wie ihr warmer Atem von der Bettdecke zurückgeworfen wurde. Sie blieb noch zehn Minuten so liegen, dann schlug sie sie zurück und starrte an die Zimmerdecke. Der zweite Januartag war genauso grau und bleiern, wie sie sich fühlte, und es schien überhaupt nicht hell werden zu wollen.

Aus dem Augenwinkel konnte sie ihr Handy sehen, das auf dem Nachttisch lag. Alles in ihr drängte danach, es zu nehmen und die einzige Quelle des Trostes anzurufen, die ihr geholfen hatte, als ihr alles düster und aussichtslos erschienen war, aber das ging jetzt nicht mehr, denn Schmerz und Trost waren von nun an untrennbar miteinander verbunden.

Es fühlte sich an, als wäre es eine Ewigkeit her, seit sie zuletzt mit ihm gesprochen hatte. Nicht vierzehn Stunden und fünfundzwanzig Minuten ... *Nein!*

Nicht diese Zahlen. Das waren die *falschen* Zahlen.

Aus einem plötzlichen Antrieb heraus schleuderte Anna die Decke weg und stand auf. Sie trat vor Spencers Schrank und öffnete die Türen, doch da war keine Reihe tröstlicher Hemden, nur ein unordentlicher Haufen hässlicher schwarzer Säcke.

Sie zog den obersten heraus und legte ihn aufs Bett, dann grub sie die Finger in das Plastik und riss das Loch, das sie in der Silvesternacht gemacht hatte, weiter auf. Ein sehr befriedigendes Gefühl. Spencers sorgfältig gefaltete und gestapelte Hemden quollen heraus und fielen zu Boden.

Eins nach dem anderen hob sie sie auf, hängte sie wieder auf die Bügel und strich sie glatt. Und dann leerte sie auch die übrigen Säcke und räumte den Inhalt zurück an seinen Platz, bis alles wieder ordentlich war und genauso wie vor drei Jahren, neun Monaten und zehn Tagen.

Brodys Handy lag an seinem neuen Platz auf der Küchenarbeitsfläche. Im Vorbeigehen blickte er darauf. Der Bildschirm war schwarz und leer. Als er es sich angeschafft hatte, war es für ihn ein Gerät gewesen, das es ihm ermöglichte, mit der Außenwelt in Kontakt zu treten. Es war ihm gar nicht in den Sinn gekommen – geschweige denn, wichtig gewesen –, dass das Ganze auch umgekehrt funktionierte. Jetzt konnte er kaum an etwas anderes denken.

Während der letzten Woche hatte er ein paarmal bei ihr angerufen, aber sie hatte nicht abgenommen. Er hatte Anna als mutig, beeindruckend und liebenswürdig beschrieben, aber jetzt wusste er, dass er auch »stur« zu der Liste hinzufügen konnte. Wenn er sich nicht so leer und ausgelaugt gefühlt hätte, hätte er wahrscheinlich darüber gelacht. Was das anging, passten sie perfekt zusammen. Aber das fand er nicht komisch. Ganz und gar nicht.

Brody überlegte einen Moment, dann machte er kehrt und ging in sein Arbeitszimmer. Dort war er in den letzten Tagen kaum gewesen. Jedes Mal wenn er in dem alten Sessel saß, fiel ihm nur umso deutlicher auf, dass sein Handy still blieb, deshalb hatte er sich nicht mehr dorthin gesetzt. Er wollte kein Mann sein, der nur dahockte und sehnsüchtig darauf wartete, dass sein Handy klingelte.

Und eigentlich …

Brody musterte den Sessel. Er wirkte noch schäbiger als zuvor, wenn das überhaupt möglich war. Nach kurzem Zögern packte er ihn bei den Armlehnen und zerrte ihn quer durch das Cottage und hinaus in den Hof, wo er ihn in eine geschützte Ecke hinter einem der Nebengebäude stellte.

Als er ihn genau da hatte, wo er ihn haben wollte, marschierte er in die Werkstatt, nahm eine Plastikflasche aus dem Regal und ging wieder hinaus. Er schraubte den Deckel ab, goss den Grillanzünder über das Polster und die Lehnen – wobei er im Stillen den Göttern dankte, dass der Sessel aufgrund seines Alters aus Holz, Metall und Rosshaar bestand und nicht aus giftigem Schaumstoff –, dann zündete er ein Streichholz an und warf es auf den Sitz. Die Flammen loderten schon auf, bevor das Streichholz landete. Während er dastand und zusah, wie der Sessel brannte, begann er zu lächeln.

Er spürte die Wärme des Feuers auf seinem Gesicht und seiner Brust, und er dachte an Anna. Er hoffte, dass sie gemeinsam vorwärtsgehen konnten, aber ganz gleich, wie sie sich entschied, er musste es auch alleine schaffen.

Es knackte und knisterte, als die Flammen sich durch den Bezug und die Polsterung fraßen. Brody wandte sich um und kehrte ins Haus zurück.

Vorwärtsgehen.

Das bedeutete, dass er ein paar Anrufe zu erledigen hatte.

57.

Anna kam viel zu früh im Tullet's Garden Centre an, da auf den Straßen selbst für einen Sonntagnachmittag Anfang Januar überraschend wenig los war. Sie ging nach hinten ins Café, bestellte sich einen Caffè Latte, öffnete die Bücher-App auf ihrem Handy und richtete sich aufs Warten ein. Sie hatte bereits drei Kapitel ihres Romans gelesen, als eine Nachricht von Teresa kam: *Sind in 5 Minuten da.*

Anna las weiter, blickte aber ab und zu auf, und nach ein paar Minuten entdeckte sie Teresa, die sich mit ihrem großen Kinderwagen zwischen den Regalen mit Gummistiefeln und Gartenhandschuhen hindurchmanövrierte. Anna stand auf und wollte ihr gerade zuwinken, da bemerkte sie eine weitere Gestalt.

Gayle.

Ihre Schwiegermutter folgte Teresa, aufrecht und wie immer mit perfekt sitzender Frisur. Sie bemerkte Anna erst, als sie nur noch ein paar Meter voneinander getrennt waren. Sie hielt kurz inne, und ihr Kiefer spannte sich an, dann ging sie weiter. Offensichtlich hatten sie beide nicht mit einem zusätzlichen Gast gerechnet.

Teresa parkte den Kinderwagen neben dem Tisch. Sie wirkte nervös, aber entschlossen. Sie umarmte Anna zur Begrüßung, während Gayle steif danebenstand, dann zog sie sich einen Stuhl heraus und setzte sich. Anna sah Gayle an und Gayle Anna, und da ihnen nichts Besseres einfiel, setzten sie sich ebenfalls.

»Tut mir leid, dass ich euch ausgetrickst habe«, begann Teresa, doch dann korrigierte sie sich. »Nein, eigentlich tut es mir *nicht* leid.« Sie blickte verständnisheischend zwischen Anna und Gayle hin und her. »Es musste etwas passieren. Schließlich sind wir eine Familie … Und da steht man Schwierigkeiten gemeinsam durch und lässt sie nicht vor sich hin schwären – so sollte es zumindest sein.«

Natürlich hatte Teresa recht, aber Anna bezweifelte, dass es etwas nützen würde. Gayle hasste sie. Und in diesem Moment sah sie aus, als hätte sie in eine Zitrone gebissen. Wenn Anna noch eine Bestätigung gebraucht hätte, da war sie.

»Gut, ich besorge uns mal was zu trinken. Möchtest du auch noch einen Cappuccino?«, fragte Teresa, an Anna gewandt, und fügte hinzu: »Ich lasse den Kleinen hier, anstatt mich mit Kinderwagen und Tablett abzuplagen, und während ihr auf ihn aufpasst, könnt ihr miteinander reden. Okay?«

Anna blickte nervös zu Gayle, die ihr gegenübersaß. Obwohl dies vermutlich der ungemütlichste Cafébesuch aller Zeiten war, wusste sie, dass Teresa nur helfen wollte, und dafür liebte sie sie. Andererseits wollte sie nicht, dass Teresa ihre eigene Beziehung zu Gayle und Richard gefährdete.

Doch als Teresa ging, beugte Gayle sich lächelnd über ihren Enkelsohn, und da wurde Anna klar, dass sie sich keine Sorgen zu machen brauchte. Zwischen den beiden hatten sich die Machtverhältnisse zum Glück verschoben. So liebevoll, wie Gayle Klein Spencer betrachtete, würde sie ganz sicher nichts tun, was den Kontakt zu ihm gefährdete.

Anna atmete aus. Dieses Wissen machte es ihr leichter, das zu sagen, was ihr auf dem Herzen lag. Obwohl sie keine Ahnung gehabt hatte, was sie erwartete, wusste sie plötzlich, was sie zu tun hatte. Sie hatte keine Kontrolle darüber, was ihre Schwiegermutter tat, ob sie weiter an ihrem Groll festhielt oder nicht, aber sie, Anna, konnte aufhören, feige zu sein und Verantwortung für ihren Teil übernehmen.

Sie starrte einen Moment auf die Tischplatte, dann holte sie tief Luft und blickte auf. »Ich möchte mich bei dir entschuldigen, Gayle. Für das, was ich an Spencers Geburtstag zu dir gesagt habe. Das hätte ich nicht tun sollen, und es tut mir leid, dass ich dich angebrüllt habe, noch dazu vor dem Rest der Familie. Das war nicht richtig von mir.«

Gayle wandte sich vom Kinderwagen ab und sah sie leicht verdattert an. »D-Danke.«

»Und ich möchte, dass du weißt, dass ich Jeremy« – bei dem Namen wurden Gayles Augen ganz schmal – »nicht zu der Party mitgebracht habe, um dich zu quälen oder Ärger anzuzetteln. Eigentlich hätte Gabi mitkommen sollen, aber sie hat in letzter Minute abgesagt, und Jeremy ist eingesprungen. Ich … Ich kenne ihn von meinem Salsakurs.«

Gayle musterte sie aufmerksam. »Aber er ist mehr als nur dein Tanzpartner, oder?«

Es zu leugnen, wäre unehrlich gewesen. »Er war es. Wir sind ein paarmal zusammen essen gewesen«, sagte sie ruhig. »Aber daran ist nichts Schlimmes, und auf der Party haben wir nichts *getan.* Wir haben uns nicht mal berührt. Ich wollte rücksichtsvoll sein …«

Gayle schnaubte leise, und ihr Gesichtsausdruck verriet Anna sehr genau, was sie darüber dachte. Es war verführerisch zu tun, was sie immer tat – was *alle* taten – und Gayle um des lieben Friedens willen gewähren lassen, aber sie wusste, dass sie jetzt eine Grenze ziehen musste, sonst würde sich nie etwas ändern.

»Ich möchte vielleicht nicht für den Rest meines Lebens allein bleiben, Gayle. Das verstehst du doch, oder?«

Gayle wandte den Blick ab. Sie verstand es durchaus, vermutete Anna. Aber sie wollte es nicht verstehen.

Gayle beugte sich wieder über ihren Enkel, der sie anstrahlte, nahm seine Hand und spielte eine ganze Weile mit seinen winzigen Fingern, dann sagte sie, ohne sich umzudrehen: »Als ich dich mit ihm gesehen habe, da …« Sie wandte sich zu Anna, und ihre Stimme war nur noch ein Flüstern. »Im ersten Moment dachte ich, *er* wäre es. Nur für den Bruchteil einer Sekunde. Dieselbe Größe, dieselbe Haarfarbe …«

»Oh …« Anna wusste nicht, was sie darauf erwidern sollte. Sah Jeremy tatsächlich ein bisschen aus wie Spencer? Es war ihr gar nicht in den Sinn gekommen, aber vielleicht stimmte es. »Das war bestimmt … schwer.«

Gayles Lippen zitterten leicht. »Und dann, als ich merkte, dass er es nicht war, dass du dir jemanden ausgesucht hattest, der ihm so ähnlich sah, als hättest du ihn einfach … ersetzt …« Sie schüttelte ungläubig den Kopf. »Da habe ich rotgesehen.« Sie hielt einen Moment inne, um sich zu fassen. »Es tut mir sehr leid, was ich an dem Abend zu dir gesagt habe, Anna. Es war falsch, und ich habe es nicht so gemeint. Das wollte ich dir schon seit Monaten sagen, aber ich konnte es einfach nicht.« Sie senkte den Blick. »Ich habe mich so geschämt.«

»Danke für deine offenen Worte, Gayle. Aber es war doch nicht nur die Party, oder? Schon davor hatte ich das Gefühl, du zeigst mir die kalte Schulter. Warum?«

»Weil ich es so ungerecht fand«, murmelte Gayle. »Du kannst wieder heiraten, jemand Neuen finden, den du liebst … Aber ich werde meinen Sohn niemals ersetzen können.« Sie hob den Kopf und sah Anna an. »Und ich ahnte, dass es bald so weit sein würde«, sagte sie gequält. »Ich spürte, dass du allmählich bereit dafür warst, und ich glaube, ich war eifersüchtig, weil du die Möglichkeit hast, das Loch in deinem Leben zu schließen, und ich nicht. Das Einfachste war, dich wegzuschieben, damit ich mich nicht damit auseinandersetzen musste.«

Anna schluckte. Das war etwas, wofür sie ihre Schwiegermutter eindeutig nicht verurteilen konnte, zumal es sie selbst allergrößte Mühe kostete, das Gefühlsdurcheinander, das sie seit Silvester plagte, im Zaum zu halten. »Das verstehe ich.«

»Ich hasse dich nicht, Anna, wirklich nicht. Im Gegenteil, wenn du mir egal wärst, hätte mich das alles gar nicht gekümmert, aber ich war so in meinen Gefühlen gefangen, dass ich …« Sie sah Anna flehend an. »Es tut mir so leid. Kannst du mir verzeihen?«

Anna spürte in sich hinein und stellte fest, dass ihr Zorn verraucht war. Sie nickte. Aber da war noch etwas, das geklärt werden musste, damit es nicht irgendwann in Zukunft erneut zwischen ihnen stand. »Ich treffe mich nicht mehr mit Jeremy«, sagte sie, und sie sah, wie

Gayles Miene sich aufhellte. »Aber es ist gut möglich, dass ich irgendwann jemanden finde. Wenn tatsächlich ich an Spencers Stelle gestorben wäre und er jetzt mit dir hier säße, würdest du dann nicht wollen, dass er glücklich ist?«

Gayle erstarrte zunächst bei der Erinnerung an ihre unglückseligen Worte zu Anna, doch als sie an ihren Sohn dachte, wurden ihre Augen feucht. »Natürlich.«

»Warum ist es dann so falsch, wenn ich mir dasselbe wünsche – in welcher Form das Glück sich auch zeigen mag: ein neuer Mann, eine neue Familie oder etwas anderes?«

»Da hast du sicher recht, aber …«

»Aber?«, hakte Anna nach, bemüht, sich ihre Überraschung über Gayles Zugeständnis nicht anmerken zu lassen.

Gayle sah sie unverwandt an. »Ich glaube, ich will nicht, dass du ihn ersetzt. Ich will nicht, dass du ihn vergisst.«

Anna brannten plötzlich Tränen in den Augen. Sie beugte sich vor und wollte Gayles Hand berühren, wusste aber nicht, ob das willkommen war. »Ich werde Spencer *niemals* vergessen«, sagte sie und brauchte einen Moment, bis sie wieder sprechen konnte. »Könntest du es?«

»Nein!«

»Warum denkst du dann, ich würde ihn vergessen?«

Gayle warf ihr diesen scharfen und zugleich brüchigen Blick zu, den Anna mittlerweile kannte. »Aber wenn du jemand anderen findest, wird es so sein, als würdest du ihn ersetzen, nicht? Ein anderer Mann wird bei Familientreffen neben dir sitzen, und ein anderer Mann wird auf seiner Seite des Bettes schlafen.«

»Du hast ein neues Baby, das du lieben und betüdeln und von dem du unendlich viele Fotos machen und in Alben kleben kannst. Bedeutet das, dass du den Sohn, den du verloren hast, weniger liebst?«

Gayle presste die Lippen zusammen und schüttelte den Kopf. Anna reichte ihr eine Papierserviette aus dem Ständer auf dem Tisch.

»Und dasselbe gilt für mich«, sagte sie, dann nahm sie sich auch eine Serviette und putzte sich die Nase. »Ich werde Spencer immer lieben. Immer!«

Gayle tupfte sich ein paar Tränen weg. »Er wird immer deine erste große Liebe sein«, sagte sie und nickte. Es war keine Frage, sondern eine Feststellung. »Und du wirst nie jemanden so lieben, wie du ihn geliebt hast.« Sie sah Anna mit einer Mischung aus Hoffnung und Verzweiflung an. »Weil es nicht Spencer ist.«

»Nein«, bestätigte Anna, doch Gayles Worte erinnerten sie an ihr letztes Gespräch mit Brody.

Ich kann nicht dasselbe für dich empfinden … Weil du nicht Spencer bist …

Wollte sie das wirklich? Immer wissen, dass das Beste bereits hinter ihr lag? Sie schob den Gedanken beiseite und wandte sich wieder ihrer Schwiegermutter zu.

»Es wäre schön, wenn wir das alles hinter uns lassen könnten. Und ich würde gerne ein Teil eurer Familie bleiben, weil …« Sie kämpfte erneut mit den Tränen. »Weil ich euch alle liebe und weil ich weiß, dass Spencer es so gewollt hätte. Aber wir müssen lernen, nachsichtiger miteinander zu sein, Gayle. Bist du dazu bereit, trotz allem, was wir in der Vergangenheit gesagt und getan haben? Können wir von jetzt an versuchen, so miteinander umzugehen, dass unsere Liebe zu ihm uns verbindet, statt uns zu trennen?«

In dem Moment kam Teresa mit einem Tablett voller Cappuccino zurück und murmelte etwas von inkompetenter Bedienung und zickiger Kaffeemaschine. Sie stellte das Tablett auf den Tisch, setzte sich und sah erst zu Anna und dann zu Gayle. »Nun?«

Auch Anna sah ihre Schwiegermutter an, denn sie hatte die Frage noch nicht beantwortet.

»Ja«, sagte Gayle. »Das ist ein guter Vorschlag. Ich werde mir Mühe geben …«

Anna stand auf und umarmte sie. Gayle, die sonst so steif und kühl war, wurde ein wenig weicher und klopfte ihr einmal kurz auf den Rücken. Anna löste sich lächelnd von ihr und zwinkerte Teresa verstohlen zu. Oh, ihr war klar, dass mit Gayle von nun an keineswegs alles glatt und harmonisch verlaufen würde, aber sie hatte ihre Grenzen abgesteckt, und zwar auf eine gute Weise, und darüber freute sie sich.

Klein Spencer stieß ein Gurgeln aus, und anstatt sich wieder zu setzen, ging Anna zu ihm und hockte sich neben seinen Kinderwagen. »Hallo, junger Mann«, sagte sie und spielte ein wenig mit seinem Fuß. Der Kleine wandte ihr den Kopf zu und strahlte sie an.

Einen Moment lang starrte Anna ihn nur verdutzt an. Da war etwas Freches in seinem Gesichtsausdruck, ein Zwinkern in seinen Augen, das ihr nur allzu vertraut war. »Du meine Güte!«, rief sie und sah zu Teresa und Gayle. »Er sieht wirklich aus wie Spencer!«

58.

Sie wartete bereits auf ihn, als er das Café betrat. Brody ging zu ihrem Tisch. Sie blickte auf, als er näherkam. »Hallo«, sagte sie.

»Hi.«

»Lange nicht gesehen.«

Er nickte.

»Wie lange ist es jetzt her? Fünf Jahre?«

»Sechs, glaube ich.«

Katri bedeutete ihm, sich ihr gegenüber zu setzen. Das blonde Haar, das um ihre Schultern spielte, war kürzer, als er es in Erinnerung hatte, aber ihre blauen Augen blickten so wach und aufmerksam wie eh und je. »Du siehst gut aus«, sagte sie mit ihrer üblichen Direktheit.

»Danke.«

»Als wir uns das letzte Mal gesehen haben, ging es dir ziemlich schlecht.«

»Stimmt«, erwiderte er. »Und es wurde noch schlimmer …« Er erzählte ihr seine ganze Geschichte: das Cottage, die Isolation, alles.

Sie ließ ihn reden, und als er fertig war, legte sie ihm die Hand auf den Arm. »O Brody.« Das hatte er früher so an ihr geliebt, dass sie trotz ihrer pragmatischen, zupackenden Art warm und mitfühlend war.

»Aber ich bin hier«, sagte er und deutete auf das Café, das am Rand des Richmond Parks lag und trotz des ungemütlichen Mittwochmorgens halb voll war. »Ich habe mir jemanden gesucht – einen Profi. Irgendwann wurde mir klar, dass ich Hilfe brauchte, dass es ein paar Dinge gab, über die ich reden musste.«

Katri stellte ihre Kaffeetasse hin und warf ihm einen *Was du nicht sagst*-Blick zu. Er musste lachen. Es tat gut, sich daran zu erinnern, dass es zwischen ihnen auch so sein konnte. Die letzten zwei Jahre ihrer Ehe hatten fast nur aus Tränen, Streit und wütendem Schweigen bestanden.

»Es freut mich, dass du dich gemeldet hast«, sagte sie. »Vor allem wegen heute.«

Er nickte. »Ich wollte hier sein. Ich habe zu viele Jahre verpasst.«

»Ja. Das habe ich dir übel genommen, aber jetzt beginne ich zu verstehen.« Sie schwieg einen Moment, und Brody bemerkte das leichte Zittern ihrer Lippen und den feuchten Glanz in ihren Augen. »Heute wäre sie zwölf geworden. Kaum zu glauben, oder?«

Er schüttelte nur den Kopf, weil er kein Wort hervorbrachte.

»Sie wäre schon richtig groß und auf dem Gymnasium«, fuhr Katri lächelnd fort, obwohl ihr eine Träne über die Wange lief. »Sie würde allein mit dem Bus fahren. Und ständig Widerworte geben – denn sie hätte bestimmt ihren eigenen Willen …« Sie verstummte und schluckte.

»Ganz sicher«, sagte Brody.

Katri richtete sich auf. »Peter kommt mit mir zum Friedhof. Ich hoffe, das stört dich nicht.«

»Nein. Er sollte dort an deiner Seite sein.« Katris neuer Ehemann hatte ihr während der letzten Jahre an Lenas Todestag beigestanden und sie zu den Geburtstagsbesuchen am 12. Januar auf dem Friedhof begleitet, und Brody war ihm dafür dankbar. Es gab keinen Grund, warum er diesmal nicht dabei sein sollte. »Aber ich glaube, ich warte lieber, bis ihr fertig seid, bevor ich zum Grab gehe. Ich muss da alleine hin.«

Sie nickte. »Vielleicht nächstes Jahr.«

»Ja, vielleicht.«

Sie machte Anstalten aufzustehen. Brody räusperte sich. »Ich wollte noch sagen …«

Sie hielt inne und sah ihn an. Er wich ihrem Blick nicht aus.

»Ich wollte noch sagen, wie leid es mir tut. Dass ich dich weggestoßen habe. Dass ich nicht für dich da war, als du mich brauchtest.«

Katri war nicht rührselig, aber jetzt kamen ihr die Tränen. »Danke«, sagte sie. »Es tut gut, das zu hören. Aber es ist schon in Ordnung. Ich weiß, du hast es versucht.«

»Habe ich das?«

»Ja. Ein- oder zweimal.« Sie seufzte. »Aber das Ganze war so unendlich schmerzhaft, für uns beide. Irgendwann konntest du es einfach nicht mehr ertragen.«

Brody runzelte die Stirn. »Daran erinnere ich mich gar nicht. Ich weiß nur noch, dass ich furchtbar wütend war.«

Katri lachte. »O ja. Das warst du.«

»Wenn ich an diese Zeit zurückdenke, sehe ich mich nur allein hinter dieser riesigen unsichtbaren Mauer hocken, und ihr seid alle auf der anderen Seite.«

Sie nickte. »Aber jetzt ist sie weg?«

Er zuckte die Achseln. »Sie ist dabei zu verschwinden.«

»Das freut mich.«

Ihr Blick blieb an etwas hinter ihm hängen, und als er sich umdrehte, sah er einen Mann draußen vor dem Café stehen, der in ihre Richtung schaute. Das musste Peter sein.

»Bist du glücklich?«, fragte er.

Katri nickte lächelnd. »Ja.«

»Gut.«

Sie stand auf und nahm ihre Handtasche, doch dann legte sie den Arm um ihn und küsste ihn sanft auf die Wange. »Ich schicke dir eine Nachricht, wenn wir gehen.«

Er nickte, und als sich die Tür hinter ihr geschlossen hatte, holte er sich einen Kaffee und setzte sich wieder. Er hatte eine Tüte dabei, und aus der zog er jetzt eine kleine Holzkiste, öffnete sie und nahm eine fein geschnitzte Figur heraus.

Eigentlich hatte er eine von Lena machen wollen, so wie er sie in Erinnerung hatte, mit ihrem strahlenden Lächeln und den neugierigen blauen Augen, genau wie die ihrer Mutter, aber er hatte es nicht fertiggebracht. Und so hatte er stattdessen Pip geschnitzt. Sie blickte vom Tisch zu ihm auf, das Schwert in der Hand, zu allem bereit.

Er hatte seinen Kaffee fast ausgetrunken, als sein Handy pingte und ihm Katris Nachricht ankündigte. Er kippte den letzten Schluck hinunter, packte Pip wieder ein, verließ das Café und ging das kurze Stück bis zum Friedhof am Rand des Parks.

Es war ein schöner Friedhof mit lauter knorrigen alten Bäumen und von Flechten überzogenen Grabsteinen. Er folgte dem Weg zu einem besonders hübschen Bereich, wo die Gräber kleiner waren und es mehr Blumen und Fotos und Teddybären gab. Brody nahm einen Strauß gelber und weißer Margeriten aus seiner Tasche und legte sie vor einen kleinen weißen Marmorstein.

Tut mir leid, dass es so lange gedauert hat, meine Kleine. Dass ich dich nicht eher besucht habe. Ich habe mein Bestes getan, aber ich weiß, das war nicht genug. Dafür bin ich jetzt hier.

Er stand reglos, wortlos da, und der Regen wurde stärker. Er hörte, wie die Tropfen auf die Zweige über ihm fielen, und irgendwo in der Ferne bellte ein Hund. Als er so weit war, nahm er die kleine Pip aus der Kiste und stellte sie neben die Blumen. Jetzt würde sie hier eine Freundin haben. Jemanden, der ihr Gesellschaft leistete.

Brody richtete sich wieder auf. Hier war kein Glück, keine Freude zu finden. Er bezweifelte, dass er mit dem, was passiert war, jemals wirklich inneren Frieden schließen würde, aber etwas veränderte sich, wurde leichter. An dem Phantasieort, den er so lange gemieden hatte – seiner Waldlichtung mit dem Teich –, lugte ein kleiner grüner Spross aus der verbrannten Erde. Er betrachtete noch ein letztes Mal die Worte auf dem Grabstein, seufzte schwer, und dann ging er. Er hatte noch eine Sache in London zu erledigen, bevor er sich auf den Heimweg machte, etwas, das er tun musste, das ihm aber alles andere als leichtfiel.

59.

Anna aß den Rest des vegetarischen Chilis, das sie sich gekocht hatte, und stellte den Teller auf den Couchtisch. Es war nicht so lecker gewesen, wie sie gehofft hatte. Aber das war wohl das Thema dieses Tages. Sie hatte auch ein großes Meeting bei BlockTime gehabt, auf das sie sich schon seit Weihnachten gefreut hatte. Es würde wirklich wahr werden. Sie hatte bei Sundridge Plumbing and Heating gekündigt und würde künftig die Büroleitung bei BlockTime übernehmen und sich um die Entwicklung ihrer App kümmern. Sie konnte es noch gar nicht fassen.

Doch obwohl Anna wusste, dass es ein Glückstreffer und ein Riesenschritt nach vorne war, konnte sie sich nicht so richtig darüber freuen. Seit Silvester fühlte sie sich irgendwie schwermütig und lustlos.

Sie war gerade aufgestanden, um den Teller in die Spülmaschine zu räumen, als ihr Handy klingelte. Es war Gabi. »Du musst mir versprechen, dass du nicht böse wirst …«, begann sie.

Anna schloss die Augen. »Ach, Gabs. Was hast du jetzt wieder angestellt?«

»Ich … ähm … ich habe neulich Abend Lees Nummer angerufen.«

Anna riss die Augen wieder auf. »O Gott, Gabi! Das war eine ganz, ganz schlechte –«

»Nein, warte! Ich habe nicht Lee angerufen, sondern seine *Nummer.* Es war spät, und ich fühlte mich einsam, und da … da habe ich dasselbe getan wie du.«

»Dasselbe wie ich?«

»Ja. Ich habe die Nummer angerufen, obwohl mir klar war, dass sie jetzt wahrscheinlich jemand anderem gehört. Ich habe mich an deine

Geschichte erinnert und dachte … na ja … vielleicht funktioniert der Zauber ja auch bei mir. Also habe ich gewartet, bis es Mitternacht war, und gewählt.«

Bis Mitternacht? Anna schlug sich mit der Hand an die Stirn. Du meine Güte. Gabi war wirklich voll auf diese Idee eingestiegen. »Und? Was ist passiert?«

Gabi stieß den Atem aus. »Jemand ist drangegangen.«

»Tatsächlich?«

»Ja. Und wir haben uns unterhalten. Er schläft auch oft schlecht. Er ist einsam, genau wie ich … Seine Frau ist gestorben. Und weißt du was? Er wohnt in Sevenoaks! Das ist nur fünfzehn Kilometer von hier!«

Genau deshalb musste sie so bald wie möglich bei BlockTime anfangen und diese App entwickeln, dachte Anna. Damit die Leute eine sichere Möglichkeit hatten, sich kennenzulernen. Plötzlich verstand sie sehr gut, warum Gabi am Anfang so misstrauisch war, was Brody anging.

»Und, hast du vor, noch mal mit ihm zu sprechen?«

»Äh … Das habe ich schon …« Anna sah Gabis verlegene Miene förmlich vor sich. »Er ruft mich heute Abend an, weil ich ihm versprochen habe, etwas für ihn zu besorgen.«

»O Gabs … Sei bloß vorsichtig! Du kennst den Typen doch gar nicht.«

Anstatt beleidigt zu sein, fing Gabi an zu lachen.

»Was ist denn so komisch?« Anna wusste nicht, ob sie verärgert oder verwirrt oder vielleicht auch beides war.

»Keine Sorge, er will mich nicht abzocken!«, erwiderte Gabi. »Ich schicke ihm ein Buch mit Kreuzworträtseln zu. Er ist an der Hüfte operiert worden und langweilt sich.«

Wer's glaubt, wird selig, dachte Anna.

Gabi kicherte erneut. »Er ist dreiundachtzig, Anna … und ganz reizend.«

»Dreiundachtzig?«, wiederholte Anna, und dann musste sie auch lachen. Nun ja, was sollte sie auch sonst tun? Schließlich konnte sie sich wohl kaum ein Urteil erlauben.

»Wir helfen einander«, erklärte Gabi. »Auch wenn er nicht das ist, was ich erwartet habe.«

»Das ist wunderbar«, sagte Anna, und je mehr sie darüber nachdachte, desto klarer wurde ihr, wie sehr das stimmte. Gabi war der lebende Beweis dafür, dass ihre App funktionieren könnte, auch wenn Gabi das Ganze auf ihre eigene Art angegangen war.

»Außerdem«, fuhr Gabi etwas ernster fort, »erzählt er immer wieder von seinem ›sehr netten‹ Enkel, und ich –« Sie verstummte mitten im Satz, und es war plötzlich ganz still.

»Gabi? Gabs?«, fragte Anna besorgt. »Was ist los?«

»Schalte den Fernseher an! Sofort! BBC One.«

»Aber … was hat das mit –«

»Jetzt mach schon, Anna!«

Anna griff nach der Fernbedienung und schaltete auf den entsprechenden Kanal. Alles, was sie sah, war die übliche Vorabendsendung mit Features und Kurznachrichten, Gästen und gelegentlich einer Liveband. Eine Journalistin führte gerade eins von diesen Interviews durch, die sie immer zeigten, wenn ein Schauspieler oder Sänger für ein neues Projekt Werbung machen wollte, und die nicht im Studio, sondern in irgendeinem eleganten, aber anonymen Hotelzimmer aufgezeichnet wurden.

»Warum sollte ich –«, begann Anna, doch dann wechselte die Kameraeinstellung auf den Gast, und sie begriff.

Es war Brody.

Brody, der in dem eleganten, aber anonymen Hotelzimmer interviewt wurde.

Anna sackte mit einem Plumps aufs Sofa. Es war ganz ähnlich wie in dem Moment, als sie ihn oben auf dem Shard erblickt hatte, nur dass es sich diesmal eher so anfühlte, als wäre der Boden unter ihr plötzlich verschwunden und sie würde im nächsten Moment in die Tiefe stürzen.

Anna schluckte und starrte wie hypnotisiert auf den Bildschirm. Die Journalistin hatte ein paar einleitende Worte gesagt und erklärte gerade, dass der bekannte Kinderbuchautor nun enthüllen würde, was der Grund für seinen Rückzug aus dem öffentlichen Leben war.

»Sie sind also wieder da«, sagte sie. »Und Pip auch! Wie ich gehört habe, schreiben Sie gerade am letzten Band der Reihe, und es heißt, das Buch wird nächstes Jahr herauskommen.«

»Ja, sofern die Leute noch Lust haben, es zu lesen«, erwiderte Brody. Er lächelte nicht, aber etwas in seinen Augen ließ es so aussehen. Anna hörte fast auf zu atmen.

»Da habe ich keine Zweifel«, sagte die Journalistin.

Bisher hatte Anna die Frau immer gemocht, aber jetzt war sie da nicht mehr so sicher. Sie interviewte Brody nicht nur, sie flirtete hemmungslos! Wie sie ihr Haar zurückwarf …

»Warum hat es so lange gedauert, den letzten Band der Reihe zu schreiben?«

»Weil ich fast zehn Jahre lang eine Schreibblockade hatte«, antwortete er.

Die Kamera wechselte zurück auf die Journalistin, die mit nachdenklicher Miene fragte: »Und was hat sie beendet?«

»Ich habe jemanden kennengelernt«, erwiderte Brody. Annas Herz begann schmerzhaft zu pochen. »Jemanden, der mich daran erinnert hat, wie mutig und widerstandsfähig und anpassungsfähig Menschen sein können und dass unsere Geschichte, selbst wenn wir denken, sie ist vorbei, noch eine unerwartete Wendung nehmen und ein anderes Ende haben kann.«

Das gefiel der Journalistin. »Ein glückliches Ende?«, fragte sie und beugte sich vor.

Brody schüttelte den Kopf; so leicht ließ er sich nicht ködern. »Und das brauchte auch Pip … Ein anderes Ende. Ich hatte mich in eine Ecke geschrieben und sie an einem dunklen, einsamen Ort zurückgelassen, aber mit einem Mal erkannte ich, was die Lösung war – sie brauchte jemanden, der ihr half, dort hinauszuklettern. Und ich glaube, wir können alle ab und zu ein bisschen Hilfe gebrauchen.«

Er und die Journalistin begannen über die Gründe für seine Schreibblockade zu sprechen: den Unfall und das Scheitern seiner Ehe. Anna starrte ihn gebannt an. Es war so seltsam, diese Stimme zu hören und zugleich zu sehen, wie er sich bewegte, wie sich sein Gesichtsausdruck veränderte. Das Ganze fühlte sich irgendwie unwirklich an. Dann wandte sich das Gespräch den Panikattacken und der Platzangst zu, die ihm das Leben schwer gemacht hatten. Anna kam sich so egoistisch vor, weil sie nichts davon mitbekommen hatte. Dabei hatte sie gespürt, dass da etwas nicht stimmte …

»Deshalb wollte ich darüber sprechen, nachdem ich so lange geschwiegen habe«, sagte er. »So viele Menschen kämpfen im Geheimen mit Panik und Ängsten. Ich habe mich zu sehr geschämt, um irgendjemandem davon zu erzählen, und allein versucht, damit klarzukommen, aber es wurde nur immer schlimmer. Es ist wichtig, über solche Probleme zu reden, damit die Leute wissen, dass es nicht nur ihnen so geht. Dass sie nicht unheilbar gestört sind. Dass es Hoffnung gibt. Aber genau wie Pip konnte ich es nicht allein schaffen. Ich brauchte jemanden, der mir half.«

»Sind Sie wegen Ihrer Angststörung derzeit in Behandlung?«

Brody nickte. »Seit über einem halben Jahr.«

»Und haben Sie sie besiegt?«

»Noch nicht ganz, aber es wird«, erwiderte Brody, und ein Lächeln hellte sein Gesicht auf. Anna klammerte sich an die Sofalehne. Sie hatte ihn noch nie lächeln sehen. Es war so … so …

Und dann war er weg. Die Journalistin sagte noch ein paar Schlussworte, und die Kamera wechselte zu den beiden Moderatoren im Studio. Anna stand auf und ging zum Fernseher, obwohl sie nicht so recht wusste, warum.

»Anna?«

Anna schrak zusammen, als sie die gedämpfte Stimme hörte, die aus ihrer Brust zu kommen schien. Sie blickte an sich hinunter und sah, dass sie das Handy an sich drückte. Ach ja. Gabi.

»Bist du noch dran?«, fragte Gabi aufgeregt. »Hast du's gesehen?«

»Ja.« Sie fühlte sich wie in Trance.

»Er hat von dir gesprochen, Anna.«

Anna nickte wie betäubt. »Ich weiß.«

»Tja …« Gabi holte tief Luft. »Dann ist die große Frage: Rufst du ihn an?«

60.

Es war kurz vor acht, als Anna in einen schmalen Weg einbog, der steil einen wilden, windumtosten Hügel hinaufführte. Sie war die ganze Nacht durchgefahren, und es wurde gerade hell. Dem Himmel sei Dank, dass sie bei Google Maps recherchiert hatte, nachdem sie Brodys wahre Identität herausgefunden hatte. Sie war ziemlich sicher, dass sie die richtige Abzweigung genommen hatte. Sie war durch Hexworthy gefahren und gerade an der kleinen Steinbrücke vorbeigekommen, von der Brody gesagt hatte, dass er oft mit Lewis dort entlangging.

Auf halber Höhe bemerkte sie ein Cottage, und ihr Puls begann zu hämmern, als sie abbog und auf den großen kopfsteingepflasterten Hof fuhr. Nachdem sie den Motor abgestellt hatte, war sie von absoluter Stille umgeben.

Anna stieg aus und ging auf das Cottage zu. Sie war so nervös, dass sie fürchtete, sie würde gleich ohnmächtig. Es war eine ungünstige Zeit, um bei jemandem aufzukreuzen, das war ihr klar, aber sie hatte sich nicht dazu überwinden können, schlafen zu gehen und bis zum Morgen zu warten, bevor sie aufbrach.

Sie betätigte den großen Türklopfer aus Messing ein paarmal und wartete, aber sie hörte keine Schritte auf der Treppe, kein gedämpftes Rascheln oder sonst irgendein Anzeichen, dass jemand kam. Eines der oberen Fenster stand offen. Vielleicht war er da. Vielleicht hatte er sie kommen sehen und wollte einfach nicht aufmachen.

Was sollte sie tun? Anna war ratlos. Aber sie würde nicht einfach kehrtmachen und wieder flüchten. Sie ging zurück in den Hof und sah sich um. Es gab ein paar Nebengebäude und einen Weg, der um das Haus herum zu einer kleinen Veranda führte. Dahinter war eine

Terrasse mit einem alten gusseisernen Tisch und Stühlen. Sie setzte sich auf einen davon, mit Blick auf das Tal und den allmählich heller werdenden Himmel, und wartete.

Brody ging, gefolgt von Lewis, den Hügel hinunter. Er war gegen drei Uhr morgens aufgewacht und hatte nicht wieder einschlafen können. In seinem Kopf war eine Idee umhergespukt, aber er hatte sie, selbst als er richtig wach war, nicht zu fassen bekommen. Am Tag zuvor hatte er den letzten Band von Pips Abenteuern abgeschlossen, und dennoch hatte er das Gefühl, dass etwas fehlte: eine Figur, eine Person.

Zum Joggen war er um die Zeit zu müde gewesen, aber der lange Spaziergang hatte ihm gutgetan. Er war auf die Spitze des Hügels geklettert, hatte sich auf einen kleinen Felsvorsprung gesetzt und zugesehen, wie die Sonne aufging. Jetzt war definitiv ein ordentliches Frühstück angesagt.

Doch als er in den Hof einbog, stutzte er. Dort stand ein fremdes Auto, ein kleiner silberner Kombi, und nach dem Knistern und Knacken des Motors zu urteilen, stand er noch nicht lange da. Brody blickte sich um, konnte aber den Fahrer nirgends entdecken. Komisch – er erwartete heute gar keine Lieferungen.

Lewis bellte und rannte zur Gartenseite des Hauses. Brody folgte ihm. Als er um die Ecke bog, sah er eine Frau am Terrassentisch sitzen. Sie trug einen Mantel, einen grauen Schal und eine lila Strickmütze mit einer kleinen Blume an der Seite.

»Anna?«

Sie wandte den Kopf und sah ihn an. Diese Augen. Dieser Ausdruck. Genau wie auf dem Foto auf seinem Handy. Brody begann sich zu fragen, ob er wirklich aufgestanden und spazieren gegangen war. Vielleicht war er wieder eingeschlafen und träumte das alles nur.

»Bist du echt?«, fragte er, während er auf sie zuging. Ein leises Lächeln funkelte in ihren Augen auf, und er begriff, dass er es laut gesagt hatte. Das war das Dumme, wenn man ganz allein im Nirgendwo lebte – man redete einfach ungefiltert drauflos.

»Genauso echt wie du«, erwiderte sie und stand auf.

Lewis hockte schwanzwedelnd vor ihr, und sie beugte sich hinunter, um ihn zu begrüßen. Er ließ sich zufrieden neben ihren Füßen nieder und legte die Schnauze auf die Vorderpfoten.

Was …? Wie …?

»Ich weiß, was du denkst«, sagte sie. »Du fragst dich, was ich hier mache.«

Sie kam auf ihn zu, und Brody wurde ein wenig schwindelig.

Anna blieb ein paar Schritte von ihm entfernt stehen und sah zu Boden. Dann hob sie den Kopf. »Ich habe dich angelogen.«

»Ist schon in Ordnung«, erwiderte er, und das war es wirklich. »Ich habe dich auch angelogen. Beziehungsweise dir Dinge verschwiegen, aber das ist auch nicht viel besser.«

Sie presste kurz die Lippen zusammen. »Ich wünschte, du hättest mir von deinen Schwierigkeiten erzählt. Es hätte nichts an unserer … Beziehung geändert. Ich habe das Interview im Fernsehen gesehen. Da hast du gesagt, es ginge dir besser.«

»Viel besser.« Er versuchte zu lächeln. »Da ist eine Fremde auf meiner Terrasse, und ich kriege keinen Anfall, das ist doch eindeutig ein Fortschritt.«

»Eine Fremde …« Anna wandte den Blick ab und nickte leise. »Ja, wahrscheinlich habe ich das verdient. Besonders nach alldem, was du durchgestanden hast, um zu unserem Treffen zu kommen. Und ich bin einfach …« Sie verstummte mit unendlich trauriger Miene.

»Du hattest Angst«, sagte er schlicht.

»Ja. Vor dir, vor all den Gefühlen.«

»Und, hast du immer noch Angst?«, fragte er.

Anna nickte, kam aber näher. Sie hob den Kopf und sah ihm in die Augen. »Und wie. Aber eins weiß ich … Ich will nicht Lebewohl zu dir sagen, Brody. Nie wieder.« In ihren Augen glitzerten Tränen. »Erinnerst du dich noch an meinen ersten Satz am Telefon?«

»Du hast gesagt: ›Ich liebe dich.‹« Er senkte kurz den Kopf. »Aber damit war nicht ich gemeint, sondern Spencer.«

»Aber jetzt bist du gemeint.« Sie kam noch ein Stück näher, sodass sie sich fast berührten. Er konnte das Zögern in ihren Augen sehen, die Furcht. »Ich liebe dich, Brody. Ich hatte nur zu viel Angst, um es zu erkennen, und als ich es dann begriffen habe …«

Er nickte. Er wusste, was für seltsame Reaktionen die Angst in einem auslösen konnte. »Schon gut.«

Vorsichtig hob er die Hand, in dem Bewusstsein, dass er sie gleich zum ersten Mal berühren würde. Ganz sacht strich er über ihr Kinn, ihre Wange, spürte die Weichheit, während sie ihm in die Augen sah und ihre Tränen wegblinzelte. Sie legte ihre Hand auf seine und hielt sie fest.

Er küsste ihre Tränen weg, und als er damit fertig war, küsste er sie richtig. Es war so lange her, seit er einen anderen Menschen berührt hatte, dass er alles intensiver wahrnahm, und sein erster Kuss mit Anna fühlte sich an wie sein erster Kuss überhaupt.

Doch dann lächelte sie ihn an, und es war genau wie in dem Traum vor vielen Monaten. Ihr Blick sagte: *Ich kenne dich. Ich bin bei dir und für dich da. Immer.* Wärme durchflutete ihn. Nein, sie war eindeutig keine Fremde.

»Hallo«, flüsterte sie, und ihr Lächeln wurde breiter.

Brody erwiderte es. »Hallo.«

Danksagung

Mein erster Dank geht an meine wunderbare Lektorin Emily Kitchin, die genug an mich geglaubt hat, um dieses Buch trotz einiger Fehlstarts – von meiner Seite, nicht von ihrer – machen zu wollen, und die *Am Abgrund balanciert es sich am besten* von der ersten Idee bis zum fertigen Manuskript mit unerschütterlicher Begeisterung begleitet hat. Jetzt ist es endlich fertig! Vielen Dank auch an Liz Stein, meine Lektorin in den Vereinigten Staaten, und Molly Gendell. Ich bin euch so dankbar für eure Weisheit und Erfahrung. Zusammen haben wir vier diese Geschichte wirklich zum Funkeln gebracht!

Ich bin auch ganz begeistert über das großartige, dynamische Team bei HQ, das sich buchstäblich selbst übertroffen hat – ich freue mich riesig, eine von euren Autorinnen zu sein. Danke, dass ihr so an *Am Abgrund balanciert es sich am besten* geglaubt habt – euer Enthusiasmus hat mich sehr berührt. Es ist der Traum jedes Schreibenden, dass so viele Menschen sich für ein Projekt einsetzen, und ich möchte allen danken, die – in welcher Weise auch immer – an diesem Buch beteiligt waren. Ein besonderer Dank geht an die PR- und Marketing-Teams, vor allem an Jo Rose, Joe Thomas und Katrina Smedley und ganz besonders an die einfallsreiche Kapitänin unseres Schiffs, Lisa Milton.

Ein ganz dickes Dankeschön an meine wunderbare Agentin Amanda Preston, der dieses Buch gewidmet ist. Es brauchte ein Jahr und fünf angefangene Manuskripte, bis ich die richtige Idee für die

Geschichte hatte, aber du hast mich die ganze Zeit angefeuert und mir immer wieder Mut gemacht. Du wusstest nicht nur sofort, welche von meinen Ideen für das Buch tragfähig waren, sondern hast auch das fehlende Puzzleteil beigetragen, das der Geschichte den letzten Dreh gegeben hat. Dieses Buch würde nicht existieren, wenn du nicht gesagt hättest: »Aber was wäre, wenn nicht er derjenige ist …?« Ich kann dir gar nicht genug für all deine harte Arbeit und Unterstützung während der letzten Jahre danken (aber ich könnte zumindest versuchen, mich mit Schokolade und/oder Desserts zu revanchieren, wenn du magst).

Ganz herzlichen Dank auch an meine bezaubernde Freundin Rachael Carter, die mir von ihrer Familie und der Kultur und den Bräuchen Brasiliens erzählt hat. Es ist wunderbar, dich zu kennen, und ich bin dir unendlich dankbar für deine Großzügigkeit.

Wie immer danke ich meiner Familie für all ihre Liebe und Unterstützung. Andy, Rose und Sian – ihr wisst, dass ihr für mich die wichtigsten Menschen auf der Welt seid, und ich liebe euch mehr, als ich sagen kann. Danke auch an meine Schwester Kirsteen, für ihren unerschütterlichen Beistand und ihr Verständnis für die Freuden und Leiden des Schriftstellerdaseins.

Und wie jeder Autor weiß, gibt es die »richtige« Familie und die Schreibfamilie. Ohne euch könnte ich diesen Job nicht machen. Danke für das Lachen, das Mitgefühl, das Zureden und den Wein (denn den gibt es irgendwie immer …). Einen innigen Dank an Susan Wilson, Heidi Rice, Daisy Cummins, Iona Grey, Donna Alward, Sheila Crichton und an die großartigen Mitglieder der RNA – zu viele, um sie alle aufzuführen, aber was für eine wunderbare Gemeinschaft!

Und noch ein paar Last-Minute-Dankeschöns: an die Belegschaft vom Caffè Nero, die keine Ahnung hat, dass der Tisch direkt an der Tür mein inoffizielles Büro ist, und an meine neuen Freunde von schrägen, authentischen, talentierten und unglaublich witzigen Autoren und Lesern bei #Booktok. Endlich habe ich meine Online-Familie gefunden!

Ich weiß, es ist nicht mehr so angesagt, an Gott zu glauben, aber ich tue es, und ich kann gar nicht sagen, wie sehr das mein Leben, meine Laufbahn und meine Kreativität beeinflusst hat. Danke an den Einen, der mir Kraft, Liebe und Inspiration schenkt.